여미의구슬 2

초판 1쇄 펴낸 날 | 2017년 6월 1일

지은이 | 정오찬
펴낸이 | 서경석

편집책임 | 조윤희 **편집** | 이은주 **디자인** | 신현아
마케팅 | 서기원 **경영지원** | 서지혜, 이문영

임프린트 | (MUSE)
주소 | 경기도 부천시 부일로 483번길 40 서경B/D 3F (우) 14640
전화 | 032-656-4452 **팩스** | 032-656-4453
이메일 | roramce@naver.com **블로그** | bolg.naver.com/roramce
홈페이지 | http://www.chungeoram.com

발 행 처 | 도서출판 청어람
출판등록 | 1999년 5월 31일 제387-1999-000006호
어람번호 | 제11-0055호

ⓒ 정오찬, 2017

ISBN 979-11-04-91314-3 04810
ISBN 979-11-04-91312-9 (SET)

도서출판 청어람은 언제나 여러분의 소중한 작품 투고와 도서 출간 기획 등 다양한 제안을 기다리고 있습니다. chungeorambook@daum.net

2

여미의 구슬

정오찬 장편소설

MUSE

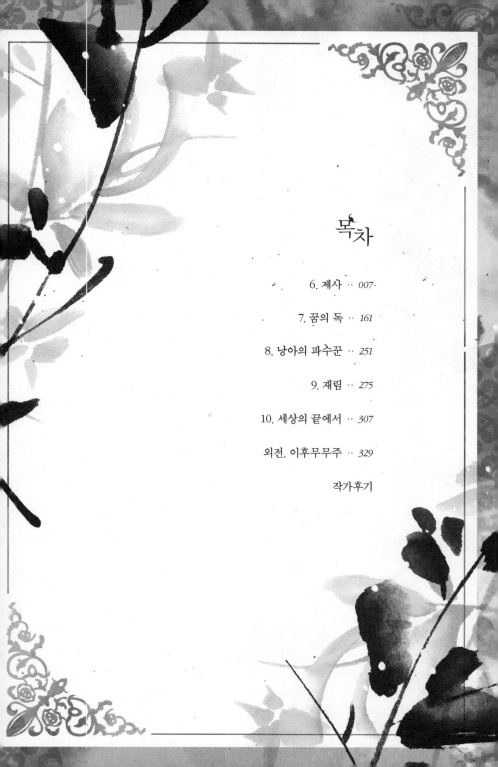

목차

6. 제사

어두운 방, 촛불이 바람에 흔들렸다. 신율은 천천히 장지문을 닫았다. 장지문에 가로막힌 바람이 웅웅거리는 소리를 내며 멀어졌다.

"이 밤에 무슨 일이야."

신라가 투덜거리며 하품했다.

"낭아구슬을 다시 불러낼 수 있는 방법을 알고 싶습니다."

"그런 방법은 없다."

신라가 딱 잘라 말했다. 신율은 잠시 고민하다가 여미에게서 들은 말을 털어놓기로 했다.

"제사를 지내면 된다고 합니다."

"제사라면, 떡이니 과일이니 하는 화려한 음식을 모아놓고 천지신명께 소원을 비는 그 제사를 말하는 거냐?"

"아마도요. 여미 님이 만난 은하수 도깨비가 재림제라는 것을 언급했습니다.”

여미에게 은하수 도깨비와의 대면을 전해 듣던 신율은, 낭아구슬이 거의 파괴되었다는 이야기를 듣고 가슴이 찢어질 뻔했다. 거의 죽을 만큼 절망한 후에 신율은 재림제에 대한 이야기를 들었다. 신율은 생전 처음 무언가를 간절히 원하게 되었고, 그로 인해 고통받게 되었다.

'비애의 노림수가 이것이었구나.'

제사를 통해 구슬을 복원할 가능성에 대해 이야기하자 신라가 어이없어 하며 고개를 저었다. 서씨 가문 사람들은, 으레 제사라 하면 황궁에서 요란하게 여는 허식이라 여겨왔다. 신라도 신율도 마찬가지였다. 그럴 수밖에 없는 것이 제삿날만 되면 황궁은 큼직한 만행을 저질러 댔다.

제삿날 자정부터 황궁에서 남녀노소 할 것 없이 사람을 모아 하루 종일 일을 시켰다. 제사에 드는 금도 만만치 않아서 제사를 한 번 지낼 때마다 황궁 예산이 휘청일 정도였다. 황궁의 제사를 따라 여염집에서도 제사를 지내던 때가 있었는데, 그 사치와 허영이 하늘을 찔러 백이십 년 전부터 민간 제사가 황명으로 금지되었다.

권세를 보여주기 위해 무리해서 준비하는 인간의 의식인 제사가 낭아구슬을 복원하는 방법이라고? 도저히 이해가 가지 않았다. 상다리가 부러지도록 인간이 좋아하는 음식만 차린 제사상이 소용 있을 거라고도 생각되지 않았다.

'하지만 믿고 싶다.'

비애가 의도한 고통을 고스란히 겪으면서도 고통을 포기할 수 없었다. 여미와 함께할 가능성이 없다 포기하고 편해지느니, 희박한 가능성에 매달려 고통받는 게 나았다.

"서수가 복원한 낭아전설에 재림제를 암시하는 시구가 있습니다."

낭아필재림, 이후무무주. 신율이 운율을 실어 고시조를 읊었다. 신라가 미간을 찌푸렸다.

"하지만 죽은 시체에서 꺼낸 죽은 구슬을 무슨 수로 되돌리겠어."

답할 말이 궁해진 신율이 입을 다물었다. 그러나 재림제에 대한 주장을 꺾진 않았다. 신라는 팔짱을 끼고 싶은 숙고에 들어갔다. 아무리 생각해 봐도, 겨우 고시조 두 줄만 믿고 재림제가 있을 거라 생각하는 신율의 믿음이 황당했다.

"소용이 있을지 없을지는 모르지만, 하여간 재림제를 지낼 겁니다."

"……진심이냐?"

"그것밖에 단서가 없지 않습니까."

신라가 부채를 탁 접었다.

"암시장을 뒤엎을 때부터 알아봤지만, 정말 단단히 미쳤구나."

신율은 대답하지 않았다. 대답할 마음도 없었거니와, 대답할 필요도 없었다.

"어쩌면."

신라가 입을 열었다.

"본가에 정보가 있을지도 모르겠다. 서씨 가문 본가는 환국 내에서 가장 많은 전승을 보유하고 있는 곳이니."

"본가에 있는 자료는 이미 형님이 모두 습득한 것 아니었습니까? 형님이 독파하지 못한 책도 있습니까?"

"난 도깨비 사냥에만 관심이 많아 고대 전승은 공부하지 않았다."

신율의 표정이 어두워졌다. 가문에서 인간과 도깨비 양쪽 설화와 전승을 가리지 않고 모두 수집했기에 고대 전승은 어마어마한 양을 자랑했다. 신라가 모른다면 처음부터 끝까지 뒤져야 한다는 건데, 무지막지한 고대 전승 속에서 제사에 대한 정보를 찾으려니 아득했다.

"걱정 마라. 아마 어머니가 알고 계실 거야."

서씨 가문 가주의 아내이자 그들의 어머니인 감 부인은 오래전부터 황궁 전문 제사장을 배출해 온 감씨 가문의 장녀. 감 부인은 서씨 가문에 들어오면서 수백 권의 귀한 제사 서적을 가지고 왔다. 어렸을 때부터 제사를 공부한 감 부인이라면 두 아들보다 수월하게 전승을 뒤질 수 있을 터다.

"신율, 내 너보다 특별히 잘난 건 아니다만…… 너를 아끼는 마음에서 충고 하나 하마."

장지문이 바람에 들썩거렸다. 때아닌 소란에 놀란 듯 방 안 공기가 술렁였다.

"이 모든 일이 도깨비들의 농간일 거라곤 생각 안 하나?"

신라가 뱉듯이 물었다.

"비애는 너를 괴롭히기 위해 낭아구슬을 주었어. 은하수 도깨비가 비애와 다를 거라고 생각할 근거가 없다."

일반적으로 도깨비는 거짓말을 잘 하지 못하지만, 은하수 도깨비만큼 강한 도깨비라면 불편함을 감수하고 거짓말 한두 마디는 할 수 있다. 게다가 신율은 은하수 도깨비와 직접 대면한 게 아니라 여미를 통해 대화 내용을 들은 것이니, 은하수 도깨비가 전달되는 와중 왜곡이 일어나도록 교묘하게 정보를 조작했다 해도 알아낼 수가 없다.

"대체 무엇 때문에 도깨비들이 작당하고 거짓말을 꾸민단 말입니까?"

신율의 어조에서 재림제가 진실이라 믿고 싶은 간절함이 묻어났다. 뒤늦게 간절함을 지우려 했지만 늦었다. 이미 그의 너덜너덜한 마음이 드러난 후였다. 신율은 끈질기게 낭아구슬의 단서를 추적해 나가면 여미와 함께할 방법이 있을 거라 믿고 싶었다.

"인간을 절망의 구렁텅이로 몰아넣기 위해."

신라가 부채를 접었다. 막대를 다 태운 촛불이 꺼졌다. 장지문 틈으로 새벽빛이 쏟아져 들어왔다.

"어쨌든 지체 없이 본가로 가야겠다. 하부동 암시장에서 있었던 일도 수일 내로 가주의 귀에 들어갈 테고."

신라가 말했다.

"출발할 때까지 낭아전설의 나머지 부분이나 곱씹고 있어라. 재림제와 눈곱만치라도 관련이 있는 건 그 두 구절일 테니. 혹시 알아? 새로운 단서가 나올지."

일리 있는 말이었다. 은하수 도깨비가 무사의 검에 사라진 이상 그들이 매달릴 수 있는 단서는 오로지 낭아전설뿐이다.

"그런데 정말 저 도깨비도 데리고 갈 거냐? 서씨 가문 본가는 도깨비들에게 지옥이나 다름없어."

신라가 우려를 표했다.

신율은 방문을 꼭 닫아놓고 잠든 여미 앞에서 고민했다.

겉으로 보기에 여미는 인간과 똑같이 생겼다. 뿔도 없고 손톱도 얌전하다. 신라가 도깨비의 기운을 숨기는 부적을 써주고 신율이 여미에게 단단히 주의를 준다면 들키지 않을 것이다.

신율은 고개를 저었다. 다 늙은 장로들이야 그렇다 쳐도 첫째 형 신태와 제 약혼자 화린은, 그리고 가주는 만만한 상대가 아니다. 하부도 암시장에서 무사에게 여미의 정체를 들키지 않은 걸로 보아 신태는 속일 수 있을지도 모르지만…….

"후."

신율은 깊은 한숨을 내쉬며 등을 젖혔다. 차가운 새벽 공기가 그의 심기를 더더욱 어지럽혔다. 신율은 여미의 정체와 함께 떠오른 또 하나의 중요한 단서에 대해 생각했다.

낭아전설과 재림제.

"그리고 낭아의 죽음."

낭아구슬을 파고들려면 필히 낭아의 죽음에 대해 생각해야 한다. 고시조에선 포희살낭아(包犧殺琅玡)라는 구절로 낭아의 죽음을 전하고 있다. 하지만 학자들은 이를 포희가 낭아를 살해했다는 뜻이 아니라, 그가 낭아의 죽음에 지대한 영향을 끼쳤다는 뜻으로 해석했다. 다섯 글자로 다섯줄을 채우는 고시조의 딱딱한 형식은 많은 글자를 생략하게 만든다. 실제로, 고시조엔 낭아부포희(包犧殺琅玡)등 문법에 맞지 않는 시구가 많이 등장한다.

학자들 사이에서 여러 가지 전승과 해석이 생겨났다. 어떤 이는 낭아가 포희를 잃은 슬픔을 견디다 못해 스스로 자진했다 하고 어떤 이는 낭아가 너무 많은 눈물을 흘려 대지에게 잡아먹혔다 했다. 또 어떤 이는 포희를 잃은 슬픔에 힘이 빠진 낭아가 세상에서 가장 깊은 계곡에서 발을 헛디뎌 추락사했다고도 했다.

이외에도 수십 가지 해석이 생겨났다. 해석들 중에는 낭아가 낭아산의 도깨비들로부터 공격을 받아 죽었다거나, 글자 그대로 포희가 자신을 놓아주지 않는 낭아를 몰래 살해했다는 피 냄새 나는 것도 많았다.

모든 전승이 공통적으로 인정하고 있는 것은 낭아의 죽음 이후 낭아산이 붕괴되었다는 것이다. 그렇지 않고서야 포희살낭아(包犧殺琅玡)라는 시구가 나올 수 없으니까.

포희는 낭아가 죽을 때까지 낭아산에 머물렀다. 낭아의 죽음 이후, 구분 없이 살고 있던 세계에 엄격한 구분이 생겼다. 하나로 뭉쳐 살던 도깨비들은 여와, 치우, 이탈, 환상으로 나누어졌다. 도깨비들은 서로 종족이 나뉘었으나 자유롭게 교류했다. 반면 도깨비와 인간 사이에는 돌이킬 수 없는 구분이 생겼다. 낭아와 포희 이후 도깨비와 인간은 서로 싸울 수밖에 없는 운명을 짊어지게 됐다.

"주인님, 밤이 늦었습니다."

도겸이 말을 걸었다. 신율은 어두운 창밖을 노려보고 있다가 혼잣말하듯 그에게 물었다.

"낭아전설을 알고 있나."

"그러믄요. 도깨비와 인간이 왜 싸우게 되었는지 설명하는 전설 아닙니까."

"만약에, 만약에 낭아전설이 사실이라면 포희는 끝까지 낭아의 곁에 있었던 거지? 낭아가 죽을 때까지?"

도겸은 대수롭지 않게 생각하더니 어깨를 으쓱하며 말했다.

"전설대로라면 그렇지요. 포희에게 미련을 버리지 못한 낭아는 자신이 죽는 순간까지 포희가 떠나가지 못하도록 붙잡고 있었다 하지 않습니까."

"낭아는 죽었지만, 낭아구슬은 전해져 내려오지 않지."

도겸이 고개를 갸웃했다. 그는 신율이 무엇을 말하고 싶은지 알아채지 못했다.

"……포희가 낭아구슬 소멸을 지시한 장본인일 가능성도 있겠군."

오랜 침묵 끝에 신율의 자신의 추측을 토해냈다. 만일 구슬에 도달할 방법을 숨긴 게 포희라면, 재림제는 포희와 관련 있는 걸까?

하부동에서 낭아구슬 파편을 찾았다 했더니, 은하수 도깨비가 말하길 낭아구슬이 거의 소멸됐단다. 소멸됐단 이야기에 절망하려 하려니 낭아구슬을 재림시키는 주술이 있단다. 그리고 기껏 손에 넣은 주술의 단서는 낭아전설과 복잡하게 얽혀 포희라는 새로운 인물을 끌어들였다. 머리가 깨질 것 같이 아팠다.

"갑자기 왜 낭아전설 이야기를 하나 했더니 낭아구슬 때문이었습니까? 낭아는 전설이 아닙니까. 항간에선 낭아구슬이 있다는 소문이 떠돌지만, 전설을 엄밀히 분석해 보면 이 세상에 낭아구슬 같은 건 없습니다. 애초에 낭아는 도깨비가 아니라 시조신이니, 구슬을 만들어낼 수 있을 리가 없죠."

'그렇지. 보통 사람은 낭아구슬이 있을 거라곤 상상도 하지 못하겠지.'

신율은 칼날로 가슴을 가르는 고통에 고개를 숙였다. 이무기 도깨비가 용이 되고 싶어 몸부림치는 고통보다 무시무시한 집착이 그를 옭아맸다.

신율은 침대 도깨비의 출현에 놀라 지친 채 자신에게서 등을 돌리고 자던 여미를 떠올렸다. 여미가 힘든 것을 알면서도 신율은 그 작은 등을 향해 끓어오르는 정염을 참을 수 없었다. 앞으로도 그럴 것이다. 자신의 괴물 같은 집착이 여미를 망가뜨린다 해도, 자신은 결코 여미를 풀어줄 수 없을 것이다. 본가에 가기로 한 이상 더는 지체할 이유가 없었다.

신라가 한참이나 여미를 꾸몄다. 여미의 옷자락과 치마 속에 도깨비 기운을 봉하는 부적을 덕지덕지 붙였다.

"아프진 않아?"

"아무런 느낌도 없다."

"흠, 부적은 제대로 작동하고 있는데."

신라가 여미의 옷자락 여기저기를 만지며 부적을 재차 확인했다. 웬만큼 격하게 움직여도 떨어지지 않을 거다. 그리고 큰형 신태도 알아차리지 못할 만큼 교묘했다.

신라는 제 작품을 보고 흡족한 미소를 지었다. 도깨비를 사냥하기만 했지 숨겨주려 한 건 처음이라 긴장했는데 훌륭하게 완성되었다. '역시 내 실력은' 따위의 시답잖은 생각을 하고 있던 신라는 처음 보는 것처럼 여미의 몸이 이루는 곡선을 자세히 바라보았다.

"그보다 몸이 훌쩍 자랐구나."

"몸이?"

"고작해야 열두 살이었던 외모가 어느새 스물은 되어 보이는데? 둔갑한 거냐?"

"하부동에서부터 함께 있었으면서 참 빨리도 묻는구나."

"둔갑술인 줄 알았는데, 계속 그 상태로 있는 걸 보니 사정이 있나 해서."

신라는 여미가 도깨비라는 사실을 알고 있기 때문에 여미의 겉모습에 그다지 주의를 기울이지 않았다. 몸이 자란 걸 알아차렸어도 굳이 이유를 묻지 않았다. 곧 열두 살 모습으로 돌아올 거라 생각하고 기다렸다. 그러나 하루가 지나고 이틀이 지나도 돌아가지 않기에 이제야 물어보았다.

"둔갑이 아니다."

"어린 모습은 어쩌고? 지금 모습이 본체일 리가 없는데. 도깨비는 몸이 자라지 않아. 한 번 각성하면 그걸로 끝이다."

신라가 알기로, 그리고 신율에게 듣기로 여미는 처음 각성했을 때 어린아이의 모습이었다고 했다. 여미가 복잡한 표정을 지었다. 여미도 어린 모습이 본체인 줄 알았는데 신율을 만지며 간질간질한 기분을 느끼자 몸이 훌쩍 자랐다. 설상가상으로 어린 모습으로 둔갑하는 것도 불가능해졌다. 여미가 자신의 이상한 증상을 신라에게 호소하려 할 때 식솔들의 지휘를 끝낸 신율이 다가왔다.

"부탁한 일은 다 하셨습니까."

"물론이다. 너는 이 둘째 형을 너무 못 믿는구나."

"여미 님, 혹여나 형님이 이상한 짓을 하지는 않았습니까?"

신율은 형의 대답을 무시하고 바로 여미에게 물었다. 신라는 부채로 입을 가리고 샐쭉해졌다. 여미는 잠시 입을 벌려 멍한 표정을 지었다가 고개를 저었다. 어린 모습으로 돌아갈 수 없다는 말을 신율에게 할 필요는 없겠지.

"그보다 집에는 뭐라고 둘러댈 작정이야? 몇 주 전부터 화린도 머물고 있는데."

말고삐를 쥐며 신라가 물었다. 신율은 별걱정 없이 대답했다.

"도깨비라는 것만 빼고 사실대로 말할 겁니다. 화린과는 이전에 합의를 보았습니다. 큰형님과 가족들에게도 제대로 설명할 생각입니다. 확실히 해야죠."

도깨비가 도깨비 사냥꾼 집에 가는 사상 초유의 사태다. 신율은 자신이 여미를 지킬 수 있을 거라 믿어 의심치 않았다. 그 믿음은 자신이 언제나 여미의 곁에 있을 거라는 전제에서 출발했다. 여미가 도깨비라는 것을 들켜도 신율에 곁에 있는 한 누구도 그녀에게 함부로 하지 못한다.

신율은 여미와 낭아전설에 신경을 빼앗긴 나머지, 세상 모든 일은 계획대로 되지 않는다는 걸 깜빡 잊었다.

*

"이곳이 인간들의 수도로구나!"

수도에 도착한 여미는 감탄을 감추지 못했다. 이리저리 돌아다니고 싶은 걸 참느라 여미의 몸이 부르르 떨렸다. 신율은 무거운 마음에도 비어져 나오는 웃음을 참을 수 없었다.

"서씨 가문 도련님들 아닌가?"

"어쩐 일로 두 분이 함께 행차하신다지?"

사람들이 술렁였다. 여미가 다른 곳에 한눈을 팔고 있을 때 물결 갈라지듯 수도의 백성들이 양쪽으로 갈라졌다. 서씨 가문의 도련님들에게 길을 틔워주기 위해서였다. 여미가 눈을 동그랗게 떴다.

"인간들이 왜 다 저 하는 일을 멈추고 우리를 빤히 바라보는 것이냐."

정확히 말하면 여미가 아니라 신율과 신라를 바라보는 것이었지만 그게 그거였다. 신라가 부채를 펼쳐 살살 바람을 일으켰다.

"여태까지 신율과 함께 다니면서도 서씨 가문의 위세를 몰랐던 건가? 너도 어지간히 둔하구나."

신율이 일부러 보여주지 않았다. 도깨비인 여미는 인간이 많은 곳에서 위험을 느끼기 때문에 굳이 서씨 가문의 위상을 보여주려고 많은 사람을 모을 생각을 하지 않았다. 사람들의 시선이 모이자 여미가 긴장했는지 신율의 뒤로 폴짝 뛰어올라 그의 허리를 감쌌다. 옷 위로 스치는 감촉이 느껴졌다. 맨살이 닿은 것도 아닌데 신율은 따끔한 아픔을 느꼈다.

"곧 본가에 갈 겁니다."

"도깨비 사냥꾼의 소굴 말이냐."

여미가 심각하게 말하자 옆에서 듣고 있던 신라가 풋 웃음을 터뜨렸다. 여미는 얄미운 마음에 신라를 노려보았다.

"서씨 가문을 도깨비 사냥꾼의 소굴이라 말하는 자는 너밖에 없다."

"소굴이 소굴이지 무엇이냐."

여미가 툴툴거렸다. 신라가 손을 휘젓자 그들을 주목하고 있던 인파가 하나둘 흩어졌다.

서씨의 본가는 수도 내에서도 가장 깊숙한 곳에 자리한다. 수도에서 가장 큰 집 사방에 높다란 벽을 둘러치고 벽 위에는 공들여 구운 기와를 모양 좋게 얹었다. 문을 열자 복잡한 수도에서 보기 힘든 한가한 정원과 호수가 나타났다. 심지어 호수 위에는 다리와 정자까지 있었다. 거의 황성과도 같은 화려함이었다.

신율은 여미에게 제 옆에 꼭 붙어 있으라고 말하기 위해 고개를 돌렸다. 어렸을 때부터 이 집에서 자라온 신율이야 익숙하지만 처음 서씨 가문은 방문하는 이들은 곧잘 길을 잃어버리곤 했다. 안전을 위해 담장이며 정원이며 오솔길을 있는 대로 비틀어놨기 때문이다.

당부하려는 순간 오솔길 사이로 붉은 머리를 가진 하인들 한 무리가 나타났다. 그들은 한눈에 봐도 서씨 가문의 식솔들과 달랐다. 일단 환국에서 보기 드문 붉은 머리카락이 인상적이었고, 서씨 가문의 차분한 옥색 옷과는 다른 화려한 주홍색 옷을 입었다. 허리에는 붉은 띠를 두르고 대부분이 빈 화살통을 찼다. 신율이 눈살을 찌푸렸다.

"어째서 너희들이 여기 있는 것이냐."

무리 중 우두머리로 보이는 남자가 나섰다.

"화린 님이 여기 있으니 당연히 화씨 일가 사람들도 여기 있는 것 아니겠습니까, 매부."

남자가 신율을 향해 능글맞은 미소를 지었다. 신율의 허리춤을 잡고 말 뒤에 타고 있던 여미가 물었다.

"'매부'라니? 매부가 무엇이냐?"

신율이 흠칫했다. 그가 말에서 내렸다. 그리고 양팔을 벌려 여미도 안아 내려주었다. 양발을 땅에 디딘 여미가 잠깐 휘청거렸다. 붉은 머리 사내는 여미를 놓치지 않고 물었다.

"신라 님 이외에 동행이 있다고는 듣지 못했는데요. 그 낭자는 누굽니까?"

신율은 붉은 머리 남자의 시야에서 여미를 가렸다.

"네가 신경 쓸 것 없다. 화린은 어디 있지?"

"누님은 사냥터에 있습니다. 화살을 다듬고 있죠."

"불러다오. 화린에게 내 긴히 할 말이 있다."

그 이후로도 여미가 알아들을 수 없는 대화가 한참이나 이어졌다. 붉은 머리 남자가 누나를 데려오겠다며 사냥터로 떠났다. 붉은 머리 일가가 모두 사라지는 걸 확인한 신라가 말했다.

"화린 하나였다면 아무 일 없었겠지만 화씨 일가가 모여 있다면 좀 골치 아픈데. 화린이 나서서 사정을 설명하기 전까지 여미는 공공연히 돌아다닐 수 없겠군."

"여미 님이 숨어야 할 이유는 없습니다."

신율이 노기를 드러내며 말했다.

"나도 그렇게 생각한다. 하지만 화씨 일가는 그렇게 생각하지 않을 걸. 서씨 가문의 삼남이 수상한 여자에게 홀려 가문 동맹을 망치려 한다고 생각할 거다. 심하면 여미에게 비난의 화살이 돌아갈 수도 있어."

신율은 입을 꾹 다물었다. 평소와 달리 쉽게 화내는 신율의 모습에 여미가 당황하여 그의 소매를 잡아끌었다.

"무슨 일이냐?"

여미의 걱정스러운 물음에 신율의 표정이 금방 풀어졌다.

"아무것도 아닙니다. 다만 여미 님을 집안사람들에게 보이기 전에 해결해야 할 사소한 문제가 있습니다."

"그래. 내 충분히 예상했다. 도깨비 사냥꾼 소굴에 그렇게 쉽게 잠입할 수 있을 리 없지."

"아니, 우리는 잠입하는 것이 아니라……."

"그래서 나는 어디 숨어 있으면 되는 것이냐? 담장 아래? 장독대 속에?"

신율이 한숨을 내쉬었다.

"그런 좁고 초라한 곳에 숨을 필요 없습니다."

여미는 처음 부화해서 신율을 피해 숨을 때 마구간을 선택했다. 알몸으로 지푸라기 속에 숨어든 것에 비하면 장독대는 아늑할 것 같은데, 신율은 눈에 불을 켜고 반대했다.

"제 방에 들어가 계십시오."

도겸과 려류가 쪼르르 앞으로 나왔다. 그들이 앞서서 신율이 지내는 별채가 있는 곳으로 여미를 안내했다. 신율은 신라 보고 먼저 본채에 가 있으라고 일렀다.

"그렇게 신경이 쓰이느냐? 아예 옆구리에 끼고 다니지 그러니."

신라가 부채로 입을 가리며 눈웃음을 지었다. 신율은 형의 이죽거림을 무시하고 여미를 데려갔다.

신율의 거처는 그의 성품처럼 정갈했다. 신율을 모시는 식솔들은 하나같이 조용조용한 걸음걸이로 돌아다녔다. 마당을 쓸던 시비 몇 명이 신율의 행차에 깜짝 놀라 허리를 숙였다. 신율의 무복을 들고 바삐 움직이던 여인들도 고개를 숙였다. 더없이 조용히, 그리고 신속하게 만들어진 장면이었다.

요란하지 않았지만, 여미는 이 조용한 광경에서야말로 신율의 진가가 드러난다고 생각했다. 모든 식솔들이 사전에 짜기라도 한 듯 한 몸이 되어 움직였다. 주인에 대한 진정한 존경심이 없으면 저런 신속함은 나올 수 없다. 서씨 가문의 혈족이 얼마나 대단한지는 모르겠지만 적어도 신율은 이 공간의 절대적인 지배자였다.

"오셨습니까, 도련님."

식솔들 중 가장 나이 든 여인이 나와 인사했다. 도겸이 신율의 짐을 건넸다. 젊은 하인들이 달려와 짐을 받았고 여인들은 신율이 본가 내에서 입을 옷을 준비하기 시작했다.

"옆의 분은?"

늙은 여인이 조심스레 물었다. 여미가 쭈뼛쭈뼛 앞으로 나섰다. 신율은 여미의 어깨에 손을 얹으려다가 허공에서 손을 멈췄다. 그는 여미의 어깨를 쓰다듬는 대신 손을 들어 여종들을 불렀다.

"나의 손님이다."

려류를 비롯해 여미의 시중을 들던 여종들이 일제히 고개를 끄덕였다.

"나에게 하는 것과 다를 바 없이 모자람 없게 모셔라."

신율이 엄하게 말했다.

"만일 조금이라도 모심에 부족함이 있다면 내 너희를 손수 처벌할 것이다."

하인들의 어깨가 미세하게 떨렸다. 신율은 겉으로 보기엔 다정했지만 사실 엄격한 주인이었다. 상벌에 예외가 없었고, 시종들이 하는 일을 어렵지 않게 모두 파악했다. 무엇보다 신율은 무섭다. 신율의 다정한 눈매만 보고 서씨 가문에 드나드는 귀한 아씨들은 몰랐지만, 신율을 어렸을 때부터 지켜보았던 서씨 가문 식솔이라면 신율의 진짜 성정을 안다. 신율은 손속에 자비가 없는 남자다.

신율이 열다섯이었을 때 서씨 가문의 창고에서 이탈도깨비 구슬을 훔친 하인이 하나 있었다. 이탈도깨비 구슬 하나면 삼대가 풍족하게 먹고 살 수 있으니 눈이 뒤집힐 만도 했다. 시종의 범행은 이틀도 지나지 않아 밝혀졌다. 신율의 별채에서 일어난 일이기에 시종의 처분은 그의 손에 떨어졌다.

신율은 하인의 구구절절한 사연을 모두 들었다. 도둑질을 하긴 했지만 누구나 눈물을 글썽일 수밖에 없는 사연이었다. 게다가 하인은 서씨 가문을 대대로 섬기고 있던 측근이었다. 하인의 말이 다 끝났을 때 신율은 아무 말 없이 검을 꺼내 들었다. 그리고 하인의 손목을 묶고 있는 밧줄을 끊었다. 하인은 풀려나는 줄 알고 얼굴에 화색을 띠었다. 다음 순간, 보이지도 않을 만큼 빠르게 지나간 신율의 검에 의해 하인의 양 손목이 잘렸다.

"가칙에 따라 도둑질한 자의 손목을 자른다."

그것뿐이었다. 신율에게 자비란 없었다. 그는 도깨비 사냥꾼에 어울리는 차가운 마음을 지녔으며, 한 번 명령을 내리면 거두지도 바꾸지도 않는다. 그런 신율이 '모심에 부족함이 있다면 손수 처벌'한다고 했다. 하인들은 모두 고개를 조아리며 여미의 눈치를 살폈다. 대체 저 작은 여자가 어떤 존재이기에 신율이 존대하며 부족함 없이 모시라고 하는 걸까. 몇몇 하인들의 얼굴에 궁금증이 피어올랐다.

"성심껏 모시겠습니다. 도련님은 근심 없이 본채에 다녀오십시오."

늙은 여인이 말했다. 여미는 여미대로 여태껏 들른 서씨 가문의 별장과는 사뭇 다른 본가의 분위기에 적응하기 어려워 안절부절못했다. 신율은 여미를 놓고 가기 걱정되어 몇 번이나 돌아보았다. 그러나 화씨 일가를 처리하지 않으면 여미가 본가에서 마음대로 돌아다닐 수 없다는 걸 알기에 결국 본채로 걸음을 옮겼다.

"여미 님, 여기는 신율 도련님만 드나들 수 있는 곳이니 안심하셔도 됩니다."

여미의 불편함을 알아차린 려류가 빠르게 말했다. 정확히 말하면 이곳은 신율보다 아랫사람에게만 금지된 공간이다. 그러나 신율의 공간에 마음대로 들어올 수 있는 윗사람은 서씨 가문의 가주와 장남, 그리고 신라밖에 없었기에 아무도 드나들 수 없는 거나 마찬가지였다.

"이리 들어오시죠."

늙은 여종이 여미를 안으로 안내했다. 여미가 신발을 벗는 걸 기다리던 늙은 여종이 무언가 깨달은 듯 눈을 깜빡였다.

"목욕물을 데워라. 먼 길을 오셨으니 여독부터 풀고 싶으실 거다."

"아니……!"

목욕이라는 말에 기겁한 여미가 황급히 고개를 저었다.

"여미 님, 목욕하셔야죠!"

려류가 호들갑스럽게 말했다. 어쩔 수 없이 여미는 또 한바탕 목욕을 했다. 여인들의 수많은 손이 여미의 머리를 적시고 몸을 씻기고 물기를 말려주었다. 그것으로도 모자라 참빗으로 머리를 빗기고 고운 향유를 바르고 지친 발을 주물러 주었다. 여미는 모든 손길이 간지럽고 부담스러워 견딜 수 없었다.

"이제 되었다!"

"정말 괜찮습니까?"

목욕 과정을 감독하던 늙은 여종이 물었다. 여미는 고개를 휘휘 저었다.

"정말 되었다."

"그렇습니까. 목욕 이후 드실 달달한 후식을 들이려 했습니다만."

여미의 눈이 동그랗게 떠졌다. 인간들이 말하는 '후식'이 달콤한 먹거리를 뜻한다는 것을 알았다. 여미는 겸연쩍게 헛기침을 했다.

"어제 신태 도련님이 귀가하셔서 집안에 먹거리가 넘쳐납니다."

"크음. 꼭 가져다주고 싶다면 꿀떡을 달라."

늙은 여종 옆에 서 있던 려류가 빙긋 웃었다. 그녀는 여미가 좋아하는 꿀떡과 약과를 한가득 담아 왔다.

여미는 꿀떡과 약과를 먹으며 얌전히 기다렸지만 신율은 늦게까지 오지 않았다. 끊임없이 들어오는 서씨 가문의 맛있는 다과를 한가득 펼쳐 놓고, 여미는 꾸벅꾸벅 졸기 시작했다. 양손에 쥐고 있던 졸인 대추가 툭 떨어졌다. 대추 떨어지는 소리에 여미가 게슴츠레한 눈을 뜨고 바닥을 더듬거렸다.

꿀에 절인 대추는 맛있다. 대추 두 알만 먹고 정신 차린 채 신율을 기다리려 했는데 하나를 먹고 나머지 하나는 손에 쥔 채 잠들었다. 어둠 속에서 대추는 데굴데굴 굴러 여미의 손을 잘도 피했다. 여미는 약이 올라 다과 바구니 사이를 헤집으며 대추를 따라갔다.

"잡았다!"

여미가 대추알을 잡는 순간 그녀의 몸짓에 의해 다과상이 엎어졌다. 요란한 소리가 나며 여미는 바삭하게 만든 견병 사이에 파묻혔다. 얼굴로 쏟아지는 곡물 가루를 털어내며 몸을 부르르 떨었지만 꿀과 엿기름으로 인해 잘 떼어지지 않는다. 여미는 한참이나 견병 과자들 틈에서 고투했다. 문이 열린 건 그때였다.

"신율, 돌아왔다는 소식을 들었다. 가주께 보고를 올리기 전 잠시 의논하고 싶은 게 있다만."

남자는 짧게 별채 주인의 이름을 불렀다. 여미는 과자 더미 속에 묻혀 있느라 남자의 모습을 보지 못했다. 그저 방바닥에 생긴 남자의 그림자를 보고 그의 목소리를 들었을 뿐이었다. 남자의 목소리는 청명하고 우아한 신율의 목소리와 달랐고, 비꼬는 어조가 매끄러운 신라의 목소리와도 달랐다. 묵직하고 믿음직스러운 목소리였다. 게다가 어쩐지 익숙했다. 그래서였을까, 여미는 망설임 없이 도움을 청했다.

"누군지는 몰라도 나를 좀 구해다오."

얼굴에 붙은 견과를 떼어내며 여미가 손을 뻗었다. 허공에서 손을 휘저었지만 아무런 대답도 들리지 않았다. 몇 분 동안 방황하던 여미의 손이 무언가 잘못되었음을 깨닫고 슬쩍 과자 더미 안으로 돌아갔다.

여미는 고개를 들어 남자의 얼굴을 보았다. 달빛을 등진 역광이라 남자의 얼굴이 제대로 보이지 않았다. 그러나 남자의 수려하고 단단한 외모는 충분히 확인할 수 있었다. 외모 역시 신율이나 신라와는 달랐다. 신율은 푸른 기운이 도는 정갈한 흑발이고, 신라는 여인보다 곱고 긴 장발인 데 반해, 남자는 오로지 순수한 흑색으로 이루어진 짧은 머리카락을 가졌다.

남자의 외모에서 가장 강렬한 것은 눈빛이었다. 역광임에도 불구하고 남자의 눈은 스스로 빛나는 것처럼 형형했다. 인간이라는 확신이 없었다면 이탈도깨비가 아닐까 의심스러울 정도였다.

'목소리뿐만 아니라 눈동자도 익숙하다.'

불처럼 타오르는 눈동자. 분명 어디선가 보았다. 여미는 힘겹게 머릿속을 뒤졌다. 얼굴에 붙어 있는 과자 가루 때문에 머리가 잘 돌아가지 않았다.

"이곳이 어디라고 좀도둑이 들어왔느냐. 하부동도 그렇고, 수도도 그렇고, 잠깐 관리와 시선을 거뒀더니 잡인들이 판치는군."

남자가 엄중한 목소리로 꾸짖듯 말했다. 여미는 놀라서 몸을 사렸다. 도깨비인 걸 들키지 않아 다행이지만 도깨비 못지않게 반갑지 않은, 잡인이라는 오해가 생겼다. 여미는 조심스레 일어섰다. 발걸음을 옮겨 남자의 사정권 안으로 들어갔다. 곱게 내리는 달빛 아래 여미의 모습이 드러났다. 시종일관 무뚝뚝하게 서 있던 남자의 표정이 변했다.

"여자…… 였나? 게다가 너는……."

호칭이 잡인에서 여자로 바뀌었다.

"하부동의…… 그렇군, 신율의 곁에 있던 여자로군."

호칭은 바뀌었지만 여미를 향한 위협은 줄어들지 않았다. 오히려 달빛 아래 드러난 여미의 모습을 본 이후 남자는 더욱 격하게 반응했다.

'신율을 알아?'

여미가 깜짝 놀랐다. 물론 여기는 신율의 집이니 그를 모르는 사람 찾기가 더 어렵겠지만, 지금 눈앞에 서 있는 남자는 무언가 달랐다. 게다가 하부동이라면…….

"어어, 하부동의 무사!"

서씨 가문의 본채, 그것도 신율의 방에 들어온 남자는 바로 하부동에서 은하수 도깨비를 죽이고 여미도 죽일 뻔한 수수께끼의 무사였다! 여미는 너무 놀라 숨 쉬는 것도 잊어버렸다.

"하부동에서 은하수 도깨비와 있던 여자로군."

그도 여미를 알아보았다.

"용케 길바닥에서 객사하지 않고 살아남았구나."

여미는 뒤도 안 돌아보고 달음박질쳤다. 도망치기 위함이었다. 그는 어렵지 않게 여미의 뒷덜미를 잡아챘다.

"아!"

여미가 비명을 지르더니 발랑 뒤로 자빠졌다. 남자의 손에 담긴 힘이 너무 컸다. 남자 역시 생각보다 훨씬 가벼운 여인의 몸에 놀랐다. 인간이 이렇게 가벼울 수 있나? 남자는 혼란스러웠다. 남자 손에 잡힌 건 인간의 무게가 아니었다. 이건 거의 공중을 떠다니는 꽃씨라고 해도 좋을 정도였다. 남자가 여미를 번쩍 들어 올렸다.

"넌 뭐지? 대체 무슨 존재이기에 이토록 가볍고, 기이한 기운을 풍기는 거지? 악하다고 하기엔 너무나 약하고, 상서롭다고 하기엔 너무나 요사스럽구나."

여미가 양손으로 입을 막았다. 남자의 눈이 가늘어졌다. 말려 올라간 동정 속에 신라가 매어준 부적이 보였다. 남자는 단박에 부적의 용도를 알아차렸다.

"도깨비였나."

남자의 목소리가 빙점 이하로 낮아졌다. 부적을 발견하기 전에도 살가운 목소리는 아니었지만, 도깨비인 걸 들키고 나자 모든 게 달라졌다.

"도깨비라서 그랬군. 도깨비라서 그리도 망설임 없이 동족을 위해 목숨을 내놓은 거였군? 자신의 생을 간단히 포기하면서까지?"

남자가 신랄하게 말했다. 여미는 울고 싶었다. 왜 이 남자는 화가 난 건가. 여미가 도깨비라서? 물론 여미가 도깨비인 것도 남자의 화를 돋웠지만, 그것뿐만이 아닌 것 같았다.

"그래. 인간 중에 그런 자가 있을 리 없지."

남자가 중얼거렸다. 역설적이게도 남자는 여미가 도깨비라는 걸 알고 무척 실망했다. 목소리에 허탈함마저 느껴졌다. 여미는 도저히 남자의 감정을 따라갈 수 없었다.

"들풀처럼 약하면서 목숨 아까운 줄 모르는 인간이…… 있을 리가 없다."

남자가 여미를 내려놓았다. 여미는 도망치고 싶었지만 그럴 수 없었다. 발바닥에서 뿌리가 뻗어 나와 땅 속에 파고든 듯 꼼짝도 할 수 없었다.

"어떻게 신율과 함께 이 집에 왔지? 하부동에선 도깨비의 기운을 억누르는 부적도 없었는데 어떻게 나를 감쪽같이 속인 거냐?"

어조는 여전히 차분하고 또렷했지만 여미는 그 안에 녹아든 분노를 느꼈다. 더불어 표정도 무서웠다. 표정만 놓고 본다면 도깨비는 여미가 아니라 남자였다. 여미는 억울했다. 속인 게 아니다. 남자가 맨몸인 여미를 보고 제멋대로 인간이라 판단한 거다.

"아니, 대답할 필요 없다. 죽어라."

"마, 말이라도 들어보아야 할 것 아니냐! 내가 인간이면 어찌하려고!"

"인간인가?"

"그……"

"아니군. 죽어라."

아무리 수상한 꼴을 하고 있다 해도 멀쩡한 인간 모습인 데다가, 서씨 집안 삼남인 서신율과 함께 행동한 여자인데 도깨비임을 아는 순간 남자는 망설임 없이 검을 치켜들었다. 그의 어조엔 한 조각의 흐림도 없었다. 그는 오로지 여미가 도깨비이기 때문에 그녀를 죽일 생각이다.

'이 남자는 여태까지 만난 인간들과 근본적으로 다르다.'

온몸의 솜털이 곤두섰다. 남자는 허리춤에 차고 있는 검에 손을 가져갔다. 무예에 대해 잘 모르는 여미도 확실히 느낄 수 있는

짙은 살기가 방 안을 채웠다. 저 묵직한 검이 휘둘러지는 순간 여미의 명줄은 끝날 것이다.

'도망쳐야 해!'

여미의 본능이 외쳤다. 여미가 서툰 발걸음으로 뒷걸음질 치는데 갓 부화했을 때처럼 발이 꼬였다. 사방으로 손을 휘저었다.

"소용없어."

남자는 낮게 뇌까리며 여미의 뒤를 밟았다. 야속하게도 한 걸음이면 충분했다. 남자는 한 걸음으로 여미가 기껏 벌려놓은 거리를 메워 버렸다.

"왜, 왜 이러는 것이냐? 나는 인간이다!"

여미가 결국 심장을 긁는 고통을 참고 거짓말을 내뱉었다. 벽에 기대 양팔로 몸을 감쌌다. 자신의 입으로 인간이라고, 거짓으로 말하는 날이 올 줄은 몰랐다.

"더 이상 나를 기만하지 마라. 기만은 질색이다."

남자는 여미의 몸을 한번 슥 보았다. 남자의 눈이 더욱 사나워졌다. 마치 여미의 존재 자체가 그의 심기를 건드리기라도 한 듯이.

"도깨비 주제에 거짓말도 하는구나."

남자가 불편한 기색을 풍겼다. 물론 여미는 도깨비이고 남자는 인간이니 서로 존재 자체가 불편할 터였다. 그러나 남자가 여미의 정체를 알고 나서부터 드러낸 위협감은 단순히 종족이 다르다는 이유 때문이라기엔 너무 개인적이었다. 여미가 남자의 역린, 깊은 곳을 건드렸다.

문제는 그게 뭔지 여미도 모른다는 것이었다. 남자의 검이 가까이 왔다. 여미는 눈을 꾹 감고 벽에 찰싹 붙었다. 둔갑술이 들지 않게 되었으니 작게 변해 빠져나가려 해도 불가능하다. 둔갑술을 제외하면 여미에겐 변변한 능력이 없었다. 정수리 위로 다가오는 묵직한 검의 기운을 느끼는데 장지문 쪽에서 다급한 목소리가 들렸다.

"형님, 안 됩니다. 그분은 제 손님입니다."

"신율!"

여미는 안도감에 벽을 타고 내려가 주저앉았다. 신율이 왔다! 여미는 손으로 바닥을 짚어 남자의 그림자에서 벗어났다. 남자는 저를 피하는 여미를 보며 망설이다가 신율에게 돌아섰다.

"왜 도깨비가 서씨 가문의 본가에 있는 거냐."

남자는 여미를 겨눈 검을 내리지 않았다. 신율도 지지 않고 예기를 뿜어냈다. 공기가 터질 듯 팽팽해졌다.

"진심으로 싸우면 제가 이깁니다."

"웃기는구나. 나를 죽일 셈이냐? 저 도깨비를 구하려고?"

"예."

신율이 단호하게 대답했다. 남자의 눈썹이 꿈틀거렸다.

"설명하자면 깁니다. 그러나 꼭 들으셔야 합니다. 신라 형님도 알고 있는 일입니다."

여미는 눈으로 두 사람의 관계를 바쁘게 살폈다. 신라에게도 불손하게 대하는 신율인데 눈앞의 남자에게는 최소한의 예의를 갖추고 말했다. 여미가 알기로 신율보다 높은 사람은 두 명밖에 없다. 신율의 아버지와 신율의 큰형.

남자는 신율의 아버지라 보기에는 너무 젊었다. 많이 잡아봤자

이십대 후반에서 삼십대 초반 정도? 여미는 남자에게서 산전수전 다 겪은 도깨비 사냥꾼에게 몰리는 느낌을 받았다. 그녀가 느낀 압박감에 비하면 남자는 굉장히 어렸다. 진중한 분위기 때문에 나이가 들어 보이는 인간이었다. 아버지가 아니라면 남은 후보는 하나뿐이다.

"말해봐라."

"감사합니다, 큰형님."

신율의 큰형, 서씨 가문의 장남인 서신태.

*

"형님이 수도에 퍼진 상서로운 기운을 추적하시는 건 알고 있었지만, 하부동까지 오실 줄은 몰랐습니다."

"쫓던 물품이 하부동에 흘러가지 않았다면 나도 굳이 수도를 벗어나지 않았을 거다."

"과연, 두루마리가 수도에서 온 물건이라 형님께서 따라오신 거로군요."

신율과 신태는 작은 상을 사이에 두고 서로 마주 앉았다. 신율은 상 위에 여러 서책을 쌓는 중이었고 신태는 눈을 감은 채 팔짱을 끼고 신율이 서책을 다 쌓는 걸 기다리고 있었다. 여미는 두 남자의 진중한 분위기가 영향을 미치지 않는 구석에서 울면서 견병을 먹었다. 죽을 뻔하고 나니 입에서 단 것을 달라 아우성을 쳤다.

"신율, 내가 저 도깨비를 잡아 죽이는 걸 원치 않는다면 빨리 설명해야 할 거다. 이 모든 상황을 말이다."

신태는 가끔 눈을 뜨고 구석에서 견병을 먹는 여미를 바라보았다. 그의 눈빛은 복잡했다. 자신의 눈에 띄고도 살아남은 도깨비가 있다는 사실이 그를 괴롭혔고, 그 도깨비가 울면서 과자를 우물거리고 있다는 사실도 그를 괴롭혔다. 그리고 무엇보다, 그 도깨비는 신태가 처음으로⋯⋯.

"형님, 이걸 보시지요."

신태의 생각은 신율의 말로 깨어졌다. 신태는 신율이 펼친 서책 중 낭아산의 전설에 대한 책을 집어 들었다. 여미의 정체와 낭아산의 실존 가능성에 대한 신율의 기나긴 이야기가 이어졌다. 여미와 만난 과정을 순차적으로 설명하면서도, 신율은 자신이 그녀에게 끌리고 있다는 말은 하지 않았다. 괴짜 신라라면 몰라도 가문의 가풍을 그대로 이어받은 고지식한 큰형이 동생의 마음을 바로 받아들일 수 있을 리 없다. 다행히 신태는 낭아산 전설에만 지대한 관심을 보였다.

"수도에 출현한 기운이 낭아구슬의 것이라고."

예상대로 신태는 크게 놀랐다.

"저 흰 도깨비가 낭아의?"

"추측일 뿐입니다만."

놀라움이 어찌나 큰지 신태는 서씨 가문의 원칙조차 잠시 잊어버렸다. 그는 낭아산을 다룬 서책을 손가락으로 쓰다듬으며 생각에 잠겼다. 상서로운 기운의 출현 시기와 여미의 각성 날짜, 비애가 던져 준 낭아구슬과 여미의 정체에 대해 깊이 고민했다.

"장로 회의에 내걸 만한 주제로구나."

긴 고민 끝에 신태가 말했다.

"과연, 낭아전설의 증거가 된다면 저 도깨비를 살려둘 이유가 있지."

여미를 두고 '저 도깨비'라 이르는 신태의 어조가 유난히 차가웠다. 여미는 견병을 집어먹다 사례가 들려 쿨럭거렸다. 또 이런다. 신태는 여미에게 특별한 미움을 느끼고 있음이 분명했다.

"꼭 증거이기 때문만은 아닙니다."

신태의 입에서 여미가 고작 '증거'라는 소리가 나오자 신율은 저도 모르게 대꾸했다. 신태는 산동, 황천, 하부동의 지도를 펼치다가 신율을 바라보았다. 신율은 흔들리는 촛불 옆에서 굳은 표정으로 제 형을 노려보았다. 신율의 표정이 심상치 않음을 빠르게 알아챈 신태가 저도를 내려놓았다.

"무언가 더 있는 것이냐?"

"아닙니다. 장로 회의나 잡아주십시오. 서씨 가문 식솔들에게 여미 님을 건드리지 말라 지시도 내려주시고."

신율은 더 이상 아무 말도 하지 않았다. 신태도 더 묻지 않고 일어섰다. 나가기 직전 고개를 돌리니 신율이 황금색 눈을 가진 도깨비를 보호하듯 신태의 시야를 가렸다. 신태는 흰 도깨비로부터 눈을 돌렸다.

"신율."

"네, 형님."

"가주께선 지체 없이 도깨비를 죽이라 하실 거다. 난 가주의 명령만 있다면 당장 저 도깨비를 죽일 거고."

"……죽여선 안 됩니다."

"가주를 설득할 생각이라면 나부터 설득해라."

신율은 말문이 막혔다. 신태는 신율이 여미에게 단순한 흥미 이상의 감정을 가지고 있다는 걸 쉽게 꿰뚫어보았다. 큰형이 하도 원칙을 고수하는 원론주의자이다 보니, 그가 기민한 눈치를 가지고 있다는 사실을 가끔 까먹곤 한다. 상대방이 숨기는 걸 찾아내는 솜씨는 신라보다 신태가 한 수 위였다.

"형님이 이해하실 수 있겠습니까?"

신율이 진지하게 물었다.

"형님에게 도깨비는 무조건 죽여야 할 대상입니다. 애초 생(生)을 고려하는 대상이 아니지요. 그런데 어찌 형님과 도깨비의 생을 논할 수 있겠습니까."

"무슨 말이 하고 싶은 게냐."

"아무것도 아닙니다."

신태는 장지문을 열고 어둠이 짙게 내린 정원으로 나아갔다. 신태는 확신했다. 막냇동생의 마음속에 '집착'이라 부를 만한 부적절한 감정이 있다.

'하필이면.'

아버지가 어머니에게 집착하는 것을 가까이서 보아왔기에 쉽게 알아챘다. 그건 서씨 가문의 남자라면 누구나 한 번 겪게 되는 광증의 씨앗이다. 무슨 연유에선지는 몰라도, 신율의 광증은 흰 도깨비를 향했다. 신태는 아직 신율이 여미에게 느끼는 감정이 사랑이라는 것까지는 알아채지 못했다.

더불어, 신태는 자신의 마음속에서 싹틔운 감정도 알아차리지 못했다. 천하의 서신태가 도깨비 앞에서 검을 집어넣고 물러나다니. 신태를 아는 사람이 보았으면 주저 없이 '미친 짓'이라 소리쳤을 일이었다.

의도적인 건지 아니면 정말 바쁜 건지, 그 이후 신태는 시도 때도 없이 신율을 불러댔다. 신태가 개인적인 용무로 불렀다면 신율은 여미의 곁을 떠나지 않았을 것이다. 그러나 신태는 매번 서씨 가문 장로들과 서씨 가문의 가주인 아버지의 이름을 들먹여 신율을 불렀다. 낭아산에 대한 단서를 해독한다는 구실이었다.

"아직 화씨 가문 일가에게 여미 님을 건드리지 말라고 경고하지 못했습니다."

여느 때처럼 여미의 저고리를 입혀주던 신율이 말했다.

"그러니 조금만 더 제 거처에서 지내주세요."

"대체 화씨 가문이 어떤 이들이기에 내가 그들을 조심해야 하는가?"

신율은 여미의 옷고름을 완성할 때까지 아무 말도 하지 않았다. 옷고름을 완성하고 여미의 동정을 살피고 소매까지 펴준 후에야 신율이 입을 열었다.

"여미 님이 아셔야 할 만큼 중요한 사안은 아닙니다. 그저 화씨 가문은 서씨 가문과 별개의 세력이기 때문에 주의가 필요한 겁니다. 그들은 제가 아니라 그들의 수장인 화린의 명령에 따르니까요."

"그래서 화린이라는 화씨 가문의 수장을 설득할 때까지 내 안전을 확신할 수 없다, 이 말이냐?"

신율이 빙긋 웃었다.

"인간 세상에서 깨어나신 지 겨우 세 달밖에 되지 않았는데 벌써 복잡한 이야기를 이해하시네요."

"너는 나를 천치로 아는 것이냐. 이 정도 머리는 태어날 때부터 굴릴 수 있었다."

여미가 발끈했다. 신율은 갓 태어난 여미가 겨우 꿀떡 몇 개에 자신의 정체를 불어버렸던 걸 기억했다. 신율은 고개를 돌리고 헛기침을 해 웃음을 삼켰다. 여미는 툴툴거리며 요새 입맛을 붙인 견병에 주의를 쏟았다.

신율은 늙은 여종에게 특별히 과자를 많이 들여오라 당부하고 본채로 떠났다. 아침부터 저녁까지 이어지는 기나긴 회의가 있을 예정이었다. 회의가 끝나면 화린이 죽치고 있다는 사냥터에 가리라. 오늘에야말로 화린을 찾아내 여미에 대해 이야기해야겠다고 생각했다. 신율의 거처는 넓고 편했지만 여미가 그 안에만 있는 것이 마음에 걸렸다.

불행히도, 신율의 예상과 달리, 화린은 오늘 사냥터에 가지 않았다. 연이은 회의와 삼남의 부재에 화린도 신율을 찾고 있던 참이었다. 하필이면 신율은 저녁에 화린을 찾을 생각으로 회의장에 갔고, 화린은 당장 신율을 볼 생각으로 오전에 신율의 거처에 갔다.

"이게 튀강정이라 하는 것이냐? 견병을 튀긴 거라고?"

아무것도 모르는 여미는 홀로 신율의 거처에 남아 새로운 간식을 맛보고 있었다.

붉은 여자는 여미가 한창 튀강정을 맛보고 있을 때 등장했다. 튀강정 하나를 집어 들던 여미는 바깥에서 들리는 인기척에 재빨리 젓가락을 내려놓았다. 이미 여미는 급하게 사람을 맞다가 과자 더미 위를 구르고 설탕과 꿀로 절인 찹쌀가루 범벅이 된 경험이 있었다. 여종들이 여미에게서 찹쌀가루를 떼어내는 데 꼬박 하루가 걸렸다. 목욕이 싫은 여미는 그 끔찍한 과정을 되풀이하고 싶지 않았다.

여미는 귀를 쫑긋 세우고 잔뜩 긴장한 채 다과상을 옆으로 밀었다. 여종들의 발소리가 들리고 낯선 여자의 목소리가 들렸다. 여자는 여종들에게 자연스레 하대를 하고 여종들은 여자에게 쩔쩔맸다.

"화린 님, 이곳은 신율 도련님의 거처입니다. 아무리 약혼자라고는 하나 주인도 없는 안채를 들여다보는 것은 아니 될 일이옵니다!"

"신율이 하는 헛소리의 정체를 알아야겠다."

"헛소리라뇨?"

"너희들도 몰랐던 것이냐? 화씨 가문을 능멸해도 정도가 있다. 오랜 시간 공들여 세운 동맹을 변덕 하나로 무너뜨린다는 게 말이 된다고 생각하느냐."

말이 끝남과 함께 문이 열렸다. 여미는 튀강정을 꿀꺽 삼키며 문을 열고 들어온 여인을 바라보았다. 신태만큼이나 강렬한 인상을 가진 여인이었다. 고운 쪽빛 저고리를 입은 여미와 달리 여자는 몸에 딱 붙는 사냥복을 입었고, 허리에는 붉은 술이 매달린 검을 찼다. 등에는 과연 여자가 다루는 것이 가능할까 의문이 들 정도로 거대한 활을 멨다. 활 또한 선명한 붉은 끈으로 단단히 고정해 뒀다.

여자의 온몸이 단단했다. 여성 특유의 곡선을 잃진 않았지만 사야요의 기루에 있던 하늘하늘한 여인들과는 전혀 다른 강인한 기운을 풍겼다. 여미는 한눈에 붉은 여자가 환국에서 흔치 않다는 여자 무사임을 알아보았다. 서씨 가문에 있는 무사라면 한 종류밖에 없다.

도깨비 사냥꾼.

붉은 기운이 도는 여자의 눈과 황금색 여미의 눈이 마주쳤다. 여자의 눈은 새빨갛게 달군 쇠처럼 강하게 빛났다. 그건 잘 벼려진 살기였다.

여미는 소용없다는 걸 알면서도 다과상 아래로 숨었다. 다과상은 여미를 다 가릴 만큼 충분히 크지 않았다. 결과 여미는 바닥에 바짝 엎드린 채 얼굴만 숨기고 몸은 고스란히 드러낸 형국이 되었다. 하인들을 호통 치던 화린은 안채에서 슬그머니 다과상 아래로 머리를 숨기는 여미를 보고 생각했다.

'꿩인가?'

어린 시절 화린은 산짐승을 몇 번 사냥했다. 대부분의 산짐승들은 도깨비 못지않게 날렵하고 똑똑하기에 도깨비 사냥꾼들은 종종 훈련으로 산짐승 사냥에 나선다. 여미의 모습을 본 화린은 훈련 중 사냥했던 꿩을 떠올렸다. 꿩이 딱 저랬다. 산짐승 중에서 딱 한 종 멍청한 새가 있는데 그게 꿩이다. 자신의 시야만 의식하고 사는 꿩은 사냥꾼으로부터 숨을 때 고개만 땅에 파묻는다.

"신율은 어디로 간 건가?"

"신율 도련님은 본채에 가셨습니다! 화린 님, 제발 이 이상 실수를 저지르지 마시옵소서."

려류가 나서서 고개를 조아리며 고했다. 여미는 슬쩍 눈을 들여 려류가 하는 양을 살펴보았다. 그녀는 신율과 함께 여행하며 인간들의 관습에 꽤 익숙해졌기에 려류의 태도로 여자의 지위를 짐작할 수 있었다. 서씨 가문의 하인들이 서씨 삼형제도 아니고 낯선 여자에게 고분고분하다니. '약혼녀'라는 게 무슨 말인지는 몰라도 여자의 위치가 꽤나 높다는 뜻이다.

"신율이 누군가와 교제한다는 말은 듣지 못했다. 그런 일이 있었으면 나에게 제일 먼저 소식이 들어왔겠지."

"화린 님, 송구하오나 두 분은 평소에도 서로 무감한 걸로 알고 있습니다."

돌려, 돌려 말했지만 본질은 서로 계약 약혼에 감정이 없으니 이만 돌아가 달라는 뜻이었다. 화린이라는 여자는 불같이 화를 냈다.

"누가 신율 때문에 이러는 줄 아느냐? 서씨 가문과 우리 가문이 합동 사냥을 펼칠 때까지 한 달도 채 남지 않았다. 지금 파혼하면 황제가 아주 좋아라 하겠군."

도깨비 사냥꾼 가문의 권세는 귀족들과 황실을 위협할 정도로 자랐다. 세력이 커지며 자연히 주위로부터 경계심 어린 눈초리가 따라왔다. 평민 신분인 서씨 가문이 수도에 이토록 큰 집을 짓고 위세를 부려가며 사는 것도 귀족들 입장에선 아니꼬운 일이었다.

환국에 가장 큰 위협이 되는 도깨비들을 사냥하기 위해 서씨와 화씨 가문을 마지못해 인정해 주고 있는 것이 지금의 황실이었다. 만일 커다란 행사를 앞두고, 서씨와 화씨 가문이 갈라선다는 소문이라도 돌면 황실은 이때다 하고 두 가문을 제 휘하에 집어넣으려 애쓸 것이다. 귀족 세력을 떨쳐 내려면 한바탕 귀찮은 일을 치러야 한다.

"얼굴이 보이지 않는구나. 얼굴을 들어라."

화린이 여미를 향해 말했다. 명령에 익숙한 여자였다. 그러나 강압적이진 않았다. 사냥꾼이기에 어쩔 수 없이 풍기는 강렬한 분위기를 제하면 심성은 나쁘지 않은 것 같았다. 여미는 슬쩍 다과상을 밀었다. 고개를 들려는 순간 신율의 목소리가 들렸다.

"화린. 네 성격이 아무리 호방하다 해도 주인 없는 별채에 함부로 들어오는 게 아니다."

그와 함께 신율의 도포가 여미를 푹 덮었다. 여미는 순식간에 깜깜해진 시야에 당황해서 신율의 도포를 손으로 쥐었다. 벗어나려 했으나 신율이 아예 여미의 양손을 붙들어 버렸다.

"죄송합니다. 잠시만 이대로 있어주세요."

신율이 속삭였다. 여미는 한 번 몸을 떨었다가 도포 아래서 잠잠해졌다. 뒤늦게 신태에게 도깨비임을 들켰던 일이 떠올랐다. 화린이라는 여자는 서씨 가문이 아닌 외부인이다. 화린에게 도깨비임을 들키면 신태에게 들켰을 때보다 더 큰 일이 일어날지도 모른다.

여미는 신율을 믿고 가만히 있었다. 그가 당부하는 데는 이유가 있을 거다.

"뭐야, 왜 싸고돌아?"

화린은 말하는 데 거침이 없었다.

"네가 신경 쓸 일이 아니다. 그보다 밖에 나가지 않겠나. 여종들이 불편해하는군."

여종들은 주인의 안채에 들어온 화린의 존재로 전전긍긍하고 있었다. 화린이 들어왔다는 사실 때문이 아니라 그녀에게 여미를 노출시켰다는 사실 때문이었다.

신율은 여종들이 막지 못하는 일로 화를 내는 주인이 아니었다. 여종들의 능력으로는 신율의 약혼자인 화린의 행차를 막을 수 없다. 신율도 그 점을 충분히 참작했다. 가끔 화린이 멋대로 들어와 신율의 안채에서 다과상을 내어 먹고 있어도 여종들을 꾸중하는 일은 없었다.

하지만 이번엔 좀 다르다. 신율은 여미를 부족함 없이 모시라고 했고, 만일 무슨 일이 생긴다면 손수 실수한 이를 처벌하겠다고 했다. 화린이 여미에게 고개를 들라 명령하던 장면을 본 신율의 표정은 누가 봐도 좋지 않았다. 신율은 여미가 별채에 있는 동안 누구하고도 마주치길 바라지 않았다.

어젯밤 여미와 큰형이 마주친 것만으로도 신율은 상당히 신경을 곤두세웠다. 여종들은 빠르게 도련님의 불편한 심기를 알아차렸다. 화린도 마찬가지였다. 그녀가 신율과 친우로 우애를 다져온 지 십 년이 넘었다. 화린은 자신이 건드려선 안 되는 부분을 건드렸음을 깨달았다.

"좋아, 정원으로 나가지."

"연못이 좋겠군."

신율은 자신의 별채에서 멀리 떨어진 본채의 뜰을 말했다. 화린도 고개를 끄덕였다. 두 남녀는 여미를 남겨두고 별채를 떠났다. 신율과 화린의 모습이 사라지자 려류가 뛰어 나와 여미를 일으켰다.

"괜찮으세요?"

여미는 려류의 물음을 이해할 수 없었다. 여자는 분명 도깨비 사냥꾼이긴 했지만 딱히 여미에게 해를 끼치지 않았다.

"별일 없다. 왜 호들갑이냐."

신율의 기색도 심상치 않았다. 별채에 있는 모든 이들이 화린과 여미의 만남을 초조하게 지켜보았다.

"그야 화린 아가씨가 신율 도련님의……."

려류는 거기까지 말하고 입을 다물었다. 신율의 명령으로 여미의 시중을 들며 려류가 알아차린 게 하나 있는데 여미는 상식이 굉장히 부족하다는 것이다. 세 달간 함께 여행하며 여미도 그럭저럭 아는 게 많아지긴 했지만 아직 일반인 수준의 상식을 기대하는 건 불가능했다.

"여미 님, 혼례가 무엇인지 아십니까?"

"모른다."

"약혼자가 무엇인진 아십니까?"

"모른다."

려류는 아득한 한숨을 내쉬었다. 설명해야 할까? 려류는 알 수 없었다. 잘못했다가는 감히 도련님의 개인사를 건드리는 일이 된다. 하여, 려류는 일단 신율이 돌아올 때까지 기다리기로 했다.

"네 별채에서 본 작은 여자와 관련이 있는 거지?"

호수에 걸친 다리에 올라가기 전에 화린이 멈춰 섰다. 그녀는 호수 위 다리를 거니는 신율을 보며 물었다. 신율은 뒤를 돌아보았다. 그가 화린에게 올라오라 손짓했다. 화린은 입을 비죽이다가 신율의 곁에 가서 섰다. 서씨 가문의 호수는 부적을 새긴 화강암으로 벽을 채워 다리에서 나누는 말이 밖으로 새어 나가지 않도록 만든 특수한 공간이었다.

"설명하마."

화린이 다리 난간을 잡고 상체를 숙여 호수 바닥을 들여다보고 있을 때 신율이 툭 던지듯 말했다.

화린은 신율이 그 여자의 존재에 대해 돌려 말할 거라 생각했다. 신율과 화린의 관계를 생각하면 신율은 당연히 신중을 기해야 했다. 두 사람은 가문의 이름 아래 아주 어린 시절부터 약혼자 관계로 살아왔다. 두 사람의 약혼은 단순히 두 사람의 문제가 아니었다. 환국을 틀어쥐고 있는 가장 커다란 두 가문의 동맹에 관한 문제였다.

서씨 가문과 화씨 가문의 동맹으로 황실과 귀족들은 도깨비 사냥꾼들을 마음대로 부릴 수 없게 되었다. 그만한 관계를 다루는 데 신율이 섣부르게 말할 리 없다. 화린이 납득할 만하고, 타당하기 그지없는 기나긴 이유를 차분차분 설명할 것이다. 그러나 화린의 예상은 보기 좋게 빗나갔다.

"진심으로 좋아하는 사람이 생겼다. 그래서 더 이상 애정 없는 약혼을 지속할 수 없어."

신율은 딱 한 번 입을 열어 설명을 끝냈다.

"뭐?"

화린이 기겁했다. 서씨 가문에 있는 신율의 형들, 신태와 신라를 제외하면 신율을 제일 잘 아는 사람은 화린이었다. 그들은 정략결혼 상대로서뿐만이 아니라 사냥을 함께하는 동료 사이로도 오랜 시간을 지냈다.

사냥을 함께할 때면 몇 날 며칠을 같이 지새우는 경우가 허다했다. 몇 번은 귀족들의 방해로 신분을 숨기고 작은 마을에서 한 방에 묵기도 했다. 장담컨대 화린은 신율의 여자 취향에 대해 잘 안다고 말할 수 있었다. 신율은, 장안의 온 미녀들이 발치에 쓰러지며 구애해도 절대 마음을 주지 않는 두 얼굴의 삼공자였다. 신율의 겉모습과 부드럽게 접힌 그의 눈매만 보고 얼마나 많은 여인들이 오해했던가. 여인들의 오해와는 달리 신율은 전혀 다정한 남자가 아니었다.

"우리 둘 다 찰 만큼 찬 나이이고, 형식상이지만 결혼을 약속한 사이이니 재미 한번 보는 거 어때?"

작은 마을에서 평민으로 가장하고 여관에 묵을 때 화린이 장난스럽게 제안한 적이 있었다. 검을 닦던 신율은 고개도 들지 않고 거절했다.

신율이 여자를 안지 않는 건 아니었다. 적당한 때 적당한 여자를 골라 욕구는 풀었다. 하지만 화린이나 끈질기게 구애하는 귀족 아가씨 등, 어떻게든 그와 복잡한 관계로 엮일 가능성이 있는 여자는 철저히 피했다.

"나를 위해서도, 상대방을 위해서도 예의와 거리를 지켜야지."

사실 신율은 마음을 굳게 닫았기 때문에 친절해 보이는 거다. 무감하기 때문에 태연하게 대꾸할 수 있는 것인데 사람들이 그걸 다정함이라 착각하곤 했다. 그런 놈이 좋아하는 사람이 생겼다고 이리도 직설적으로 말하다니?

"대체 누군데?"

"말해줄 수 없어."

"아까 그 여자지? 꿩처럼 다과상 아래 머리를 박고 숨었던?"

순식간에 들켰다. 예상하지 못한 바는 아니었지만 신율은 한숨을 내쉬었다. 되도록 여미의 존재를 꽁꽁 숨기고 싶었다. 아는 사람이 늘어날수록 여미를 지키기 어려워지기 때문이다. 신율의 탐탁지 않은 기색을 보고 화린이 벌컥 화를 냈다.

"하, 설마 내가 너의 정인을 괴롭히기라도 할 거라고 생각하는 건 아니겠지."

신율은 여전히 말이 없었다. 화린은 화가 났다. 화린은 긍지 높은 화씨 가문의 장녀다. 신율과 함께 도깨비 사냥을 하며 사랑은 아니더라도 우정은 쌓았다고 생각했다. 그런데 신율이 자신을 투기나 하는 멍청한 여자로 보다니 충격이 컸다. 화린이 살벌한 목소리로 말했다.

"설마 진짜 그렇게 생각하는 건가? 내가 그리도 속 좁고 어리석은 여자라고?"

"아니다."

신율이 대답했다.

"화린, 너의 성정은 내가 제일 잘 알고 있지. 너는 공명정대하고 강하다. 어리고 약한 그녀에게 투기를 부려 못되게 구는 일은 절대 없을 거다."

어림잡아 칠 백살이 넘은 여미는 전혀 어리지 않았지만 신율

눈에는 어리고 연약하게만 보였다.

"다만 네가 이전에 한 말이 있지 않은가."

"내가 뭐라고 했더라?"

"나는 사랑을 모른다고. 절대 알게 되는 일도 없을 거라고."

아, 화린이 짧은 탄성을 내뱉었다. 분명 그런 말을 한 적이 있었다. 신율의 철저함에 기가 질렸을 때였다. 잠자리를 거절당한 일 때문에 홧김에 내뱉은 말인데 그걸 기억하고 있을 줄은 몰랐다.

"근데 집안사람들에겐 왜 숨기는 거야? 네가 좋아하는 이라 밝히고 대우받게 하면 되잖아."

신율도 바라는 바였다. 화린이 알아차리지 못했다면 다른 이들역시 여미가 도깨비라는 걸 알아차리지 못할 터이니, 큰형 신태만 입을 다물어주면 본가에 여미를 소개하는 건 어렵지 않다. 신율이 사랑하는 사람이라 소개하면 여미를 지키는 게 역으로 수월해질 거다.

신분도 확실하지 않은 채 신율의 별채에 머물면 여미를 아는 사람이 많아질수록 그녀를 노리는 사람도 많아진다. 거꾸로 신율이 사랑하는 사람이라 못을 박고 서씨 가문의 모든 이에게 소개하면 아무도 감히 여미를 건드리지 못한다.

"그게, 사실……."

문제는 다른 곳에 있었다. 화린은 평생을 지켜봐도 못 볼 진귀한 장면을 오늘 두 번이나 보았다. 신율이 곤혹스러워하며 말을 잊지 못하고 큼큼 헛기침을 한 것이다.

신율의 마음은 항상 굳게 닫혀 있어 그 어떤 것에도 동요하지 않는다. 신율은 다정한 미소를 지은 채 저 할 건 다 하는 막힘없는 녀석이었다. 그런데 그런 남자를 이리도 불안하게 만들다니? 대체 어떤 사정이 있기에? 대체 어떤 여자이기에?

화린은 기억을 더듬어 다과상 아래 꿩처럼 숨어 있던 작은 여자를 떠올렸다. 가냘프고 약해 보이는 체구도 그렇고, 저 하나 감당 못해 숨어버리는 작은 배포도 그렇고, 어떻게 생각해도 신율이 쩔쩔맬 만한 여자가 아니었다.

무언가 다른 사정이 있나? 화린이 기다리다 지쳤을 때 즈음에야 신율이 입을 열었다.

"아직 정식으로 청혼을 못 했다."

화린은 입을 벌렸다. 충격을 받아서였다. 그 상태로 몇 분쯤 가만히 있었던 것 같다. 신율이 민망해질 때가 되어서야 화린이 탄식했다.

"이럴 수가."

화린은 품 안에서 부적을 꺼내 신율의 옷에 대뜸 붙였다. 신율이 이게 뭐냐는 눈빛으로 화린을 바라보았다.

"지금 내 앞에 있는 거 서신율 맞지? 환상도깨비가 둔갑한 거 아니지?"

"서신율이 맞다. 이런 유치한 장난은 하지 마."

신율이 한숨을 쉬며 부적을 떼어냈다.

"장난치는 게 아냐!"

화린이 외쳤다. 마음 같아서는 더 강한 부적으로 시험해 보고 싶었다. 고백을 못 했다고? 서씨 가의 삼남이자, 환국 최고의 무사이자, 빼어난 미남에, 무엇 하나 부러울 것이 없는 명성을 가진 신율이, 청혼을 못 했다고!

"형들에게도 내 마음을 말하지 못했다. 화린, 너는 나의 약혼 자이니 이 정도 사연은 알아야 한다고 생각해 말해준 것이다. 그러니 더 이상은 묻지 말아줘."

"와, 말도 안 돼. 진짜 믿을 수가 없네. 대단하다."

신율의 미간이 좁아졌다. 화린은 그에게 가까이 다가갔다. 호수 안에 결계가 있어 아무도 듣지 못한다는 걸 알지만 저절로 목소리가 낮아졌다.

"정말 아까 그 여자야?"

신율은 화린의 질문을 무시하고 당부의 말을 꺼냈다.

"너는 화씨 일가를 진정시켜 줘. 특히나 네 남동생을 잘 살펴라. 벌써부터 나에게 매부라고 부르더군."

화린은 재차 여미에 대해 물어보려다가 남동생에 관한 말을 듣고 진지한 얼굴을 했다.

"그 녀석이 좀 호들갑스럽긴 해. 내가 잘 처리할게."

동생이 호들갑스러운 건 사실이었다. 화씨 가문의 실세는 화린이었으나 동생은 누나의 권세가 제 것인 것처럼 호가호위하며 돌아다녔다. 녀석이 신율을 또 귀찮게 했구나. 본능적으로 무슨 일이 있었는지 짐작한 화린은 동생을 한번 거꾸로 매달아 족쳐야겠다고 생각했다.

"너의 사…… 랑을 방해할 생각은 없으니까."

화린은 웃고 싶은데 웃을 수 없어 힘들었다. 신율의 입술이 굳었다.

"나는 급한 회의가 있어 본채에 가야 한다. 너를 존중해 가장 먼저 사정을 털어놓았으니 이제 여미 님께 접근하지 마."

신율은 화린에게 거듭 당부했다.

"내가 왜 너의 연…… 인에게 접근하겠어? 행사를 앞두고 약혼이 깨진 건 안타깝지만 네가 진정한 사랑을, 품, 미안, 사랑을 찾았다면 난 방해할 생각 없어. 적극적으로 도와줘야지."

"네 호기심을 알고 있기 때문이다."

두 사람이 열일곱이었을 무렵 서씨 가문과 화씨 가문이 함께 사냥에 나섰다. 목표는 산신이 된 너구리 도깨비였고 장소는 위험하기로 소문난 치우산의 깊은 계곡이었다.

산신이 된 너구리는 흰 호랑이에 버금가는 뛰어난 능력을 가지고 있다 전해졌다. 너구리가 능력을 발휘하기 전에 속전속결로 해치우는 게 목표였다. 그러나 화린은 너구리의 능력을 보고 싶었다. 화린을 활을 쏘기 직전 지체했고 너구리 도깨비에게 술수를 부릴 시간을 주었다. 그녀는 호기심 때문에 죽을 뻔했다.

"걱정 마라."

"네 말을 믿는다."

"그럼! 네 연인을 괴롭히거나 해하는 일은 결코 없다."

저 멀리서 하인이 뛰어오더니 가주와 신태가 신율을 급히 부른다고 고했다. 화린은 걱정 말고 다녀오라며 고개를 크게 끄덕였다. 화린이 이렇게나 다짐하는데 신율이 더 의심할 수는 없었다. 화린은 멀어져 가는 신율을 보며 발걸음을 옮겼다. 신율의 별채 쪽이었다. 신율에게 다짐까지 하고 나서 별채로 가는 것이 말도 안 되는 행동이라는 건 알았다.

"하지만 녀석도 나 몰래 애인을 만들어왔는데, 이쯤은 용서해

줘야지."

궁금한 건 목숨을 바쳐서라도 확인해야만 직성이 풀리는 게 화린이었다. 그런 화린이 한 번 호기심을 품은 상대인 여미를 안 보고 넘길 리 없다.

"게다가 해하지 않는다 했지 만나지 않는다 한 건 아니잖아?"

화린은 발돋움 한 번으로 공중에 휙 솟아올랐다. 나뭇가지 위에 앉은 화린은 신율이 본채로 들어가는 걸 지켜보다가 여미가 있는 곳으로 뛰어내렸다.

"아까 그 여자는 무엇이냐? 약혼자라는 말이 들려오던데, 그 약혼자라는 것은 또 무엇이고?"

"아이참, 여미 님. 별거 아니라니까요."

"려류 네가 나를 우습게 보는구나. 내가 천치인 줄 아느냐? 모두가 약혼자라는 말에 대해 쉬쉬하고 있는 것쯤, 내 다 알고 있다."

인간들 틈에서 삼 개월을 지내더니 여미의 눈치가 빨라졌다. 려류는 간식으로 여미를 홀리려 했으나 소용없었다. 려류에겐 불행하게도, 여미는 튀강정을 잔뜩 먹어 더 이상 배고프지 않았다.

"화린 님이 돌아오시는데?"

"어떡해!"

"일단……."

여종들은 다과상에서 려류와 투닥이고 있는 여미에게 시선을 집중했다. 난데없이 여종들의 열렬한 시선을 받은 여미는 어리둥절해하며 튀강정 하나를 입에 밀어 넣었다.

"려류! 여미 님을 숨겨라!"

"하지만 도련님 거처에는 숨을 곳이 마땅히 없잖아요!"

"지금 그게 중요한 게 아니야! 아무 곳이나 좋으니 화린 님과 마주치지 않을 곳에 가!"

별채의 구조는 단순했다. 방문 세 번만 열어도 집 안의 모든 곳을 살필 수 있었다. 평소에는 살기 편한 구조이지만 이럴 땐 참으로 난감하다. 집 안에 있어 봐야 뾰족한 수 없음을 아는 려류는 여미를 이끌고 정원으로 나왔다.

"잠깐! 그 화린이라는 여자가 오는데 왜 내가 숨어야 하는 것이냐?"

여미가 팔을 빼내려 애쓰며 말했다. 려류는 속이 탔다. 그렇지만 여미의 의문은 정당했다. 려류는 여미를 억지로 끌고 가는 대신 근처 정원수 아래 숨었다. 두 여자는 쪼그리고 앉아 속닥속닥 대화했다.

"여미 님, 제발 이 려류를 보아서라도 숨어주세요. 금방 끝날 겁니다."

"화린이라는 여자 때문인 게 확실하구나."

여미는 정말로 인간을 보는 눈이 늘었다. 이제 인간들이 하는 말에 숨겨진 의미도 쉽게 간파했다. 그러나 아직 완벽하진 않았다. 려류는 곰곰이 생각하다가 말했다.

"여미 님이 화린 님과 만나는 건 아무런 상관없는데 저희가 신율 도련님께 죽습니다."

말하면서 려류도 작은 의문에 빠졌다.

여미가 왜 화린을 만나서는 안 되는지 짐작 가는 바가 없는 건 아니다. 려류가 지켜본 바, 신율은 분명 여미에게 친애 이상의 감정을 품었다. 그런데 화린은 신율의 약혼자다. 여미와 화린은 서로 만나봐야 껄끄러운 관계가 될 게 당연하다.

려류가 품은 의문은 신율이 왜 화린과 여미를 만나게 하는 걸 꺼리느냐 하는 것이었다. 서씨 가문에서 평생을 봉사해 온 려류는 자신이 모시는 신율을 살핀 것 못지않게 화린의 시중도 많이 들었다. 려류가 보기에 두 사람은 철저한 계약 관계 그 이상도 이하도 아니었다. 화린은 장부 못지않게 성격이 호방하여 신율에게 새로운 애인이 생겼다 하여도 투기할 여인이 아니다. 오히려 신율을 반하게 한 여자가 궁금하다며 여미와 밤새 이야기를 나누려 한다면 모를까.

'어머, 설마 신율 도련님이 싫어하시는 것이 그건가?'

화린의 호기심 넘치는 성격상 한 번 잡으면 여미를 놓아주지 않을 것이다. 어떻게 신율과 만났고 어떻게 인연을 깊게 했는지 꼬치꼬치 캐묻고 나서야 놔줄까 말까겠지. 화린은 성격이 호방한 만큼 생활도 호방했다. 술을 대접으로 들이켜는 것은 물론 밤새 거친 사냥꾼들과 축제를 즐기는 것도 마다않는다. 화린과 만나면, 화린이 딱히 나쁜 짓을 하지 않고 평소처럼만 대해도 작고 연약한 여미는 분명 녹초가 될 거다. 여미가 그런 곤혹을 당하지 않게 하려는 신율의 안배라면 이해가 간다.

"신율이 나와 화린을 만나지 않도록 하라 명하였느냐?"

려류가 고개를 끄덕였다. 여미는 깜짝 놀랐다. 여미는 대체 왜 신율이 그런 명령을 내렸을까 고민했다.

"혹시 '약혼자'라는 것이 서씨 가문에서 가장 뛰어나고 흉악한 도깨비 사냥꾼을 이르는 말이냐?"

여미가 생각할 수 있는 이유는 그것밖에 없었다. 신태에게 여미의 정체를 들켰으니 다른 도깨비사냥꾼에게 또 들키면 정말로 위험하다.

"예?"

반면 여미의 정체를 모르는 려류는 깜짝 놀랐다. 여미는 왜 항상 도깨비 사냥꾼을 두려워하지? 려류의 머릿속에 짧은 의문이 스치고 지나갔다.

"아니다. 네 표정을 보니 약혼자란 도깨비 사냥꾼과는 관련 없는 말인 것 같구나."

여미는 려류의 의문이 더 발전하기 전에 말을 끊었다.

"신율이 바라는 대로 하겠다."

밖에서 요란한 소리가 가까워졌다. 화린이 성큼성큼 내딛는 발걸음 소리를 내며 신율의 별채에 들어섰다. 려류는 다급해졌다.

"이 안에 계세요."

"이런 곳에?"

여미가 머리 위로 마구 쏟아지는 풀을 맞으며 얼굴을 찌푸렸다. 려류는 발효 식품 덮듯이 꼼꼼하게 여미를 덮었다. 다행히 관상수 중에 넓은 이파리를 가진 나무가 있었다.

"가만히 계세요, 가만히!"

려류가 하도 호들갑스럽게 말하기에 여미는 나뭇잎 안에서 얌전히 몸을 웅크렸다. 결과 그녀는 나뭇잎에 꽁꽁 싸인 커다란 찹쌀떡 같은 모양이 되었다. 려류는 여미의 위장을 꼼꼼히 확인하고 재빨리 별채 앞으로 나갔다. 벌써 수십 명의 여종들이 화린

앞에 고개를 조아린 채였다. 화린은 그 당당한 걸음으로 마당 안을 둘러보며 말했다.

"흠. 그 신비한 여인을 내놓지 않겠다는 거지."

그녀의 목소리에 특별한 위협이 담겨 있지 않음에도 여종들은 어깨를 떨었다. 화린은 특별한 노력 없이 눈앞의 상대방을 기죽게 만들 수 있는 사람이었다.

"그럼 어쩔 수 없지. 내가 잘하는 방식으로 한다."

"잘 하는 방식이라면……?"

"신율이 가끔 말해주지 않았나? 온 산을 통째로 뒤지는 거지."

화린과 함께 사냥을 다녀온 신율은 가끔 어울리지 않게 미간을 모으고 한숨을 내쉬곤 했다. 화린의 괴팍한 사냥법 때문이었다. 화린은 도깨비 하나를 잡기 위해 온 산을 뒤졌다. 산을 꼼꼼히 수색하는 귀여운 수준이 아니었다. 말 그대로 화살에 불을 붙이고 당겨 온 산을 태워 버렸다. 화린이 태워 버린 여와산 자락만 세 군데나 됐다.

치우나 이탈도깨비들에겐 통하지 않지만 불에 약하고 불이 붙으면 속절없이 타버리는 식물도깨비인 여와들에게는 잘 통하는 방법이었다. 여와도깨비들 사이에서만큼은 서씨 가문보다 화씨 가문의 악명이 더 높았다. 화린은 자신의 사냥법을 사용해 여미를 잡을 생각으로 지시했다.

"이 집 안의 모든 여종을 불러라."

여종들이 혼란스러워하며 서로를 바라보았다. 화린은 직접 신율의 별채 마루에 앉으며 여종들에게 말했다.

"뭐 해? 어서 모든 여종들을 불러오지 않고."

대체 모든 여종을 불러 모아 무슨 일을 하려는 걸까? 여종들에겐 짐작 가는 바가 전혀 없었다. 그래도 화린의 명령이기에 착실히 여종들을 모았다.

"두 명이 모자라다. 설마 내가 약혼자의 별채에 있는 여종들 숫자도 기억 못 할 거라고 생각했나?"

여미가 있는 곳을 지키고 있던 두 여종도 꼼짝없이 끌려 나왔다. 화린은 거치적거리는 화살통을 벗었다. 그녀는 여종들을 빤히 둘러보다가 손짓해 려류를 불렀다.

"이름이 무엇이냐?"

"려, 려류입니다."

"좋아, 려류야. 이 화살통을 들어라."

화살통 안에는 화린이 직접 깎아 주술을 새긴 화살들이 가득 들어차 있었다. 도깨비에게 꽂히면 치명적인 고통을 유발하는 주술이었다. 고통뿐만이 아니었다. 화린의 주술은 신라 못지않게 뛰어나서 그녀의 주술에는 인간의 자취를 쫓는 기능도 있었다. 화린의 동생은 도깨비만 쫓으면 될 뿐 무엇하러 사람에게까지 영향을 미치는 주술을 걸었느냐 불평했지만 거기에는 화린 나름대로의 이유가 있었다.

화린은 여자라는 이유로 수많은 습격을 받았다. 화씨 가문의 비호 아래 있으면 아무도 그녀를 건들지 못했다. 그러나 신분을 숨기고 다른 사냥꾼들과 함께 사냥하면 가끔 정신 나간 사냥꾼들이 나쁜 마음을 먹고 그녀의 거처에 침입했다. 화린에겐 멍청한 놈들을 혼내줄 간편한 수단이 필요했다. 화린의 화살은 쥔 사람이 머릿속에 떠올린 이를 추적하는 기능을 가졌다.

"어머!"

화살통이 크게 움직였다. 려류는 화살통의 움직임을 감당하지 못하고 놓쳤다. 바닥에 화살이 와르르 쏟아졌다. 신비하게도 화살촉은 모두 한 방향을 가리켰다. 려류가 여미를 숨긴 정원을 말이다.

"저쪽이로구나."

"화린 님! 뒤쪽 정원은 신율 도련님이 아끼는 곳입니다."

"내가 알기로 신율은 다른 이들이 자신의 정원을 산책하는 걸 꺼리지 않는다. 신율이 정원에 대해 특별한 명령이라도 내렸느냐?"

"정원에 대해서는 아니지만……."

"그럼 대체 무엇이 문제란 말이냐."

화린은 가볍게 걸음을 옮겼다. 려류는 안절부절못하며 바닥에 떨어진 화살을 주워 갈무리했다. 정원에 대해서는 아무 명령이 없었지만, 신율은 여미 님에 대해서는 확실한 명령을 내리셨다.

'지금이라도 가서 화린 님 앞을 막아서야 할까?'

려류가 고민했다. 고민하던 와중 따끔한 아픔이 손가락에서 느껴졌다. 화살촉에 베인 것이다. 려류는 피가 흐르는 손가락을 끌어안고 어깨를 바르르 떨었다. 신율만큼이나 신율의 약혼녀인 화린도 지엄한 존재다. 감히 여종인 려류가 그녀의 앞길을 막을 수 있을 리 없었다.

화린은 휘파람을 불며 신율의 정원에 들어섰다. 손목을 돌려 소매 안에서 화살촉 하나를 꺼냈다. 려류에게 화살통을 맡기기 전에 미리 빼놓은 것이다. 정원 안으로 범위를 좁혔으니 이제 찾아내는 건 식은 죽 먹기였다.

화살촉을 던지자 일정한 방향을 가리켰다. 화린은 거침없이 발걸음을 옮겼다. 목적한 곳에 도착하고 나서 화린은 잠시 당황했다. 커다랗고 하얀 찹쌀떡 같이 생긴 것이 나뭇잎 아래에서 바들바들 떨고 있었다.

'진짜 꿩 아닐까.'

화린은 진지하게 고민했다. 제 딴에 열심히 숨은 모양인데 꼴이 엉망이었다. 몇 번 뒤척이느라 애써 덮어놓았던 나뭇잎이 거의 다 떨어졌다. 풀밭 위에 흩어진 하얗고 신비로운 머리카락은 보는 이의 시선을 끌어당겼고 비어져 나온 치맛자락은 심술을 불러일으켰다. 화린은 여자의 치맛자락을 잡아당겼다.

"으아아악!"

힘을 주어 끌어당기자 여자가 쑥 끌려왔다. 화린의 악력이 평균 남성만큼 강한 걸 염두에 두더라도 여자는 버티는 힘이 너무 없었다. 게다가 몸집도 무척이나 작았다.

'신율이 이런 취향이었어?'

화린은 엎어져 있는 여자의 몸을 내려다보며 생각했다.

"이게 무슨 짓이냐!"

'아니, 이젠 납득이 가는데.'

여자가 울먹거리며 상체를 일으키자마자 화린은 생각을 바꿨다. 끌려 나온 여자는 눈물이 맺힌 눈을 깜빡이며 저고리와 치마를 추슬렀다. 치마를 추스를 때 잠깐 보인 하얀 허벅지와 아담하게 빠진 발목이 화린의 뇌리에 강하게 박혔다.

같은 여자가 봐도 침이 꿀꺽 넘어간다. 대놓고 요사스럽지는 않앉지만 사람의 음심을 자극하는 무언가가 있었다. 특히나 치맛자락이 위로 쑥 올라가 드러난 허벅지가 화린의 눈길을 끌었다. 쥐면 찹쌀떡같이 부드러울 것 같았다. 화린을 낯선 여자 앞에 쭈그려 앉았다.

"이름이 무어야?"

"너야말로 이름이 무엇이냐?"

서로가 서로를 궁금해하느라 역으로 아무 정보도 나오지 않았다.

"흠."

화린은 여미 쪽으로 손을 뻗었다. 여미는 화들짝 놀란 작은 짐승처럼 다시 나뭇잎 더미 사이로 기어들어 가려 했다.

"겁이 너무 많은데?"

신율은 언제나 대담한 여자를 좋아했다. 하룻밤을 지내더라도 망설임 없고, 그에게 매달리지 않으며 높은 자존심을 가진 여자들. 수도의 수많은 여자들이 셋째의 구미를 당기지 못한 이유도 그의 취향 때문이었다. 여자들은 셋째에게 잘 보이려 갖은 치장을 다 했지만 오히려 그것이 셋째의 흥미를 떨어지게 했다.

여미는 여러 모로 신율이 선호하던 당당하고 화려한 여성들과 달랐다. 여인이 입은 심하게 얌전한 쪽빛 저고리도 신율의 취향에서 약간 어긋났다. 신율이 고리타분한 남자라고 생각하진 않았지만 여자에게 줄 옷 고르는 안목이 형편없다는 건 인정해야겠다.

하나 여미에게는 고리타분한 옷을 무력하게 하는 무언가가 있다. 봉긋하고 요염하게 부풀어 오른 가슴을 얌전한 쪽빛 저고리가 감싸고 있으니 보는 사람을 더 흥분하게 만드는 매력을 뿜어냈다.

낯선 여자는 화린의 화살통에서 시선을 떼지 못하며 두려움에 떨었다. 손을 대면 또다시 화들짝 놀란 토끼처럼 도망가 버릴 것 같아 화린은 멀찍이 떨어져 큼큼 헛기침을 했다. 여자의 두 귀가 쫑긋거렸다. 여자는 아무 말 없이 자신을 지켜보는 화린에게 호기심이 동했는지 슬금슬금 가까이 다가오며 눈치를 살폈다. 그 모습이 어쩐지 어린아이같이 순수해 화린도 경계심이 풀어졌다.

"네놈은 누구냐? 누구이기에 신율과 그리도 친근하게 대화하는 것이냐?"

먼저 입을 연 건 여자였다. 말투가 이상했다. 젊다 못해 어린 외모에 맞지 않는 고풍스럽고 오만한 말투였다. 신율과 화린의 관계에 대해 묻는 걸 보니 신율과 연이 있는 여자는 맞는 것 같았다.

"나는 신율의 약혼녀야."

화린은 여미의 표정이 어떻게 변하는지 살폈다. 여미는 멍한 표정이었다. 감정의 동요도 없었다.

여미는 그저 약혼녀가 무엇을 뜻하는 말인지 몰라 아무 반응도 하지 않은 것이었으나, 화린은 여미의 반응을 보고 오해했다. 이 여자, 신율이 사랑하는 여자가 아닌가? 그런데 여자 쪽에선 신율에게 감정이 없어? 신율이 짝사랑하고 있는 거야?

"너는 왜 머리카락이 붉은색이냐? 인간의 머리카락은 검은색이다."

"아가씨는 몸매는 그렇지 않으면서 순진하구나. 멀리 서역에 나가면 여러 가지 색깔의 머리카락을 가진 사람이 많아."

"그렇다면 너는 서역 사람이란 것이냐?"

"아니, 나는 환국 사람이야. 화(火) 계열 주술을 써서 체모가 붉어진 것뿐이다."

"화, 라면, 불?!"

쪽빛 저고리의 여자가 기겁하며 뒤로 물러났다. 화린은 이해할 수 없는 그녀의 행동에 어리둥절했다. 식물도깨비가 많은 환국에서 화 계열 주술이라면 어디서든 존경받고 환영받는다. 그러나 눈앞의 여자는 눈물까지 그렁그렁 매달고 고개를 도리도리 저었다.

"나는 불이 싫다! 옷이며 몸이며 모두 다 태워 버리지 않느냐!"

여미가 기겁했다.

화린이 부리는 것은 도깨비를 태우기 위한 불이지 인간에게 해를 끼치는 불이 아니다. 기겁하는 여미가 특이하게 느껴졌지만 화린은 별거 아니라고 생각하고 그냥 넘어갔다. 반면 여미는 그냥 넘어가지 않았다. 여미가 화린에 대한 정보를 종합해 보니 아무리 생각해도 한 가지 결론밖에 나오지 않았다.

"역시 약혼자라는 건 무시무시한 도깨비 사냥꾼을 이르는 별칭이었구나!"

"뭐?"

생각지도 못한 여미의 말에 화린이 당황했다. 약혼녀 하면 행복한 혼례를 떠올리는 게 먼저 아닌가? 물론 화린이 도깨비 사냥꾼이긴 했다.

"아니야. 약혼자랑 도깨비 사냥꾼과는 아무 상관없다고."

"그럼 약혼자라는 건 무엇을 뜻하는 말이냐?"

화린의 말문이 막혔다. 설마 약혼자의 뜻을 모르고 있었을 줄

이야. 화린이 여미와 눈높이를 맞추기 위해 바닥에 꿇어앉았다.
여미는 바닥에 손을 짚고 상체를 일으켜 화린을 보았다. 두 여인
은 서로의 얼굴을 빤히 바라보았다.

화린은 아름다운 여자였다. 당당한 이마와 오만하리만치 곧게
뻗은 이목구비, 그리고 머리카락 색과 어울리는 붉은 입술과 자
신만만하게 드러낸 목덜미가 우아했다. 여미의 입술이 감탄으로
벌어졌다.

화린도 여미의 얼굴을 자세히 보았다. 전체적으로 동그랗고 어
려 보이는 인상이 눈에 띈다. 눈썹은 가지런하고 그 아래 반짝이
는 눈동자는 황금색이었다.

'황금색이라……'

화린은 여미의 특이한 머리카락색과 눈동자색을 주의 깊게 들
여다보았다. 여미야말로 서역에서 온 인간이 아닐까 하는 생각이
들었다. 서역에서 왔다면 약혼자의 뜻을 모르는 것도 이해가 갔
다. 서역은 환국과 전혀 다른 언어를 쓴다. 여미가 보였던 이상한
행동들도 환국과 문화가 다른 서역인이라고 생각하니 그럭저럭
납득할 만했다.

"약혼자라는 건……"

화린이 입을 열었다. 그녀가 건조하게 약혼자의 정의에 대해 설
명했다. 곧바로 신율과 자신의 특수한 관계에 대한 설명을 덧붙
일 생각이었다. 신율과 화린은 그저 가문의 이해관계에 따라 약
혼했을 뿐이며, 신율과 화린 사이에 친애 이상의 감정은 손톱만
큼도 없다고.

화린이 그것에 대해 설명할 시간은 없었다. 약혼자의 정의를 들

자마자 여미가 두 눈을 동그랗게 뜨며 경악했기 때문이다.

"그럼 너는 신율과 교접하는 사이란 말이로구나!"

"뭐어?"

"방금 전에 혼례는 깊은 애정을 느끼는 사람들 사이에 이루어지는 것이라 하지 않았느냐. 그렇다면 당연히 교접도 하겠지."

이 여자는 왜 이상한 것만 자세히 알고 있는 거야? 화린은 혼란스러웠다. 재빨리 여미의 오해를 풀어주려 했지만 화린은 입을 열지 못했다. 정원 안에 누군가 들어섰기 때문이다.

"여미 님, 이런 곳에서 뭘 하시는 겁니까."

화린과 여미 모두 화들짝 놀라 고개를 돌렸다. 나무그늘 아래선 신율은 두 여자를 가만히 바라보았다. 그의 눈에 형형한 것은 분명 분노였다. 여미는 겁을 먹었다. 얌전히 있으라는 부탁을 들어주지 않아 화가 난 건가?

"화린. 아까 연못에서 한 말은 여미 님을 만나지 않겠다는 뜻이 아니었나?"

신율의 분노는 화린을 향했다.

"신율?"

화린은 평소와 다른 신율의 모습에 위화감을 느꼈다. 화린은 빈말로라도 얌전한 성격이라곤 할 수 없었다. 신율도 그걸 알고 있었다. 그래서 신율은 어지간한 일로는 화린에게 화내지 않는다.

거기까지 생각한 화린이 무언가를 깨달았다. 애초에, 신율이 화린에게 개인적인 일로 화낸 적이 있었던가? 사냥에서는 몇 번 화를 냈다. 화린이 실수하여 일행 전체를 위험에 빠뜨리거나 도깨비를 놓쳤을 때 그랬다. 산을 내려오면 신율의 화는 거짓말처럼 증발했다. 같은 방을 쓰고 신율의 침대를 덮혀준 여자에 대해 농담을 해도 신율은 서늘한 껍질을 쓴 채 화린을 대했다. 그는 화린에게 단 한 번도 진짜 마음을 보여준 적 없었다.

"이거, 참."

화린은 난감해졌다. 다정해 보이는 외모만 보고 신율에게 달려드는 여인들을 비웃을 처지가 아니었다. 화린도 신율의 겉모습만 보고 멋대로 그를 가깝게 느꼈다. 여태까지 신율이 저에게 제대로 화내지 않은 건 제가 그의 영역을 침범하지 않았기 때문이었다. 아니, 침범할 수 없었다고 봐야 옳았다. 신율에게는 타인에게 화를 내면서까지 지켜야 할 만한 개인적인 영역은 없었으니까.

화린은 많은 여인들이 그걸 몰라 신율의 싸늘함에 상처 입는 걸 보아왔다. 입안이 씁쓸했다. 상처입지 않으려면 화린이 먼저 물러나야 한다.

"미안해."

화린의 목소리가 진지했다. 신율의 눈썹이 치켜 올라갔다. 그 역시 처음 보는 화린의 모습에 살짝 놀라 그녀의 속마음을 가늠하는 중이었다. 화린은 양손을 펼쳐 자신에게 불순한 의도가 없다는 걸 전달했다.

"네가 품은 감정이 이토록 진심일 줄은 몰랐어. 내 잘못이다."

화는 풀리지 않았지만 화린을 향한 살기는 줄어들었다. 화린은 까다로운 놈이라고 한 마디 면박을 주고 싶은 걸 참으며 헛기침을 했다.

"네가 설마 진짜 절절한 사…… 랑을 할 줄은 몰랐으니까."

칠 년 전, 화린과 신율은 환상산 근처에서 노숙했다. 처음으로 환상도깨비를 잡기 위해 나선 여정이었다. 많은 이들이 다치고 거대한 손해가 났다. 환상도깨비는 그만큼 대단했다. 사냥에 따라온 식솔들은 당황하지 않았다. 도깨비 사냥에 피해야 늘 따르는 것이고 그걸 침착하게 넘기는 것이 서씨 가문의 일이었다. 문제는 그들이 머문 마을의 처녀가 신율에게 반하면서부터 일어났다.

그들이 노린 환상도깨비는 꿈 도깨비였다. 사람의 꿈으로 화해 밤마다 마을을 헤집고 다니는 악성 도깨비다. 꿈 도깨비는 신율의 꿈에 침범했다. 신율은 도깨비 사냥에 나서고 처음으로 위기를 맞았다. 꿈 도깨비가 신율의 목을 찌르려는 순간 마을의 처녀가 신율 대신 꿈 도깨비의 공격을 받아냈다. 처녀는 당연히 죽었다. 목표를 헷갈린 꿈 도깨비가 방황하는 틈을 타 화린과 신율이 도깨비를 잡았다.

꿈 도깨비의 구슬을 만들고 나서도 신율은 안색 하나 변하지 않았다. 처녀의 부모에게 입이 떡 벌어질 만큼 어마어마한 위로금을 주고 마을을 등졌다. 그 모습이 하도 독해 화린이 소리쳤었다.

"넌 평생 사랑을 모를 거다!"

그 말을 들은 신율은 아무 대답도 하지 않았었다.

그때와 달리, 사랑이라는 말을 들은 신율이 얼굴을 찌푸렸다. 분명히 반응하고 있다. 화린은 저도 모르게 신율의 입에서 나올 말을 주목했다. 신율은 잠깐 고개를 떨어뜨리더니 말했다.

"그래. 이런 일도 벌어지더군."

부정하지 않았다! 화린은 얼떨떨한 기분이 되어 재빨리 신율을 지나쳐 정원을 벗어났다. 오랜 친구이자 형식뿐인 약혼자이자 동료 사냥꾼의 변화를 어떻게 받아들여야 할지 생각을 좀 해야겠다. 화린이 나가자 정원이 조용해졌다. 여미는 여직 바닥에 주저앉아 있었다. 여미는 신율의 눈치를 보며 슬쩍 고개를 들었다.

"나한테 화난 게 아니냐?"

"아닙니다. 제가 어찌."

신율은 부드럽게 대답했다. 화린이나 다른 사람을 대할 때와는 천차만별이었다.

"다시 별채로 돌아갑시다."

신율은 여미의 대답을 기다렸다. 신율이 손을 내밀고 한참이 지나도록 여미는 그의 손을 붙잡지 않았다. 신율이 어리둥절해질 즈음에 여미가 말했다.

"화린이라는 여자와 교접했느냐?"

하마터면 신율은 체면에 맞지 않는 신음을 내뱉을 뻔했다.

"화린이 그리 말했습니까?"

간신히 당황을 감추고 신율이 물었다. 그의 목소리가 미미하게 떨리고 있다는 걸 신율과 여미 모두 눈치채지 못했다.

"화린이 그리 말한 것이 아니다."

"그러면 대체 누가 그런 말을 했습니까."

"네가 말하지 않았느냐."

여미의 말은 갈수록 알쏭달쏭해졌다. 신율이 다음 말을 고민하고 있는 사이 여미가 이어 말했다.

"남녀 간에 한쪽에서 일방적으로 정을 느낀다고 하여 서로가 이어지는 게 아니라는 것쯤은 나도 안다. 하물며 하룻밤의 교합도 엄청난 용기가 필요한데……."

이 부분에서 여미가 움찔 말을 멈췄다. 신율과 교합할 뻔했던 날의 일이 떠올랐다. 여미는 생생하게 떠오르는 신율의 감촉을 떨쳐내려 고개를 도리질 쳤다.

"하룻밤의 교합에도 용기가 필요한데 하물며 타인에게 공표하는 일은 얼마나 큰 용기와 얼마나 단단한 동의가 필요할까."

신율은 말문이 막혔다. 저와 화린이 결합했던가? 그런 비슷한 일이라도 있었던가? 신율은 머릿속을 뒤졌지만 아무것도 나오지 않았다. 신율에겐 화린 역시 머나먼 경계선 밖에 있는 사람들 중 하나였을 뿐이었다. 아니, 그중에서는 가까웠지. 신율과 함께 사냥을 다녔고 호흡도 꽤 잘 맞았다. 그러나 정말 그뿐이었다.

"대체 무슨 말씀을 하시는 겁니까?"

"화린과 네가 약혼자 사이라는 것 말이다!"

신율이 제대로 설명하기 전에 화린이 약혼자가 무엇인지 여미에게 설명하여 선수를 쳤다. 정확히 말하면 화린이 선수를 친 게 아니라 여미가 눈치로 주워들은 사실이었지만 신율은 알 턱이 없었다. 무어라도 변명하려 입을 열었는데 여미가 눈물을 퐁퐁 쏟는 덕에 목이 꾹 막혔다. 아무 소리도 나오지 않았다. 신율은 그저 여미가 너무 많이 울어 힘들어 하기라도 할까 안절부절못하고 손을 뻗어 애원했다.

"제 잘못입니다. 숨길 생각은 없었습니다. 그저 때가 되면 천천히 말하려 했던 겁니다. 저와 화린은 약혼자이긴 하지만 여미 님이 생각하시는 그런 관계는 결코 아닙니다."

그 말을 기점으로 여미의 눈물이 봇물 터지듯 터졌다. 신율은 당황해서 여미를 안아 올렸다. 신율의 커다란 상체에 몸을 파묻은 여미가 히끅거리며 울었다.

"여미 님, 대체 왜 이렇게 우는 겁니까."

신율은 찌릿찌릿 아파오는 마음의 통증을 참으며 안타깝게 물었다. 그러곤 화린과는 정말로 아무 사이도 아니라는 걸 긴 시간에 걸쳐 설명했다. 인간들끼리 정한 가문의 우위와 혼약을 미끼로 한 동맹 개념은 설명하기 힘들었다. 천천히 공을 들여 여미가 이해할 수 있도록 쉬운 말로 풀어놓았다. 그럼에도 불구하고 여미의 기분은 나아지지 않았다.

"머릿속이 아찔하다."

신율과 화린이 서로를 다정하게 쓰다듬는 모습이 여미의 머릿속에 펼쳐졌다. 여미는 솟아오르는 배신감을 느꼈다. 자신이 왜 배신감을 느끼는지는 몰랐다. 그냥 신율이 자신을 볼 때의, 꿀 떨어지는 눈빛을 다른 이에게도 주었을 것을 생각하니 속이 아팠다.

'갑자기 신율과 함께하고 싶지 않다.'

신율 하나만 보고 하부동까지 갔던 일이 꿈같았다. 여미의 세계는 오로지 신율 하나였다. 그래서 신율의 세계에도 저 하나만 있을 줄 알았다. 그런데 아니라니. 이런 건 생각해 본 적 없었다. 신율이 여미를 보는 다정한 시선이 언젠가 다른 누군가를 향했을지도 모른다는 사실이 여미를 괴롭게 만들었다. 왜 괴로운지 이유는 몰랐다. 그냥 싫었다.

그게 인간들이 부르는 '질투'라는 감정임을, 여미는 알지 못했다.

"나도 내 감정이 무엇인지 모르겠다!"

여미가 퉁퉁 부은 눈가를 문지르며 말했다. 그녀가 작은 두 손으로 신율을 밀어냈다. 손바닥에 따끔한 충격이 전해졌다. 이런 순간에도 신율에게 닿고 싶은 건가. 그래서 아픈 건가.

"생각을 정리하고 싶다."

여미가 시무룩 하니 가라앉은 목소리로 말했다. 여미는 신율에게서 벗어나 땅으로 내려와 스스로 섰다.

신율은 가슴이 덜컥 내려앉았다. 여미의 상태가 심상치 않았다.

"내가 약혼자에 대해 알아차리지 못했으면, 넌 언제쯤 화린과의 관계를 말해줄 생각이었나?"

여미가 물었다. 신율은 할 말을 잃었다. 여미가 신율의 품에서 달아났다. 서씨 가문은 크고 넓다. 신율은 여미가 헤매다 서씨 가문을 벗어날 걱정은 하지 않았다. 다만, 신율은 그저 기다려야 했을 뿐이다.

저녁이 되어 슬슬 날이 어두워지자 신율은 여미를 찾아 나섰다. 하인들에게 확인하니 역시 하루 동안 서씨 가문 밖으로 나간 사람은 없었다. 신율은 한참 동안 여미를 찾아다녔다. 해가 뉘엿 뉘엿 질 때가 되어서야 나무둥치 뒤에 숨은 여미의 기척을 발견했다.

여미를 부르려던 신율은 멈칫했다. 신율의 기척을 느낀 여미가 깊숙한 곳으로 파고들어 명백하게 그를 피했기 때문이다. 신율은 뭐라 말할 수 없는 감정에 휩싸였다. 여미에게 화린과의 약혼이 아무것도 아니라고 다시 설명해야 하나? 그러나 가볍게 말을 꺼낼 수가 없었다. 여미에게 그 일로 이미 상처를 주었기 때문에 조심스러웠다.

신율은 여미가 숨어 있는 나무 앞에 한쪽 무릎을 꿇고 앉았다. 안쪽에서 여미의 그림자가 흠칫 놀라는 것이 느껴졌다.

"기다리겠습니다."

신율은 낮은 목소리로 말했다. 사방은 빠르게 어두워졌다. 여름밤 서늘한 기운을 타고 나뭇잎에 이슬이 맺혔다. 신율은 손바닥으로 떨어지는 물방울을 받아내며 말했다.

"밤이슬이 찹니다."

여전히 대답이 없었다.

"괜찮으십니까?"

신율은 잠시 숨을 참다가 물었다.

"제 설명을 들어주시겠습니까?"

"……아니."

몇 번이나 말을 걸고 나서야 여미의 대답을 들을 수 있었다.

"좀 더 혼자 생각해 보고 싶다. 지금 너의 얼굴을 보면 더 괴로울 것 같다."

여미의 목소리에 물기가 섞였다. 신율의 얼굴을 보면 더 상처받을 거라는 여미의 말은 진심이었다. 신율은 감히 여미에게 억지로 다가가지 못하고 자리에서 일어섰다. 일단 여미의 시야 바깥으로 나갔지만 더 멀리 나가지는 못했다. 걱정하는 하인들을 물리고 혼자 담벼락 너머에서 여미의 기척을 지켰다.

휘영청 달이 뜨니 신율의 마음이 더욱 싱숭생숭해졌다. 지금 여미를 건드려선 안 되는 걸 안다. 신율은 담 너머에서 여미가 그의 별채로 돌아오기를 기다렸다. 신율이 안으로 들어가지 않자 하인들도 불을 밝히고 밤을 지새웠다.

어디선가 발소리가 들렸다. 여미가 고개를 들었다. 완전히 어두워졌지만 여미는 어렵지 않게 주변을 볼 수 있었다. 신태가 어둠을 헤치고 다가오는 중이었다. 여미는 숨어야 하나 말아야 하나 고민했다. 여미가 움직이기 전에 신태가 나무등치 가까이 다가왔다. 여미가 있는 곳으로 고개를 숙인 신태가 물었다.

"왜 혼자 있느냐?"

여미가 대답하지 못하자 신태가 눈살을 찌푸렸다.

"……신율은?"

쪼그려 앉은 여미는 힘없이 고개를 저었다.

"널 돌보지 않는단 말인가?"

여미는 어떻게 대답해야 할지 몰라 고개를 숙였다. 여미의 동작을 제멋대로 해석한 신태가 짧은 한숨을 내쉬었다.

"하. 집 안에 도깨비를 들이더니 제대로 관리도 안 한단 말인가."

신태가 아는 신율은 이렇게 허술한 도깨비 사냥꾼이 아니었다. 무술 실력과 치밀함, 순수하게 사냥꾼의 능력으로만 보면 세 형제 중 가장 뛰어나다 해도 빈말이 아니다.

'하부동에 도깨비를 데리고 갔다는 걸 알았을 때부터 무언가 잘못되었다고 생각은 했지만 설마 셋째 놈 정신이 오락가락하고 있을 줄이야.'

신태가 생각했다. 이로서 신라와 신태는 동생에 대한 의견의 교집합을 찾을 수 있게 되었다. 신라에겐 도깨비를 사랑하는 신율이 미친놈이었고, 신태에겐 도깨비를 감시 없이 풀어놓는 신율이 미친놈이었다.

"나가라."

"무어라 했느냐?"

갑작스럽고 차가운 신태의 명령에 여미가 고개를 들었다. 달빛을 등지고 선 신태는 얼음산처럼 차갑고 절벽처럼 무뚝뚝한 얼굴로 말했다.

"이 집에서 나가라. 여기는 도깨비가 있을 곳이 아니다. 내가 다시 검을 꺼내서 널 쫓아낼까?"

여미의 눈이 커졌다. 눈물이 뚝 멈추고 대신 딸꾹질이 나왔다. 겁이 나 심장 박동이 빨라졌다. 재빨리 일어섰다. 치맛자락이 서로 스치며 보드라운 소리가 났다. 여미의 겁먹은 눈동자를 마주한 신태의 눈썹이 움찔 움직였다.

"그게 무슨 뜻이냐? 날 죽이려고? 신율이 나를 지켜주겠다 했다."

"그렇게 말한 신율은 지금 어디 있지?"

여미는 입을 다물었다. 신율이 떠나지 않고 담 너머에서 기다리고 있음을 안다. 그러나 신태에게 곧이곧대로 말하긴 싫었다.

"신율은 없다."

"왜."

신태가 짧게 물었다. 여미는 신태가 당장 검을 뽑을까 걱정했다. 저번에도 여미더러 어떻게 도깨비임을 숨길 수 있었느냐 묻고는, 답을 듣지 않겠다며 갑자기 검을 뽑았었다. 여미는 두려움으로 땅에 못 박힌 듯 서서 신태의 응징을 기다렸다. 한참을 기다렸다. 달이 한 뼘 정도 하늘을 가로지를 동안 아무 일도 일어나지 않았다.

'이번엔 좀 다른가?'

여미는 눈앞에 있는 거대한 남자를 바라보았다. 그는 신율보다 몇 년 일찍 태어난 그의 형이라지. 형과 동생이라니. 인간들은 참으로 이상한 개념을 가졌다. 도깨비들은 같은 산에 사는 한 나이에 상관없이 모두 다 가족이다. 그러나 인간들은 담을 나누고 그 안으로 들어오는 사람만 가족으로 인정한다.

담벼락으로 나누는 구분은 서로 다른 산에 사는 도깨비가 이탈과 치우로 나뉘는 것과 같은 이치일까? 비슷하지만 근본은 다를 거라는 생각이 들었다. 인간들의 나누기는 좀 더 정교했다. 신율과 화린은 같은 가족이 아닌데 곧 가족이 될 거라고 했다. 그럼 신율과 화린의 가족은 서씨 가문과 화씨 가문과는 전혀 다른 가족이 되는 건가. 남녀 간의 깊은 애정을 바탕으로 치른 혼인식을 계기로?

"나가라. 가주가 널 죽이라는 명령을 내리기 전에."

신태가 쓰게 말했다.

"네가 나를 죽이는 게 아니냐?"

여미가 신태 눈치를 봤다.

"무슨 뜻이냐?"

"너는 도깨비를 죽이는 도깨비 사냥꾼이 아니냐. 나는 네가 나를 벨 줄 알았다. 왜 가주의 명령을 기다리는 거냐?"

신태는 대답이 없었다. 여미는 기다렸다. 자꾸 그와 마주치다

보니 처음 만났을 때보다 두려움이 줄어들었다. 반대로 신태는 여미를 만날수록 당황스러웠다. 왜 굳이 가주의 허락을 기다리느냐는 질문에 신태는 대답할 말이 궁했다.

'내가 왜 가주의 명령을 기다리고 있지?'

신태가 자기 자신에게 물었다. 분명 여미가 도깨비인 걸 알자마자 베어버리려 했는데, 하부동에서 겁 없이 은하수 도깨비를 가로막던 모습이 떠올라 차마 검을 내지르지 못했다. 왜? 이상한 일이었다. 여미는 도깨비인데, 사냥해야 할 도깨비인데 왜.

여미가 신태에게 손을 내밀었다. 신태는 가만히 여미가 하는 양을 지켜보았다. 여미는 신태의 소맷자락을 끌어당겼다. 여태까지 무표정이었던 신태의 얼굴이 금이 갔다.

"저기…… 날 죽이지 않을 거라면 너에게 묻고 싶은 게 있다."

신태의 황당함이 최고조에 달했다.

"너는 '남녀 간의 깊은 애정'이 정확히 무엇인지 아느냐?"

"무슨 말이 하고 싶은가."

신태가 매정하게 여미의 손을 떼어냈다. 여미는 자신이 신태의 소맷자락을 너무 스스럼없이 잡았다는 걸 깨닫고 놀랐다. 여미가 신태의 눈치를 보며 뒤로 물러나자 그가 한숨을 쉬었다. 한숨 쉬는 모습이 신율과 닮았다고, 여미는 생각했다.

신태로 말할 것 같으면, 그는 평생 느껴본 적 없는 이상한 기분을 느끼고 있었다.

"형님에게 도깨비란 생(生)을 논할 수 있는 존재가 아닙니다."

도깨비란 무조건 사냥해야 하는 존재다. 신율의 만류가 아니었다면 여미 또한 보자마자 사냥했을 거다. 신율은 여미의 특성과 그녀가 지니고 있을지 모르는 낭아산의 가능성을 들어 신태를 끈질기게 설득했다. 결국 신태는 낭아산을 찾기 위해 여미의 목숨을 연장하는 데 동의했다. 그리고 신율이 여미를 향해 광적인 집착을 보이는 것을 알아차렸다.

"도깨비에게도 감정이 있군."

"명색이 도깨비 사냥꾼이라면서 그것도 몰랐느냐?"

"알고 있었다. 알고는 있었지만."

신태는 어쩐지 괴로워했다.

"하부동에선 네가 인간인 줄 알았지."

신태는 자신이 왜 여미를 벨 수 없었는지 깨달았다. 여미가 너무나도 인간과 닮았기 때문이었다. 뛰어난 사냥꾼 신태조차 신라가 붙인 부적을 보지 않았다면 도깨비인 줄 알아채지 못했을 정도로 말이다.

"네가 은하수 도깨비 앞을 막아섰을 때 깜짝 놀랐다."

"왜?"

"목숨 아까운 줄 모르니까."

신태의 검에 막무가내로 뛰어들 수 있는 사람은 가주나 신율 정도밖에 없다. 환국 최고의 주술사 신라도 신태의 검 앞에선 몸부터 사리고 본다.

"네가 도깨비라는 걸 알고 나서 크게 고민했다."

시도 때도 없이 신율을 불러댄 건 여미에 대해 조금이라도 더 알고 싶어서였다.

"도깨비가 남을 위해 희생할 수 있을 줄은 몰랐다. 인간도 남을 위해 희생할 수 없는데, 어찌 도깨비 따위가."

신태의 목소리가 갈수록 낮아지다가 곧 잦아들었다. 여미는 조용히 신태의 다음 말을 기다렸다.

"적어도 네가 감정을 가지고 있는 동안은, 너를 인간으로 다루겠다."

신태는 일단 여미에게 예외를 두는 것으로 자신의 고민을 마무리했다. 신태가 나름대로 매듭을 짓는 걸 본 여미가 화제를 돌렸다.

"말 나온 참에 인간에 관해 묻고 싶은 게 있다."

"뭔가?"

"남녀 간의……."

사실 여미의 마음속은 이걸로 가득했다. 신태가 너무 무서워 잠깐잠깐 잊어버렸지만 말 그대로 잠깐이었다. 그럴 만했다. 그녀의 인생에서 남녀상열지사가 시작된 건 길게 잡아봐야 두 달 전, 게다가 질투를 자각한 지는 하루도 되지 않았다.

"남녀 간의 애정이란 인간과 인간 사이에만 존재하는 것이냐?"

뭐…… 이런 도깨비가…… 아니, 이런 생명체가 다 있지? 긴장이 탁 풀렸다. 신태가 위협을 거두자마자 여미는 기다렸다는 듯이 저가 묻고 싶은 걸 물었다.

"그런 건 나도 모른다."

"너도 인간이면서 어찌 인간 사이의 애정을 모른단 말이냐."

"묻고 싶은 것이 정말로 인간 사이의 애정인가?"

"그럼?"

"너는 신율에 대해 묻고 싶어 하는 것처럼 보이는데."

여미의 얼굴이 붉게 달아올랐다. 어둠 속에서도 빨갛게 달아오르는 볼을 볼 수 있어서 신태는 신기하다고 생각했다. 결국 여미가 솔직히 털어놓기 시작했다.

"나는 태어나자마자 신율을 보았다. 그리고 이곳에 올 때까지 신율이 나를 돌봐주었지."

신태는 여미의 정체에 관한 추측만 들었지 그녀의 구체적인 성장 과정은 처음 들었다.

"신율은 내게 닿고 싶다고 했다. 잘 모르겠지만 날 처음 본 순간부터 그렇게 느꼈다고 한다."

도깨비의 수명은 인간의 수명과 개념이 다르다. 태어났을 때부터 나이를 세는 인간과 달리, 도깨비는 부화한 직후부터가 아니라 본체로 살아온 기간까지 합쳐 나이를 계산해야 한다.

여미가 수백 년을 떠돌았다고 들었다. 그렇다면 눈앞에 있는 조그마한 도깨비는 적어도 신태의 인생보다 몇 배는 긴 시간을 살아온 셈이었다. 그녀가 입술을 열었다. 수백 년을 살았다고 보기에는 너무도 어리고 작은 입술이었다.

"나도 신율에게 닿고 싶다. 그 마음이 통했다 생각했다. 그랬기 때문에 교접하기 직전까지 갔다."

"교…… 뭐?"

신태가 기겁했다. 교접이라니, 이 도깨비가 무슨 말을 하고 있는 건가 싶어 그는 무척 당황했다. 하지만 여미는 그런 신태의 상태를 눈치채지 못했다. 그저 발로 돌멩이를 툭툭 차며 말했다.

"모든 것이 순조롭다고 생각했는데 신율에게 약혼자가 있다는 걸 알게 되자마자 기분이 매우 나빠졌다."

"화린 말이냐?"

주제가 교접에서 벗어나 안도의 한숨을 내쉰 신태가 말했다. 여미가 고개를 반짝 들었다.

"너도 화린에 대해 알고 있느냐?"

"물론이지."

"너도 화린의 약혼자라서?"

"큽, 쿨럭."

신태는 사례가 걸려 한참이나 기침했다. 여미가 걱정스레 다가오기에 괜찮다는 의미로 그의 손을 토닥였다. 신태는 당혹을 감출 수 없었다. 인간으로 대해주겠다 큰 맘 먹고 말을 텄더니 첫 장부터 폭탄을 던지고 본다. 신태가 화린의 약혼자냐고? 대체 이 도깨비는 상식이 있는 건지 없는 건지. 아니, 도깨비이니까 상식이 없는 건 당연한 건가.

"약혼은 보통 한 사람하고만 한다."

"그렇구나."

어쩐지 여미가 더욱 시무룩해졌다.

"그 약혼이란 것을 나하고도 할 수 있으면 기분이 좀 풀어질 거라 생각했는데."

기침을 멈춘 신태가 여미를 바라보았다. 의외였다. 화린을 향해 질투의 감정을 내보이거나 신율을 원망할 줄 알았다. 하지만 여미는 아무도 원망하지 않았다. 부정적인 감정을 느끼고 있지만 분노나 억울함이 아니다. 이건 그저 신율에게 더 가까이 가고 싶은 마음일 뿐이다.

신태는 땅 위에서 휘적거리는 여미를 바라보았다.

'이건 정말로 인간 같구나.'

한참 동안 침묵이 이어졌다. 여미는 고개를 돌려 신태를 바라보았다. 보드라운 달빛 속에 있는데도 서씨 가문의 장남은 돌처럼 딱딱하기만 했다. 이런 자가 제 고민을 잘 들어줄 수 있을까? 여미는 지금이라도 말을 주워 담을까 생각했다. 여미가 가보겠다는 말을 꺼내기 직전 신태가 입을 열었다.

"신율이 아무 말도 안 했느냐? 화린과 녀석의 관계에 대해?"

"아무 말도 안 했다!"

여미의 마음속에서 다시 불퉁한 감정이 터져 나왔다.

"그럴 리가 없을 텐데."

신태가 의아하게 중얼거렸다. 신태는 막내의 성격을 잘 알았다. 맺고 끊는 게 칼 같은 만큼 화린과의 관계를 가장 먼저 정리했을 거다. 화린도 신율에게 사랑하는 사람이 생겼다 해서 투기할 여자가 아니다. 애초에 두 사람은 서로 사랑하는 사이가 아니니까. 사냥 동료일 뿐이다.

'그런데 이 작은 도깨비는 왜 이리 풀이 죽었는가.'

신태는 어쩐지 여미의 기분을 풀어주고 싶어졌다. 여미가 인간 같아서? 아니다. 오늘 여미를 만나기 전에 저도 모르게 여미에게 줄 견병을 집었다. 부엌 시종에게 부탁해 견병을 싸면서도 이게 뭐하는 짓인가 싶었다. 처음에는 진지하게 도깨비에게 홀린 줄 알았다. 신율을 홀린 도깨비가 자신마저 홀려 버렸다고 생각했다.

이탈에서 구미호 도깨비를 사냥할 때 매혹술에 걸려본 적 있는 신태는 여미를 살피며 그녀가 자신에게 매혹술을 걸고 있는지 살폈다. 그러다가 자기 자신이 바보 같아져서 그만뒀다.

신태는 어떻게 하면 여미를 진정시킬 수 있을지 생각했다. 신태가 아는 거라곤 신율이 화린의 유혹에도 그녀와 관계를 가지지 않았으며 화린과 관계할 바에는 차라리 마을에서 낯선 여자와 관계한다는 거였다. 신태는 눈치 없이 최악의 말을 내뱉었다.

"내가 알기로 신율은 화린과 관계, 아니, 교접한 적 없다. 다른 여자들과 했지."

"다른 여자들?"

"그래. 마을에서 만난 낯선 여인이나 신율에게 호감을 가진 여자들 말이다."

여미가 갑자기 울음을 터뜨렸다.

"왜 우는 거지?"

신태는 정말 당황해서 물었다. 여미는 솟구치는 슬픔 속에서도 신태에 대한 원망이 솟구쳤다.

'너 같으면 안 울고 배기겠느냐!'

"울지 마라."

당황을 담은 신태의 손이 허공에서 방황했다. 신태는 신율처럼 능청스레 여미를 쓰다듬어 주거나 다독이지 못했다. 돌처럼 딱딱한 첫째는 우는 여인을 앞에 두고 무슨 일을 해야 할지 몰랐다. 저가 느끼는 감정도 자각하지도 못했는데, 우는 여미를 앞에 두고 무엇을 해야 할지 어떻게 알 수 있겠는가.

신태는 신율의 별채 문을 거칠게 열었다.

"형님? 오밤중에 무슨 일로 오셨습니까."

"당장."

신태가 숨을 헐떡였다. 신율은 깜짝 놀랐다. 환국에서 둘째가라면 서러울 도깨비 사냥꾼 신태가 숨을 헐떡일 만한 일이라면 필히 중한 일일 것이다.

"당장 저 하얀 도깨비를 어떻게든 해라."

신율은 깜짝 놀랐다. 담벼락 너머로 귀를 기울여 봤지만 때마침 불어온 바람에 풀잎이 부딪쳐 신율의 청각을 혼란하게 했다.

"울고 있지 않느냐!"

신태가 외쳤다.

"울고 있습니까?"

신율의 안색이 눈에 띄게 나빠졌다. 그는 수심 가득한 얼굴로 담벼락 너머를 바라보았다. 당장 여미가 있는 곳으로 달려 나가려던 신율이 갑자기 걸음을 멈췄다. 신태가 의아하게 바라보았다.

"그녀는 저를 믿지 못하고 있습니다."

신율이 힘없이 말했다.

"화린 때문에?"

신태가 단박에 핵심을 짚었다. 여미가 보인 반응으로 그도 이 사태에 대해 어느 정도 감을 잡았다. 사실상 그가 여미를 울린 것이나 다름없었기 때문에 신태는 상당히 초조했다. 신태가 아무리 달래도 여미는 듣지 않았다. 신율이 아니면 도저히 울음을 멈출 것 같지 않다.

"제가 화린을 제대로 단속했다면 이런 일은 일어나지 않았겠죠."

신태가 초조하게 앞머리를 쓸어 올렸다. 신율은 완전히 기가 죽었다. 막내의 기죽은 모습은 태어나서 처음 본다. 아장아장 걸어 다닐 때에도 신라의 장난을 서늘한 눈으로 받아내던 신율인데.

'신라. 그래 신라라면 무언가 수가 있지 않을까.'

"신라는? 같이 오지 않았느냐."

"둘째 형님이라면 오랜만에 수도에 왔다고 밤놀이 나가셨습니다."

신태는 어느 때보다 간절하게 신라가 이 자리에 있기를 바랐다. 평소에는 면상도 보기 싫은 골칫덩이 둘째를 이렇게 그리워해 보긴 처음이었다. 신태는 오로지 사냥과 가업에만 혼을 쏟아왔다. 그런데 도깨비에 대한 가치관이 크게 흔들리고, 도깨비를 향해 생전 처음 느끼는 감정이 싹을 틔웠고, 신태를 혼란스럽게 한 바로 그 도깨비가 울음을 터뜨렸다. 하루 안에 경험하기엔 너무 큰 일이 연달아 있었다.

"하."

신태가 또다시 짧은 한숨을 내쉬었다. 극히 신경이 곤두섰을 때만 나오는 그의 버릇이었다.

"약혼자 이야기를 해버렸더군."

신태가 다짜고짜 본론을 꺼냈다.

"제 잘못입니다."

"도깨비의 울음은 산천초목을 시들게 하는 흉조다. 책임지고 울음을 그치게 해라."

"하지만 어떻게……."

신율의 눈이 황망하게 흔들렸다. 신태는 자신의 동생이 이렇게 멍청해질 수 있다는 게 믿기지 않았다.

"화린과의 약혼을 파기하면 울음을 그치지 않겠느냐? 당장 가주 주관 회의를 시작하지."

여미가 울게 된 가장 직접적인 신율과 화린의 원인은 약혼이다.

"예?"

"어차피 내일 새벽 예정이었다. 몇 시간 당긴다고 해서 큰일 나지 않아."

신태가 옷자락을 펄럭이며 뒤로 돌아섰다.

"도겸!"

그는 커다란 목소리로 하인을 불렀다. 신태의 목소리가 마당 가득 울려 퍼지고 여기저기서 하인들이 등불을 밝혔다.

"본채에 기별을 넣어라! 가주께서 참석하시는 장로 회의를 소집한다."

이렇게 해서, 서씨 가문 사상 최대의 장로 회의가 열렸다. 하인들은 비상사태를 상징하는 엄(嚴) 자를 붉은 천에 써 대문 중앙에 걸었다. 수도 주변에 기거하고 있는 서씨 가문 일족과 장로들을 불러들이기 위함이었다.

"너무 넓다."

"조금만 더 걸으면 됩니다. 혹시 다리가 아프십니까?"

여미가 아프다고만 말하면 아예 업어줄 기세였다. 여미는 시무룩하게 고개를 저었다. 여미가 불평하는 이유는 다리가 아파서가 아니었다. 무서운 신태는 울음을 그치라고 명령하며 갑자기 여미를 끌어냈다. 그는 날카로운 눈으로 여미를 보며 회의 내내 자신과 함께 있고 싶지 않으면 알아서 신율 곁으로 가라고 했다. 여미는 아직 신율이 껄끄러웠지만, 신태는 더욱 무섭고 껄끄러웠다. 결국 여미는 신율과 함께 본채로 들어섰다.

서씨 가문의 본채에는 도깨비를 내쫓기 위한 수많은 부적이 붙어 있었다. 하나 부적은 여미에게 영향을 끼치지 않았다. 신라의 부적이 아무 소용없었던 것처럼 서씨 가문의 부적도 여미에겐 아무 소용없었다. 타격은 없지만 속이 메슥거리고 불편한 기분이 들긴 했다. 게다가 건물은 어찌나 큰지 계속 모르는 곳을 걸으니 어지러웠다. 집이 아니라 궁궐이라 해도 믿겠다 싶었다.

여미는 신율을 따라 본채에 올라섰다. 신발을 벗어 가지런히 정리하고 고개를 돌리니 서씨 가문 사람들이 모여 있는 널따란 방이 보였다. 눈앞에 펼쳐진 광경을 확인한 여미는 저도 모르게 신율의 뒤로 숨었다. 사람이 너무도 많았다. 게다가 그들은 하나같이 범상치 않은 기운을 풍겼다. 마을 길거리에서 보던 보통 인간들하고는 달랐다.

가장 먼저 눈에 들어온 건 두 개밖에 없는 상석 중 하나를 차지한 중년의 남자였다. 남자는 납작한 찻잔을 입에 가져다대는 중이었는데, 찻잔을 쥔 손이 강인하고 딱딱했다. 남자의 몸엔 그가 살아온 세월을 그대로 대변해 주듯 수많은 상처가 보였다. 대부분 흐릿해졌지만 싸움의 격렬함을 충분히 짐작할 수 있을 만큼 커다란 상처였다. 남자의 왼쪽 눈가에는 기나긴 흉터가 있어 무시무시했다.

남자는 능숙하게 소매를 잡고 차를 들이켰다. 찻잔에서 떨어진 눈길이 방금 들어선 신율과 여미를 향했다. 신율은 익숙하게 고개를 숙였다.

"이방인이구나."

남자가 여미를 보고 말했다. 겁먹은 여미가 신율의 소매를 끌었다.

"신율, 그 하얀 여자는 너와 아는 사이냐?"

남자의 시선이 휙 돌아 여미에게 꽂혔다. 칼날 같은 시선이었다. 여미가 그의 시선을 손으로 잡을 수 있을 정도였다. 중년 남자의 시선이 여미를 머리부터 발끝까지 훑었다.

'도깨비 사냥꾼이다.'

여미는 본능적으로 얼어붙었다. 남자는 이 안에서 가장 강한 도깨비 사냥꾼이었다. 주술을 하는지 무술을 하는지는 모르겠지만 그의 기운은 수많은 사냥감을 잡아온 사냥꾼만이 풍길 수 있는 묵직한 것이었다.

"대답해라, 신율."

남자는 흉터가 있는 왼쪽 눈을 살짝 깜빡였다.

"오늘 회의 주제와 관련된 분입니다, 아버지."

아버지? 여미는 입을 딱 벌렸다. 아버지? 신율의 아버지? 신율의 아버지라면 서씨 가문의 가주, 세상에서 제일 악명 높은 도깨비 사냥꾼이 아닌가. 안 그래도 속이 울렁거리던 여미는 이제 토할 것 같은 기분이 되었다.

"손님의 안색이 좋지 않구나."

중년 여자의 목소리가 들렸다. 평범한 목소리지만 더없이 차분하여 여미의 울렁이는 속을 진정시켜 줬다. 여미는 여자에게로 고개를 돌렸다. 여자는 나머지 하나의 상석에 단아하게 앉아 있었다. 머리를 틀어 올렸는데, 머리에 꼽은 것은 한눈에 봐도 귀물인 옥비녀였다. 주술사가 정성스레 새긴 글자를 양각하고 사이사이에 도깨비를 쫓는 효능이 있다는 홍옥을 박은 귀한 물건이었다.

"오랜만에 뵙습니다, 어머니."

"그래. 이 어미에게 인사도 안 하고 다짜고짜 여는 것이 비상회의냐?"

"송구합니다."

중년의 여성은 바로 신율의 어머니였다. 어머니, 아버지뿐만이 아니었다. 이곳에는 말 그대로 서씨 가문 전부가 참석했다. 가문의 장로뿐만 아니라 가신들도 하나 빠짐없었다. 회의가 열리는 본채 안쪽이 바글바글했다. 하인들은 한곳에 모인 높으신 분들의 시중을 들기 위해 바쁘게 움직였다.

"신라가 오지 않았어?"

가주의 굵은 눈썹이 꿈틀거렸다. 소식을 전하던 전령은 저도 모르게 겁을 집어먹고 허리를 숙였다. 서씨 가문의 비상사태에 불응한 사람은 단 한 명, 누구나 인정하는 문제아 서신라뿐이었다.

"어디 자빠져 있는 거냐."

"그것이, 어젯밤 마음에 든 기루가 있다고 사흘 더 지내다 오시겠답니다."

"뭐?"

전령은 떨리는 손으로 비단에 감싸인 서찰 하나를 꺼냈다.

"서신을 전하셨습니다. 신율 도련님이 발제하면 열어보라고 하시더군요. 그곳에 이번 사태에 대한 신라 도련님의 모든 입장이 있다고 합니다."

가주가 둘째 아들의 서신을 받아들었다. 아내에게 서신을 맡긴 가주가 본채의 문을 닫으라고 일렀다. 거대한 문이 나무 삐걱이는 소리를 내며 닫혔다. 회의장 안에는 천장에 뚫린 기묘한 모양의 창문에서 쏟아져 내려오는 달빛만이 가득 찼다.

"장로 회의를 시작한다."

가주가 말했다. 동시에 여러 화로에서 밝은 불이 확 타올랐다. 열기는 없었다. 오로지 시야 확보만을 위해 주술로 만든 불이었다. 여미는 깜짝 놀라 신율의 등 뒤에 붙었다. 여미의 요란한 행동에 장로들 몇의 눈길이 그녀에게 쏠렸다.

여미를 본 이들은 하나같이 궁금증을 품었다. 누가 보아도 여미는 서씨 가문의 일원이 아니었다. 혼란스러운 듯 여기저기 둘러보는 모습을 보니 화씨 가문도 아니다. 아무런 도력이 없는 걸로 보아 도깨비 사냥꾼도 아니다. 흰 머리를 가진 특이한 용모의 여인이 서씨 가문 비상 회의에는 대체 왜 온 걸까.

"다들 짐작하고 있겠지만, 오늘 회의를 소집한 이유는 신율 때문이다."

신태가 회의를 진행했다. 가주 바로 아래에 마련된 자리에 앉은 신태가 서씨 가문의 상징인 한자가 수놓인 옷을 입고 근엄하게 말했다. 동시에 가신들의 시선이 여미 옆에 앉아 있는 신율에게 향했다. 신율은 중대한 일이 있을 때만 입는 홍색 무복을 입었다.

대신들이 웅성거렸다. 혹시 집안에 들어와 있는 화씨 가문과 관련된 일이 아니냐는 추측이 여기저기서 나왔다. 홍색 무복은 인생에서 가장 커다란 네 개의 행사인 탄생, 결혼, 환갑, 그리고 사냥꾼 은퇴식에서만 입는 옷이다. 신율의 생일은 옛날에 지났고 환갑이 오려면 아직 멀었으니 남은 건 결혼밖에 없었다. 그리고 신율의 결혼 상대는 화린이었다.

홍색 무복을 입은 신율은 조용히 가신들의 시선을 받아냈다. 가신들의 추측은 반만 맞고 반은 틀렸다. 여미는 심상치 않은 기운을 느끼고 신율의 소맷자락을 쥐었다. 피부가 닿지 않도록 조심스럽게. 신율은 문득 여미의 손을 움켜쥐고 싶다는 생각이 들었다.

"첫 번째 안건은……."

신율이 입을 열었다. 서늘하고 맑은 목소리가 회의실을 채웠다. 신율은 말을 꺼내기 전에 여미를 한 번 바라보았다. 여미는 아직 눈가가 퉁퉁 부은 채였다. 워낙 하얘서 붉게 부어오른 눈가가 유독 눈에 들어왔다.

"내 혼인에 관한 것이다."

허어, 역시, 역시나. 장탄식이 여기저기서 흘러나왔다. 여미의 고개가 푹 떨어졌다. 여미는 부글부글 끓어오르는 속을 진정시키기 위해 애썼다. 여미가 화린의 존재를 알게 된 지 하루가 채 지나지 않았건만, 신율은 벌써 화린과 혼인하려 한단 말인가?

여미는 혼인에 대해 잘 알지 못한다. 혼인에 대한 설명을 듣긴 했지만 도깨비인 여미가 완전히 이해한 것은 아니었다. 그저 주기적으로 교합할 상대를 찾아내는 거라고 알아들었다. 혼인 사이에 있는 부부관계나 사랑에 관한 것은 알지 못했다. 그래서 신율이

하려는 일을 오해했다. 여미가 화린과의 혼인을 싫어하니, 차라리 빨리 해치워 버리려는 거라고 생각했다.

여미에게 혼인의 정의를 찬찬히 설명해 준 건 신율이었다. 신율이 지금 여미의 속마음을 들었다면, 자신의 어휘력에 깊은 회의를 품었을 거다.

"혼인을 앞당길 생각이십니까, 도련님?"

가신 중 집안의 대소사를 담당하고 있는 령후가 말했다. 여미가 령후를 바라보았다. 하나같이 늙은 가신들이지만 령후는 사냥꾼이 아니라 문관 출신이었기에 더 뼈가 가늘었다.

"아니."

신율이 딱딱하게 말했다.

"그랬다면 화린도 이 자리에 불렀겠지."

"그럼 무슨 일인지요. 화씨 가문과의 혼인 준비는 순조롭게 진행되고 있습니다."

"다름이 아니라 그거다."

신율의 손가락이 여미의 손등을 스쳤다. 서로 닿아도 고통을 느끼지 않을 만큼 살짝, 아주 좁은 틈을 남기고 말이다. 여미는 신율의 손길에 따라 손등 위의 솜털이 짜릿하게 일어나는 걸 느꼈다.

"파혼하려 한다."

"예?"

령후가 멍하니 되물었다.

"약혼을 취소하겠다는 말이다."

이번에는 여미가 깜짝 놀라 신율을 올려다보았다. 파혼이란 말

의 뜻을 몰라 가만히 있었는데 그게 약혼을 취소한다는 뜻이란
다. 여미는 당혹스러운 감정을 느꼈다. 신율과 화린은 서로 가족
이 되기로 약속했다. 인간의 가족이란 그렇게 쉽게 깨어질 수 있
는 걸까? 단지 교합만을 목적으로 이룬 가족이라 깨지는 것도 쉬
운가?

"그, 그치만 화씨 일족이 가만히 있지 않을 겁니다."

"화린에게는 이미 말했다."

"아무 이유도 없는 파혼이라니요, 서씨 가문이 불리해질 수도
있습니다."

"화린은 납득했다. 지금 화씨 가문의 실질적인 가주는 화린이
지. 그녀가 동생을 잘 설득할 거다."

장로와 가신들은 말문이 막혔다. 령후가 용기를 내서 물었다.

"신율 도련님의 혼사는 비단 도련님의 문제만이 아니라 서씨
가문의 중대한 대사입니다. 저희 가신들이 이유를 알아도 되겠습
니까?"

"단순히 행정적인 이유라면 기꺼이 이야기했을 거다. 그러나 이
번 일에는 화린과 나의 개인적 사정이 담겨 있어."

령후의 얼굴이 하얗게 질렸다. 여태까지 덤덤한 표정이던 가주
와 신율의 어머니도 표정을 바꿨다. 셋째의 입에서 개인적인 사정
이야기가 나온 건 셋째가 태어난 이후로 처음이다. 사냥에 실패
하든, 성공하든, 어떤 사냥을 다녀오든 속을 알 수 없는 얼굴로
구슬만 내어놓고 사라지던 신율이었다. 사방이 한 번 더 크게 술
렁였다.

"개인적인, 개인적인 일이라 함은……."

령후만이 끈질기게 신율의 말을 물고 늘어졌다. 신율은 대답하지 않으려 하다가 자신의 소매를 쥐고 있는 손의 무게를 느꼈다.

'여미 님.'

여미도 이유를 궁금해하며 신율을 올려다봤다. 신율은 아버지와 어머니가 눈앞에 있는 심각한 상황임에도 웃고 싶다는 생각이 들었다. 신율은 궁금했다. 여미는 정말 자신이 약혼을 걷어찬 이유를 모르는 걸까, 아니면 모르는 척하는 걸까.

'이 모든 건 당신을 안심시키기 위해서인데.'

신율은 오로지 여미를 위해 입을 열기로 했다.

"개인적인 문제가 뭐가 있겠느냐. 당연히 남녀상열지사이지. 나는 화린 말고 진정으로 사랑하는 여인이 생겼다."

이번엔 술렁거림으로 끝나지 않았다. 회의장 안이 말 그대로 뒤집어졌다. 가신들이 찻물을 벌컥벌컥 들이켜고 서로의 등을 두드려 주며 소란한 가운데 신태와 가주만이 가만히 앉아 있었다. 신태는 모른 척 가신들을 살폈고 가주는 여미를 뚫어져라 바라보았다.

신율은 여미의 어깨에 손을 얹었다. 옷 위로 얹은 것이라 고통은 느껴지지 않았다. 그저 과할 정도로 따뜻한 체온이 느껴졌다. 여미는 흠칫 놀라 등허리를 꼿꼿이 폈다. 신율은 시장 바닥이 되기 일보직전인 회의장을 향해 말했다.

"그리고 내가 사랑하는 여인은 바로 이분이네."

찻물에 사레가 들려 켁켁거리던 가신들의 시선이 여미에게 집중되었다. 여미의 귓가에 맨 처음 꽂힌 소리는 차가운 혹평이었다.

"저렇게 수상하고 품위 없는 여자가?"

여미는 사냥꾼이 아니다. 누구나 알 수 있을 만큼 작고 가녀려 귀한 집 자식처럼 보이지도 않는다. 서씨 가문이 인정하는 신붓 감은 강한 사냥꾼, 아니면 고귀한 집의 딸뿐이다. 가신들 사이에서 터져 나온 불만은 여미 개인에 관한 불만이라기보다는 낯설고 말도 안 되는 상황에 대한 불만이었다. 가신들에게 여미를 공격할 의도가 없었지만 불만은 화살처럼 날아와 여과 없이 그녀의 가슴에 박혔다.

"아무리 봐도 길거리에서 자란 여인이 아닌가."

"길거리는 너무했군. 시골에서 자란 거 아닌가?"

"그렇다고 보기엔 피부가 너무 고운데. 시골 여인은 내가 잘 알아. 농사일 때문에 손이 거칠지."

"그럼 대체 어디서 튀어나온 거야?"

"신율 도련님은 대체 무슨 생각이신 건지."

여미가 양손으로 치맛자락을 꽉 쥐었다. 태어나서 이렇게 많은 사람의 주목을 받은 적도 없었고 많은 사람의 불만을 들은 적도 없었다. 처음 겪는 상황이다. 속이 메슥거리도록 빽빽하게 붙여놓은 부적들, 그리고 익숙하지 않은 인간들의 관심 때문에 여미는 앞으로 고꾸라졌다. 눈을 감고 바닥에 부딪칠 준비를 하는데 가슴팍에 화끈한 통증이 느껴졌다.

신율이었다. 그가 자신의 손으로 여미를 받치고 상체를 세우게 했다. 하인들을 불러 여미의 등 뒤에 방석을 쌓도록 한 후, 신율은 서릿발처럼 차가운 눈을 가신들에게 향했다.

"죽고 싶지 않으면 다들 조용히 해라."

가신들의 말소리가 한순간에 끊겼다. 그들은 놀란 표정으로 신율을 쳐다보았다. 신율은 자제하지 않고 살기를 뿜어냈다. 이무기 도깨비를 사냥할 때 내뿜었던 흉악한 살기다. 문관 출신 가신들이 어이쿠! 소리를 내며 바닥으로 쓰러졌다. 신태는 아무 표정 없이 신율의 살기가 가주와 어머니께 닿지 않도록 흩어냈다.

신율의 살기를 당해낼 재간이 있을 리 없는 가신들은 바닥에 납작 엎드렸다. 엎드리면서도 신율이 왜 이렇게 화가 났는지 이해하지 못하는 눈치였다. 신율은 사락사락 천 스치는 소리와 함께 일어섰다. 그가 입고 있는 홍색 무복이 달빛을 받아 흐르듯 빛났다. 신율은 자신의 발치에 엎드려 있는 가신들을 둘러보며 말했다.

"내가 말했다."

목소리에 무게가 있는 것처럼 단어들이 쿵, 하고 떨어졌다.

"사랑하는 여인이 생겼다고."

음절 하나하나에 살기를 심었다. 낱말은 창이 되어 가신들 사이에 꽂혔다. 가신들은 살기의 창이 부르르 떨리며 위협을 내뿜는 걸 느낄 수 있었다. 신율은 옆으로 물러났다.

"그리고 그 여인이 이분이라고."

모든 사람이 여미를 보고, 그녀를 똑똑히 눈에 새겨 다시는 실수하는 일 없도록 하기 위해서였다.

여미는 저를 향해 쏟아지던 불만들이 신율의 말 몇 마디에 휩쓸려 나가듯 사라지는 광경을 신기하게 지켜보았다. 눈을 마주쳐 오는 인간들이 없으니 마음이 진정됐다. 여미는 무릎을 모으고 앉았다.

신율은 화린과의 약혼을 파기하고 자신과 혼인하겠다고 했다. 의문이 솟구쳤다. 나는 도깨비인데? 신율은 인간인데? 낭아구슬을 통해 도깨비와 인간이 통할 수 있는 길이 열리긴 했다. 그러나 통할 수 있는 것과 가족이 되는 건 전혀 다른 이야기다. 여미도 그 정도는 알았다.

이상하고 혼란스러운 기분이 들었다. 나쁜 기분은 아니었다. 오히려 좋았다. 괜히 손가락을 꼼지락거리고 싶어졌다.

"셋째의 제안에 첨언할 것이 있다."

가주가 입을 열었다. 가신들은 간신히 살기에서 벗어나 상체를 들었다. 가주는 아내에게 손짓해 비단으로 쌓인 서신을 받아 들었다. 서신을 감싸고 있는 비단은 신라의 상징인 옥색이었다.

"혹여 내 아들의 결정에 반대하는 이가 있을까 싶어 둘째의 서신을 소리 내어 읽기로 했다."

상식적으로 생각하면 신율의 결정에 제일 먼저 반대해야 할 사람은 신율의 아버지인 가주와 그의 아내, 신율의 어머니인 감 부인이었다. 그러나 부부는 신율이 여미를 사랑한다 말했을 때도 잠깐 눈을 돌려 아들의 표정을 살폈을 뿐 별달리 동요하지 않았다.

가주는 가신들을 진정시키기 위해 일부러 느릿하게 신라의 서신을 열었다. 옥색 천이 바닥에 떨어지고 신라가 손수 먹물을 갈아 쓴 글자가 나왔다.

"읽겠다."

가주가 나직하게 말했다. 신라가 보낸 서신의 내용은 당혹스러우면서도 굉장했다.

-장로 회의가 소집되면 이 서신을 전달하라 하인에게 말해두었습니다. 제가 없는 집안에서 장로 회의가 소집될 만큼 심각한 일이 일어난다면 가능성은 단 하나밖에 없죠.

서신의 내용을 미리 읽어보지 못한 신태가 눈썹을 꿈틀거렸다. 가주이자 아버지께 보내는 서신에 방만한 말투를 쓰는 것도 거슬렸지만 무엇보다 회의의 주제를 다 알고 있다는 듯이 오만하게 전개되는 서신의 내용이 신경 쓰였다.

-하얗고 작은 여인을 신붓감이라고 데려왔을 겁니다.

신라는 이미 여미를 만나보았다. 신라는 여미에게 푹 빠진 셋째가 화린과의 약혼을 파기할 걸 어렵지 않게 예측했다.

-아버지와 큰형은 걱정하지 않지만, 가신들이 반대할까 걱정되어 이 서신을 보냅니다.

다음 문장을 눈으로 먼저 읽은 가주의 표정이 묘해졌다. 여간해선 당황하는 일 없는 가주가 편지를 든 채 한동안 말이 없었다. 신태가 '아버지?' 하고 부르고 나서야 가주가 생각에서 깨어나 다음 문장을 읽었다.

-셋째를 말릴 생각일랑 하지 마세요.

크흠, 하고 가주가 헛기침을 했다. 그는 둘째의 해괴망측한 언어생활에 난감한 기색을 비추며 서신을 읽어 내려갔다.

—그 녀석은 단단히 미쳤습니다. 글쎄 저에게 검을 겨누지 뭡니까. 제 특기가 부적뿐인 걸 뻔히 알면서. 콩깍지가 아주 제대로 꼈으니 말릴 생각 마세요, 어머니, 아버지, 형님, 그리고 가신 어르신들.

검을 겨눠? 둘째한테? 가주의 눈이 부리부리해지며 신율을 향했다.

형제 싸움이야 어디에나 있는 일이고 서씨 가문도 예외는 아니다. 세 형제 모두 탁월한 재능을 가지고 있었기에 서로 부딪치는 날이라도 생기면 인근 야산을 하나 빌려줘야 할 정도였다. 하나, 격렬하다 해도 싸움은 어디까지나 가주의 용인 아래에서만 이루어졌다. 서씨 가문 일원이 서씨의 혈족을 다치게 하면 안 된다는 가주의 엄명에 따라 싸울 때는 진검도 부적도 금지했다. 그런데 신율이 검을 꺼낸 것이다.

"정말이냐?"

"……예."

약간 과장이 있었지만 기루에서 신라에게 위협을 가한 건 사실이었기에 부정할 길이 없었다. 신율은 고개를 숙였다.

"자세한 건 나중에 묻도록 하지. 회의가 끝난 후에 첫째와 함께 내 방으로 오너라."

"아버지, 저는 왜?"

신태가 물었다. 가주는 신태를 내려다보며 당연하다는 어조로
말했다.

"두 동생을 살피지 못한 건 장남인 네 탓이지 않느냐."

신태는 잠시 당황했다. 여태까지 수많은 형제 싸움이 있었지만
둘째와 셋째가 싸웠다는 이유로 신태가 꾸중을 들은 적은 없었
다. 신태는 더없이 훌륭한 장남이었고 문제는 신라였다. 둘째는
시도 때도 없이 가만히 있는 막내에게 시비를 걸어 일을 키웠다.
가주도 그것을 알기에 둘째와 셋째가 벌인 싸움으로 첫째를 꾸중
하지 않았다.

가주와 눈을 마주친 신태는 곧 그의 부름이 꾸중을 위한 것이
아니라는 걸 알아차렸다. 신라의 서신에 대해, 혹은 이번 안건에
대해 더 할 말이 있으신 모양이다. 신라가 신율의 결정을 이토록
확고하게 지지하고 나섰으니 가신들 앞에서 무언가를 더 첨언하
는 것은 보기 좋지 않아 그들을 따로 부르는 것이었다.

"예. 알겠습니다."

신태가 얌전히 대답했다. 가주는 감 부인에게 신라의 서신을
돌려주었다. 감 부인은 아들의 서신을 곱게 접어 품 안에 보관했
다.

"신태, 너는 신율의 결정이 옳다고 생각하느냐."

갑자기 던져진 질문이었지만 신태는 별 망설임 없이 대답했다.

"신율의 혼인이 서씨 가문과 화씨 가문의 중요한 도개교 역할
임을 압니다. 그러나 혼인은 인륜지대사. 가문의 일이라고 해도
그 본질은 신율과 화린에게 있습니다. 신율에게 사랑하는 여인이
없다면 모르되, 사랑하는 여인을 둔 채로 화린과 혼인한다면 그

거야말로 화씨 가문과 이룰 화합에 지장을 주지 않겠습니까."

신태는 잠깐 침묵했다가 덧붙였다.

"더불어 화린과 저 하얀 여인의 마음에도."

"그렇다는군."

가주는 신태의 의견을 깔끔하게 받아들였다.

"부인의 생각은 어떻소?"

이번에는 감 부인의 차례다. 감 부인은 눈을 내리깔고 조곤조곤한 목소리로 말했다.

"저는 오직 아들의 행복과, 셋째에게 멋모르고 휘말린 하얀 여인의 행복을 바랄 뿐입니다."

"하지만 감 부인, 가문은!"

가신들 중 하나가 끼어들었다. 가주와 세 아들의 말에는 감히 끼어들 수 없었다. 너그러운 감 부인만은 종종 가신들의 의견을 들어준다. 그러나 이번만큼은 감 부인도 단호했다.

그녀가 고개를 들고 이의를 제기한 가신의 얼굴을 똑바로 바라보았다. 감 부인의 눈빛은 셋째 아들만큼이나 서늘했으며 첫째 아들만큼이나 강력했다. 가신은 저도 모르게 다리가 풀렸다. 서 있었다면 몸을 지탱하지 못하고 무너졌을 테지. 혼인 초기만 해도 감 부인은 감씨 가문에서 온 외부인이었지만 세 아들을 장성하게 키운 이후로는 완전히 서씨 가문의 여인이 되었다.

"서씨 가문이 고작 화씨 가문 없다고 휘청거릴 집안입니까? 안주인인 내가 바깥 걱정까지 해야 합니까."

방 안의 온도가 한층 내려갔다. 가신들은 입을 뻐끔거리며 아무 말도 하지 못했다. 감 부인은 다시 눈을 내리깔고 둘째아들의 서신을 소중하게 쓸었다.

"신태, 신라, 부인과 나까지."

가주의 목소리가 다시 회의장 안을 꽉 채웠다. 가주는 팔걸이에 팔꿈치를 괴고 턱을 만지작거렸다.

"최종 결정권을 가진 모든 이가 동의했으니 신율의 파혼은 순조롭게 진행되겠군."

가신들은 고개를 조아렸다. 가신들 역시 결정권이 있다. 없으면 왜 가신이라는 이름을 달고 회의에 참석하겠는가. 그러나 그들이 행사할 수 있는 결정권의 크기는 서씨 적통 한 사람에게도 미치지 못한다. 가신들이 나서서 발언해야 할 때는 서씨 적통들 간에 불협화음이 일어나 외부의 의견이 필요할 때뿐이다.

신율의 혼인에 관해서는 서씨 적통 모두가 동의했으니 이미 끝난 이야기다.

"그러면 새 약혼자를 소개하지 않을 수 없겠지."

여미는 '새 약혼자'가 자신을 가리키는 말임을 알았다. 다시 인간들의 주목을 받겠다고 생각하니 싫었다. 가신들의 주목이 서씨 부부에게 쏠려 있는 틈에 그녀는 몸을 바짝 말고 신율의 뒤로 숨었다. 신율은 잠자코 여미를 숨겨주었다. 가주는 자신의 시선을 벗어난 여미와 그를 감싸주는 신율을 보며 눈을 가늘게 떴다.

"설마 그것까지 싫다고 하진 않겠지, 아들아. 이만큼 고집을 부렸으면 나머지는 예와 형식을 갖춰라. 심지어 우리는 저 작은 여인의 이름조차 모르지 않느냐."

말 그대로다. 이정도면 서씨 가문 탄생 이래 가장 극적인 파혼이라 할 수 있겠다. 심지어 셋째가 사랑한다는 여자는 정체불명에 특이한 하얀 머리카락과 황금색 눈동자를 가졌다. 그녀의 이름을 아는 사람은, 신태를 제외하면 이곳에 아무도 없다.

"여인과 함께 발언대에 서서 우리에게 그 여인을 소개해 주어라."

신율은 여미에게 고개를 숙이고 속삭였다.

"여미 님."

"싫다."

"잠깐만 나서면 됩니다. 그리하시면 여미 님이 한 번도 드셔보지 못한 과자를 드리겠습니다."

신율과 여미가 무엇을 속닥거리고 있는지 궁금해서 가신들의 귀가 쫑긋 섰다. 신율은 한껏 어두운 얼굴을 한 채였고 하얀 여자는 마음에 안 드는 일이 있는지 고개를 도리질쳤다. 심각한 이야기를 나누는 것 같았다.

가신들은 하얀 여자의 심정을 백분 이해했다. 아무리 외진 곳에서 왔다 하더라도 서씨 가문의 명망과 위세는 귀가 따갑도록 들었을 거다. 귀한 집 아가씨도 서씨 가문의 명성 앞에선 위축되기 십상인데, 딱 봐도 예의며 상식이 모자라 보이는 아이가 서씨 가문의 중심부, 본채 가장 안쪽에 있는 회의장에서 스스럼없이 나서기란 어렵겠지.

가신들은 하얀 여자가 서씨 가문의 위세에 눌려 겁에 질렸다고 생각했다. 이번에도 반은 맞고 반은 틀렸다. 여미는 분명 겁을 집어먹었다. 인간들이 너무 많았기 때문이다. 그러나 여미의 두려움은 인간들 때문이지 가문의 위세 때문이 아니었다.

이야기가 끝났는지 여미와 신율이 서로를 보고 고개를 끄덕였다. 신율이 먼저 앞으로 나왔다. 가신들은 신율이 중앙에 서기를 기다렸다. 그러나 신율은 발언대를 지나쳐 형식상 준비되어 있는 다과에 가까이 갔다. 그리고 꿀타래 하나를 집어 들었다.

"꿀타래?"

꿀타래를 집어 드는 신율의 행동에 다들 황망함을 감추지 못했다. 신율은 다과를 즐기지 않는다. 엷은 차를 마시고 그도 아니면 물을 마신다. 가신들 역시 집에서라면 모를까 회의장에서 과자를 먹는 짓은 하지 않는다. 다과는, 말 그대로 구색을 갖추기위해 내온 장식품과 다름없었다.

물론 서씨 가문에서 준비한 다과이니만큼 수도 어디에서도 맛볼 수 없을 만한 고급품인긴 하다. 하나 신율이라면 별채에 앉아서도 언제든 다과를 들일 수 있을 텐데, 왜 하필이면 지금인가. 가신들이 혼란에 빠져 갖가지 추측을 하고 있을 때 신율이 곱게만 꿀타래를 여미의 손에 쥐여주었다.

"이게 무엇이냐?"

"과자입니다."

"이 요상한 것을 어떻게 먹으라는 거냐?"

"입에 넣고 녹여 드십시오."

서씨 가문의 꿀타래는 딱 한 입에 들어갈 수 있도록 작게 만들어졌다. 여미는 의심스러운 눈초리로 신율을 보며 꿀타래를 입안에 집어넣었다.

여미는 신세계를 경험했다. 손안에 들어왔을 때부터 꿀타래가심상치 않은 다과라는 건 짐작했다. 생전 처음 보는 가느다랗고달콤한 실이 다과 전체를 빙빙 둘러 감쌌다. 그 모양이 얼핏 보면 진짜로 실 같아서 먹기 꺼림칙했다. 타래에서 풍기는 달콤한 향기와 신율의 보증이 아니었다면 결코 먹지 않았을 거다. 입안에 넣자마자 타래가 풀리며 혓바닥에 극상의 달콤함과 보드라움을 선사했다.

"마……."

"맛있지요?"

"맛있구나."

보드랍고 달콤한 실만 있는 줄 알았더니 안에는 꿀에 버무려진 고소한 깨가 식감을 책임진다. 여미는 정신없이 입안에서 녹아가는 꿀타래에 집중했다. 신율은 눈을 감은 여미를 끌고 발언대에 나가 섰다. 여미는 꿀타래에 정신을 빼앗겨 신율이 저를 이끄는 것도 몰랐다. 여미가 황홀경을 맛보는 동안 신율이 재빨리 말을 시작했다.

"이름은 여미이고, 이무기 도깨비를 토벌하러 이탈산에 갔을 때 우연히 만났습니다. 숲 속에서 고아로 자라온 터라 출신도, 나이도 모릅니다."

소개가 아니었다. 여미에게 해가 될 만한 정보는 아무것도 공개하지 않겠다는 다짐이 담긴 은폐에 가까웠다.

"그게 끝이냐?"

가주가 물었다. 신율은 단호하게 고개를 끄덕였다. 설령 아버지가 압박해 들어온다 해도, 여미의 진짜 정체를 밝힐 생각은 추호도 없었다. 신태는 알 수 없는 표정으로 꿀타래를 삼키는 여미를 바라보았다.

"들어가도 되겠습니까?"

"여미라는 여인도 너와 약혼하는 데 동의한 게 확실하니?"

감 부인이 물었다. 감 부인의 조곤조곤한 목소리가 자신의 이름을 부르는 걸 듣고 여미가 꿀타래의 세상에서 벗어나 현실로 돌아왔다. 여미는 자신이 회의실 중앙에 서 있다는 걸 깨달았다. 그녀는 재빨리 신율의 뒤로 숨었다.

"확실합니다. 그렇지 않습니까, 여미 님?"

여미는 무슨 질문인지도 모르면서 고개를 끄덕였다. 그녀는 다시 구석으로 돌아가고 싶은 마음밖에 없었다. 여미가 신율의 소매를 잡아끌며 말했다.

"끝났느냐? 들어가도 되는 것이냐?"

"예."

가신들은 정체불명의 여인이 신율에게 하대하고 신율은 정체불명의 여인에게 공손한 존대로 대답하는 걸 보고 기절할 뻔했다. 숲 속에서 발견된 정체불명의 고아라면서 왜 존대를 하는 건가. 신율은 가신들의 의문에 답해주지 않고 여미와 함께 자리로 돌아갔다. 신율의 뒤에 착석하고 나서야 여미는 자신이 꿀타래를 하나밖에 먹지 못했다는 걸 깨달았다.

"파혼의 이유는 그렇다 쳐도 화씨 가문과 처리해야 할 일이 산더미처럼 쌓일 겁니다. 앞으로 어찌하실 생각입니까."

가신 령후가 물었다. 신율은 자세를 바르게 하고 령후의 물음에 대답했다.

"화씨 가문에는 이미 전달해 두었다. 화린이 화씨 일가를 다독이고 있겠지."

여미는 신율의 뒤에서 나오지 못하면서도 무언가를 간절히 원하는 양으로 엉덩이를 들썩거렸다.

"남은 건 장안의 소문을 어떻게 잠재울지인데……. 아, 잠시만."

신율이 대기하고 있던 하인에게 다과상을 가까이 가져오라 일렀다. 신율의 등 뒤에 붙은 여미가 크게 동요했다. 신율은 엷게 웃고는 꿀타래를 하나 더 가져다주었다. 령후는 헛것을 본 게 아닌가 싶어 눈을 비볐다. 신율의 입에서 존대가 나왔을 때도 지금만큼 놀라지는 않았다. 령후 말고 다른 가신들은 물론 가주와 신태마저도 이번에는 놀랐다.

다정한 미소를 지으며 여인의 어리광을 받아주는 신율이라니. 심지어 신율은 여미의 입가에 묻은 과자 조각을 손수 털어주고 싶은지 손을 움찔거렸다. 가신 령후는 신율이 여미의 입술을 문질러 주는 걸 행동으로 옮기지 않은 데 감사했다.

'우리 셋째 도련님이 마지막 이성은 붙들고 있구나.'

여미의 피부에 신율의 손이 직접 닿으면 따끔한 고통이 일어나기에 그만두었다는 걸 령후가 알 리 없었다.

여미는 과자를 하나 더 집으려 손을 뻗었다. 하인이 가져다 놓은 다과상은 신율의 손에는 충분이 닿았지만 여미의 손에는 닿지 않는다. 아슬아슬하게 멀었다. 다과상 끝은 스칠 수 있는데 그 위에 있는 그릇은 잡을 수 없었다. 여미가 신율의 귓가에 대고 속살거렸다.

"과자가 더 먹고 싶다."

여미는 신율 뒤에 숨어서 빼꼼 고개를 내밀었다. 다과상을 가까이 밀어주면 해결될 일인데 신율은 감질나게 꿀타래 하나씩만 주었다. 여미는 불만스러웠다. 아까처럼 꿀타래에 홀려 인간들 앞에 나서고 싶지 않았다. 그래서 신율의 등에 찰싹 달라붙어 다과 상을 이리 가져오라 말했다.

가신들이 더 이상 견디지 못하고 고개를 돌렸다. 어린아이의 몸으로 살다가 갑작스레 성장한 여미는 의식하지 못하고 있었지 만, 다 큰 여인이 사내의 등 뒤에 달라붙어 속살거리는 모습은 상당히 충격적이었다.

"흠."

보다 못한 신태가 헛기침을 했다. 신율을 향한 경고였다. 여미 의 정체를 알고 있는 신태는 인간의 예를 따르지 않았다 해서 그 녀를 질책할 마음은 없었다. 신태의 경고는 신율을 향한 것이었 다. 불행히도 여미는 신태의 헛기침에 들어 있는 복잡한 의미를 알지 못했다. 그저 무서운 신태가 또 자신을 향해 꾸중을 한다 생각했을 뿐이었다.

"무섭다."

여미는 더 쪼그라들어서 신율 등에 아주 찰싹 달라붙어 버렸 다.

"신율."

"죄송합니다."

죄송하다고 말했지만 여미를 떼어낼 생각은 하지 않는다. 그 모습이 정말로 여인에게 홀린 남자의 모습이라 서씨 가문 사람들 은 마음이 뒤숭숭했다.

"파혼을 천천히 발표하면 소문을 억누를 시간도 확보할 수 있 습니다."

그 후로 신율은 파혼과 새로운 약혼, 그리고 나아가서는 혼례에 대한 자세한 계획을 공개했다. 신태는 내심 놀랐다. 여지없이 여인에게 홀려 버렸다는 말은 거둬야 할지도 모르겠다. 신율은 짧은 시간에 떠올린 거라고는 생각할 수 없는 정교하고 타당한 계획을 가지고 있었다.

"두 번째 안건은."

기나긴 설명을 마친 신율이 품 안에서 금낭 하나를 꺼냈다. 회의에 관심이 없던 여미가 눈을 동그랗게 떴다. 신율이 꺼낸 것은 낭아구슬의 파편이 들어 있었던 금낭이었다.

"저는 본가에 도착하기 전 비애를 만났습니다."

본채 바깥에서 분주히 움직이던 하인들은 좀체 끝나지 않는 회의에 당황했다.

"심지어 다과상을 또 들여오라 하셨다며?"

"회의에서 다과가 떨어진 적이 있었나?"

"내가 알기론 없어."

"나도 본 적 없어."

려류는 잠자코 과자를 담았다.

'이번 회의에는 여미 님이 들어가셨지.'

과자를 먹을 사람이라곤 여미밖에 없다. 꿀떡도 담을까 하다가 그만두었다. 늙은 가신들은 떡을 별로 좋아하지 않았다. 회의를 위해 만들어둔 다과는 꿀타래와 다식뿐이다. 꿀떡은 여미를 위해 시장에서 사 온 것인데 서씨 가문에서 손수 만들지 않은 떡을 회의장에 올릴 수는 없었다.

"내가 들어갈게."

려류는 다른 여종들을 뿌리치고 손수 다과상을 들었다. 밤중에 소집된 회의는 어느새 새벽녘이 밝아올 때까지 이어지고 있었다.

비애라는 이름이 나오자 회의장이 무겁고 긴장된 적막에 감싸였다. 서씨 가문에 속한 사람이면 어렸을 때부터 귀에 못이 박히도록 비애라는 이름을 듣는다. 서씨 가문의 멸문을 노리는 비애. 감정에서 발현되어 강력한 힘을 가지고 있는 비애. 그녀의 피에 감염되면 세상에서 가장 끔찍한 슬픔에 사로잡혀 죽는다.

신율은 비애가 구슬 파편을 주고 갔다는 이야기를 했다.

"비애가 너에게 구슬을 주었다고?"

"예, 그리고 가주의 명을 받고 지방을 수색하던 신라 형과 마주쳤습니다."

가주의 눈빛이 바뀌었다. 다 말하지 않았는데도 떠오르는 것이 있는지 가주는 심각한 표정을 지었다.

"비애가 주었다는 구슬 가루를 좀 보자꾸나."

신율이 금낭을 펼쳐 앞으로 내밀었다. 가루는 거의 떨어졌고 희미한 부스러기만 남았다. 파편에서 뿜어져 나오던 상서로운 기운도 많이 약해졌다.

"신라의 주술이 남아 있군."

가주가 말했다. 그의 말대로 구슬 파편에 신라가 걸었던 합(合) 자가 희미하게 남아 있었다. 가주는 날카로운 눈썰미로 신라의 흔적을 잡아냈다.

"내게 가져오기 전에 이미 한 번 사용했구나."

"죄송합니다."

신율이 고개를 숙였다. 직접적으로건 간접적으로건 가주의 명령을 어긴 일이 되었다.

"대신 똑같은 구슬을 더 많이 모아 왔습니다."

신율이 또 다른 금낭을 꺼냈다. 이번 건 좀 더 크고 화려했다. 상서로운 기운도 강했다. 여미와 접촉하는 데 쓰긴 했지만 신라의 적극적인 만류로 가주에게 보일 양은 충분히 남았다. 파편의 정체를 짐작한 신태의 눈썹이 꿈틀거렸다.

"허어."

가주가 처음으로 흥미를 보였다.

"신태야. 이건 네가 봐야겠구나."

가주가 손짓했다. 신태는 소태 씹은 표정으로 가까이 왔다.

"내 너에게 이 기운을 쫓으라고 말했는데."

"맞습니다. 제가 수도에서 발견하고 하부동까지 쫓아 내려간 기운과 같습니다."

"어찌 네가 쫓던 기운이 신율의 손에 들어갔느냐?"

신율이 대답 않고 입을 다물었다.

"신율은 할 말이 없나 보군. 신태가 대답할 건가?"

신태는 여미가 도깨비라는 걸 알았다. 그리고 하부동에 동행했다는 것까지 알았다. 신태가 모든 사실을 가주에게 고할까? 신율은 알 수 없었다.

"하부동의 구슬도 이미 효력이 상당 부분 사라졌어."

가주의 속마음도 알 수 없었다. 구슬에 남은 흔적을 빠짐없이 읽어낼 정도라면 여미가 도깨비라는 걸 알아차리지 못했을 리 없다. 신태에게 들키고 나서 도깨비의 기운을 더 꽁꽁 감추긴 했지만 가주의 눈을 속이기엔 역부족일 터다.

'모른 척하시는 건가?'

신율은 신중하게 가주의 기운을 살폈다. 가주는 무기질적인 눈으로 구슬 파편만 살피고 있을 뿐이었다.

"신율, 알아낸 걸 말해라. 큰형과 작은형의 일을 빼앗고 나에게 올 구슬을 먼저 사용하기까지 했으면, 구슬의 정체 정도는 밝혀냈겠지."

숨 막히게 팽팽하던 분위기가 조금 풀어졌다. 신율은 고개를 숙여 감사를 표하고 말했다.

"이건 낭아구슬 파편입니다."

"······낭아구슬?"

가주의 목소리가 흔들렸다. 신태 역시 고개를 번쩍 들었다. 가신들은 방금 무슨 소리가 나왔는지 제대로 알아듣지 못했다.

"내가, 아니 우리가 알고 있는 '낭아전설'에 나오는 낭아의 구슬이라고?"

신태가 참지 못하고 물었다. 낭아산을 추적할 단서가 있다는 건 들었지만 신율이 이미 낭아구슬을 발견한 줄은 신태도 회의장에서 처음 알았다.

"그렇습니다."

신율이 말했다. 그는 처음 비애로부터 수수께끼의 구슬을 얻고 신라와 대면한 일, 신라와 함께 구슬이 낭아구슬이라는 가설을 세워 합(合)의 술을 시도해 본 일, 그리고 수도와 환국 전역에 낭아구슬과 일치하는 상서로운 기운이 생겨나기 시작한 일을 자세히 말했다.

하부동에서 일어난 일은 구슬의 기운을 추적하다 우연히 신태와 마주친 것으로 간략하게 줄였다. 자연스레 은하수 도깨비나 암시장에 대해서는 말하지 않게 되었다. 어차피 장로 회의가 끝나면 가주와 긴밀히 이야기를 나눌 기회가 생길 테니 그때 이야기할 생각이었다. 가주는 낭아구슬에 관심을 기울이고 있어 하부동에서 일어난 일은 자세히 묻지 않았다. 오로지 신태만 하부동 이야기가 나올 때마다 의미심장한 눈빛으로 여미를 주시했다.

"낭아구슬이라."

가주가 긴 신음을 내뱉고 등받이에 몸을 묻었다. 산전수전 다 겪은 가주라 해도 낭아구슬은 뜬금없었나 보다. 가주 옆에 있는 감 부인은 무엇이 마음에 걸리는지 근심 가득한 표정으로 여미를 살폈다.

"낭아구슬이라면 여태까지 서씨 가문이 모은 모든 도깨비구슬보다 더 굉장한 능력이 있겠군."

마침내 눈을 뜬 가주가 말했다. 가주의 말에 온 회의장이 술렁거렸다.

"낭아는 합일과 조화, 그리고 상생의 신이다. 이 구슬엔 인간이 오랫동안 찾아 헤맨 근본적 문제에 대한 답이 있을지도 모르겠군. 신율, 남은 파편을 가져와라. 구슬이 작동할 수 있는지 살펴봐야겠다."

구슬 파편을 앞에 둔 가주가 허공에 양손을 뻗었다. 가주의 열 손끝에서 수많은 글자가 꽃처럼 피어났다 사라졌다.

"……안 되는군. 파편이 너무 적어."

이마에서 식은땀을 흘릴 만큼 많은 글자를 만들어낸 가주가 긴 숨을 내쉬고 말했다. 여미는 어쩐지 얼굴이 달아올랐다. 귀중한 합일의 구슬을 신율과 입 맞추는 데 써버렸다.

"도련님, 저희가 봐도 되겠습니까."

"물론이다."

가신들 몇이 나서서 부적을 썼다. 몇몇은 고대로부터 내려오는 전승을 통해 진을 그려보기도 했지만 가루는 꼼짝도 하지 않았다. 한동안 가루를 움직이기 위한 씨름이 이어졌다.

처음에는 부끄러웠지만 여미는 곧 지루함을 느꼈다. 여미의 눈에 금낭에 묻은 가루는 무채색으로 보였다. 이미 죽은 무채색, 혹은 스스로 깊은 동면에 들어가 움직이지 않는 무채색이다. 어느 쪽이든 가루는 깨어나고 싶어 하지 않는다. 적어도 가신들 손에 의해서는.

"소용없는 짓을."

여미의 목을 빌어 다른 누군가가 말했다. 신율이 고개를 돌렸다.

"무언가 말씀하셨습니까?"

여미의 눈에 감돌고 있던 신비로운 황금빛이 사라졌다. 여미는 꿈에서 깨어난 사람처럼 고개를 좌우로 흔들더니 신율의 소매를 잡아끌었다.

"지루하다."

"조금만 더 앉아 있으면 됩니다."

신율은 여미가 귀여워 미소를 지었다. 여미는 손으로 눈을 부비며 회의장의 중앙을 바라보았다. 새로운 다과상이 들어왔다.

이번에도 꿀타래가 있었고, 여러 가지 모양의 다과가 예쁘게 담겨 있었다. 아까 신율이 한 움큼 집어다 준 과자는 이미 다 먹었다. 또 먹고 싶어서 손이 근질근질했다. 신율에게 또 부탁하긴 미안하다. 아무리 신율이 고사리이고 여미의 아래라고 해도 여미는 신율을 부려먹는 나쁜 도깨비가 아니었다.

"저것을."

여미가 금낭 옆에 있는 과자 단지로 손을 뻗었다. 순간, 가신들의 부적에는 꿈쩍도 하지 않던 가루가 확 부풀어 올랐다.

"뭐야? 뭐가 어떻게 된 거야?"

"저 하얀 여자다. 하얀 여자가 손을 뻗으니 파편이 반응했어!"

가신들이 호들갑을 떨었다. 여미는 손에 과자를 쥐고 당황한 채 동작을 멈췄다. 신율도 의미심장한 눈으로 여미의 손길에 반응한 구슬 파편을 지켜보았다.

부풀어 오른 파편은 거인의 한숨처럼 한곳에 모이더니 금색 빛을 뿜었다. 그리고 공중으로 흩어졌다. 방 안이 향기로운 은색 가루로 가득 찼다. 도깨비구슬이 도깨비 시체에서 나온다는 사실만 잠깐 잊어버리면, 무릉도원에 있는 것 같은 편안함과 아름다움이었다.

가신들의 눈이 느슨해졌다. 반대로 가주의 표정은 날카롭게 변했다. 셋째 놈의 기행을 곡예단 보듯 가볍게 보고 있던 가주는 여미에게 반응하는 구슬을 보고 더없이 진지해졌다.

"내가 해보지."

가주가 손을 뻗어 원을 그리자 사방으로 흩어지던 가루들이 허공에 뭉쳤다. 뭉친 가루의 양은 무척 적었다. 한 줌은커녕 새끼 손가락 손톱만큼도 안 된다. 저 작은 양이 방 안을 가득 채울 만큼 넓은 부피로 퍼질 수 있었다는 게 불가사의할 지경이었다. 가주가 눈에 힘을 줬다. 그가 도력을 담은 목소리로 무언가를 중얼거렸다. 여미의 몸짓에 반응한 파편으로부터 특별한 힘을 끌어내려는 거다.

가주의 시도는 실패했다. 여미가 손을 뻗을 때는 온순하고 화려하기만 하던 파편이 가주의 목소리를 듣자마자 듣기 싫은 소리를 내며 깨졌다. 가주가 손을 내렸다. 그의 눈이 날카롭게 빛났다.

"확실히 평범한 가루는 아니구나. 낭아구슬인 것이 거의 확실하군."

가주가 낮은 목소리로 말했다.

"낭아는 시조신입니다!"

가만히 듣고 있던 가신 하나가 참지 못하고 소리쳤다.

"낭아산이 실존했다는 것도 놀라운데, 시조신 낭아가 사실은 도깨비라니……. 가주님, 이건 말도 안 되는 일입니다."

익숙한 반발이었다. 신율도 처음에 낭아구슬이라는 단어를 듣자마자 저리 생각했다. 가주와 신율의 눈치를 살피던 가신 령후가 조심스레 입을 열었다.

"이번 일은 아무래도 신라 도련님과 신율 도련님의 착각인 것이……."

"령후."

가주의 묵직한 목소리가 떨어졌다.

"신라와 신율뿐 아니라 나도 방금 전에 확신했다. 이것은 낭아구슬이라고."

령후가 입을 다물었다.

"왜들 그리 무서워하나? 시조신 낭아가 사실 도깨비였다는 건 큰일이지만, 낭아산이 실재했고 낭아구슬이 우리 손에 들어온 건 잘된 일이 아니냐."

가주의 말엔 반박할 곳이 없었다. 진짜 낭아구슬이 실존했다면, 낭아구슬에 도달할 단서를 서씨 가문에서 가장 먼저 찾아낸 걸 기뻐해야 한다. 그러나 령후를 비롯한 가신들은 찜찜한 눈으로 빛나는 구슬 파편을 바라보았다. 왜일까. 기쁘지 않고 두렵다.

"오늘 회의는 이것으로 마친다."

가주가 선언했다. 모두들 풀리지 않은 의문을 가진 채 회의장 밖으로 나갔다. 신율과 신태가 마지막으로 일어서 가주 앞으로 다가갔다. 가주가 회의 초반에 명하길 두 아들더러 남으라 하였다. 여미는 밖으로 나가려다가 신율이 나가지 않는 것을 보고 안절부절못하며 다시 자리에 앉았다.

가주는 턱을 고인 채 여미를 한참이나 바라보았다. 생판 처음 보는 남에게 보내는 시선이라고는 믿을 수 없는 깊은 시선이었다. 신율은 문득 자신이 여미를 처음 보았던 순간을 떠올렸다. 겨우 손가락 마디만 한 도깨비풀 형상이었는데도 신율은 여미에게 깊은 애정과 호기심을 느꼈다. 가주 또한 여미에게 특별한 감정을 느끼는 걸까.

"하얀 여자, 너는 나가봐도 좋다."

가주가 말했다. 가주는 여미의 이름을 들었음에도 딱딱하게 '하얀 여자'라고 여미를 칭했다. 가주의 허락이 떨어졌지만 여미는 밖으로 나가지 않았다. 대신 신율을 올려다보았다. 회의 내내 굳은 표정이었던 가주가 처음으로 웃음을 터뜨렸다. 박장대소였다.

"셋째가 멋대로 끌고 온 게 아닌가 걱정했는데 너도 셋째가 마음에 든 모양이구나."

그의 웃음소리는 의외로 평범했다. 여미가 느끼고 있던 위압감이 반으로 줄었다. 여전히 무섭지만 처음 봤을 때만큼 무섭진 않았다.

"아버지께서 허락하셨으니 나가셔도 됩니다. 밖에 려류를 불러 놓았습니다. 려류와 도겸이 별채까지 안내해 줄 테니 가서 쉬십시오."

"아니다. 내가 데려다주마."

의외의 인물이 나섰다. 감 부인이었다. 여미는 상석에서 내려오는 감 부인을 지켜보았다. 그녀는 고운 연둣빛 저고리와 그에 어울리는 푸른 치마를 입고 있었다. 옷고름에 달린 보라색 노리개가 찰랑거렸다. 여미는 노리개에 사방 신수 중 주작의 문양이 새겨져 있음을 놓치지 않고 알아냈다.

"아가야, 가자꾸나."

감 부인은 여미를 아가라고 불렀다. 화린을 부를 때와는 달랐다. 감 부인은 결코 화린을 아가라고 부르는 일이 없었다. 화린은 순수하게 계산적인 약혼이었다. 화린은 그들과 동등한 사냥꾼이며 동료이기에 이름을 불렀다.

신율은 여미를 내보이며 진심이라고 말했다. 신율이 이토록 공개적으로 선언한다는 건 하늘이 무너지는 일이 있어도 어떻게든 여미와 결혼하겠다는 뜻이다.

"너는 왜 나를 아가라고 부르는 것이냐?"

비록 여미는 의미를 알지 못하지만 말이다.

여미가 나가자 회의장 안이 조용해졌다. 가신들이 있을 때는 여러 사람의 숨소리라도 들렸지만 지금은 정말이지 아무것도 없는 적막이었다. 적막 속에서 가주가 입을 열었다.

"너희 둘만 부른 이유를 알겠느냐"

신태는 아무 말도 하지 않았고 신율은 고개를 저었다.

"형제 싸움에 대한 꾸중 따위를 하려 부른 게 아니라는 것쯤은 알겠지."

가주는 한숨을 쉬며 턱을 괴고 있던 팔을 풀었다. 손짓으로 두 아들을 가까이 불렀다. 두 아들은 가주 아래 무릎을 꿇고 앉았다. 가주는 많은 생각을 하며 꿇어앉은 두 아들을 바라보았다.

신태는 엄하게 키웠다. 누가 봐도 융통성 없다고 수군거릴 정도로 숨 쉴 틈 하나 주지 않았다. 가문을 위해서라면 뭐든지 할 수 있는 사냥꾼으로 만들었고, 도깨비란 사냥해야 할 적, 그 이외에 아무것도 아니라 가르쳤다. 말하자면 신태는, 언제든지 도깨비를 죽일 준비가 되어 있는 무거운 도끼였다.

가주의 계획대로 자란 신태와 달리 신율의 성장 과정은 그야말로 예측불허였다. 자유롭게 키웠다고 생각했다. 매일 선생을 붙이거나 손수 가르쳤던 신태와 달리 신율은 거의 방임하다시피 해서 키웠다. 솔직히 말하면 신라와 같은 풍류랑, 혹은 문제아가 될 줄 알았다.

그렇게 되어도 상관없었다. 서씨 가문에서 남자가 세 명 태어나는 건 드문 일이었다. 보통 장자 한 명이 가문을 꾸려갔다. 신라의 망나니짓을 크게 꾸짖지 않은 것도 신태가 있기 때문이다.

신율은 신태보다도 더 차가운 남자로 자랐다. 그러라고 한 적 없는데 칼같이 도깨비를 잡고 구슬을 뽑아냈다. 따로 선생을 붙여주지도 않았는데 가끔 들러 확인해 보면 신율의 검술은 믿기지 않을 만큼 일취월장하고 있었다. 장남인 신태를 앞서갈 정도였다.

가장 많은 도깨비를 사냥하는 것도 신율이었다. 뛰어난 사냥꾼이지만 집안의 대소사에 묶여 있는 경우가 많은 신태나, 여자들과 놀아나느라 정신없는 신라와 달리 신율은 혼자서, 때로는 화린과 함께 환국 전역을 쉬지 않고 돌아다녔다. 오로지 사냥을 위해.

모든 게 가주의 의도와 반대로 진행되고 있음에도 가주는 낭아구슬을 발견하는 건 신태일 거라 생각했다. 전승에 그렇게 나와 있었으니까. 그런데 신율일 줄이야.

"서씨 가문의 수많은 비사 중 가장 중요하고 비밀스러운 하나를 전승하기 위해 너희를 불렀다."

가주 역시 전대 가주에게 비사를 들었다.

"원래는 장남에게만 전해야 하는 가문의 비밀이다. 그러나 신율아, 네가 낭아산의 도깨비를 데려왔으니 어쩔 수 없이 너에게도 알려줘야겠구나."

"낭아산의 도깨비라 하셨습니까?"

"네가 데려온 하얀 여자 말이다. 이름이 여미라고 했던가."

가주는 자신의 아내가 여미를 보고 '아가'라고 부르던 걸 떠올렸다. 다정한 목소리였지. 어미 된 입장에서는 아들이 결혼한다는데 기쁘지 않을 리가 없다. 신율의 어미, 감 부인은 신율이 사랑 없이 화린과 결혼하는 걸 불편해했다.

"다행히 너희 어머니는 눈치채지 못했으니 안심하거라."

"아버지는 바로 알아보신 겁니까."

신율이 물었다. 신태에게 들킨 이후 하인을 보내 신라를 닦달했다. 서씨 가문에 들어오기 전에 받은 것보다 몇 배는 더 강력한 부적을 얻어냈다. 신태조차 아무것도 느낄 수 없다고 확언을 듣고 나서 데려온 거였다.

"단박에 알아봤지. 그러나 걱정 마라. 신라의 부적을 꿰뚫어 볼 수 있었던 건 부적이 허술해서가 아니라 내가 가문의 비사를 완성했기 때문이다."

"……비사?"

가문의 비사가 낭아산과 관련이 있다고? 신율뿐 아니라 신태도 처음 듣는 말이었다.

"서씨 가문에는 오랫동안 내려온 숙원이 있다."

서씨 가문은 환국에서 혈연 계승을 가장 엄격하게 지키는 가문이다. 황궁도 몇 번이나 성을 갈아치우는 동안 서씨 가문은 흔들림 없이 단일 성씨 계승을 유지했다. 가주가 남자였을 때도, 여자였을 때도 있지만 언제나 서씨 가문의 핏줄이란 건 변하지 않았다.

"왜 데릴사위를 극구 거부하고 여자를 가주로 삼으면서까지 혈연 계승을 지켰는지 궁금하지 않느냐?"

사람들은 단순히 서씨 가문의 핏줄에 흐르는 재능 때문이라고 여겼다. 서씨 가문에선 언제나 뛰어난 사냥꾼이 태어났다. 대범하고 아름다우며 고귀한 지성을 갖춘 이들이었다. 서씨 가문의 핏줄이 아니면 아무도 도깨비 사냥을 감당할 수 없었고, 그래서 혈연 계승이 엄격히 지켜진 거라 생각했다.

"재능 때문이라는 게 틀린 말은 아니지. 다만 이유가 다르다. 서씨 가문의 핏줄에 천재성이 보장된 건, 우리가 이뤄야 할 숙원이 있기 때문이다."

그 숙원이 너무도 광대하고 어려운 일이었기에 숙원을 짊어진 서씨 일가는 필연적으로 거대한 힘을 필요로 했다. 서씨 가문 초대 가주는 이를 직감하고 자신의 주술로 서씨 가문 피에 비상한 재능이 흐르도록 했다. 서씨 일족은 재능의 반대급부로 광기를 얻었다.

"나의 아버지, 그러니까 너희 할아버지는 비사의 위치와 제물의 정체를 알아내고 죽었지. 그리고 내 대에 와서……!"

가주의 눈이 순간 광기로 번득였다.

"나는 드디어 비사를 완성했다."

가주가 눈을 감았다. 사방을 붉은 광기로 물들이던 기운이 좀 사그라들었다.

"비사에서 이르길, 서씨의 핏줄이 그것을 완성하는 순간 완전한 인간 형태를 한 도깨비풀이 나타날 거라고 하더구나. 나는 내내 기다리고 있었다. 내가 가문 비사를 완성했다는 증거로 완전한 인간 모습 도깨비가 나타나는 순간을."

가주는 여미에게서 도깨비의 기운을 느끼진 못했지만, 신율이 들고 온 것이 가문의 비사와 관련된 것이라 연상 작용으로 그녀가 도깨비임을 알아챘다.

"비애가 준 구슬 가루를 보고 여미 님이 도깨비라는 걸, 그것도 낭아도깨비라는 걸 알아차렸단 말씀입니까?"

"그래, 그 하얀 도깨비는 낭아산 출신이다."

"하지만……."

신율은 말문이 막혔다. 막연히 여미가 낭아산과 관련 있을 거라 생각하긴 했지만, 낭아도깨비일 거라곤 생각하지 않았다. 사방 신수를 대하는 여미의 태도는 단순히 낭아산 출신이라고 해서 나올 수 있는 게 아니었다. 여미는 무언가, 낭아와 더 깊은 관련이 있다…….

"그럴 리가 없습니다."

"어떻게 확신하지?"

신율은 말문이 막혔다. 회의장에서 가주의 영향력 아래 벌벌 떨던 가신들과 비슷한 처지가 된 것 같아 울컥했다. 가주는 신율에게로 상체를 숙였다. 항상 사건으로부터 한 걸음 떨어져 관조하기만 했던 아들이 가주에게 성급하게 대드는 것이, 가주는 아주 흥미로웠다.

"저 도깨비는 풀 도깨비이지만 여와의 도깨비가 아니라고 했지."

"예. 본인이 확실하게 부정하더군요."

"도깨비는 기만을 위한 거짓말을 하지 않는다. 자기 자신이 부정했다면 분명 여와의 도깨비가 아닌 거다."

신율이 고개를 끄덕였다. 여미는 여와의 도깨비가 아니다. 본체가 짐승이 아니니 치우도깨비도 아니다. 남은 것은 이탈과 환상뿐. 여기까지는 신율도 쉽게 추리해 낸 영역이었다.

"비애가 왜 우리 가문을 노리고 있는지 알고 있겠지?"

"그야 비애는 도깨비들이 약해진 게 인간들의 탓이라 생각하고 있고, 그 선두에 서씨 가문이 있다고 오해해서……."

거기까지 말하던 신율은 가주가 풍기는 이상한 분위기 때문에 말을 멈췄다. 섬뜩하고 날카로운 기운이 신율의 등을 타고 내리꽂혔다.

"……오해가 아니었던 겁니까?"

한 번도 의심해 본 적 없는 명제였다. 비애는 오해를 했고, 잘못된 오해 때문에 서씨 가문의 핏줄을 증오한다고.

비애의 탄생에는 아무도 모르는 수수께끼가 하나 있었다. 바로 비애를 태어나게 한 슬픔의 정체는 무엇인가 하는 것이었다. 비애가 슬픔에서 태어난 도깨비라면, 대체 어떤 연유로 그토록 커다란 슬픔이 생겼는가?

비애 정도 되는 이탈도깨비가 나타나려면 세상을 뒤흔들 정도로 큰 슬픔이 필요하다. 그 정도 슬픔을 가질 수 있는 역사적 사건은 얼마 안 된다. 너그럽게 꼽아봐도 일대 황제 염(髯)의 승천이나 달선녀 항아의 추락, 그리고 시조신 낭아의 죽음 정도다. 염과 항아는 도깨비 설화가 아니다. 비애가 태어날 만한 슬픔을 가진 도깨비 설화는 낭아의 죽음밖에 없다.

"서씨 가문이 낭아의 죽음과 관련 있다는 뜻입니까?"

"그래. 낭아를 죽인 건 우리다."

가주는 웃었다. 설명이 부족하다 생각했는지 좀 더 자세히 말했다.

"정확히 말하면 낭아를 죽인 포희가 서씨 가문의 시초다."

"낭아를 죽인 게 포희였습니까?"

이번엔 신태가 물었다. 계속해서 몰아치는 어마어마한 비사 때문에 신태도 어지러울 지경이었다.

"자신을 놓아주지 않는 낭아에게 질려 포희가 살신을 저질렀다고, 왜 그런 해석도 있지 않느냐."

있다. 단지 아무도 사실이라고 생각하지 못했을 뿐이다. 낭아 전설은 꿈같은 무릉도원에 대한 이야기임과 동시에 애절한 사랑 이야기이기도 했다. 포희가 낭아를 죽였다는 것은 그야말로 수많은 해석의 갈래 중 하나일 뿐, 아무도 두 사람의 사랑이 아름다웠음을 의심하지 않았다.

"낭아의 원혼은 강력해. 그녀는 죽어가던 도중 자기 자신의 몸에서 낭아구슬을 뽑아내고, 남아 있는 원혼으로 도깨비풀을 만들었다. 도깨비풀로 다시 태어난 원혼은 온 세상을 떠돌았지. 오로지 서씨 가문의 핏줄을 찾기 위해."

가주가 눈을 감았다. 그가 손을 펼치자 글자들이 연기처럼 올라왔다. 서씨 가문의 서, 비애의 비, 그리고 낭아의 낭.

"설마 도깨비와 평생 함께할 수 있을 거라 생각한 거냐, 신율."

"하지만 비애는……."

가주가 눈을 떴다. 동시에 방 안을 떠돌던 글자들도 사라졌다.

"비애가 무어라 했느냐?"

"낭아구슬을 얻으면 함께할 수 있다고 했습니다."

"거짓말이다."

단호한 목소리였다. 신율은 저도 모르게 아버지를 똑바로 바라보았다.

"도깨비는 기만을 위한 거짓말을 하지 않습니다."

"비애에게는 거짓말조차 서씨 가문을 멸문하기 위한 일이니 기만이 아니었을 거다. 비애의 원한은 칠백 년간 이어져 왔다. 달콤한 꼬임쯤은 일도 아니지."

가주가 몸을 일으켰다. 그는 아들들에게도 일어나라 명령했다. 두 아들과 아버지는 서로를 마주보았다. 가주는 신율의 도전적인 눈빛을 피하지 않았다. 그저 건조하고 무거운 목소리로 서씨 가문이 짊어지고 있는 죄의 무게를 저울에 올렸다.

"낭아를 죽인 우리가 낭아구슬까지 빼앗으면 그 업보를 감당할 수 있을 것 같으냐?"

정말로 포희가 낭아를 죽였다면, 그리고 포희의 후손이 서씨 가문이라면, 낭아를 죽인 죄는 무엇으로도 갚을 수 없다. 낭아는 신이며 세상이다. 그녀의 품 안에서 모든 것이 태어났고 그녀가 있었기에 세상은 평화라는 개념을 얻었다.

"여미 님이 서씨 가문을 찾아온 일이 서씨 가문의 업보와 관련되어 있다는 말씀이로군요."

신율의 어조는 극히 방어적이었다. 가주는 복잡한 마음이었다. 셋째 아들은 하얀 도깨비를 보호하려 한다.

"맞다."

가주는 뜸들이지 않고 대답했다.

"너는 낭아도깨비, 즉 낭아의 유일한 흔적을 데리고 낭아산에 가야 한다. 그리고 속죄를 위한 의식을 치러야 해. 그게 서씨 가문에 주어진 마지막 기회다. 가문의 죄를 없애고 업보에서 벗어난 삶을 사는 것. 그게 바로 우리의 숙원이지."

가주는 첫째 아들을 바라보았다. 언젠가 비애를 통해서, 혹은 다른 경로를 통해서 낭아구슬을 손에 넣었을 때를 대비해 부러지지 않는 돌비석처럼 키워온 아들이 신태였다.

"비애는 낭아도깨비가 너에게 갈 걸 본능적으로 알고 있었는지도 모르겠구나. 원래대로라면 장남인 신태를 노려야 하는데 네가 태어나자마자 비애가 너에게 집착하는 게 이상하다고는 생각했다."

의식을 치러야 한다는 말을 곰곰이 생각하고 있던 신율이 말했다.

"아버지, 아까부터 말씀이 앞뒤가 맞지 않습니다. 서씨 가문을 찾아 헤맨 건 억울하게 죽은 낭아의 원혼이라 하지 않으셨습니까. 낭아가 이미 억울하게 죽었다면, 그 어떤 의식을 치른다 하여도 저희가 용서받을 수 없지 않겠습니까?"

"낭아는 조화의 도깨비야. 낭아가 어찌 복수를 바라겠나. 진짜로 원귀가 되기 전에 우리의 사죄를 받고 승천하려 하는 거야. 그래서 낭아의 도깨비풀은 서씨 가문의 피에 반응하고, 서씨 가문의 피를 이은 직계는 낭아의 도깨비풀에 반응한다."

낭아는 신이다. 그녀는 자신의 어리석은 연인이 신을 살해하는 죄를 지었을 때조차 연인에 대한 지극한 사랑과 관용을 잃지 않았다. 원혼이 되기 전 낭아는 포희를 위해 마지막 탈출구를 준비했다. 가주의 말에 따르면 낭아가 마련한 탈출구는 서씨 가문의 비사가 되어 대대로 전해 내려왔다고 한다.

"속죄의 날이 다가올 것을 오래전부터 알고 있었지."

낭아는 서씨 가문의 핏줄이 낭아가 남긴 낭아도깨비를 만나면 강한 집착이나, 끌림 등 함께할 수밖에 없는 감정을 느끼도록 만들었다. 낭아도깨비와 서씨 가문의 핏줄이 서로를 보고도 감흥 없이 지나친다면 낭아가 애써 마련한 마지막 기회가 없어지니까.

"원래는 장남에게 돌아갔어야 할 업보인데 왜 막내인 네가 짊어졌는지 모르겠구나."

가주는 우연히 업보의 방향이 어긋난 것 같다고 덧붙였다. 우연이라는 말을 듣자 신율의 마음 깊은 곳에서 반발이 치솟아 올랐다. 자신과 여미가 만난 것이 정말 우연인가? 겨우 우연일 뿐인가?

"제 끌림이 그저 속죄를 위한 발판이라는 말입니까."

신율이 음울하게 말했다. 신태는 놀랐다. 가문의 비밀이 밝혀지고 거대한 숙명이 눈앞에 온 지금 신율에게 가장 중요한 사안은 여미에 대한 감정이란 말인가? 신태는 자신이 동생을 잘 모르고 있었음을 인정했다.

"그래."

가주는 단호하게 말했다. 그는 자신의 아들이 도깨비를 향한 연심을 품고 있다는 걸 부정하진 않았지만 그 연심의 순수함은 허락하지 않았다. 신율은 말문이 막혀 고개를 숙였다. 머릿속이 아찔했다.

"낭아가 원하는 제사를 지내주러 가라."

신율의 복잡한 마음을 무시한 채, 가주는 서씨 가문의 비사를 계속 풀어놓았다.

"제사?"

신율이 고개를 번쩍 들었다. 하부동에서 만난 은하수 도깨비도 여미에게 제사를 지내라 말했다. 가주의 입에서도 제사라는 말이 튀어나왔다. 신율의 머릿속이 복잡해졌다. 여미, 비애, 은하수 도깨비, 낭아전설, 고시조, 서수, 하부동, 서씨 가문, 포희……수많은 단어가 난립하는 가운데 모든 요소를 관통하는 두 줄기 흐름이 구슬과 제사다.

헷갈렸다. 은하수 도깨비는 구슬을 재림시키기 위한 제사를 지내라고 했다. 가주는 서씨 가문의 속죄를 위한 제사를 지내라고 한다. 제사는 한 번에 하나밖에 올릴 수 없다. 전혀 다른 두 가지 제사를 한꺼번에 올리는 건 불가능하다. 기회는 한 번인데, 제사는 두 개라?

그럴 순 없다. 하나의 제사는 단 하나의 목적만을 가지고 단 한 번만 이루어진다. 은하수 도깨비와 가주, 둘 중 하나가 거짓말을 하고 있다. ……아니면 둘 다 진실이거나?

"너희들은 제사가 무엇을 뜻하는 말인지 모르겠구나."

신율의 놀람을 다르게 해석한 가주가 말했다.

"제사는 황궁에서 주도하는 거대하고 사치스러운 일이 아닙니까."

신태가 물었다. 가주는 빙긋 웃었다.

"내 이제부터 제대로 설명해 주지."

가주의 입을 통해 나온 제사의 정체는 서씨 가문 비사의 내용만큼이나 놀라웠다. '제사'는 환국에서 아주 중요한 의례 중에 하나다. 정확히 말하면 제사는 바람을 관철하는 가장 거대한 주술이다. 황궁에서 제사를 화려한 허례허식으로 변질시켰지만 제사의 본질은 여전히 살아 있다.

제사의 형식은 다음과 같다. 가장 먼저 제사의 대상을 정한다. 대상을 정하면 그 대상에게 원하는 일이 무엇인지 종이에 적는다. 이 종이는 나무로 만든 틀 안에 끼워 제사 내내 상단에 놓는다. 두 번째로 향을 피운다. 제사가 본격적으로 시작되기 전 삼일 동안 향을 피워둔다. 요즈음에 달해서는 삼 일을 꼬박 지키는 경우는 없고 세 시간으로 줄여 행한다.

향을 피우는 동안 제사의 가장 중요한 부분인 제사 음식과 '제물'을 준비한다. 제사 음식은 제사의 대상과, 바람의 내용과, 제사가 행해지는 계절, 날짜, 시간 등 복합적인 요소를 고려해 준비해야 한다. 제사 음식만을 담당하는 주술사가 따로 있을 정도로 까다롭다.

서씨 가문의 안주인, 감 부인의 가문엔 제사 제물을 준비하는 비급이 전해져 내려왔다. 서씨 가문과 감씨 가문의 지속적인 동맹 속엔 제사의 형식과 제사의 제물에 대한 내용을 함께 보관해야 한다는 실질적인 이유도 있었다.

제물이란 제사를 위해 마련한 상 위에 올라갈 음식과 별도로 대상에게 바칠 희생양을 뜻하는 말이다. 제물 역시 제사에 따라 종류가 다르며, 큰 소원이 걸린 제사일수록 제물을 구하기 어렵다.

이 모든 과정을 거쳐 제물을 다 준비했으면 피워두었던 향을 거둔다. 제사상에 동서남북 방향을 따져 음식을 배열한다. 이때 음식에 사람 손이 직접 닿아서는 안 된다. 음식은 제사를 위해 특별히 준비한 식기에 담아 조심스레 운반한다.

제사에 참여하는 이들은 깨끗한 하얀 옷을 입어야 한다. 하얀 옷을 입고 머리에 하얀 띠를 두른 이들이 주술을 외며 제사를 진행한다. 하루 만에 끝나는 제사도 있고, 일 년 내내 지속되는 어마어마한 규모의 제사도 있다.

일단 제사가 성공하기만 하면 종이에 쓴 바람이 아무리 황당해도, 아무리 규모가 커도 반드시 이루어지기 때문에 제사는 환국 최대의 주술로 불린다. 당연히 그만큼 성공하기 힘들다.

"서씨 가문 비사에 등장하는 제사는 '승천제'라고 한다."

가주의 설명이 이어졌다. 죽 설명을 들었지만 승천제의 내용 그 어디에도 낭아구슬을 복원하는 방법 같은 건 없었다. 신율은 오래 망설이다 조심스레 입을 열었다.

"아버지, 혹시 재림제를 아십니까?"

침묵이 내려앉았다. 가주는 낭아구슬을 보았을 때보다 더 놀란 표정으로 신율을 쏘아보았다.

"네가 재림제를 어떻게 아느냐?"

가주가 호통을 쳤다. 대노한 가주가 목소리에 도력을 담은 탓에 대들보가 들썩이고 땅이 진동했다. 신율과 신태가 동시에 고개를 들었다. 의문 가득한 두 형제의 눈을 본 가주가 노한 기색을 가라앉혔다.

"아니다. 신경 쓰지 마라. 잠시 헷갈렸다. 내 자세히 설명해 주마."

가주가 손을 휘두르자 공기가 차분해졌다. 신율은 가주가 일부러 분을 참고 있다는 인상을 받았다.

"비사가 전해져 내려오던 중간, 하부동에서 고시조를 발굴한 걸로 유명한 서수 어른께서 승천제를 재림제로 잘못 기록하는 실수를 하셨다. '재림제'라는 건 단순한 표기 오류야."

신율은 마음속에서 솟구치는 위화감에 어깨를 굳혔다. 유명한 학자이자 시인이었던 서수가 그런 커다란 실수를 했다고? 게다가 재림제는 승천제와 명백히 그 뜻이 다르다. 재림제가 단순히 승천제의 표기 오류라는 말이 쉽게 믿기지 않았다. 신율은 직감적으로 가주가 거짓말하고 있음을 알아차렸다. 그러나 이유는 알 수 없었다. 왜 굳이 거짓말을 하는 것이지?

"당시 하부동 군수 오량이 서수 어른께서 복구한 고시조를 태워먹은 탓에 어른은 크게 상심하고 계셨다. 그러던 와중 후계자 수업을 받았으니, 서수 어른의 마음속에도 틈이 생겼던 게야."

완전히 믿지 못하는 신율의 미심쩍은 마음을 눈치챈 듯 가주가 설명을 덧붙였다.

"그러면 마지막으로 하나만 확실히 해주십시오."

모든 설명을 들은 신율이 물었다.

"가주께서는 낭아의 원혼이자 제사의 필수 요소가 여미 님이라고 하셨는데, 제사를 지내면 혹 여미 님의 몸에 변고가 생기는 겁니까?"

가주는 아무 말도 없었다. 아까와는 전혀 다른 침묵이었다. 가주는 도력으로 붉게 달아오른 눈을 한 채 신율을 바라보았다. 신율은 아버지의 도력에 의해 몸이 짓눌리는 걸 느꼈다. 시험이었다. 가주는 단 한 번도 신율을 시험한 적이 없다. 그런데 지금, 여미의 생사를 묻자마자 아버지가 신율을 시험한다. 신율은 이번 제사와 여미 사이에 가주가 말하지 않은 것이 있을 거라는 생각을 떨칠 수 없었다.

신율도 도력을 담아 마주 눈을 떴다. 신율의 도력은 푸른색이었다. 신율이 도력이 아버지의 도력을 밀어내며 방 안을 서늘한 기운으로 가득 채웠다. 가주의 눈썹이 꿈틀거렸다. 가주가 말했다.

"낭아의 용서를 구하는 것으로 그 도깨비의 역할은 끝나."

"그럼 저와 함께 돌아올 수 있는 겁니까?"

"아니. 제사를 마치면 도깨비는 두 번 다시 인간들 틈에 내려올 수 없다."

신율의 입이 열렸다 아무 말 없이 닫혔다. 가주는 신율에게서 눈을 돌리며 말했다.

"도깨비는 복원된 낭아산에서 살아가겠지. 인간에게 사냥당할 위험이 없으니 천수를 누리며 평화롭게 살 거다."

가주는 끝까지 신율과 눈을 맞추지 않았다.

"그때도 네가 여미라는 도깨비 곁에 남고 싶다면 말리지 않으마. 혼인식은 못 올려주겠지만."

*

여미는 자신을 '아가' 혹은 '새아가'라고 부르는 감 부인과 함께 별채로 돌아가는 중이었다. 감 부인은 다정하고 따뜻했다. 서씨 가문은 물론 개락이나 이탈산 근방 마을에서도 이토록 따뜻한 인간은 본 적이 없다.

"아가야."

"왜 자꾸 아가라고 부른 것이냐. 나는 완전히 각성한 도깨……

아니, 성인이다."

결국 여미가 투덜거렸다. 감 부인은 오히려 제가 놀라 여미를 돌아보았다.

"새아가는 새아가라는 말의 뜻을 모르는 거니?"

감 부인이 물었다. 여미가 고개를 갸웃하며 대답했다.

"아가란 것은 갓 태어난 인간을 부르는 말이 아닌가?"

"그 뜻도 있지만, 내가 너를 아가라고 부르는 연유는……."

신율이 발표한 약혼에 대해 이야기하려던 감 부인은 입을 다물었다. 혹여나 하얀 여인이 신율에게 억지로 끌려온 게 아닌가 싶어 다시 한 번 그녀의 기색을 살폈다. 여인의 어디에도 억지로 끌려온 낌새는 없었다. 회의장에서도 신율의 뒤에 꼭 숨어 과자를 먹었던 걸 떠올려 보면 여인도 신율에게 호감이 있음에 틀림없었다.

"고아라고 했지."

"고아는 인간들의 말이지. 나는 고아가 아니다."

감 부인은 당황했다. 고아에다 혼자 자랐다 하더니 상식이 부족한 건가? 단순히 상식이 부족하다고 하기엔 여미에게 이상한 점이 너무나 많았다. 감 부인이 멈춰 섰다. 여미도 따라 멈췄다. 여미는 이곳저곳 둘러보며 별채가 어디 있는지 정신없이 찾았다. 인간의 땅이라 방향 감각을 잡기 어려웠다.

"낭아구슬, 비애…… 설마."

회의의 내용을 조합하던 감 부인은 무언가를 깨달았다. 가주의 지극한 사랑으로 감 부인 또한 서씨 가문의 비사를 모두 알고 있었다. 가주가 비사를 완성하기 위해 얼마나 노력했는지도 알았다. 감 부인에게 깊이 빠진 가주는 그녀에게 도깨비풀이 아니냐고 물어봤을 정도였다.

"어디서 태어났니?"

"나도 모른다."

"신율을 따라온 이유는 무엇이니? 혹시 고향 산에 관한 일 때문에 신율과 함께 다니는 거니?"

"처음 만났을 때 그가 내 고향을 찾아준다 했다. 지금은……그냥 신율과 있고 싶어서 함께한다."

여미가 맑은 눈동자로 감 부인을 쳐다보았다. 감 부인은 북받치는 감정 때문에 입을 막았다. 언젠가 낭아의 원혼이 찾아올지도 모른다고, 그때를 대비해 승천제를 지내는 법을 알아두라고 남편이 당부했었다. 가문의 비전으로 내려오는 승천제의 절차를 보며 감 부인은 남편 몰래 여러 번 숨을 삼켰다. 상에 올릴 제사 음식을 구하는 건 어렵지 않았으나 제물 때문에 준비가 어려웠다. 그래도 감 부인은 별다른 반발 없이 승천제를 익혔다.

제물은 도깨비풀에서 태어난 도깨비라고만 들었다. 그래서 정말 날아다니는 풀 조각인 줄 알았다. 이토록 사람과 가까운 형상일 줄 몰랐다. 심지어 셋째 아들이 낭아도깨비를 사랑하게 될 거라곤.

아무도.

말해주지 않았는데.

"미안하구나. 나는 다시 본채로 돌아가. 남편을 보아야겠다."

"나를 데려다준다 하지 않았느냐? 변덕스러운 인간이로구나."

"미안하다. 정말 미안해."

감 부인은 끝까지 떨리는 손을 주체하지 못했다. 뒤돌아선 감 부인이 여미 몰래 손을 마주 잡았다. 여종을 불러 여미를 신율의 별채까지 안내하라 일렀다. 감 부인은 치맛자락을 잡고 빠른 걸음으로 본채에 돌아갔다. 희미하게 동터오는 하늘 속에서 여미는 멀어져 가는 감 부인을 바라보았다.

신태는 자신의 별채에서 검을 다듬고 있었다. 신율을 물린 후 가주가 신태에게 무언가를 더 말하려 했으나 감 부인이 들어와 대화가 끊겼다. 감 부인은 와들와들 떨리는 입술을 꾹 깨물며 신태에게 나가라 일렀다.

신태는 심상치 않은 어머니의 모습에 걱정하면서도 명을 받들어 물러났다. 본채 쪽을 주시하던 그는 얼마 후 어머니가 본채를 나가는 모습을 보았다. 무슨 대화를 했는지 몰라도 시간이 꽤 걸렸다. 새벽녘에 대화를 시작했는데 해는 벌써 산꼭대기 위에 떴다. 아침이다.

신태는 어머니가 안채로 들어가 잠을 청할 거라고 생각했다. 밤샘 회의는 어머니의 체력으로 감당하기에 힘들었을 테니까. 그의 예상과는 달리 감 부인은 안채로 가지 않았다. 대신 제사에 쓰는 음식을 준비할 때 여는 대주방으로 갔다.

어머니를 따라 주방의 문을 열려던 신태가 손을 멈췄다. 안에서 아버지, 가주의 목소리가 들려왔다. 분명 정문으로 나온 건 어머니 혼자였다. 가주는 다른 길을 통해 대주방에 들어온 모양이었다. 의도치 않았지만 신태는 문 밖에서 부모님의 대화를 엿듣게 되었다.

"어찌 아녀자의 구역에 들어오십니까. 음식이라면 제가 하겠습니다."

"대주방이 어찌 아녀자의 구역이오."

"그럼 제 구역이라고 해둡시다. 처음 결혼할 때 당신은 사냥을 하고, 저는 사냥감을 다듬기로 약속했잖아요."

"그게 아니오. 나는 제사를 지내려 하오."

달칵거리는 소리가 났다. 감 부인이 가까스로 수저를 놓치지 않고 붙드는 모습이 신태의 눈앞에 그려졌다.

"부인. 예로부터 제사 준비는 가주의 손을 거쳤소."

챙그랑.

결국 감 부인의 손에서 수저와 식기가 떨어졌다. 한동안 불편한 침묵이 흘렀다. 신태는 지금이라도 문을 열고 들어가 자신이 그들의 말을 엿들었음을 사죄해야 하나 고민했다. 그러나 다음에 나온 말이 신태의 발목을 잡았다.

"역시 낭아승천제입니까?"

승천제. 낭아에게 속죄하기 위해 신태와 신율이 여미를 데리고 가서 지내야 할 제사의 이름이다. 가주는 승천제의 구체적인 정보나 순서는 알려주지 않았다. 원래대로라면 신율을 내보내고 신태에게 알려줄 생각이었던 것 같지만 감 부인의 난입으로 불발되었다.

"새아가라고 불러놓고 그렇게 잔인한 일을 겪게 할 생각입니까. 당신은 신율을 속인 거나 다름없어요."

감 부인의 목소리가 격렬해졌다.

"가문을 유지하려면 어쩔 수 없지 않소. 승천제를 지내지 않으면 우리 가문은 머지않아 낭아의 원혼에 당해 멸문할 거요."

묵직한 가주의 목소리가 들렸다. 일생동안 한 번도 흔들린 적 없는, 배에 매단 거대한 닻 같은 목소리였다.

"그래서 내 부인에게 부탁할 것이 있소. 당신밖에 해줄 수 없는 일이야."

신태는 다음 말을 듣기 위해 저도 모르게 상체를 숙였다. 신태의 무게를 감당하지 못한 문이 삐거덕 소리를 내며 열렸다.

"아, 아버지."

신태가 당황하여 고개를 숙였다. 명백히 엿듣고 있는 현장을 발견했음에도 가주는 신태를 꾸짖지 않았다. 그저 알 수 없는 눈으로 신태를 바라볼 뿐이었다.

"주방에 들어가라. 네 어미가 너에게 당부할 것이 있을 테니."

가주가 신태에게 명령을 내리고 주방을 떠나갔다. 주방 가운데 감 부인이 동상처럼 서 있었다. 그녀는 신태가 들어온 것도 알아차리지 못하고 손 안에 든 것을 한참이나 내려다보는 중이었다. 감 부인의 손에 들린 건, 두껍게 옻칠해 내용물이 새지 않도록 만들어 흰 천으로 곱게 싼 함이었다.

"왔구나."

신태가 인기척을 내고도 한참이 지나서야 감 부인이 말했다.

제사는 매우 복잡하고 거대한 주술이지만 서씨 가문은 제사를 지낼 여력이 충분하다. 게다가 감 부인은 오래도록 제사를 위해 교육받아 왔다. 그런데 어머니는 제사가 버거운 듯 떨고 있었다. 신태는 어머니를 걱정했다.

"이 안에 들어 있는 건 무엇입니까."

"제사에 필요한 것이다."

감 부인이 가는 손가락으로 흰 천을 젖혔다. 신태는 그 안에 들어 있는 제물을 보고 눈썹을 치켜 올렸다.

"돼지 피와 날고기다. 익히지 않은 쌀도 넣었다."

"제사라면 모름지기 좋은 것을 올려야 하는 법 아닙니까?"

감 부인이 고개를 저었다.

"그건 인간들의 풍습이란다."

신태는 함의 내용물에서 눈길을 떼고 어머니를 보았다. 제사에 좋은 것을 올리는 게 인간들의 풍습이라니. 제사는 애초에 인간들의 주술이 아니었던가? 인간들의 풍습을 따르지 않으면 대체 어떤 존재의 규칙을 따라야 한단 말인가? 가주는 제사가 당연히 인간들의 주술인 것처럼 설명했다. 다른 풍습이 있다고는 한 마디도 하지 않았다. 감 부인은 그녀의 손가락을 닮은 한숨을 내쉬고 함을 다시 천으로 쌌다.

"제사의 본 의미는 가장 원초적인 상태로 돌아가자는 것이지."

제사는 인간, 도깨비보다 먼저 존재했다. 전설에 의하면 낭아산에 제사의 원형이 있었다고 한다. 낭아, 즉 신이 제사라는 주술을 만들어낸 셈이란다. 감 부인이 제사의 유래를 조곤조곤 설명했다. 낭아구슬을 눈으로 직접 보고 낭아산의 존재가 전설이 아니라는 걸 확인한 지금, 신태는 제사의 원형이 신으로부터 나왔다는 것 또한 어렵지 않게 받아들였다.

감 부인이 아들의 손을 잡았다. 감 부인의 손에서 축축하면서도 차가운 이상한 감각이 느껴졌다. 방금 전에 피 묻은 날고기를 손질한 탓이었다. 신태는 어머니의 손에 묻은 날것의 흔적에서 도깨비구슬과 비슷한 느낌을 받았다. 도깨비 시체에서 갓 떼어낸 구슬은 온기가 가시지 않은 시체처럼 고약하고 또 찜찜하다.

감 부인의 손에 힘이 들어갔다. 덩달아 신태도 두 손으로 어머니를 감쌌다.

"……따라서 신을 위한 제사를 지낼 땐 갓 잡아 죽인 시체를 제물로 바친다."

어머니가 긴 설명을 마쳤다.

제사 준비는 순조롭게 진행되었다. 가주는 다시 한 번 신태와 신율을 불러 가야 할 길을 일러주었다. 낭아산은 이제 전설 속의 존재가 되어 인간의 힘으로는 찾을 수 없다. 낭아산에 진입할 수 있는 유일한 입구는 바로 환상산에 있다.

"환상산에 가서 환상산의 수장, 환상을 만나라."

"사냥꾼이 찾아가면 싫어할 텐데요."

"당연하지."

가주는 무슨 멍청한 소리를 하냐는 눈빛으로 신태를 바라보았다.

"그러니 어려운 일이라 하지 않았느냐."

별채로 돌아오는 길, 신율은 어둠이 깔린 땅과 흐릿한 빛을 뿜으며 날아다니는 날벌레들을 보며 여러 가지 생각을 했다. 처음에 여미에게 고향을 찾아주겠다고 했으나 실상은 여미와 함께 있고 싶어서 꾸며낸 거짓말이었다. 그런데 여미가 사실은 낭아도깨비이며, 신율의 숙명이 승천제를 지내는 일이라는 게 밝혀지며 거짓말이 사실이 되었다. 신율은 여미를 데리고 그녀의 고향, 낭아산에 갈 것이다.

이 모든 것이 낭아의 안배란다.

신율은 혼란스러웠다. 가주가 말하길 승천제가 끝나면 여미가 힘을 회복하고 낭아산에서 천수를 누릴 거라 했다. 신율은 여미 곁에 남을 것이다. 낭아산은 조화의 여신이 살던 곳이니 인간인 신율도 살 수 있을 터였다. 여미도 신율과 살고 싶다고 했다.

그러나 모든 일이 그렇게 간단하게 끝날까? 신율에게는 본가가 있다. 서씨 가문은 신율을 키웠고 신율에겐 서씨 가문이 고향이었다.

'아니, 고향을 버리는 건 어렵지 않아.'

사냥하러 돌아다니느라 본가를 떠나 있을 때가 더 많았다. 반쯤은 길거리에서 살았다고 해도 과언이 아니었다. 평생 아무것도 책임져 본 적 없는 신율에게 걸리는 게 있을 리 없다.

'그렇다면 이 불편한 마음이 정체는 무엇인가.'

모든 사람 앞에서 여미와 혼인하고 싶다 말했다. 여미에게 거짓말을 하지 않기 위해 둘러댄 변명도 진실로 만들었다. 모든 게 완벽했다. 신율의 심장을 쿡쿡 찔러대는 불편한 예감을 빼면 말이다.

"서수 어른께서 승천제를 재림제로 잘못 기록하는 실수를 하셨다. 단순한 표기 오류야."

가주의 목소리가 머릿속에서 웅웅 울렸다. 신율은 의문을 떨칠 수 없었다. 승천제를 재림제로 기록한 게 단순히 서수의 잘못이라면, 어째서 은하수 도깨비가 재림제라는 명칭을 알고 사용하였는가? 서수와 은하수 도깨비 사이엔 별다른 접점이 없다.

가주가 거짓말을 했다고도 생각하기 힘들었다. 가주는 평생 가문의 원칙에 따라 살아왔으며 서씨 가문의 안위와 명예를 제 몸처럼 생각하는 사람이었다. 그런 이가 자신의 아들에게, 가문의 비사를 거짓말로 알려줄 리 없다. 모든 상황에 어긋나지 않는 가설은 하나뿐이었다.

'은하수 도깨비와 가주 둘 다 진실을 말했다면, 상황에 모순은 없다.'

하지만 어떻게 둘 다 진실일 수 있을까? 하나의 주술은 오로지 하나의 소원만 이뤄준다. 주술이 기본적으로 한 글자 형태인 것도 이 때문이다. 두 개 이상의 주술을 쓰고 싶으면 반드시 두 글자 이상을 써야 한다.

'그러면 두 개의 소원에도 두 개의 제사가 필요할 텐데.'

거기까지 생각을 마친 신율이 고개를 번쩍 들었다. 눈앞에서 전율이 일었고 몸이 뻣뻣해졌다. 그렇다. 두 개의 제사다.

'은하수 도깨비가 말한 재림제와 가주가 말한 승천제는 서로 다른 두 개의 제사를 가리키는 말이었구나!'

생각을 마친 신율은 나는 새처럼 빨리 자신의 별채로 돌아갔다.

"내일 떠날 예정입니다."

신율이 별채에 들어서자 도겸이 허리 숙여 말했다. 려류가 환상산까지 갈 때 필요한 짐을 싸놓고 이것저것 보고했다. 신율이 손을 들어 두 하인의 말을 멈췄다.

"여미 님은 어디 계시지?"

"그것이……."

려류가 말꼬리를 흐렸다. 신율의 눈이 형형해지자 도겸이 급히 말했다.

"하루 종일 방 안에 계십니다."

본채에서 회의가 있고 나서 삼 일이 지났다. 신율이 가주에게 환상산으로 가는 방법과 낭아산에 대한 전설을 듣고 제사를 준비하는 동안 여미는 두문불출했다. 장로 회의에서 여미의 불안을 풀어주었다고 생각했는데 아니었던 모양이다. 신율이 짬을 내어 안부를 물으러 가면 여미는 홍시처럼 얼굴을 붉히다가 후다닥 사라져 버렸다.

"화린 님이 도련님께 전해드릴 물건이 있다고 합니다."

화린이 신율을 기다리고 있었다. 신율은 본채로 온 화린에게 여미에 대해 물었다. 화린은 고개를 갸웃하더니 의미심장한 미소를 지으며 대답했다.

"신율, 내 생각엔 여미가 아니라 네가 문제인 것 같은데."

"내가?"

"여미는 장로 회의가 있던 날부터 심하게 동요했다."

화린은 방금 전 보고 나왔던 여미의 상태를 떠올렸다. 원정 채비로 바쁜 신율이나 신태와 달리 딱히 하는 일 없는 여미는 하루 종일 신율을 기다렸다. 밖에 나가 놀다가도 혹여 신율과 엇갈릴까 몇 시진마다 집에 들어와 려류에게 신율의 행선지에 대해 묻는다 했다.

"내가 보기에 여미라는 자는 널 아주 반기고 있다. 네가 올 때마다 발갛게 상기되어 보이지 않는 꼬리가 맹렬히 흔들리는 게 느껴질 지경이던데."

신율은 묻고 싶은 것이 생겨 입을 움찔거렸다. 화린이 손을 들어 신율의 입을 막았다. 형식뿐인 약혼자인 것과 별개로, 화린은 신율과 수년을 함께한 사냥꾼 동료였다. 지금 이 순간 신율이 느끼는 의문 정도는 듣지 않아도 알았다.

"하나 너와 만나서 기쁘면 무엇 하나. 여미와 만난 네가 계속 울상을 지으며 여미를 바라보길 피하니 상대방도 불안해질 수밖에."

화린이 신율을 똑바로 바라보았다.

"장로 회의에서 무슨 일이 있었지?"

화린의 눈동자가 형형했다. 뒤끝 없이 약혼을 파기하긴 했어도, 일방적으로 통보 당하는 게 기분 좋진 않았다. 신율의 입장을 십분 이해해서 물러났지만 화린과의 약혼까지 파기해 가며 찾아간 여인에게 잘 대해주지 못한다면 이야기가 다르다. 제대로 사랑하지도 못할 거면서 화린에게 사랑을 핑계로 약혼을 파기하자 한 것이 되니까.

"무슨 말을 했어?"

화린이 추궁했다.

"너와 파혼하고, 여미 님과 결혼해 평생을 함께 살겠다고 했다."

"이제 알겠네!"

궁금증이 탁 풀렸는지 화린이 감탄성을 내뱉었다.

"네가 내뱉은 말 때문이었어."

"내가?"

여미와 함께한다는 말 때문이라고? 대체 왜? 화린이 촉 없는 화살을 꺼내더니 빙글 돌렸다. 화살깃을 따라 불꽃이 일어났다. 화린은 화살깃에 달려 있는 것을 떼어 신율에게 주었다. 환상산에 승천제를 지내러 가는 걸 숨기기 위해, 대외적으로 서씨 가문의 장남과 삼남이 환상도깨비 사냥 원정에 떠나겠다고 거짓 발표했다. 화린 역시 이번 여정이 환상도깨비 사냥을 위한 것이라고 알고 있다. 환상도깨비 사냥이 워낙 어려웠기에 화린은 신율에게 귀한 무기를 주었다. 신율은 화린이 건넨 무기를 받아 들어 챙겼다. 화린이 팔짱을 끼고 말했다.

"네 말에서 하나도 확신이 느껴지지 않는다. 너도 믿지 못하는 말을 누가 믿겠어?"

신율은 항변하려 했다. 신율의 마음은 더없는 진실이었다. 어찌 여미를 대하는 마음에 한 치 거짓이 있겠는가. 그러나 신율은 선뜻 항변을 내뱉지 못했다. 이상하다. 분명 신율의 마음은 한 치의 흔들림도 없었다. 가주의 말을 듣기 전까지는…….

신율은 드디어 자신이 느끼는 불안의 정체를 알아냈다. 동시에 왜 장로 회의가 끝나고 삼 일 간 짬을 내기 어려울 정도로 일에 매달렸는지도 깨달았다. 가문의 비사를 듣고 나니 두려움이 생겼다. 만일 신율의 끌림이 단지 낭아의 안배일 뿐이라면 여미는 애초에 신율에게 아무런 감정도 없었던 게 아닐까 했다.

"무슨 바보 같은 생각을 하고 있느냐."

신율의 머리 위로 부루퉁한 목소리가 떨어졌다. 신율은 마루에서 퍼뜩 고개를 들었다. 열린 장지문 틈으로 쪽빛 저고리를 걸친 여미가 입을 모으고 서 있었다. 신율은 멍하니 여미를 올려다보았다. 여미가 문 안쪽으로 들어갔다. 문을 열어놓은 채였다. 들어오라는 무언의 손짓이었다. 신율은 화린을 배웅했다. 그리고 도깨비불에 홀린 사람처럼 일어나 방 안으로 들어갔다.

방 안에는 등잔이 없었다. 불을 싫어하는 여미가 치우라 했다. 등잔의 불빛 대신 은은한 달빛이 사방을 구분하게 해주었다. 신율은 여미 앞에 앉았다. 바닥에 닿은 옷가지를 바르게 하고 허리를 세웠다.

여미 또한 우물쭈물하다가 신율과 마주보고 앉았다. 여미는 마음속에 나비가 수백 마리 날아다니는 심란함을 느꼈다. 여미와 신율 사이를 가로막는 것은 아무것도 없다. 게다가 가깝다. 손을 뻗으면 여미의 턱에 닿는다. 거기까지 생각한 신율이 눈을 감았다.

"당신이 제게 느끼는 끌림이 거짓이라 생각해 보신 적 없습니까."

신율이 물었다. 입으로 꺼내기까지 수없이 고민한 질문이었다.

"당신은 인간의 사랑을 모릅니다. 도깨비이니까요. 그런데 어찌 저를 사랑한다고 그리 자신하십니까."

"무슨 말도 안 되는 말을……."

"제발 대답해 주십시오."

수백 마리 나비가 날개를 파닥였다. 신율은 여미를 끌어안고 그녀의 목덜미에 고개를 파묻은 채 그저 한껏 취하고 싶은 마음을 억눌렀다. 그녀의 품 안에서 세상을 잊기엔 아직 해야 할 일이 많았다.

"너는 무엇이 그리 슬픈 것이냐. 무엇 때문에 그런 질문을 해."

한참 침묵한 끝에 여미가 질문했다. 신율은 맥이 탁 풀렸다. 여미가 사랑에 대해 대답하지 않은 게 아쉬우면서도 안심된다. 자기 마음인데 도무지 영문을 모르겠다.

"여미 님은 몇백 년 동안 도깨비풀 상태로 떠돌았다고 하셨지요."

신율이 여미에게 손을 뻗었다. 여미의 얼굴 가까이 온 손은 차마 그녀에게 닿지 못하고 허공에 멈췄다.

"무엇을 찾아 떠돌았습니까?"

신율은 자신의 두려움을 확인해야 했다. 여미와 신율의 만남이 정말 낭아의 안배일 뿐인지 확인해야 했다. 여미의 입술이 열렸다. 지루할 만큼 오랜 시간이 지나고 나서야 여미가 대답했다.

"나도 잘 모르겠다. 난 그저 태어나기 위해 떠돌았다. 수많은 인간의 소매에 매달려 봤지만 그 어디 한 곳 만족스럽지 않았다. 그래서 날고 또 날았지. 태어나기 위한 최선의 장소가 있을 거라 생각했어."

모든 도깨비가 그렇지 않느냐?

여미가 덧붙였다. 모든 도깨비는 태어나기 위해 떠돈다. 대부분의 도깨비는 고향 산의 기운을 받아 자연스레 태어나지만 때로 여미같이 밖을 떠도는 도깨비들도 드물지 않았다. 그들은 혼신의 힘을 다해 안전한 장소를 찾는다. 여의치 않을 경우 안전하지 않더라도 최선의 장소에서 태어나기 위해 애쓴다.

도깨비들은 아무 데서나 태어나지 않는다. 잘못된 곳에 태어난 도깨비는 각성하자마자 죽는다. 죽지 않고 살아가기 위해 도깨비는 본능적으로 최적의 장소를 찾아내는 힘을 가지고 있다.

"태어날 장소로 왜 제 옷소매를 선택했습니까? 아니, 당신이 선택한 것이 맞긴 합니까?"

"나는 본능에 따라 각성했을 뿐이야."

"이 모든 것이 낭아의 안배라 합니다."

여미는 신율이 두려움 속에 있는 핵심이 무엇인지 알아챘다. 신율은 자신의 청혼에 대한 여미의 답변을 두려워하고 있다. 신율은 자신이 느끼는 감정에 대해선 확신했지만, 여미와 자신 사이에 있는 감정은 두려워했다.

'내가 도깨비라서 인간의 사랑을 모른다고?'

사랑을 모르는 건 신율이었다. 그는 나이는 먹을 대로 먹고 생전 처음 찾아온 사랑에 끙끙거렸다. 이해가 안 가는 건 아니다. 신율은 호기롭게 청혼한 직후에 제 감정이 낭아의 안배라는 말을 들었다. 자신의 감정이 진짜인지 아닌지 헷갈리겠지.

"몇 번은 아주 강렬한 끌림을 느낀 적이 있다."

여미는 눈을 감고 기억을 되짚었다. 신율의 손이 여미의 얼굴에 닿고 싶어 바르르 떨렸다.

"생각해 보니 모두 강한 도력을 가진 인간이었군. 남자일 때도 있고 여자일 때도 있고, 노인일 때도 있고 아이일 때도 있었다."

신율은 여미가 끌렸던 인간들이 모두 서씨 가문의 혈족임을 짐작했다. 낭아가 그리 만들었다고 한다. 그녀에게서 태어난 도깨비풀과 그녀를 살해한 포희의 핏줄이 서로 끌리도록.

"너도 알다시피 도깨비가 부화하기 위해서는 안전한 환경이 필요하지. 나는 적어도 칠백 년간 떠돌았다. 그 와중에 끌림은 느낀 적 있으나 단 한 번도 안전함을 느낀 적이 없다."

"너의 소매에 닿았을 때 편안함을 느꼈다. 경계를 늦추고 안심해 버렸다. 그래서 부화했어."

신율은 참지 못하고 여미를 이불 위에 뉘였다. 쪽빛 저고리 안쪽으로 들어간 신율의 손이 여미의 피부를 살짝 쓰다듬었다. 여미는 날개가 부러진 새처럼 몸을 파르르 떨었다.

"아프십니까?"

"아프다. 그러나 견딜 수 있다."

신율과 여미의 접촉은 애정인 동시에 고통이었다. 도깨비와 인간의 삶이 그렇다. 땅을 사랑하는 마음은 서로 같지만 서로의 존재를 용납하지 못해 땅을 차지하려고 혈전을 벌인다. 도깨비와 인간이 만난 자리에는 반드시 고통과 시체가 남는다.

"설명해야 할 것이 있습니다. 당신이 낭아의 원—"

"나도 할 말이 있다. 내가 먼저 말하겠다."

여미가 신율의 말을 끊었다. 여미의 손이 올라와 신율의 손등을 따라 움직였다. 신율은 손등 위의 솜털이 일어나는 것을 느꼈다. 고통과 별개로, 여미의 자발적인 손이 닿을 때마다 그의 피부는 아찔하게 전율했다. 신율의 손등을 타던 여미의 손가락이 손목, 그리고 팔뚝까지 왔다. 신율의 몸을 덧그리며 저고리를 풀어헤친 채 그의 아래 누워 있는 여미는 너무도 자극적이었다. 신율은 여미에게 달려들지 않기 위해 입술을 꾹 깨물었다.

"삼 일간 네가 별채 앞에서 서성이는 걸 보았다. 화린이라는 여자도 몇 번 찾아왔지. 나를 기다린 것이지?"

"그렇습니다."

"두렵지만 그래도 내가 보고 싶어서."

"네."

여미도 신율의 욕망을 느꼈다. 여미가 신율의 팔을 쥐었다. 양쪽 모두 찌릿한 통증을 느꼈다. 교합이란 건 분명 엄청난 고통일 테지만 신율과 깊이 닿는 것이 더 이상 두렵지 않다.

"나도 많이 고민했다. 너는 인간이고 나는 도깨비이지. 인간의 마음은 간사하다. 아무렇지 않게 거짓말을 늘어놓고, 어제까지 좋다 했던 것을 오늘은 내팽개치지. 네가 지금이야 내가 좋다고 하며 결혼을 약속하지만 후일 화린이나 다른 사람에게 갈지 누가 알겠느냐?"

여미는 삼 일 동안 고민해 왔던 대답을 내놓았다.

"여미 님!"

신율이 소리쳤다. 그는 여미가 그런 생각을 하는 걸 견딜 수 없었다. 여미의 사랑은 그대로인데, 신율이 변해 떠나갈 거라고 여기는 걸 견딜 수 없었다. 신율은 자신이 여미를 떠나지 못할 것임을 알았다. 그건 핏속에 흐르는 각인 같은 거다. 서씨 가문의 광증이, 일생에 단 한 번 나타나 여생을 사로잡는 광기가 신율을 지배했다.

여미가 없으면 죽는다. 신율은 고개를 떨구고 몸을 떨었다. 여미가 그런 생각을 하는 것만으로도 신율은 상처입고 나약해진다. 여미가 안타까운 손길로 신율의 등을 토닥였다.

"안다. 그냥 생각해 봤다는 거다. 나도 너처럼 두려움을 느꼈으니까."

화린이 신율의 약혼자라는 것을, 그리고 약혼이라는 의미를 알게 된 후 여미는 마당 구석에 가 목이 잠기도록 울었다. 만일 신율의 곁에 다른 여자가 생기면 견딜 수 있을까? 장로 회의에서 제 존재를 반대하는 수많은 인간들을 보며 여미는 생각했다. 신율 곁에 다른 여자가 있어도 견딜 수 있는지 상상해 보았다. 삼 일간 고민한 여미는 결론을 내렸다.

"난 아무래도 네가 좋다. 네 옆에 다른 인간 여자가 있다 해도 상관없다."

신율은 대답하지 못하고 여미의 얼굴만 바라보았다. 여미는 이 고사리 귀가 먹었나 싶어 다시 한 번 똑똑히 말했다.

"아무래도 네가 좋다니까."

신율은 생각을 고쳤다. 낭아의 안배라 해도 사랑에 빠진 건 신율의 선택이다. 신율은 살아오는 동안 사랑에 빠질 기회가 많았다. 화린이라는 멋진 여성이 옆에 있었고, 잠자리를 함께했던 수많은 여성들도 있었다. 하지만 신율은 누구와도 사랑에 빠지지 않았다.

여미의 본체, 도깨비풀을 처음 본 순간 불가사의함 끌림을 느낀 것은 인정한다. 사물에 집착하지 않는 신율이 사소한 도깨비풀 하나를 챙기며 함에 넣고 본가로 가져오려 했다. 여미가 부화하지 않고 서씨 가문에 도깨비풀을 가져왔다면, 별 감흥 없이 도깨비풀의 정체가 낭아도깨비라는 사실을 들었을 거다. 그러나 여미는 깨어났고, 신율은 여미를 보았다.

그가 여미에게 손을 뻗었다.

"아, 옷."

여미는 신음인지 짐승의 낑낑거림인지 모를 소리를 냈다. 신율은 여미의 목덜미에 입술을 눌렀다. 하얗고 매끈한 피부가 신율을 반겼다. 홧홧한 기운은 이제 고통인지 쾌감인지 구분조차 할 수 없다. 신율은 여미의 작은 몸을 통째로 끌어안았다. 어찌나 작은지 품 안에서 다시 풀로 돌아가 스러질 것 같았다.

"아프십니까? 아파요?"

신율은 자꾸 같은 걸 물었고, 여미는 자꾸만 고개를 저었다. 여미의 눈꼬리에 눈물이 매달렸다. 신율은 붉게 물든 여미의 눈가를 보았다.

"아픈데, 괜찮다."

아직 입맞춤도 하지 않았는데 여미는 무겁게 헐떡였다. 신율은 여미의 찡그린 미간 사이를 자신의 입술로 눌렀다. 고통과 함께 퍼지는 신율의 온기에 여미의 미간이 살살 펴졌다.

"아픈데 따뜻하구나."

여미는 몸에서 힘을 뺐다. 부드럽게 늘어진 그녀의 몸이 온전히 신율의 손에 들어왔다. 태어나서 단 한 번도 사물을 책임져 본 적 없는 신율이었다. 뭐가 되건 그의 손에 들어오는 건 금방 떠나거나 망가졌다. 신율이 가졌던 장난감은 모두 미련 없이 버려졌고 그가 손수 사냥한 도깨비들에게서 뽑아낸 구슬은 서씨 가문의 창고로 들어가 곧 팔려갔다. 사람도 마찬가지였다. 누구든 신율에게 가까이 오고 싶어 했지만 신율은 받아들이지 않았다.

반면 여미를 처음 본 순간은 달랐다. 받아들일 수밖에 없다고 생각했다. 여미의 세상에는 신율밖에 없다. 여미는 마구간에서 지푸라기에 걸려 허우적거리며 인간들에 대한 두려움으로 떨었다. 산의 기운을 받지 못하고 갓 태어난 여미는 인간으로 치면 미숙아였다. 신율이 모른 척했다면 여미는 도깨비라는 사실을 들키거나 살 곳을 찾지 못해 굶어 죽었겠지.

"조금만 더 허락해 주십시오."

신율은 애원했다. 여미가 고개를 끄덕였다. 허락받은 사냥꾼은 사양하지 않고 여린 입술을 탐했다. 삼 일 밤낮을 산속에서 물 한 모금 없이 헤맨 후 얻은 과실처럼 달콤했다. 고통마저도 짜릿한 쾌감이 되어 입술을 타고 내려왔다. 여미는 호흡이 서툴렀다. 신율은 다 삼키지 못한 여미의 타액을 손으로 훔쳤다. 피부가 맞닿는 건 고통이지만 타액은 괜찮았다. 여미의 타액이 그의 손가락 위에서 매끈하게 흘렀다.

"더는 안 되겠어. 아프다."

깊은 입맞춤을 나눈 후 여미가 힘에 겨워 말했다. 신율은 하복부에 찌릿한 고통을 느꼈지만 별말 없이 물러났다. 입맞춤만으로도 이토록 고통스러워하는데 더 밀어붙였다간 여미의 몸이 견디지 못한다. 신율은 여미를 바로 눕히고 저도 옆에서 눈을 감았다. 여미의 곤한 숨소리가 거칠게 뛰는 신율의 심장을 지그시 누르며 안심시켰다.

그때 밖에서 인기척이 났다.

신율의 방 밖에 서 있던 감씨 부인은 떨리는 손으로 입을 막았다. 땅바닥에 떨어진 그릇이 데구루루 굴렀다. 감 부인이 손수 끓인 하얀 죽은 바닥에 엉망으로 흩어졌다. 그녀는 정신없이 신율의 별채를 빠져나왔다.

감 부인에겐 그녀의 남편인 가주도, 그녀의 아들인 삼형제도 소중했다. 낭아제의 제물이 바로 흰 도깨비라는 걸 알아차렸을 때 감 부인은 당장 가주에게 달려갔다. 낭아제에 셋째가 사랑하는 도깨비를 바치는 건 너무 잔인한 일이라고, 다른 방법을 찾아보자고 가주를 설득할 수 있을 줄 알았다. 하나 가주는 단호했다. 가문 비사에 대한 남편의 집착은 그녀의 예상보다 더 강했다.

남편을 설득할 수 없다는 걸 깨달은 그녀는 셋째에게 가 이 모든 사실을 알리려 했다. 그러나 방 안에 흰 도깨비가 있음을 깨닫자 급격히 자신감이 없어졌다. 감 부인은 성정이 다정하고 측은지심 넘치는 사람이었다. 차마 흰 도깨비 앞에서 너를 제물로 바치는 제사를 계획했다 말할 수 없었다.

감 부인은 마지막 동아줄에 매달리는 심정으로 첫째를 찾아갔다.

"어머니, 무슨 일로 늦은 시간에 별채에 걸음을 하셨습니까."

신태가 문을 열었다. 그는 감 부인의 창백한 안색을 보고 얼굴을 굳혔다.

"신태야……."

감 부인이 떨리는 목소리로 말했다.

"너 제사의 의미를 알고 있니?"

"예, 물론입니다."

신태는 가주에게 교육받은 제사의 정의를 읊으려 했다. 감 부인은 재빨리 손을 들어 신태의 말을 막았다.

"그냥 제사 말고, 낭아승천제의 의미를 알고 있느냔 말이다."

신태가 입을 다물었다. 제사 내용에 대한 어머니의 갑작스러운 질문에 신태는 당황했다. 그는 승천제를 단순하게 생각했다. 가주가 그토록 신중을 기하는 이유는 분명 승천제가 어렵고 힘들기 때문이라고 생각했다. 그 외의 다른 이유는 생각해 본 적 없었다. 하지만 어머니의 초조함을 보면 가주가 승천제의 절차와 내용을 숨긴 이유는 단순히 어려워서가 아닌 듯했다.

승천제의 구체적인 과정에 대해서 가주는 아직 입을 다문 채였다. 환상산으로 떠나기 직전 직접 서(敍)를 써 내릴 거라고 했다. 서를 받든 신태가 서에 쓰인 대로 제사를 행하게 될 것이다. 가주는 낭아산에 도달하기 전까지 서를 열지 말라고 신신당부했다. 굳이 떠나는 날 아침 서를 내리는 것도 서를 열어볼 위험을 최소화하기 위해서였다.

"보통 제사엔 무엇을 올리느냐."

"소원을 비는 대상에게 적합한 제물을 가장 좋은 형태로 다듬어 바칩니다."

"승천제에 올릴 제물은 무엇인지 아느냐?"

"갓 잡은 짐승의 시체……."

거기까지 말한 신태가 무언가를 깨달았다. 승천제에 바치는 제물은 여타 제사에 바치는 제물과 전혀 달랐다. 신에게 바치는 제물이기 때문에 인간을 상대로 한 제사와는 다른 거라 짐작했다. 실제로 아침에 주방에서 나눈 대화에서 어머니, 감 부인은 그렇게 말했다. 그런 그녀가 이제 와서 다시 제물의 중요성을 강조하는 이유는 무엇인가.

"낭아승천제에는 다듬지 않은 갓 잡은 시체가 필요해."

"하지만 어머니께서 준비하신 것들 중에 갓 잡은 시체라 부를 만한 것은 없지 않았습니까."

"미리 준비해 두어야 하는 제사 음식과 달리, 제물인 시체는 제사를 지내기 직전에 준비한다."

"아무 짐승이나 잡아서 올리면 되는 게 아니었습니까?"

감 부인의 안색이 눈에 띄게 어두워졌다. 신태는 어머니가 저토록 걱정하는 모습을 본 적이 없었다. 굳이 꼽자면 서씨 가문 삼형제가 아직 어렸을 때, 독한 열감기에 시달리는 셋째를 보고 비슷한 표정을 지었다. 감 부인의 근심은 오로지 서씨 가문 형제들을 위한 것이었다. 그런데 왜 어머니가 제사에 대해 이토록 걱정하는가. 제사로 인해 삼형제 중 한 명이 엉망진창으로 망가지는 게 아니라면⋯⋯.

감 부인이 말하는 시체가 무엇의 시체인지 깨달은 신태의 안색이 살짝 질렸다.

"하지만 저 도깨비는 낭아의 원혼, 말하자면 낭아의 분신 같은 것인데, 속죄를 비는 제사에 어찌 낭아의 분신을 올린단 말입니까."

"낭아는 오래전에 죽은 시체야. 그녀를 붙들고 놓아주지 않는 건 포희에 대한 원한이다. 그 원한의 씨앗인 여미가 움트기 전에 그녀를⋯⋯."

감 부인은 쉽게 말을 잊지 못했다. 결국 감 부인은 좀 더 우회적인 말로 대체했다.

"원한의 씨앗을 없애고 평온한 시체 상태로 되돌려야 낭아가 승천할 수 있어."

신태가 신음을 흘렸다.

"그것이 저 어린 도깨비의 운명이란 말입니까?"

"낭아의 시체를 만드는 의식이다. 당연히 낭아의 피를 이은 것의 살과 뼈가 필요할 것 아니냐. 신율은 못 할 거다."

감 부인이 예언했다. 한 치의 의심도 없는 단호한 어조였다.

"낭아를 승천하게 하지 못하고 원혼이 된 낭아에게 잡아먹힐 거다."

"어머니, 이상합니다."

신태가 감 부인을 진정시키려는 듯 차분한 어조로 말했다.

"이 모든 게 낭아의 안배라면 낭아는 우리가 속죄하길 바랐을 겁니다. 그녀는 조화의 신이니까요."

그는 여미를 떠올렸다. 처음 신태를 만나 당황하던 모습과 신율 뒤에 숨어 꿀타래를 집어먹던 모습이 떠올랐다. 밤중에 홀로 나무 뒤에서 고민하던 모습도 떠올랐다. 여미는 영원히 모르겠지만 그녀에게 있어 은폐는 의미가 없었다. 나무를 비롯한 엄폐물을 두고 있어도 신태는 환하게 빛나는 여미의 흰빛을 볼 수 있었다.

가주가 말한 서씨 가문 핏줄과 낭아도깨비 분신 사이의 끌림이 이런 것일까? 신율은 신태보다 훨씬 강한 감정을 느껴 여미를 사랑하게 되었다.

"승천제의 최종 형태가 그 흰 도깨비를…… 죽이는 거라면, 낭아는 서씨 가문 일원이 흰 도깨비에게 끌리지 않도록 했을 겁니다. 사랑하면 죽일 수 없게 되니까요. 실제로, 어머니 말씀대로 지금 신율은 결코 흰 도깨비를 죽이지 못할 겁니다."

감 부인을 진정시키려 말을 이어가던 신태는 부자연스러운 부분을 알아챘다. 낭아는 신이다. 모든 것을 보듬고 모든 것을 예측한 위대한 어머니이다. 그런 그녀가 이 사소한 모순을 몰랐을까?
사랑하는 대상을 죽일 수 없다는 당연한 명제를? 사랑하여 포희
에게 죽임당한 그녀가?

뭔가 이상했다.

7. 꿈의 독

아침이 되었다. 배웅을 나온 이는 소수였다. 신태가 여미의 짐을 들었다. 그는 여미의 짐 안에서 찰랑이는 소리를 들었다.

"안에 뭘 넣었지?"

"노리개다."

"노리개?"

사야요의 기루에서 있었던 일을 모르는 신태는 의아해하며 되물었다. 여미가 손수 노리개를 꺼내 보여주었다.

"이걸…… 환상산에 들고 가겠다고?"

신태는 아무리 봐도 여인들의 사치품 그 이상도 이하도 아닌 노리개를 보며 물었다. 여미는 빤한 시선으로 신태를 올려다보았다. 여미의 시선이 너무 맑아서 신태는 저도 모르게 노리개를 다시 여미의 손에 쥐여주었다.

"인간들은 이해 못 할지도 모르지만 도깨비에겐 직감이 있지.

도깨비들이 기만을 위한 거짓말을 하지 않는 것도 직감으로 서로의 거짓말을 탐색해 낼 수 있기 때문이다."

여미가 노리개를 받아 들며 말했다.

"이 노리개가 너의 직감과 관련이 있다는 건가?"

"맞아."

여미가 말했다. 그녀는 신태를 대할 때 신율을 대하는 것보다 편한 말을 썼다. 정확히는 나무 아래에서 신태와 고민을 나눈 다음부터 여미의 말투가 바뀌었다.

보통 사람들은 모두 신태를 어려워했다. 평생 존대밖에 받아본 적 없는 신태는 자신에게 편한 말을 쓰는 여미가 신기했다. 그건 '아마 여미가 아는 단어가 몇 개 없어서 그럴 것이다'라고, 신태는 애써 다른 쪽으로 생각을 돌렸지만 자신의 본심을 부정할 수 없었다. 이 작고 하얀 도깨비가 자신을 편하게 대해 기분이 좋다.

"내 직감이 이 신수들을 그리워한다."

여미가 입을 열었다.

"직감이 신수들을 그리워해? 이상한 말이로군."

"하지만 여미 님의 말씀입니다. 좀 더 들어보시죠."

신율이 끼어들었다. 그는 여미를 보는 신태의 눈빛이 부드러워졌다는 것을 그 누구보다 빨리 눈치챘다. 불과 며칠 전만 해도 큰형님께 '도깨비의 말을 들어보자'라고 제안할 수 있으리라곤 상상도 하지 못했는데. 여미가 모든 것을 바꿔놓았다. 신율은 신태가 여미에게 어떤 감정을 가지게 된 건지 면밀히 관찰할 필요성을 느꼈다.

신태는 난데없는 동생의 견제에 당황하며 고개를 끄덕였다. 두 형제가 그러거나 말거나 여미는 오른손 검지로 노리개 속에 있는 신수 그림을 쓰다듬었다.

"이 아이들을 보면 가슴 한쪽이 먹먹하고 슬프다. 가족, 그래. 너희 인간들 말로 하면 가족과 헤어진 기분이 든다. 인간들에게 가족이란 평생을 함께하는 소중한 존재라면서?"

신율과 신태가 서로를 마주보았다. 그들의 머릿속에 하나의 생각이 떠올랐다. 신태가 말했다.

"너에게는 낭아의 기억이 남아 있는 건지도 모르겠군. 어떻게 생각하나, 신율?"

신율의 표정이 어두워졌다.

신율이 답하기 전에 여미가 옆으로 빠져나가 신태를 마주 보고 섰다. 낭아신과 낭아산에 대해 신태에게 할 말이 있기 때문이다. 여미도 신율에게 낭아산에 대해 들었다. 가주가 왜 여미를 낭아 도깨비라고 확신하는지, 그리고 낭아가 남긴 분신이 여미일지도 모른다는 이야기까지 모두 전해 들었다.

"나는 낭아의 분신일지 몰라도 낭아는 아니다."

신태의 한쪽 눈썹이 치켜 올라갔다. 그는 복잡한 표정으로 여미를 내려다보았지만, 그녀의 표정은 변함없었다. 그녀는 그저 손가락으로 노리개의 신수 문양을 쓰다듬으며 신태의 시선을 받아냈다. 말투만 편해진 게 아니라 신태 자체를 편하게 여긴다.

신태는 고개를 들어 동생 신율의 표정을 보았다. 신율은 첫째 형이 앞에 있는 것도 잊어버렸는지 정신없이 여미에게 집중하는 중이었다. 여미와 신태가 자기 없는 사이에 친밀한 관계가 되었다는 데 놀랐는지, 동생은 평생 처음 보는 표정을 짓고 있었다.

"그래."

신태가 걸음을 옮겨 말 위에 올라탔다. 말 타는 걸 질색하는 여미를 위해 마차도 준비했다. 이동 속도는 느려지겠지만 환상산이 그리 멀리 있는 게 아니기 때문에 괜찮았다. 말을 타고 전속력으로 달려 수도로부터 이틀 거리, 마차를 끌고 가면 나흘 거리에 환상산이 자리잡고 있다.

도깨비들 중 가장 기이하고 위험한 도깨비들이 사는 환상산과 환국의 인간들이 가장 많이 모여 있는 수도가 이토록 가까운 위치에 있을 수 있는 건, 전적으로 환상산의 특징 덕분이었다. 환상산에 잘못 휘말린 인간은 사냥꾼, 그것도 아주 훌륭한 사냥꾼이 아닌 이상 열 중 아홉이 죽는다. 환상도깨비는 분명히 위험하고 강했다. 그러나 환상산 근처에 얼씬거리지만 않으면 환상도깨비는 절대로 인간을 공격하지 않는다. 산을 내려와 인간을 습격하곤 하는 이탈이나 치우도깨비와는 사뭇 다른 습성이었다.

환상산의 특성을 발견한 것은 하부동에서 활약한 유명한 지리학자 서수다. 서수는 고시조를 복원해 낸 업적과 함께 환상산의 특성을 깨닫고 인간들의 삶을 편하게 해준 일로 오랫동안 존경받았다.

"낭아산으로 가는 입구는 환상도깨비가 지키고 있다."

환상도깨비들이 유난히 강함에도 움직이지 않는 것을, 서수는 환상산의 설화를 들어 설명했다. 도깨비들에게 가장 중요한 보고인 낭아산을 지키고 있기 때문에 일정 거리 이상 벗어나지 않는다는 거다. 환상산은 낭아산 소재지로 꼽히는 황천 삼각지 건너편에 있다.

"낭아에 대한 이야기를 듣고도 놀랍지 않은가?"

여미를 마차에 태운 신태가 물었다. 여미는 고개를 옆으로 기울였다.

"내가 어디서 놀라야 하느냐."

여미의 유연함을 모르는 신태는 그녀의 태연함에 매우 놀랐다.

"어색하긴 하구나."

마차가 덜컹거리며 출발했다. 신율이 마차 옆으로 말을 몰았다. 여미는 불편한 눈으로 자신이 탄 마차를 끄는 말을 보았다. 마차를 끄는 정도로는 말이 지치지 않는다고 여러 번 들었지만 여미의 속은 여전히 불편했다. 여미는 손을 뻗어 말 갈기를 움켜쥐려 바동거리다가 그만두었다. 너무 멀었다.

"내가 낭아산에 속할 거라고는 생각해 본 적 있어도, 사방 신수처럼 낭아로부터 태어난 존재라고 생각하니 어색하다."

"정확히 말하면 신수와는 다르다. 낭아의 자손으로 태어난 게 아니라 낭아가 의식적으로 창조한 분신이니까. 낭아의 그림자라고 하는 게 더 정확하겠군."

신태는 그렇게 말하곤 앞에서 말을 몰았다.

*

환상산 문턱에 있는 황천의 마지막 마을에 왔다. 신율과 신태는 떠돌이 무사로 위장한 채 마을에 들어섰다. 철저한 위장을 위해 서씨 별관은 이용하지 않았다. 여미는 두 사람이 위장하는 이유를 알지 못했다.

"형님, 어째서 이렇게까지 철저하게 정체를 숨기는 겁니까?"

신율도 다소 의문이 들었다. 애초부터 비밀스레 떠났으면 모르되 본가의 서씨 일가 모두가 두 사람이 환상산으로 떠난 걸 알았다. 서씨 가문에 관심 있는 사람 누구라도 수도에 사람을 보내면 금방 알아챌 사실이다. 효율성이 떨어짐에도 불구하고 변복하자는 신태의 지시를 따르는 건 승천제에 대한 지시가 적힌 가주의 서(敍)를 받은 게 신태이기 때문이었다. 서를 받지 못한 신율은 신태가 명확한 사실을 숨기는 이유를 알 수 없었다.

"가주께서 그리 명하셨다."

역시 신태의 대답이 신통치 않았다.

"오늘은 여관에서 묵는다. 은밀히 행동하라는 건 가주의 명이다. 어길 셈인가?"

여관에서 묵는다는 말에 신율이 대답 않자, 신태가 그를 다그쳤다.

"아닙니다."

암행을 하다 보면 여관에서 묵는 거야 하루 이틀 일이 아니었다. 단지 여미가 걱정될 뿐이었다. 안 그래도 눈에 띄는 외모인데 가릴 것 없는 작은 여관에 들어간다면 이목을 끌어 안 좋은 일을 당할 수도 있다. 환국 최고의 무사가 두 명이나 있는데 무슨 일이 벌어질까 싶지만 인간들의 세상 일이란 생각보다 예측하기 어렵다.

"걱정하지 마라, 신율."

신태가 딱딱하게 말했다.

"아무도 공격하지 않을 테니까."

신태의 말이 맞았다. 여관에서 머무는 동안 아무런 위협도 없었다. 그래도 불안하여 신율은 여미에게 쓰개치마를 씌웠다. 여미는 싫어했지만 간신히 설득했다. 가솔들을 이끌고 서씨 가문의 위용 아래 다니던 때와 낭인으로 위장한 지금은 다르다.

쓰개치마를 덮자 여미의 흰 머리카락과 눈에 띄는 황금색 눈동자가 어느 정도 가려졌다. 여미는 쓰개치마 사이로 밖을 내다보며 신율의 뒤를 졸졸 쫓아왔다.

"방은 어떻게 할 겁니까?"

옷으로만 판단하면 낭인으로 보이지만, 도저히 낭인이라곤 생각할 수 없는 범상치 않은 기운을 풍기는 두 남자를 보고 여관 주인은 조금 질려서 물었다.

"세 개."

신율이 대답하기 전에 신태가 먼저 말했다. 여미가 그런 신태를 올려다보며 그의 소맷자락을 끌어당겼다.

"나는 신율과 같은 방을 쓰고 싶다."

"여미 님……."

신율의 표정이 한순간 무너졌다.

"항상 같은 방을 쓰지 않았느냐."

물론 신율이 방을 잡을 때는 그랬다.

"본가에 들어와서는 그렇다 쳐도, 이탈산에서 수도로 오는 내내 한방을 쓴 건가? 신율과?"

"그렇다."

"아무리 도깨비라 하여도 혼인까지 생각하고 있는 여인을 멋대로 한방에서 재우다니 제정신인가, 신율."

신율은 아주 오랜만에 큰형으로부터 한심하다는 시선을 받았다.

"어쩔 수 없습니다. 환상산에 들어갈 때까지 잠시만 따로 방을 쓰면 됩니다."

신율도 신태의 꾸중에서 느끼는 바가 있었기에 여미를 살살 달랬다.

내일 아침 해가 뜨면 바로 환상산으로 출발할 예정이다. 이 마을에서 환상산까지는 마차를 끌고 가더라도 반나절이 걸리지 않는다. 방으로 들어가려던 여미는 무언가 할 말이 있는지 답지 않게 꾸물거렸다. 신율이 무릎을 굽혀 여미와 눈높이를 맞추고 물었다.

"불편한 점이라도 있습니까."

"수도라는 곳에서도 집에 박혀 있기만 했는데, 이곳에서도 계속 집 안에 있어야 하는 것이냐?"

보통 여관을 '집'이라 부르지 않는다. 그러나 여미는 숙소라는 단어를 몰랐기에 인간의 건물은 모두 집이라 불렀다.

"여긴 집이 아닙니다. 여미 님의 진짜 집은 앞으로 나올 낭아산이지요. 그리고……."

"그리고?"

"서씨 가문의 제 별채."

"거기도 내 집인가?"

"예, 그렇습니다."

신태가 오묘한 표정으로 신율을 바라보았다. 다정함이 묻어나는 신율의 목소리를 들을수록 감 부인의 예언에 신뢰가 갔다. 신율은 결코 저 하얀 도깨비에게 해를 끼치지 못할 것이다. 그렇다면 자신은? 자신은 승천제를 무사히 마칠 수 있을까?

"나는 집, 아니 이곳을 벗어나 마을을 구경하고 싶다."

"마을을요?"

신율이 놀랐다.

"제가 안내하겠습니다."

놀랐지만 곧바로 대답한다. 여미는 고개를 저으며 그에게서 한 걸음 떨어졌다.

"싫으십니까? 제가 안내하는 것이?"

신율은 충격 받은 표정으로 여미를 바라보았다. 여미는 곤란한 표정으로 눈살을 잔뜩 찌푸리더니 또 고개를 저었다.

"싫지 않다! 싫을 리가 없지 않느냐."

"그러하면."

"그래도 이번에는 안 된다."

이번에는? 신율은 열심히 머리를 굴렸다. 이탈산의 마을에서도 신율이 여미를 안고 옷을 사러 나갔고, 개락에서도 도겸을 붙여 가게를 구경하게 해주었다.

'아, 설마 개락에서 일어난 일 때문인가.'

신율은 여미가 사온 구슬을 보고 호통을 쳤다. 그것 때문에 앙금이 남아 있는 거라면 오해를 풀어야 한다. 신율이 다급하게 여미 쪽으로 다가가는데 여미가 홀랑 신태 뒤로 숨어버렸다.

"너는 오지 마라!"

신태는 뒤로 잡아당겨지는 무복을 바로하며 당황했다. 눈앞에는 세상에서 가장 황망한 표정을 한 동생이 서 있었고 뒤에서는 하얀 도깨비가 자신의 무복을 사정없이 끌어당기고 있었다. 하얀 도깨비는 신태의 무복에 아주 휘감길 작정인지 천 사이로 자꾸만 파고들었다.

"알겠습니다. 따라가지 않을 테니 얼굴이라도 보여주세요, 여미 님."

신율이 졌다. 이길 리 없는 싸움이었다. 신태의 무복에서 빼꼼 고개를 내민 여미가 손을 내밀었다. 신율이 엉겁결에 여미에게서 무언가를 건네받았다. 금낭이었다. 신율이 펼쳐 보니 길을 나 설 때 신태가 발견했던 노리개가 들었다.

"내 마을을 구경하는 동안 노리개는 너에게 맡기마."

사실 신율뿐만 아니라 여미도 개락에서 벌어진 사고를 떠올렸다. 여미가 처음으로 준비한 선물인 구슬은 도깨비 시체로 만든 흉물임이 밝혀졌고 그로 인해 신율과 크게 싸웠다. 노리개는 그 와중에 얻은 거다. 개락에처럼 사라지지 않고 반드시 돌아오겠다는 뜻으로 신율에게 노리개를 맡겼다.

환상산으로 출발하기 전, 신율에 대한 마음을 깨닫고 노리개를 보니 문득 신율에게 변변찮은 선물 하나 주지 못했다는 데 생각이 미쳤다. 입고 있는 쪽빛 저고리부터 그동안 먹은 온갖 맛있는 군것질거리들, 그리고 지금 소중히 쥐고 있는 금낭까지 모두 신율이 준 게 아닌가.

고향 산에 가기 전에 여미도 신율에게 고마움과 애(愛)를 담은 선물을 하나 하고 싶었다.

신태가 성큼성큼 걸음을 옮겼다. 여미는 그의 무복 자락을 잡고 쫄래쫄래 따라왔다. 그녀는 상가에 가고 싶다고 했다. 마을이 크지 않아서 상가가 모여 있는 거리까지는 금방이었다. 여미를 돌아보며 무엇을 사고 싶은지 물어보려던 신태는 손에 와 닿는 따끈한 감촉에 깜짝 놀랐다.

"뭐, 뭐 하는 건가?"

그는 태어나서 처음으로 말을 더듬었다. 신태의 손가락을 쥐었다 놓았다 하던 여미가 빤히 그를 올려다보았다.

"확인하는 중이다."

"무엇을?"

"역시 너와 나 사이에는 아무것도 없구나. 신율에게 닿았을 때처럼 찌릿하면서도 따뜻한 감각이 없어."

신태가 지끈거리는 관자놀이를 눌렀다. 신율과 떨어진 지 한 식경도 지나지 않았는데 벌써 이 도깨비를 감당하기 힘들었다. 신태의 입에서 무뚝뚝한 어조가 흘러나왔다.

"볼일이 다 끝났으면 손을 놓아라. 네가 원하는 상가에 왔으니 무엇이든. 빨리 사라. 그리고 숙소로 돌아가도록 하지."

여미는 신태의 기운이 평소보다 훨씬 사나워졌음을 느꼈다. 슬그머니 손을 떼고 올려다보니 신태는 뭐가 그리 불편한지 미간을 구긴 채였다.

'미간이 구겨진 종잇장 같구나.'

여미는 속으로 툴툴거리면서 상가 쪽으로 걸어갔다. 신율이 덮어준 쓰개치마로 착실하게 하얀 머리카락을 가렸다. 이탈산의 마을이나 개락에서 아무것도 모른 채 인간들의 거대한 상업 지구를 헤맸던 때와 달리, 이번에 여미는 자신이 원하는 걸 정확히 알았다. 가끔 꿀떡을 비롯해 따끈따끈한 떡을 파는 가판대에 시선을 빼앗기긴 했지만 그럭저럭 빨리 목표한 곳에 도착했다.

"천?"

여미가 잡은 건 천이었다. 비단도 아니고 명주였다. 작디작은 마을에서 파는 명주는 품질이 볼품없었다. 명주와 비단의 차이를 모르는 여미는 천을 만져 보고 고개를 갸웃거렸다.

"왜 이 천은 부드럽지 않은 것이냐?"

"아직 생명주(生明紬)라 그렇습니다. 부드러운 걸 원하시면 정련을 해야 하는데, 정련을 거친 천은 무척 비쌉니다."

상인이 치마쓰개로 푹 눌러 얼굴을 가린 수상한 여자와 그 뒤에 산처럼 우뚝 서 있는 남자의 눈치를 보았다. 옷은 평범하지만 가난하다고 단정 지을 수는 없었다. 그러나 평민으로 위장한 부자라고도 생각되지 않았다.

상인에겐 신태의 위장을 꿰뚫어볼 능력이 없었다. 신태는 수없이 많은 사냥을 다녔고 암행도 많이 다녔다. 그의 암행 솜씨는 신율보다 뛰어났다. 완벽한 평범함을 가장할 순 없어도 과한 비범함은 그럭저럭 감출 수 있었다.

"아가씨가 과연 그만한 돈이 있으실지……."

이곳의 상인은 개락의 상인과 달리 말재주가 별로 없었다. 상인이 여미를 향해 노골적으로 돈 이야기를 꺼내는 걸 듣자 신태의 마음속에 작은 풍랑이 일었다. 끝까지 나서지 않을 참이었는데 저도 모르게 한 걸음 나섰다.

"헉."

물러나 있을 때는 전혀 몰랐는데 눈앞에서 신태를 마주하자 상인은 거대한 돌덩이가 가슴을 짓누르는 압박감을 느꼈다. 상인이 헐떡이고 있을 때 신태가 무심한 표정으로 가판대 위에 금낭을 던졌다. 무거운 소리를 내며 떨어진 금낭 안에서 주체하지 못한 금들이 쏟아졌다. 상인은 눈을 휘둥그렇게 떴다. 은전은커녕 철전도 잘 돌지 않는 시골이다. 금전을 눈으로 본 건 처음이었다.

"이, 이것은."

"금전이다."

신태가 말로 확인시켜 주었다. 감히 금전에 손도 못 대고 있는 상인에게 그가 무겁게 말했다.

"이만하면 어지간한 물건은 모두 살 수 있겠지. 다른 건 아무것도 상관하지 말고 이 여인이 원하는 물건을 내오도록."

상인은 허겁지겁 안으로 들어가 꼼꼼한 정련을 거친 고운 명주를 가지고 나왔다. 여미는 비단 못지않은 감촉에 감탄하며 명주의 색을 살폈다. 시골이라 색이 두 가지밖에 없는 게 흠이라면 흠이었다.

"어떠냐, 네 눈엔 무엇이 나아 보이느냐."

"남색과 붉은색 중에 말인가?"

"그래. 너는 신율의 가족이니 네 의견을 말해보아라."

신율? 지금 신율의 이름이 왜 나오는 거지? 신태는 양손에 명주를 들고 반짝이는 눈을 한 여미를 살폈다. 저가 가지고 싶은 게 있어 나온 게 아니었나?

"아차, 너에게는 말하지 않았구나. 나는 이 마을에서 신율에게 줄 선물을 고를 생각이다."

신태의 말문이 막혔다. 여미는 남색과 붉은색 중에 한참 고민하더니 신율의 서늘한 기운과 닮은 남색 명주를 잡아들었다.

"실이랑 바늘도 내어 오너라."

잡화점은 아니었지만 명색이 옷감을 파는 곳이었기에 그 정도는 구비하고 있었다. 신태는 여미가 주문을 마칠 때까지 먼 곳을 바라보며 기다렸다. 주문이 끝나고 여미가 보자기 안에 물건을 챙기자 그는 가판을 돌아보지도 않고 여미를 잡아끌었다.

"나으리, 금전은!"

"되었다."

신태가 짧게 말했다. 금전 몇 개 정도야 본가에 가면 산처럼 쌓여 있어 처치하기 곤란할 정도다. 이탈산으로 사냥 나가던 신율도 수레 한가득 금전을 싣고 다녔다. 서씨 가문에게 부귀란 별거 아니었다.

"뭘 그리 급하게 구느냐. 널 따라가다가 내가 고꾸라지겠다."

여미가 헥헥거리며 신태의 뒤를 쫓았다. 여미가 힘들어하는 것을 알고 있음에도 신태는 걸음을 늦추지 않았다. 그들은 여관으로 돌아왔다. 신태는 아무 말 않고 신율에게 신호를 보냈다. 일층에서 그들을 기다리고 있던 신율이 벌떡 일어섰다.

"오셨습니까?"

신태를 향한 말이기도 했고 여미를 향한 말이기도 했다. 자신을 내버려 두고 외출해 버린 아쉬움은 그새 다 떨쳐 냈는지 얼굴이 말끔했다.

"대체 무엇 때문에 저 없이 나가신 겁니까. 큰형이 있어 걱정은 하지 않았습니다만."

신율의 말에 신태가 움찔 눈을 감았다. 여미와 신율은 서로에게 집중하느라 그의 불편한 기색을 알아차리지 못했다.

"아무것도 아니다."

곧바로 선물을 줄 거라는 신태의 예상과 달리 여미는 보자기를 등 뒤로 감추었다. 여미의 손장난을 알아채지 못할 신율이 아니었지만, 그럼에도 그는 여미가 숨긴 보자기를 모른 체했다. 신율은 구경은 잘 했느냐며 의례적인 몇 가지를 물었다. 그가 미리 일러둔 식사가 나오고 두 명의 인간과 한 명의 도깨비는 의자에 앉아 식사를 시작했다.

여미와 신율 사이에 흐르는 때 아닌 긴장감에 당황한 건 신태였다. 신태는 술잔을 집어 드는 척하면서 여미에게 고개를 기울였다.

"지금 주지 않는 건가?"

신태는 속삭이며 물었다. 그건 신율에게 들키지 않기 위함이었다. 그런 자신의 모습에 그는 이게 뭐 하는 짓인가 싶었다. 하지만 지금만큼은 어쩐지 이 하얀 도깨비에게 맞춰주어야 할 것 같은 기분이 들었다. 여미는 숟가락으로 두부를 가르며 나지막이 말했다.

"내일 아침에 줄 것이다. 게다가 완성품도 아니지 않느냐."

신태는 술잔을 떨어뜨렸다.

"설마 그걸로 뭘 만들 생각이었던 건가?"

"내 아무리 인간들의 관습에 무지해도 손으로 만든 선물을 최고로 친다는 것 정도는 안다. 노리개라는 것을 연구하면서 장신구가 어떤 구조로 되어 있는지도 충분히 파악했다."

"노리개는 옥을 깎아 만드는 것이고 네가 산 것은 그저 천과 바늘이다."

신태가 지극히 당연한 지적을 했지만 여미는 듣지 않았다. 그녀는 새로 나온 음식에 정신을 빼앗겼다. 신율이 수저를 들어 여미의 그릇에 음식을 덜어주었다. 여미는 어미 새에게서 먹이를 받는 아기 새처럼 접시 위의 음식을 해치웠다. 그 모습을 지켜보는 신태는 말로 표현할 수 없는 기묘한 감정을 느꼈다.

"형님, 안색이 좋지 않으십니다."

멍하니 그릇을 내려다보던 신태에게 신율이 말했다. 신태는 달칵 수저를 내려놓으며 동생 쪽으로 고개를 돌렸다.

"아무렇지도 않다."

신율의 눈이 가늘어졌다. 신태는 생전 처음 동생에게서 위협감을 느꼈다. 설마 동생이 가주가 내린 서(敍)의 내용을 알고 있는 건가 하는 생각이 들었다. 곧 고개를 저어 부정했다. 서의 내용을 알고 있다면 신율은 진즉에 싸움을 걸었을 거다. 아니, 가주에게 반항하고 본가에서 난리를 쳤겠지. 신율은 그저 저와 가주가 무언가를 꾸민다고 짐작만 하고 있을 것이었다. 아직 신태의 계획에 지장을 줄 정도는 아니다.

그날 밤.

"이 바늘이란 것은 참으로 고집스럽구나."

여섯 번째로 손가락 끝을 찔린 여미가 질색했다. 골무를 꼈으면 좋았으련만 그 정도의 상식은 없었다. 처음에는 신율과 떨어져서 잠들어야 한다는 사실이 불안했으나 선물을 꿰매고 있자니 잘됐다는 생각이 들었다.

그 순간 누군가 문을 두드렸다. 신율은 아니었다. 여미는 바짝 긴장해서 털을 곤두세우고 천을 품속에 품었다. 여미가 당장 으르렁거릴 기세로 문을 노려보는데 아무렇지 않게 문이 열렸다. 들어온 건 신태였다. 여미는 순식간에 온몸에서 긴장이 축 빠지는 걸 느끼며 물었다.

"무슨 일이냐?"

"내일 새벽에 환상산으로 출발할 거다. 내가 널 데리러 오지."

"새벽에? 일찍도 가는구나."

신태는 아무런 대꾸도 하지 않았다. 그렇다고 방 밖으로 나간 것도 아니라서 신태와 여미는 잠시 머쓱한 침묵에 휩싸였다. 침묵을 깬 건 여미였다.

"신율은?"

"……함께 간다."

여미는 별 의심 없이 고개를 끄덕였다. 할 이야기가 모두 끝났음에도 신태가 나가지 않고 머뭇거렸다. 여미는 의아하게 그를 쳐다보다가 번득 일어나 신태에게 다가왔다.

"어떠냐?"

"무엇이 어떻다는 건가?"

신태는 크게 당황했지만 간신히 티내지 않고 물었다. 여미가 꼬물꼬물 손을 움직여 엉성하게 꿰맨 명주를 꺼냈다. 여미의 바느질 솜씨는 형편없었다. 포목점에서 좋은 바늘을 주긴 했지만 명주의 결이 넓어 눈 뜨고 못 봐줄 형상이 되었다. 그래도 태어난 지 세 달을 조금 넘긴 도깨비가 생전 처음 한 바느질이라고 생각하면 꽤 그럴싸했다.

"인간의 장식품을 안다 큰소리쳤으나 사실 잘 모른다."

여미가 바느질하느라 비비고 앉아 있던 방석 옆에 노리개 두 개가 흩어져 있다. 몇 번이나 들어서 살폈는지 술이 다 풀어졌다. 천 장식도 아닌 노리개를 보며 천을 꿰매봤자 아무런 소용이 없을 텐데 이 도깨비는 그걸 모르나 보다.

"고사리의, 아니, 신율의 형인 네가 좀 보아라. 잘 된 것 같으냐?"

신태는 무뚝뚝하게 여미의 손을 밀어냈다. 여미는 아무것도 느끼지 못했지만 신태는 흐릿한 통증을 느꼈다. 애정은 아니었다. 신율이 여미를 만질 때 느끼는 것과는 전혀 다른 통증이었다. 신태의 통증은 여미가 아닌 그 자신의 마음으로부터 기인한다. 혼란, 그리고 죄책감.

"그런 것 만들 시간에 잠이나 더 자도록 해라. 도깨비라 할지라도 환상산을 오르는 건 힘든 일이다."

여미는 당혹스러울 만큼 차가운 신태의 말에 한 걸음 물러섰다. 신태는 그녀를 두고 발걸음을 돌렸다. 여미의 방문을 닫는 신태의 손에는 가주가 써준 서(敍)가 들려 있었다. 신태는 저도 모르게 승천제의 자세한 순서와 제물이 적힌 서를 왈칵 구겨 버렸다. 그는 마음을 딱딱하게 굳히려 애썼다. 후계자 수업을 들으며 배웠던 것들을 하나하나 찬찬히 다시 떠올렸다. 그렇게 마음을 다잡은 신태는 여미와 신율의 방문 앞에 향을 피웠다. 이걸로 여미와 신율은 평소보다 깊은 잠에 빠질 거다.

"도깨비, 일어나라."

누군가의 커다란 손이 여미를 흔들어 깨웠다. 여미는 자꾸만 감기는 눈을 비비며 주변을 둘러보았다. 아직 새벽 어스름도 찾아오지 않은 밤이다. 게다가 잠을 잘못 잤는지 몸이 무척이나 무겁다. 여미는 새벽이라고 불러주기도 힘든 시간에 자신을 깨운 사람을 노려보았다. 신태였다. 그는 가타부타 말없이 여미의 팔을 잡아끌었다. 여미는 침대에서 떨어지듯 우당탕 신태에게 끌려왔다.

"무슨 짓이냐?"

여미는 바닥에 무릎을 부딪치고도 잠이 덜 깨 멍한 목소리로 물었다. 신태는 자신의 손에 달랑달랑 매달려 흔들리는 작은 도깨비를 보며 말했다.

"지금 출발한다."

"아직 어스름도 가시지 않은 밤에 말이냐?"

"그래."

여미는 감기는 눈을 억지로 뜨며 신태의 뒤를 쫓았다. 사실상 신태가 여미를 들쳐 업고 가는 거나 마찬가지였다. 그녀는 신태의 어깨 위에서 하품을 했다. 그에게 이것저것 말을 걸었지만 돌아오는 건 짧다 못해 정 없는 답이었다. 신태의 어조에 높낮이가 없었다. 무언가를 꾹 억누르듯 절제된 목소리였다. 그의 어조에 시비를 걸려는 순간 머리가 지끈 아파오며 정신이 몽롱해졌다. 신태가 여미를 말 위에 태우고 자신은 그 뒤에 올라 고삐를 잡았다.

숙소에서 여미가 챙겨올 수 있었던 건 잠들기 직전까지 쥐고 있던 천조각뿐이었다. 빠르게 달리는 말 위에서 찬바람을 맞으니 서서히 정신이 들었다. 여미는 불쾌한 두통을 떨치기 위해 숨을 깊게 들이마셨다. 찌꺼기처럼 달라붙어 있던 두통 조각이 바람 속으로 흩어졌다. 그제야 주변이 보였다. 마을은 이미 멀어졌고, 말은 하나뿐이었다. 신율은 보이지 않았다.

"잠깐, 잠깐, 큰형아."

무언가 이상하다는 걸 깨달은 여미가 신태의 소맷자락을 세게 쥐었다. 달리는 말 위에서 고삐를 잡은 손에 힘이 가해졌지만 신태는 전혀 흔들림 없었다. 그는 여미의 정수리를 흘긋 내려다보고는 말의 걸음을 늦췄다. 여미가 말에서 뛰어내리려 했다. 신율이 없는 것도 찜찜하지만 무엇보다 여미는 말 타기를 질색했다. 신율과 신태도 여미의 성향을 잘 알았다. 그래서 마차를 구해준 것이기도 했다.

말에서 내리려 몸을 움직이던 여미는 자신을 붙잡는 강한 힘에 놀랐다. 고개를 내려 보니 신태의 손이 허리를 휘감고 단단히 고정하고 있었다. 여미는 신태가 자신을 막으리라곤 생각도 못 했기에 당황했다.

"뭐 하는 것이냐?"

여미가 신태의 팔을 양손으로 밀어내려 애쓰며 물었다. 신태는 품속에서 꾸물거리는 도깨비를 보았다. 그녀는 땀까지 흘려가며 사력을 다해 그의 품에서 벗어나려 했다. 하지만 소용없다. 여미가 아무리 힘을 내봤자 신태에게는 미물이 꿈틀거리는 정도의 타격도 되지 않았다.

"가만히 있어라."

신태가 지긋한 살기와 무게감을 담아 경고했다. 신태의 말이 떨어지자마자 주변의 풀들이 고개를 숙이고 공기가 서늘해졌다.

여미는 크게 바뀐 신태의 분위기를 눈치채고 저항하던 양팔을 거두었다.

"한 번만 더 묻겠다. 이게 무슨 일이냐."

신태는 여미의 말에 대답하지 않았다. 대신 감 부인의 말을 떠올렸다.

"신율은 못 할 거다!"

감 부인은 거의 절명하기 직전 수준으로 처절하게 말했다. 그럼 자신은 할 수 있을까? 분명 도깨비를 죽이는 건 쉬운 일이라고 생각했다. 실제로 서의 내용을 이행하는 건 어린아이 손목을 비트는 것보다 쉬운 일이 될 거다. 언제나처럼 검에 피를 먹이면 그뿐이다.

숙소에서 여미를 극진히 챙기는 신율을 보고 신태는 자신감을 잃었다. 동생의 그런 모습은 처음 본다. 그리고 도깨비가 인간처럼 말하고 생각하고, 고민하여 천을 고르고 누군가를 위해 밤새 선물을 만드는 걸 보니 도깨비는 무조건 살(殺)해야 할 대상이라는 원칙이 흔들렸다.

"새벽에 멋대로 끌고 나온 것은 용서하겠다. 말 위에 태운 것도 용서하겠다. 하나만 말해다오. 고사리는? 신율은 오지 않는 것이냐? 분명 함께 간다 하지 않았느냐."

게다가 이 작고 하얀 도깨비는 언제나 신태를 불편하게 만들었다.

"신율은 곧 따라올 거다."

사람을 의심할 줄 모르는 여미가 크게 안도하는 게 느껴졌다. 신태는 쓸모없는 거짓말을 하는 자기 자신에게 의아했다. 자신이 신율에게 쓴 건 독한 수면향이다. 도깨비를 염두에 두고 제작한 거라 인간인 신율이 들이마시면 회복하기 위해 며칠간 공력을 쏟으며 고생 좀 해야 한다. 동생은 곧 따라오지 못할 것을 잘 알고 있음에도 품 안에 있는 도깨비를 안심시키고자 거짓말을 하는 자신의 모습이 낯설었다. 신태는 사념을 떨치고 가주의 명령을 수행하기 위해 애썼다.

한참을 더 달렸다. 말이 지쳤을 뿐 아니라 여미가 더 이상 버티지 못하고 몸을 떠는 걸 느꼈다. 생전 처음 심한 흔들림을 느낀 여미의 안색이 점점 창백하게 질리다가 무시할 수 없을 만큼 파랗게 되었다.

"잠시 쉰다."

신태는 어쩔 수 없이 말을 세워야 했다. 되도록 말을 세우고 싶지 않았다. 멈추지 않고 달려 환상산 입구에 도달하려 했다. 멈추지 않으려 한 이유는 말에서 내린 후 하얀 도깨비를 마주 볼 자신이 없어서였다.

"살 것 같다."

땅바닥에 주저앉은 여미는 한참이나 숨을 고르고 나서야 말했다. 신태는 말의 고삐를 쥐고 우뚝 섰다. 여미는 아예 바닥에 드러눕고 싶은지 손으로 흙바닥을 다졌다. 신율이라면 옷이 더러워진다며 말리거나 자신의 도포를 벗어 깔아주었겠지만 신태는 아무것도 하지 않았다.

"정말 신율이 오는 게 맞지?"

다른 생각을 하고 있었는데 여미의 목소리가 바늘처럼 귓가를 파고들었다. 신태는 거의 물리적인 고통을 느끼며 대답했다.

"그렇다."

"그러냐? 다행이구나. 내가 신율에게 선물로 주려고 어제 밤을 새서 장식품을 만들었다. 너와 함께 산 명주라는 천으로 말이다. 좋아해 줄 것 같으냐?"

그러면서 꺼내 보인 건 실밥이 비어져 나온 볼품없는 금낭 모양 천이었다. 노리개를 만드는 걸 포기하고 금낭을 흉내 낸 것 같다. 그러나 정상적인 금낭과 달리 끈도 없고 속에 공간도 없다. 말 그대로 천을 주머니 모양으로 오린 것뿐이다. 서씨 가문의 삼형제라면 체면 때문에라도 사양할 수밖에 없는 물건이었다. 그러나 여미의 얼굴이 하도 무구하게 반짝거려서 신태는 차마 부정적인 말을 할 수 없었다.

"개락이라는 곳에 들렀을 때 선물 때문에 신율과 크게 싸웠다. 그 이후로 아무리 생각해도 미안해서 신율에게 줄 선물로 만들어 보았다. 연습용으로 하나 더 만들었는데 이건 네가 가져도 좋다."

신태는 더 형편없어 형체조차 알아보기 힘든 붉은 주머니를 받아 들었다. 신태는 망설임 없이 실을 꿰어 붉은 주머니를 칼집에 달았다. 그가 씁쓸하게 웃으며 말했다.

"신율도 좋아할 거다."

"역시 그렇지?"

환하게 빛나는 도깨비의 얼굴에 인간은 감당할 수 없을 만큼 아름다운 미소가 떠올랐다. 신태는 그 미소를 더 보지 못하고 고개를 돌렸다.

신율과 여미 두 사람이 재회하는 일은 다시는 없을 거다.

여미와 신태는 해가 저물 때까지 달렸다. 산등성이를 붉게 물들이며 넘어가는 해를 보고 나서야 여미는 무언가가 잘못되었다는 느낌을 받기 시작했다. 아무리 기다려도 신율이 오지 않는다. 게다가 신태는 무엇에 쫓기기라도 하는 양 정신없이 달리기만 했다. 신태에게 붉은 천 장식을 쥐어준 게 휴식의 끝이었다. 그 이후 신태는 신들린 사람처럼 달렸다. 여미가 토할 것 같다고 신태의 가슴팍을 두드려도 그는 자세를 더 꽉 고정할 뿐 멈추지 않았다. 목적지는 환국에서 누구도 정복하지 못했다는 환상의 산이었다.

"고개를 들어라."

황천의 검은 수면이 햇살을 받아 반짝였다. 황천 안쪽 삼각지와 강 주변 비옥한 땅에 띄엄띄엄 인가가 보였다. 굴뚝에서 연기가 솟아나 희미하게 하늘을 가렸다.

"환상산이라고? 인간들이 가까이 살고 있는데?"

이탈산 근처에도 마을이 있긴 했지만 이토록 가까운 거리는 아니었다. 몇가구 없었지만 환상산 자락이 보이는 자리에 인가가 있었다.

"서씨 가문이 개척한 땅이다. 서씨 가문은 환상산과 연이 깊지."

환상산이 수도와 가깝기에, 수도에서 밀린 인간들은 필연적으로 환상산 근처에 살았다. 처음에 환상산 근처에 도착한 인간들은 산을 매우 두려워했다. 이탈도깨비보다 강하다는 환상도깨비,

그것도 인간의 힘으로 절대 저항할 수 없는 신묘한 술수를 부리는 도깨비들 옆에서 살아야 한다니, 그야말로 마른하늘에 날벼락이었다.

처음에 황천에 온 인간들은 엄청난 손해를 감수하고 환상산을 빙 돌아 먼 곳에 정착했다. 그러나 수도는 점점 팽창했고 인간들은 점점 외곽으로 밀려났다. 결국 환상산 근처에 터를 잡아야 하는 사람이 생겼다.

"배짱도 좋구나. 도깨비 산 옆에서 살 생각을 하다니."

여미가 말했다. 인간의 땅이 도깨비에게 힘든 것처럼 도깨비의 땅도 인간에게 힘들다.

"사냥꾼 가문이 왜 있다고 생각하나."

귀족들은 서씨 가문에 환상산 근처의 안전을 확보해 주길 부탁했다. 당시 서씨 가문 가주였던 서수는 대범하게도 귀족들의 부탁을 받아들였다. 모두들 걱정했지만 서수는 환상산 근처가 오히려 안전하다는 걸 알아냈다. 일정 거리 이상 접근하지 않으면 환상산은 결코 인간에게 해를 끼치지 않았다. 뛰어난 지리학자였던 서수가 칠 년에 걸쳐 발견한 규칙이었다.

긴 설명을 들은 여미가 납득했다. 환상도깨비는 그야말로 환상 속에서나 볼 수 있는 존재다. 여미 또한 도깨비풀 형태로 여러 곳을 떠돌았지만 환상도깨비와 얽힌 적은 없었다.

"그래. 환상산 근처에 인가가 왜 있는지는 이제 알겠다. 그러면 우리는 저 마을에서 신율을 기다리는 것이냐?"

여미는 여태 궁금하던 걸 물었다. 신태의 표정이 갑자기 굳었지만, 그녀는 답을 재촉했다. 신태는 그답지 않게 답을 지체했다.

강한 수면향이라 해도 신율이라면 일찍 일어날 거다. 그리고 이 도깨비가 사라진 것을 알고 어떻게 해서든 찾으려 할 것이다. 그러니 한시라도 빨리 환상산으로 진입해 흔적을 숨겨야 한다. 그런데 어찌 된 일인지 이 하얀 도깨비의 질문에 거짓으로 대답할 수가 없었다. 대답 없이 억지로 끌고 갈 수도 없었다.

'이건 죄책감이로구나.'

신태는 생전 처음 신 과일을 먹는 아이처럼 눈살을 와락 찌푸리고 신음을 삼켰다. 서씨 가문 본가에서 여미에게도 인간과 같은 감정이 있음을, 도깨비들도 인간처럼 희로애락을 느낀다는 것을 처음 알았을 때 느꼈던 충격이 다시 그를 강타했다. 주먹을 꽉 쥐었다. 사냥감이라는 세 글자를 머릿속에서 수없이 되풀이했다. 가문의 비사도 되풀이했다. 그리고 장남의 의무까지. 해가 산등성이를 넘어갈 때가 되어서야 신태가 입을 열었다.

"신율은 오지 않는다."

여미의 입술이 벌어졌다. 신태는 그녀의 입에서 아, 하는 탄식이 들려오길 기다렸다. 아무리 기다려도 여미의 입에서 탄식은 나오지 않았다. 대신 그녀의 눈에 혼란이 차올랐다. 신태는 무감해지려 노력하며 여미를 바라보았다. 여미는 아직 어리둥절할 뿐 속았다는 걸 깨닫지 못했다. 그것이 역설적으로 신태의 죄책감을 더 크게 키웠다.

"분명 신율이 온다고 하지 않았느냐!"

여미가 떼쓰듯 물었다. 당연히 와야 하는데 왜 오지 않느냐. 어디서 사고가 난 것이 아니냐. 이런저런 말이 쏟아졌다. 신태가 의도적으로 속였음을 질책하는 말은 한 마디도 없었다. 인간들의 기만을 알기에 여미는 너무도 무지하니까.

신태는 가주가 가르쳐 준 대로 마음을 딱딱하게 굳혔다. 여미와 결혼해 살겠다니, 신율은 헛된 꿈을 꾸는 거다. 도깨비가 인간의 땅에 들어와서 살아남을 수 있을 리 없다. 환국은 인간의 땅이다.

"조용히 해라."

신태가 말했다. 살기가 느껴지는 한마디였다.

여미로 말할 것 같으면, 태어나기 전 칠백 년 동안은 물론 태어나고 나서도 이토록 본격적인 살기를 받아본 적 없었다. 태어나기 전 여미의 본체는 무해했다. 남들 털이나 옷에 달라붙는 도깨비풀이었다. 정신 나간 존재가 아니고야 도깨비풀에 진지한 살기를 뿜어대는 자는 없다. 태어난 후에는 항상 신율의 곁에 있었다. 개락의 뒷골목에서 뜨내기 불량배들을 만나긴 했지만 그들은 여미를 장난감으로 보았지 사냥감으로 보지 않았다.

비애도 그랬다. 그녀는 여미의 인생에서 유일하게 여미에게 치명상을 입힌 적이다. 그러나 비애는 여미를 증오해서가 아니라 신율, 서씨 가문을 증오했기 때문에 여미에게 상처를 입혔고 비애의 살의는 여미를 직접 향하지 않았다. 비애가 내뿜는 모든 것은 슬픔에 감싸여 있어 살기보다는 애수를 먼저 느끼게 된다. 하부동에서 신태를 만났을 때도 협박은 당했지만 진지한 살기는 없었다. 그때만 해도 신태는 그녀를 인간이라 생각하여 진심으로 죽이려들지 않았다.

즉, 여미가 이토록 직접적인 위협을 당한 건 처음이었다.

"끅."

여미가 입을 막았다. 너무 놀라 딸꾹질이 새어 나왔다. 신태 앞에서 딸꾹질을 했다간 살기를 더 받을 것 같아 필사적으로 참았다. 그녀가 눈만 들어 신태의 눈치를 살폈다. 항상 그녀에게 다정한 눈길만 보내던 신율과 달리 신태의 눈으로 통하는 길은 꽉 닫혀 있었다.

"끄, 나는, 신율이……."

여미의 손가락 사이로 울먹이는 소리가 터져 나왔다. 감정이 있는 사람이라면 결코 그냥 지나치지 못할 만큼 애처로운 목소리였다.

"엄살 부리지 마라."

신율의 이름이 나오자 신태가 칼같이 말을 잘랐다. 여미는 눈을 꾹 감았다. 점멸하며 펼쳐지는 어두운 빛들 사이로 신율이 생각났다. 신율이라면, 신율이라면 여미가 울자마자 '괜찮으십니까? 어디가 불편하신 겁니까'라고 다정하게 물어봤을 거다. 신율의 목소리가 떠오르자 여미는 참을 수 없었다.

신태는 신율의 이름이 나온 후로 여미가 한바탕 더 난리를 칠 것이라고 생각했다. 신태는 또다시 차가운 말을 던질 심산으로 기다렸다. 하지만, 그런 신태의 생각과는 달리 여미 쪽에서는 아무런 소리가 나지 않았다. 딸꾹질을 억지로 참느라 히끅거리는 소리조차 나지 않았다. 아니, 숨소리도 나지 않았다. 신태는 저도 모르게 깜짝 놀라 여미에게로 고개를 돌렸다.

"……이봐."

여미의 볼이 완전히 젖었다. 입을 막은 채로 숨도 못 쉬고 우는 그녀의 얼굴은 보기조차 힘들었다.

"내가 무서워서 그러나?"

질문을 던지면서도 믿지 않았다. 하부동에서 무면탈을 쓴 그 앞에 서 검을 받아냈던 여미다. 여미가 두 눈을 감았다. 또 울컥 눈물이 솟아나와 손을 타고 주르륵 흘러 내려갔다. 신태는 소리도 내지 못하고 우는 그녀로 인해 마음 속 깊이 당황했다. 그때 여미는 고개를 저었다.

"그럼?"

여미는 대답하고 싶었지만 목소리가 나오지 않았다. 입을 막은 손을 떼면 당장에라도 커다란 울음소리가 나올 것 같았다. 이 자리에서 목을 꺽꺽대며 울어버리고 말 터였다. 여미는 그것만은 싫었다. 신율이 없는 곳에서 이토록 무너지고 싶지 않았다. 무너져도 될 만큼 안정감을 느끼는 건 신율의 곁에 있을 때뿐이었다.

"신율이 없어서?"

턱, 하고 숨이 막혔다. 신태의 입에서 신율의 이름이 나오고 그가 자신의 상태를 정확히 짚고 나자 여미는 더 이상 견디기 힘들어졌다.

"흐윽."

입가로 애처로운 울먹거림이 새어 나왔다. 참지 못한 설움은 신태의 발치에 쏟아졌다. 신태는 여미 앞에 한쪽 무릎을 꿇고 앉았다. 그는 우는 여미를 들여다보았다. 여미는 신태의 시선을 느꼈지만 울음을 멈출 수가 없었다.

"신율이 그토록 좋은 건가."

여미는 그가 혼잣말을 하는 줄 알았다. 여미에게서 대답이 없자 신태는 확실한 의문문의 형태로 물었다.

"신율은 인간이다. 인간인데도 좋은 건가? 어째서?"

여미는 입가에서 손을 떼어냈다. 가쁜 호흡이 주변을 채웠다. 여미는 더듬지 않으려 노력하며 말했다.

"나를 보호해 주었다."

"너를 이용하려고 한 거겠지."

여미가 작은 주먹으로 신태의 팔을 쳤다. 간지럽지도 않았다.

"나에게 다정하게 대해주었다."

"그 녀석은 천성이 그렇다. 남에게 싫은 소리를 하지 않아."

"마음 속 깊이 나를 다정하게 생각했다."

"네 착각이 아닌가?"

동생의 진심은 신태도 알았다. 다만 하얀 도깨비를 위해 동생의 진심을 깎아내렸다. 동생이 조금이라도 진심이 아니라면, 동생이 하얀 도깨비를 기만했다면, 자신의 기만도 용서받을 수 있을 것 같았다.

여미가 신태의 팔에서 손을 거뒀다. 여미의 눈가에선 아직도 눈물이 줄줄 흐르고 있었지만 호흡은 많이 안정되었다. 여미가 말했다.

"너야말로 아무것도 모르는 것이 아니냐."

"내가 뭘 모른다는 거지?"

"내가 아무리 도깨비라도 신율의 마음 정도는 느낄 수 있다."

신태는 여미가 주었던 붉은 천 장식을 만지작거렸다. 그의 손가락 끝은 흉터로 거칠어서 정련을 거친 고운 명주천에도 거스러미가 일어났다. 여기저기 튀어나온 실밥이 신태의 손에 걸려 힘없이 풀어졌다. 신태는 주머니 속에서 가주가 내린 서를 꺼냈다. 가주의 긴 한 장의 종이로 서를 만들고 세 번 접은 후 서씨 가문의 인장을 찍어 봉인했다.

신태가 인장을 뜯었다. 가주의 글자들이 종이 위로 흩어져 휘날렸다. 신태는 공중에 모여 벌떼처럼 우글대는 글자를 하나씩 읽었다. 감 부인과 가주에게 들은 내용 그대로였다. 가주의 서는 여미의 살갗을 가르고 피를 빼 시체로 만드는 잔인한 과정을 적나라하게 묘사했다.

혹시나 하는 기대는 여지없이 무너졌다.

뭘 기대했나. 이 작은 도깨비를 죽이지 않고 승천제를 끝내는 방법을 기대했나? 인간의 야만을 드러내지 않는 해결책을 기대했나?

어리석다. 참으로 어리석다, 서신태. 이미 자신은 여미를 죽이기 위해 동생까지 떨치고 오지 않았나.

"무엇을 그리 빤히 보느냐. 또 주술이라는 것이냐?"

여미는 사야요의 기루에서 공중에 휘날리는 글자를 봤다. 신라가 부린 주술이었다. 여미에게 영향을 미치진 않았지만 떨쳐 낼 때 상당한 고통을 느꼈다. 여미의 눈이 꺼림칙함으로 물드는 걸 보고 신태가 손을 들어 글자들을 흩어냈다. 신태가 종료를 선언하자 글자들은 다시 종이 속으로 빨려들어 갔다.

"신율의 마음은 진심이니 의심하지 마라. 설령 네가 보기엔 못 미더워 보이더라도 나의 믿음을 흔들려 하지 마."

여미가 말했다.

"신율이 이곳에 오지 못하는 데도 필히 이유가 있을 거다. 그리고 너는 나와 함께 신율을 기다릴 거고."

신태는 할 말을 잃었다.

"……왜 내가 널 도와줄 거라 생각하지?"

"믿으면 안 되는 것이냐?"

"신율에게 얼추 들었다. 너는 신율이 살해한 이무기 도깨비 옆에서 각성했고 개락에서 기루에 들렀으며 도깨비구슬을 보았어. 하부동에선 살아 있는 도깨비에 값을 매겨 사고파는 장면도 보았지. 네가 태어나서 본 거라곤 인간의 위선과 악함뿐이었을 텐데 어찌 그리 나를 믿느냐? 혹시 인간이 사실 선하다는 순진한 믿음을 가진 거라면……."

여미가 신태를 빤히 올려다보았다.

"나는 인간이 선하다고 생각하지 않는다."

여미가 입을 열었다.

"그렇다고 악하다고 생각하지도 않아."

인간에 대한 무지는 때때로 여미에게 깊은 통찰력을 제공했다. 배경지식이 없다는 것은 주로 단점이지만 현상을 있는 그대로 볼 수 있게 해준다는 점에서 장점이기도 하다.

"인간은 그냥 본능에 따라 행동할 뿐이다. 자신이 좋아하는 것을 아끼고 싫어하는 것을 내팽개친다. 만일 네가 나를 싫어했다면 나는 너를 믿지 않았겠지. 네가 나를 내칠 테니까. 그러나 너는 나를 싫어하지 않아."

신태가 움찔했다. 자신이 도깨비인 여미를 싫어하지 않는다는 걸 깨닫고 놀란 탓이다.

"저가 좋아하는 것을 아끼는 인간의 본성을 믿을 뿐이다."

역설적인 말이었다. 여미는 인간을 두려워하면서도 신태의 인간성을 믿었다.

서씨 가문에서 태어난 신태는 왜 도깨비를 죽여야 하는지 수천 가지 이유를 들 수 있었다. 환국은 인간의 땅이고, 도깨비는 인간의 땅을 빼앗아 인간을 사지로 내몰려 하는 악한 존재이기 때문에 죽여야 한다. 신태는 그 말이 참으로 타당하다고 생각했다.

"나는…… 도깨비와 인간 중에선 인간에게 살 기회가 주어져야 한다고 생각했다."

인간과 도깨비 중 누가 더 가치 있는가를 판단하는 기준은 무엇인가? 신태는 이 질문에 대해서도 꽤나 명확한 답을 내릴 수 있었다. 도깨비는 단순하고 생각할 줄 모르며 인간처럼 풍부한 감성을 느끼지도 못한다. 땅을 풍요롭게 만드는 건 사람이다. 그렇게 생각했다.

"하지만 너라면 살 자격이 있다. 어쩌면 인간보다도…… 네가 더 가치 있다."

신태가 입을 다물었다. 그의 내면은 지금 풍랑을 만난 조각배와 같았다. 거대한 갈등을 마치고, 신태가 한숨을 토해내며 말했다.

"승천제를 지내지 않으마."

"그게 무슨 뜻이냐? 너희 가문의 속죄를 위해 승천제를 지내야 한다고 한 건 너희들이다."

"승천제를 지내지 않아도 우리는 계속 살아갈 수 있다. 죄짓고 사는 인간들은 많아. 언젠가 멸문하더라도 그건 우리의 운명이지. 그 어떤 가문도 영원할 순 없으니까. 환상산에 너를 데려다주도록 하마. 낭아산은 아니지만 그럭저럭 살아갈 수 있을 거다. 도착하면 절대 그곳에서 나오지 말도록."

"신율은……."

여미가 무언가를 더 물어보려 했지만 신태는 더 이상 기회를 주지 않았다. 그가 일어섰다. 다시 석상처럼 변한 그가 말했다.

"가주의 눈을 피해 신율과 살아갈 방법은 없어. 환상산을 벗어나자마자 가주가 널 찢어죽일 거다. 네 목숨을 구하는 게 내가 해줄 수 있는 전부야."

여미에겐 아리송한 말이었고, 신태에겐 인생 처음 저질러 보는 일탈이었다. 신태는 자신의 결정이 옳은 건지, 아니면 타당하기라도 한 건지 알 수 없었다. 아버지는 도깨비를 죽이라고 명하셨다. 그러나 신태가 보기에 이 도깨비는 사람과 다름없었다.

모든 도깨비를 구해야 한다거나, 이제부터 도깨비 사냥은 할 수 없다는 어처구니없는 마음은 들지 않았다. 그저 눈앞의 하얀 도깨비가 너무도 인간 같고, 또 마음 한구석으로 인간보다 귀한 존재임을 인정했기에 죽일 수 없었다. 신태는 귀한 것을 지키기 위해 덜 귀한 것을 죽이는 사람이니까. 신태는 귀한 것을 좋아하고 아꼈다.

"울음도 그쳐라."

신태는 겉옷을 벗어 여미에게 덮어씌웠다. 체온 유지를 위해서였다. 우느라 진이 빠진 여미를 데리고 바로 환상산을 오르는 건 어렵겠다고 판단한 그는 근처 인가에 들러 쓸 만한 물품을 구입해 오기로 했다. 신태가 인가에 갔다 올 동안 여미는 호흡을 진정시켰다.

"울음은 다 그쳤나?"

"아, 울음은 그쳤는데 자꾸, 딸꾹질이……."

신태의 모습을 본 여미가 눈을 동그랗게 떴다. 신태의 품에는 하얗게 쪄낸 쌀이 있었다. 환국에서 주로 먹는 찰진 쌀이 아니라 수저로 뜨면 파스스 떨어지는 이상한 품종이었다.

"이게 무엇이냐?"

"먹어라."

신태가 무뚝뚝하게 말했다. 웃는 얼굴로 꿀떡을 들고 살살 구슬리는 신라나 신율과는 달리 신태는 여미를 다루는 데 무척 서툴렀다.

"체력을 회복해야지. 심하게 달리고 울었으니까."

그때 여미가 신태의 소맷자락을 확 잡아챘다.

"무……!"

신태는 돌 도깨비처럼 굳어서는 당황했다. 그가 무어라 말하기 전에 여미는 신태의 손에서 쌀을 가져왔다. 그는 잠자코 여미가 먹는 모습을 지켜보았다.

"신율이 오기 전에 환상산을 올라야 한다."

"나는 신율을 기다릴……."

여미는 목덜미를 스치는 서늘한 기운을 느끼고 입을 다물었다. 신태는 여미가 보지도 못할 만큼 빠른 속도로 검을 뽑아 들었다. 그의 검 끝은 미동도 없이 여미를 겨눴다. 여미는 얼떨떨한 눈으로 신태를 올려다보았다.

"이게 대체 무슨 짓이냐?"

"왜 신율을 따돌리고 먼저 환상산에 왔는지 말해주지."

신태가 기백으로 여미의 입을 다물게 했다. 여미가 회의장에서 서씨 가문의 가주에게 느꼈던 것과 비슷한 기운이었다. 본색을 드러낸 신태의 기백은 가주와 동일인이라고 착각할 만큼 닮았다. 인간들 말로 피는 못 속인다고 하던가.

"나는 너를 죽이려 했다."

"뭐?"

여미가 먹던 쌀을 떨어뜨렸다.

"신율이 있으면 날 저지하겠지. 신율과 내 실력은 비등하니 신율이 있으면 널 죽이는 데 실패할 거다. 그래서 두고 왔다."

"신율이 스스로 뒤처진 게 아니란 말이냐?"

"이해가 빠르구나."

이전의 여미였다면 신태의 말 속에 숨은 의미를 몰랐을 거다. 그러나 지금은 웬만큼 알아들을 수 있게 되었다.

"그럼 왜 지금 본심을 말하는 것이냐."

"내 마음이 바뀌었다."

여미는 입을 다물었다. 윗니로 아랫입술을 꾹 깨물었다. 여미는 신태의 행동을 이해할 수 없었지만 가만히 있었다. 조금만 잘못했다간 신태의 검이 제 목덜미를 파고들 거다.

"나를 사냥하고 싶은 것이냐?"

"아니, 난 너를 살리려는 거다."

여미는 검을 쥐고 있는 신태의 손을 보았다. 손등에 불거진 핏줄이 도드라졌다. 단순히 검을 지탱하느라 힘을 주어서가 아니었다. 여미는 그가 겉으로는 돌처럼 딱딱해 보여도 속은 결코 무정한 자가 아니라는 걸 알았다.

"널 살리기 위해선 네가 신율을 포기하겠다는 확답을 들어야 해."

"나는."

망설임 없이 신율을 포기하지 않겠다고 말하려 했다. 여미의 다음 말을 예측한 신태가 검날에 공력을 불어넣어 여미를 압박했다.

"읍."

여미가 황급히 목덜미로 손을 가져갔다. 신태의 공력이 담긴 칼에 짓눌리는 바람에 칼이 닿은 부분에서 피가 터져 나왔다. 여미가 눈을 치떴다. 이렇게까지 해서 신율을 포기한다는 답변을 얻어내고 싶어 하는 이유가 무엇인가? 인간과 도깨비라서? 결코 이어질 수 없어서?

"포기한 것으로 알겠다. 이 시간 이후로 신율은 찾지 말도록."

신태는 여미가 대답할 수 없도록 만들어놓고 저 좋을 대로 결론을 내렸다. 여미는 함부로 반항할 수 없었다. 생전 처음 받아본 살기의 무게는 어마어마했다. 당장은 신태가 살려주겠다 말했지만 입을 잘못 놀리면 당장 마음을 바꿔 자신을 벨 거라는 걸 알 수 있었다.

"가는 길은 힘들 거다. 너같이 힘없는 도깨비에게는 더욱 힘들겠지. 네가 힘들다면 내가 업고라도 올라가겠다."

차갑게 굳은 얼굴로 뚝뚝 끊어 내뱉는 말이었으나 내용은 나쁘지 않았다. 그는 검을 거두고 여미 앞에 앉았다. 양쪽 무릎에 손을 얹고 명상하듯 눈을 감은 그는 여미가 목덜미에서 흐르는 피를 추스르길 기다렸다.

한창 지혈하고 있을 때 신태가 한쪽 눈을 뜨더니 쌀과 함께 가져 온 유과를 꺼내주었다. 여미는 들짐승처럼 바짝 경계하며 신태의 손 위에 있는 보자기로 다가갔다. 신태가 다른 곳으로 고개를 돌린 틈을 타 여미가 잽싸게 유과를 채 왔다. 여미는 유과를 품 안에 숨기며 말했다.

"나를 업고 올라간다는 게 사실이냐? 이렇게 험한 산인데?"

신태가 눈살을 찌푸렸다. 그는 한 번 내뱉은 말을 번복하지 않는다.

"나 혼자 환상에게 가면 말을 걸기도 전에 먹혀 버리겠지. 네가 필요하다. 그런데 네가 움직일 수 없다면 나라도 업고 가야 할 것 아닌가. 앞으로는 당연한 말은 되묻지 말도록, 그리고……."

신태가 남은 유과를 보따리 속에 넣으며 말했다.

"울지도 말도록."

*

신율이 눈을 떴을 때 옆에는 신라가 있었다.

"작은 형……?"

어렸을 때 쓰던 말이 튀어나왔다. 신율은 지끈대는 머리를 누르며 재빨리 상황을 추론했다. 환한 대낮이다. 분명 새벽에 환상산으로 넘어가기로 했는데. 왜 못 일어났지? 수많은 사냥에서 단 한 번도 늦잠 잔 적이 없는 신율이었다. 신라는 한심해하는 표정으로 부채를 접어 신율의 이마를 꾹 눌렀다.

"멍청하긴."

신라가 부채를 들지 않은 손으로 방문 앞에서 주워온 향을 들어 보였다. 향의 정체를 알아본 신율의 표정이 일그러졌다. 이탈의 도깨비에게나 쓰는 독한 수면제였다. 인간에게 쓰면 뒤끝이 좋지 않아 엄격하게 금지된 향이다.

"신태 형이 일을 꾸미고 있던 걸 몰랐어?"

"알았지만 이탈도깨비를 상대하기 위해 만든 수면향까지 쓸 줄은……."

알고 있었다. 여미와 함께 마을 상가에 나갔다 온 이후로 큰형의 행동이 영 이상했다. 가주가 내린 서(敍)에 자신은 모르는, 가주와 큰형만 공유한 내용이 있을 거라 생각했다. 다만 그 서의 내용이 여미에게 해를 끼치는 것이리라곤 상상하지 못했다. 여미가 무사할 거라는 가주의 확언이 있었기 때문이었다. 그저 장남에게만 내려오는 가문의 비사인지라 삼남인 자신에게 밝히기 꺼리는 거라고만 생각했다.

그러나 아니었다. 단지 서씨 가문의 장남 계승을 지키기 위해 서의 내용을 감췄다면, 굳이 신율을 따돌릴 필요가 없다. 목적지에 도착할 때까지 신율에게 서의 내용을 밝히지만 않으면 될 일이니까. 독한 수면향까지 피워가며 신율을 따돌렸다는 것은, 신율이 제사에 방해가 될 거라 생각했기 때문이다. 신율이 제사에 방해가 되는 경우는 단 하나밖에 없다. 제사가 여미에게 해를 끼쳤을 때.

'소득은 있다. 이로써 승천제는 여미 님께 해가 되는 제라는 걸 알아냈으니.'

또한 은하수 도깨비가 말한 재림제에 대한 신뢰도가 올라갔다.

승천제가 답이 아니라면 재림제 쪽이 답일 가능성이 높다.

신율은 쓴맛을 느꼈다.

"얼마나 지났습니까?"

"하루."

신율은 욕지거리를 내뱉으며 이불을 걷었다. 신태의 실력이라면 하루 만에 환상산에 도달하고도 남는다. 신율은 분명 서씨 가문 본가에서 여미와 약혼하고 싶다고 말했다. 신율이 할 수 있는 최대한의 권위와 재량을 이끌어내 여미를 건드리지 말라고 엄포한 것이다. 그럼에도 불구하고 큰형이 그의 연인을 빼앗아갔다. 신율이 목숨을 걸고 막아야 하는 일이 일어날지도 모른다.

어서 승천제를 막고 재림제를 지내야 한다. 문제는 신태가 그를 훨씬 앞질렀다는 것과, 가문 비사로 정확한 형식이 내려오는 승천제와 달리 재림제에 대한 정보가 희박하다는 것이다. 신율의 표정이 어두워지고 몸짓은 더 급해졌다. 방구석에 세워둔 검을 잡아채는데 몸이 휘청거리더니 쓰러졌다.

"이탈의 도깨비들을 염두에 두고 만든 수면 향을 양껏 들이마시고 멀쩡할 줄 알았느냐."

신라가 한심하다는 표정으로 면박을 주었다. 신율은 신경질적으로 여관 바닥에 검을 꽂았다. 그는 검 손잡이를 지지대로 삼아 일어났다. 신라는 동생이 하는 꼴을 하나부터 열까지 찬찬히 보았다.

"화린이라는 좋은 약혼녀도 있고 너 좋다는 참한 아가씨들도 있는데 왜 하필 도깨비에게 홀렸느냐."

빠각.

신율이 하도 힘을 준 바람에 검이 박혀 있던 바닥이 박살 났다. 신율은 갈라진 바닥 위로 자신의 식은땀이 뚝뚝 떨어지는 걸 보았다. 그림자가 졌다. 뒤를 돌아보니 신라가 부채를 펼쳐 입을 가린 채 신율의 상태를 살피는 중이었다.

"네가 그토록 애달파하면 이 형이 가슴 아프지 않니."

신라가 요사스럽게 웃었다. 같은 형제지만 언제 봐도 적응 안 되는 미소였다. 귀족 가문들로부터 제법 많은 청혼을 받은 신태나 신율과 달리 신라는 얌전한 명문가 아씨들과 연이 없었다. 귀족 아가씨들은 유독 신라를 두려워했다. 신라는 예의를 지키지 않는다. 그렇다고 방만하게 굴지도 않는다. 서씨 가문의 풍류랑이지 주술사 신라는 언제나 부채 뒤로 살살 웃음을 짓는 속 모를 사냥꾼이었다. 그를 감당할 여자는 환국에 사야요밖에 없다.

"지금 기분이 어떠한가, 신율?"

"어지럽습니다."

"그렇겠지. 보통 수면 향이 아니니까. 그런데도 쫓을 테냐?"

"당연한 것을 왜 물어보십니까."

"그럴 줄 알았다."

신라는 진작부터 신율이 앓고 있는 광증을 앓았다. 서씨 가문 남자들은 모두 그렇다. 신라는 사야요를 사랑하며 그걸 깨달았다. 만일 가주가 사야요를 처리하려 한다면? 신라는 기꺼이 서씨 가문에 대항해 검을 들 의사가 있다. 막내도 마찬가지일 테지. 서씨 가문의 피에 날뛰는 광증을 직접 경험해 보지 못한 신태만 모를 뿐이다.

"도깨비에게 홀린 건 용서할 수 없으나, 내 지은 죄가 있으니 딱 한 번만 도와주겠다. 한 번만 도와주고 다시 본가로 내려갈 거야. 가주에게 밉보이긴 싫으니까."

"형님이 저에게 지은 죄가 있었습니까?"

"네 취향을 미리 파악하지 못하고 성숙한 여인만 들이댔잖느냐."

신율이 입을 꾹 다물었다. 아니라고 할 수 없는 게 서럽다. 신라가 종이를 꺼냈다. 문자 주술을 쓰지만 언제나 지필묵을 사양하고 그저 허공에 획을 흘려 글자를 만들어내는 신라였다. 그가 종이를 꺼냈다는 건 그만큼 고난이도 주술을 쓰겠다는 뜻이다.

"축지다."

신율의 눈이 날카롭게 빛났다. 축지는 신라 정도나 되어야 쓸 수 있는 고급 주술이다. 신태는 축지를 쓰지 못한다. 축지를 쓸 줄 알았다면 애초에 신율을 재울 필요도 없었겠지. 말을 달려 쫓아가면 신태를 놓칠 게 뻔했으나 축지를 쓰면 따라잡을 수 있다.

"그 하얀 도깨비가 가지고 있던 소지품 없나? 뭐든 넣어라."

신라가 옆방에서 가져온 짐들을 살피며 물었다. 신태는 정말 급하게 떠난 모양이었다. 미처 챙기지 못한 여미의 물품들이 방안에 흩어진 채였다. 신율은 망설이다가 노리개 중 하나를 축지 속에 넣었다. 신라가 만든 축지법이 기이한 빛을 발하며 여미의 노리개를 먹어치웠다.

"네가 갈 곳은 어디냐?"

축지를 건네며 신라가 물었다. 신율은 바닥에서 검을 뽑고 몸을 세웠다. 어느새 그의 혈색이 돌아왔다.

"여미 님이 계신 곳."

신율이 말했다.

＊

신태는 정말로 여미를 업고 가야 하나 고민했다. 자연물이 스스로 움직이는 환상산은 올라갈 때마다 가팔라졌다. 올 때마다 산세가 변하는 곳이지만 이렇게 험하게 구는 건 처음이었다. 신태의 검에 피를 흘려서 그런지 여미는 몇 번이나 힘없이 넘어졌다. 여미가 넘어질 때마다 환상산의 기이한 풀들이 수군거리는 소리를 내며 불평했다.

"일어나라."

신태가 여미의 양쪽 팔 아래 손을 끼워 들어 올렸다. 안고 갈까 고민하던 신태는 여미가 입술을 꽉 깨물고 긴장하는 걸 보고 내려주었다. 슬쩍 눈을 들어 보니 여미는 목덜미에 손을 대고 가쁜 숨을 몰아쉬고 있었다. 신태의 검이 제 목을 스치고 지나갔던 일을 잊지 못하는 거다.

신태는 여미에게 상처를 낸 걸 미안해하지 않았다. 그는 여미의 목숨을 살리기로 했다. 상처 하나 정도로 죄책감을 느끼진 않는다. 애초에 여미는 경각심이 너무 없다. 신태의 인간성을 믿는 건 감동할 만한 일이지만 권장할 만한 일은 아니다.

"힘들면 솔직히 말해. 이곳은 환상산이다. 끔찍한 곳이야."

"인간들은 왜 그리도 환상산을 질색하는 것이냐?"

신태가 검을 들어 앞을 가리고 있는 나뭇가지를 후려쳐 꺾었다. 나뭇가지 하나를 꺾는 데도 엄청난 힘이 필요했다. 신태가 나뭇가지를 쳐내자마자 환상산이 화나서 으르렁거렸다.

"이것도 도깨비였나."

신태가 무감정하게 중얼거렸다. 그를 따라오던 여미가 흠칫 놀랐다.

"무서워하지 마라. 죽인 건 아니니까."

"방금 떨어진 가지가 도깨비라 하지 않았느냐."

"죽지 않았다."

신태가 여미에게 보여주기 위해 나뭇가지를 발로 꽉 밟았다. 신기한 일이 벌어졌다. 나뭇가지가 신태의 발아래서 금빛 안개로 화하더니 주변으로 흩어졌다.

"보았느냐? 나뭇가지의 원래 모습이다. 아니, 저 안개도 원래 모습은 아닐 거다."

신태가 허공으로 솟아 용의 형상으로 뭉쳐지는 금빛 안개를 보며 말했다. 나뭇가지에서 나왔을 때는 몇 줌 안 되는 작은 안개였는데 용의 모습이 되자 하늘을 가득 채울 만큼 커졌다.

"이게 환상이다. 그리고 다른 산에 비해 환상산이 인간에게 특히 더 위험한 이유이기도 하지."

용은 구름으로 변했다. 여미가 눈을 깜빡이자 구름조차 사라졌다. 신태가 뒤를 가리키기에 돌아봤더니 신태가 내려쳐 꺾었던 나뭇가지가 원래 자리로 돌아갔다.

"환상은 인간이 상상할 수 있는 모든 형태로 나타난다. 네가 아는 도깨비 중에 가장 비슷한 걸 꼽으라면…… 비애가 있겠군. 비애가 구체적인 사물이 아니라 추상적인 감정의 총체인 것처럼 환상도깨비들도 환상의 총체다."

결정적인 차이점은 슬픔이라는 한 가지 본질에서 벗어나지 않는 비애와 달리 환상은 자유자재로 그 본질과 모습을 바꾸는 데 있다. 인간이 환상산에 들어오면 그는 자신이 살아오는 동안 꾸었던 모든 악몽을 본다. 창문으로 스멀스멀 들어오는 마귀의 손가락부터 아내의 입속에 기생하는 곤충과 어린 시절 자신을 개 패듯 패던 아버지까지.

"환상의 영역에 접근한 인간들은 모두 미치거나 미치느니만 못한 상태가 되지."

"너는?"

여미가 얼빠진 목소리로 물었다.

"너는 괜찮으냐?"

"이런 위험한 곳에 끌려왔는데 내 걱정을 할 여유가 있나 보군."

신태가 무뚝뚝하게 말했다. 그제야 여미는 환상이 인간들뿐 아니라 도깨비에게도 영향을 미친다는 걸 깨달았다. 금빛 안개는 여미의 시야도 현혹했다. 도깨비풀 시절에 본능적으로 환상산에 가지 않았던 이유가 있었다. 환상은 같은 종족인 도깨비들조차 거부한다.

"난 괜찮다. 이런 일을 위해 훈련하는 게 사냥꾼이니까."

신태의 등은 어지러운 환상산 속에서도 꼿꼿했다. 여미는 어쩔 수 없이 신율을 떠올렸다. 신율도 사냥꾼이다. 그도 환상산에 들어와 신태처럼 꼿꼿이 설 수 있을까?

"환상은 이방인을 경계하기 위해 가장 끔찍한 것들을 보내곤 한다. 도력을 펼쳐 막고 있지만 몇 시진 후면 내 도력이 바닥나고 환상을 직접 마주해야 할 순간이 올 거다."

신태가 검병을 내밀었다. 끝을 잡고 따라오라는 뜻이다. 여미가 손을 내밀어 단단한 검병을 쥐었다. 땅에서 불규칙적으로 솟아나온 돌을 피해 힘겹게 신태의 등을 따라갔다. 눈앞이 땀으로 얼룩졌다. 이상하게도, 풍경이 아지랑이를 한 번 통과한 것처럼 울렁거렸다.

"어라?"

꼿꼿이 앞서가던 신태의 등이 이지러졌다. 신태의 얼굴이 무너지고 그 위로 신율의 다정한 미소가 번졌다. 기묘한 광경이었다. 신태는 분명 등을 보이고 앞서 걷고 있는데 신태의 얼굴은 정반대로 돌아 여미를 마주 보았다. 게다가 신태의 얼굴은 신율의 얼굴과 섞여 괴이쩍기 짝이 없었다. 하지만 그 수상한 광경을 보면서도, 여미는 이상한 마음이 하나도 들지 않았다. 단지 신율을 다시 만나 기뻤다.

"신율."

여미가 소리 내서 그를 불렀다. 신태의 등 뒤에 달린 신율의 얼굴이 더욱 환하게 미소 지었다. 여미는 울컥 솟아오르는 울음을 억눌렀다. 또 울면 신태가 시끄럽다고 할 게 뻔했다.

"나는 죽고 싶지도 않고, 너를 포기하고 싶지도 않은데."

귓가에서 시끄러운 어린애들 한 무리가 떠들며 찡얼거리는 듯한 소리가 들렸다. 환상산이 여미와 신태 앞으로 보낸 건 꿈이었다. 꿈 도깨비는 여러 마리다. 그러나 단 한 마리도 똑같은 모양을 하지 않았다. 모두가 제각기 다른 외형과 다른 힘을 가졌다. 꿈 도깨비들은 와글와글 몰려 신태와 여미를 둘러쌌다. 누가 신태와 여미의 꿈에 잠입하느냐를 두고 한참이나 싸웠다.

환상의 목적은 산을 보호하는 거다. 환상도깨비들은 산에서 싸움을 벌이는 걸 좋아하지 않는다. 그저 이방인을 쫓아내고 싶어 할 뿐이다. 최고의 수는 이방인들이 스스로 겁을 집어먹고 도망가게 만드는 것이다.

꿈 도깨비들은 환상산의 명령에 가장 어울리는 적임자를 뽑았다. 꿈속에서 가장 두려울 때는 경험으로 설명할 수 없는 미지의 것을 보았을 때다. 꿈 도깨비들은 여미가 여태까지 경험한 내용을 주의 깊게 살폈다. 도깨비풀이었던 시절을 제외하면 몇달 되지 않아 기억의 양이 많지 않았다.

'힘드십니까?'

그들이 가장 처음 발견한 건 신율에 대한 기억이었다. 인간에 대한 원초적인 두려움을 억누를 만큼 여미의 마음속에서 신율이 차지하는 비중이 컸다. 여미가 몽롱한 미소를 지었다. 여미의 꿈속으로 파고든 꿈 도깨비가 혀를 찼다. 신율이라는 인간에 대한 건 행복한 기억이다. 그들이 끌어내야 하는 건 두려움이다. 꿈속에서밖에 겪지 못할 정도로 기괴하고 끔찍한 두려움.

꿈 도깨비는 더 깊숙이 들어갔다. 각성하고 나서는 쓸 만한 기억이 없을지라도 각성 전에 쓸 만한 게 있을지도 몰랐다. 사물의 모습으로 각성 전 세월을 보내는 도깨비들에겐 종종 거대한 위협이 닥쳐오곤 한다. 씨앗 모습으로 각성 전 세월을 지내는 여와도깨비들은 가끔 이지 없는 새들에게 쪼아 먹혀 허무하게 생을 마감한다.

여미의 본체가 도깨비풀임을 알게 된 꿈 도깨비는 여미에게도

그런 위협이 없었나 찾아 살폈다. 과연 성과가 있었다. 하여, 꿈
도깨비는 여미의 두려움으로 화했다.

화륵.

불의 형상을 한 꿈 하나가 여미의 숨결을 타고 그녀의 몸속으
로 들어갔다. 여미는 꿈속에서 눈을 떴다. 신태는 사라지고 없었
다. 여미의 주변에 펼쳐진 건 온통 불타는 대지뿐이었다. 온몸을
좀먹는 뜨거운 불길 속에서 아릿한 인영이 보인다.

"신율!"

여미가 애타게 불렀다. 도깨비풀인 그녀는 불에 닿으면 죽어버
린다. 산산이 타서 흔적도 없이 사라져 버린다!

여미는 불을 피해 도망쳤다. 이 불은 대체 누가 놓은 것인가.
평화로워야 할 대지에 누가 재앙을 풀어놓은 것인가. 아무리 생각
해도 답이 나오지 않았다. 불길은 여미를 노리고 맹렬한 살기를
뿜었다. 여미는 억울했다. 불에 타 죽어야 할 만큼 잘못한 적 없
는데 왜 이런 일을 당해야 하는가. 억울함은 여미의 의식 저편,
그녀의 기억이 시작되기도 전의 과거로부터 흘러나왔다. 여미의
감정이 아니라 그녀를 만들어낸 낭아의 감정이었다.

도망치면 도망칠수록 신율의 어릿어릿한 인영과 멀어졌다. 불
구덩이 속에서 여미에게 남은 단 하나의 가능성은 멀리 있는 인
영이 다가와 그녀를 구해주는 것뿐이다. 그러나 인영은 꿈쩍도 하
지 않았다. 여미는 목구멍이 타들어가는 걸 느끼며 온 힘을 다해
외쳤다.

"신율, 이쪽을 보란 말이다!"

여미가 고함을 쳤다. 그 말과 함께 꿈이 산산이 부서졌다.

"신율이 아니라 실망했나?"

신태는 피가 철철 흐르는 팔을 감싸 쥐며 여미를 안아 들었다. 그의 오른손에 들린 검이 웅웅거리며 진동했다. 사방에 반으로 쪼개진 불의 형상이 널렸다. 어떻게 기체와도 같은 불이 반으로 나뉘었는지는 모르겠지만 분명 그런 풍경이었다. 이마에서 흐르는 피 때문에 신태가 미간을 찌푸렸다. 여미는 손을 들어 그의 피를 닦아주었다. 신태는 제 이마를 쓰는 여미의 손길에 흠칫 놀랐다.

"많이 다쳤구나."

여미가 신태의 품에서 떨어져 그를 살펴보며 말했다. 신태는 소매를 들어 자신의 피를 닦아냈다. 붉게 물든 소매를 묘한 눈으로 내려다보던 그가 말했다.

"꿈 도깨비들이 부활하기 전에 여길 벗어나야 한다. 내 공력은 이제 한계야."

"그렇게 엉망인 몸으로 더 갈 수 있겠느냐? 신율이 오면 같이 가는 게……."

"너를 업고 환상산을 오를 정도는 된다."

신태가 여미를 들쳐 업으려 손을 뻗었다. 신태를 물끄러미 바라보던 여미가 흠칫 한 걸음 뒤로 물러났다.

"……왜 그러지."

신태의 표정이 단박에 딱딱하게 굳었다.

"나는 가지 않겠다."

"네 목숨을 구하려 이 고생을 하는 거다."

"안다, 알아."

"그런데 왜 가지 않겠다는 건가."

여미는 꿈속에서 어릿거리던 검은 인영을 생각했다. 분명 그림자는 한 명뿐이었다.

"너는 신율이 아니지 않느냐."

여미는 꿈 도깨비가 보여준 환상이 무엇이었는지 신태에게 말할 수 없었다. 꿈 도깨비는 여미의 가장 깊은 두려움을 파고들었다. 여미의 가장 큰 두려움은 신율과 헤어지는 것이다.

"어쩔 수 없구나."

신태가 한숨을 내쉬었다. 피를 잔뜩 흘리고 호흡이 거칠어진 탓에 그의 한숨은 굉장히 뜨거웠다. 그러나 여미는 한기를 느꼈다. 소름이 등골을 타고 올라와 목덜미를 간지럽혔다. 신태의 손이 여미에게 다가왔다. 여미는 덫에 걸린 짐승처럼 꼼짝할 수 없었다.

'사냥꾼, 이자는 사냥꾼이었지.'

잊고 있었던 두려운 사실이 여미를 머릿속을 파고들었다. 신태는 인간의 탈을 벗어던지고 완전한 사냥꾼의 모습이 되었다.

여미는 개락에서 보았던 도깨비구슬을 떠올렸다. 신태가, 신라가, 신율이…… 서씨 가문이 만들던 도깨비구슬. 그녀에게 뻗쳐오는 신태의 손을 가로막은 건 여미에게 익숙한, 새파란 기운이었다.

"더 이상 못 간다."

"비애?"

신태가 번개처럼 신형을 돌려 나무 위로 칼을 던졌다. 화살처럼 곧게 날아간 칼이 비애가 있던 곳을 꿰뚫었다. 물리적 형체를 가지지 않는 비애는 가볍게 칼을 통과시켰다.

"어떻게 네가 환상산에 있는 거지."

"나는 도깨비야. 환상산에 들어오지 못할 이유가 무엇인가? 게다가 환상산이 생긴 목적을 생각하면 더욱 그렇지. 나는 낭아의 슬픔이니 환상산에 있는 게 당연하다."

"환상산이 생긴 목적?"

"가주가 그것까지는 말해주지 않았나 보군."

그녀가 입술 끝을 들어 올려 신태를 비웃었다. 비애의 시선이 떨고 있는 여미에게 닿았다.

"셋째가 아니라 첫째를, 그것도 완전한 사냥꾼을 보내다니. 승천제를 지낼 생각이구나."

승천제를 지내기 위해선 여미를 제물로 삼아야 한다. 가주가 바보가 아닌 이상 여미를 제물로 삼는 일에 셋째를 보낼 리 없다. 셋째는 흰 도깨비를 사랑하고 있으니까. 가주는 감정 없이 도깨비를 죽일 수 있도록 날카롭게 벼린 칼처럼 키운 첫째를 보내 승천제를 지내려는 거다.

"승천제로 낭아를 완벽하게 욕보일 생각이야."

비애의 말에 신태는 의아해졌다. 신태가 알기로 가주의 목적은 승천제를 지내고 서씨 가문의 죄를 씻는 것이다. 비록 그 과정에서 흰 도깨비를 죽여야 하긴 해도, 궁극적인 목적은 속죄다. 그런데 비애는 승천제가 낭아를 욕보이는 일이라 한다.

'서씨 가문의 죄를 씻는 일이 어찌 낭아를 욕보이는 일이 된단 말인가.'

신태는 혼란스러워졌다.

"애초에 낭아구슬을 주어 우리를 유인한 건 너다. 우리가 승천제를 지내길 바란 건 네가 아니냐?"

신태가 비애에게서 대답을 이끌어내기 위해 떠보는 질문을 던졌다.

"나는 승천제를 바라지 않았어. 승천제를 바랐다면 처음부터 가주에게 낭아구슬을 주었겠지. 나는 흰 도깨비를 죽일 수 없는, 그래서 승천제를 지낼 수 없는 셋째가 오기를 바랐다."

신태의 기대와 달리 비애는 알 수 없는 대답을 했다. 비애가 여미와 신태 사이로 툭 떨어져 내렸다. 그녀의 발치에서 풀잎이 소용돌이쳤다.

감정도깨비인 비애에게 인위적인 공격은 통하지 않았지만 비애 자신은 자연물에 영향을 끼칠 수 있다. 감정도깨비를 비롯해 꿈도깨비 등 환상도깨비를 사냥하기 까다로운 이유가 여기 있다. 비애에게 타격을 입히려면 자연물을 움직이거나 공력을 끌어 올려 간접적으로 그녀를 쳐야 한다. 공력을 다룰 수 있는 인간은 환국에서 서씨 가문 삼형제와 화씨 가문의 화린 정도밖에 없기에 감정도깨비들이 보통 사람들에게 절대적으로 위험한 존재였다.

신태의 공력은 뛰어난 편이 아니다. 모름지기 공력이란 주술사들이 주로 익히는 것으로 삼형제 중엔 신라가 가장 뛰어났다. 그나마 있는 공력도 환상산에서 도깨비의 습격을 막고 여미를 꿈도깨비로부터 구하는 데에 다 썼다. 신태가 뼛속에서 공력을 끌어올려 공격을 준비하는 동안 비애는 아주 여유롭게 여미에게 다가와 신태에게는 들리지 않을 작은 목소리로 속삭였다.

"하얀 도깨비야, 너는 왜 인간도 아니면서 인간 편에 서 있는 거

냐? 저들은 승천제를 지낼 생각이야."

비애는 한때 여미의 몸에 상처를 낸 날카로운 손톱 끝으로 여미의 턱을 들어 올렸다. 여미는 비애의 피에 당해 느꼈던 한없이 깊은 슬픔이 떠올라 섣불리 저항하지 못했다. 잘못 움직여 손톱에 긁히면 그 순간 슬픔에 빠져들 것을 알았다.

"아직도 너의 뿌리를 찾지 못한 것이냐? 내가 일부러 낭아구슬까지 흘려줬는데?"

"신율이 낭아구슬을 통해 내 고향을 찾아주겠다고 했다."

"그런데 낭아구슬은 어디 있지?"

비애는 신율이 참지 못하고 낭아구슬을 썼음을 알았다.

사실 낭아산에 가는데 낭아구슬이 꼭 필요한 것은 아니다. 그럼에도 일부러 물어봤다. 여미가 어디까지 알고 있는지 떠보기 위함이었다. 승천제의 제물이 뭔지 정확히 알고 있다면 낭아구슬의 소재를 묻는 질문에 당황하지 않을 것이다. 승천제의 제물은 여미의 목숨이고, 낭아구슬의 존재 유무와는 상관없으니까. 반대로 아무것도 모르고 있다면 낭아구슬에 대한 질문을 듣고 당황할 것이다. 여미의 눈동자가 잠깐 흔들렸다. 오랜 세월을 살아 다른 이의 표정을 살피는 데 익숙한 비애는 여미가 충분한 정보를 얻지 못했음을 알아챘다.

"우습구나. 너에게 아무 말도 해주지 않는 인간을 믿고 목숨을 맡긴 거야?"

비애의 노림수가 먹혀들어 갔다. 꿈 도깨비로부터 신율과 헤어지고 인간들에게 살해당하는 꿈을 꾼 여미는 극도로 예민해져 비애의 말을 진지하게 받아들였다.

"인간들이 낭아산을 여는 목적은 너의 고향을 찾아주기 위함이 아니다. 그저 자신들의 업보를 털어내고 싶을 뿐이지."

"이들은 속죄를 하고, 나는 고향으로 돌아가면 될 것 아니냐."

신태는 승천제를 지내지 않겠다고 말했지만 여미는 아직 승천제를 믿었다. 비애가 웃었다.

"승천제를 통해서?"

여미가 입을 다물었다. 비애는 고개를 옆으로 기울이고 무언가를 가늠하듯이 한참이나 여미를 바라보았다. 비애가 여미를 향해 손을 뻗었다. 그녀의 손끝에서 슬픔의 기운이 묻어나오다가 흔적도 없이 사라졌다. 비애는 의아해하며 제 손을 내려다보았다. 환상산이 인간은 물론 도깨비에게도 적대적인 산이라고 하나 비애만큼은 언제나 환영했다. 방금과 같이 능력을 쓰지 못한 적은 처음이었다. 비애는 오랫동안 품고 있던 낭아구슬을 버렸기 때문에 환상산이 그녀를 알아보지 못하는 거라고 단순하게 생각했다.

"승천제는 말이지, 작은 도깨비야."

그녀가 손톱을 들어 자신의 목덜미를 그었다. 힘을 자유롭게 쓰기 위해서였다. 날카로운 손톱에 긁힌 살갗이 벌어지고 푸른 피가 뚝뚝 흘러나왔다. 보는 것만으로도 눈가를 아리게 하는 슬픔이 치솟아 올라 여미가 고개를 돌렸다.

"제사상 앞에서 살아 있는 생명을 죽인 후 그 시체를 공양하는 무지막지한 주술이란다. 고안해 낸 자나 실행하려는 자나 고약하기 그지없지."

비애의 목을 타고 떨어진 피가 환상의 숲을 적셨다. 여미가 침을 꼴깍 삼켰다. 비애의 눈이 푸르게 빛나고 그녀의 동공이 확 커졌다.

"그리고 그 산 제물이 바로……."

신태가 급히 비애를 막으려 뛰어왔다. 신태는 환상산을 오르는
내내 승천제에 대해 입을 다물었다. 여미는 인간들의 인간성을 믿
었고 신율을 사랑했다. 그는 인간을 믿는 여미의 신뢰가 굳건하
다는 것을 알고 있었다. 그러나 인간들의 속죄를 위한 산 제물이
바로 자신이라는 걸 알고 나서도 인간성에 대한 믿음을 유지할
수 있을까? 승천제를 지내려는 서씨 가문의 아들인 신율을 이전
과 다름없이 사랑할 수 있을까? 신태 자신이 생각해 봐도 회의적
이다.

"그만둬, 비애!"

신태가 외치며 다가가려 했지만, 비애는 비웃으며 피했다. 신태
와 비애의 거리는 너무 멀어 그의 검이 닿지 않았다. 신태가 체념
하며 검의 방향을 돌리는 그 순간, 비애의 입이 또 다른 검에 꿰
뚫렸다.

"흡, 큭!"

비애는 입을 뚫고 나온 검을 저지하기 위해 검날을 양손으로
쥐었지만 역효과였다. 검날에서 서늘한 공력이 뿜어져 나오며 도
리어 비애의 손을 갈기갈기 찢었다. 어마어마한 공력이 실린 검은
비애에게 막힘없이 상처를 입혔다. 비애는 울컥 차오르는 핏물을
삼키며 몸을 투명하게 하고 신율의 검에서 빠져나왔다.

"시…… 신."

여미는 눈앞에 잔혹한 방식으로 나타난 남자의 이름을 차마
말하지 못하고 그저 더듬거리기만 했다. 신율 또한 마찬가지였다.

바로 비애를 쫓아야 했지만 여미를 보자마자 발이 땅에 붙어 움직이지 않았다.

신율은 검을 내리고 땀으로 축축한 앞머리를 쓸어 올렸다. 신라의 축지는 효과가 좋았지만 신율의 공력도 함께 소비해 버렸다. 더욱이 여미가 있는 곳은 환상산 안쪽이었기에 들어오는 데 더 많은 기력이 필요했다. 축지로 이동하며 주변을 감싸는 불 도깨비와 바람 도깨비들을 없애고 마지막으로 금빛 안개의 형상을 한 용을 해치웠다.

여미에게 가까이 갈수록 노리개가 뜨거워졌다. 뜨거움의 마지막에 도달했을 때 신율이 본 것은 여미를 공격하려 준비하고 있는 비애였다. 두 번 생각할 것 없이 검을 내질렀다.

신율의 검이 뿜는 기세에 놀란 여미가 땅바닥에 털썩 주저앉았다. 그녀가 신율을 올려다봤다. 하얀 피부와 대조되는 붉은 입술이 열리고, 엉망으로 흐트러진 머리카락 사이로 그녀의 목소리가 들렸다.

"신율?"

"아."

신율은 얼굴을 감싼 손가락 사이로 신음을 내뱉었다. 밀려오는 안도감과 풀려 버린 긴장 때문에 헛웃음이 나왔다. 신율이 고개를 들어 여미를 보았다. 두 사람의 눈이 허공에서 얽혔다. 손이 맞닿으면 아픔이 전해지지만 시선이 맞닿으면 오로지 뜨거움만 전해진다.

신율은 다시 나타난 비애를 향해 검을 겨누고 경계했다. 그리고 신태를 향해 말했다.

"아버지가 일부러 아니 말씀하신 게 있다 추측하고 있었습니다."

그의 몸에서 푸른 도력이 뿜어져 나왔다. 신율은 주술을 쓰지 않기에, 그의 도력은 따로 글자를 쓰는 대신 검의 형상을 따라 올라갔다.

"구체적인 내용까진 모르지만 비밀이 있는 건 확실하더군요."

신태의 표정이 굳었다. 다행이라 해야 할지, 불행이라 해야 할지 승천제에 대한 내용은 아직 새어 나가지 않았다. 신율도 승천제의 위해 여미를 잔인하게 죽여 제물로 바쳐야 한다는 건 몰랐다. 그저 여미에 관해 찝찝한 일을 꾸미고 있다는 것 정도만 짐작했을 뿐이다. 다행이라고 해야 할지도 몰랐다. 승천제의 핵심이 여미의 목숨이라는 걸, 그것도 잔인한 과정을 통해 만들어낸 여미의 시체라는 걸 알면 신율은 당장 비애를 상대하는 걸 그만두고 신태를 공격할 거다. 공력이 모두 떨어진 신태는 신율과 비애를 감당할 수 없다.

"드디어 셋째가 왔구나."

비애가 기뻐하며 말했다. 목에 뚫린 구멍은 어느새 두꺼운 안개처럼 보이는 슬픔으로 메워졌다. 신율의 공력이 강력해 완전히 메워지진 않았지만 말하는 데 지장은 없어 보인다. 비애가 손톱을 치켜세우더니, 이번엔 손목에 상처를 냈다. 그녀의 손톱에 푸른 독기가 오르더니 키잉, 하고 찢어지는 울음소리를 냈다. 짐승의 울부짖음이다. 신율은 감정에 휩쓸리지 않기 위해 검을 쥔 손에 힘을 쥐었다. 신율이 다음 합을 내질렀을 때, 비애가 땅바닥을 박차고 공중을 돌아 나뭇가지 위로 올라갔다.

"얌전하게 만들어주마."

비애가 공중에서 내리꽂히는 힘을 사용해 그에게 쇄도했다. 마지막 순간에 손톱을 뻗어 신율을 할퀴려 했다. 신율의 몸에 상처를 낸 다음 피를 먹이면 비애의 승리다. 비애의 눈이 승리를 확신한 순간 신율의 검이 빛났다.

"윽!"

마지막 순간에 비애의 독이 나오지 않았다. 비애는 신율에게 어깨를 깊게 찔리고 숨을 몰아쉬었다. 신율의 다음 공격이 들어오기 전에 비애는 급하게 다시 나뭇가지 위로 뛰어올랐다. 그새독이 말라 버린 손톱을 내려다보았다. 아까부터 기운이 막힌 듯잘 흐르지 않는다. 환상산이 도와주지 않는다. 환상산이 적극적으로 비애를 밀어내고 있었다. 단순히 비애를 알아보지 못하는게 아니다.

'설마, 낭아의 도깨비풀이 왔기 때문에?'

추측이지만 거의 확실했다. 환상은 침입자라면 모두 싫어했지만 비애와 낭아의 도깨비풀이 싸우고 있으면 낭아의 도깨비풀 편을 들어줄 존재다. 비애는 싸움의 무대를 바꾸기 위해 움직였다. 이렇게 된 이상 환상산의 생물이 별로 없는 공터로 나가 싸우는게 유리하다.

"신율!"

신태가 소리치며 새로운 검을 던졌다. 신율은 비애의 피로 무뎌진 검을 버리고 형의 검을 받아 나뭇가지를 밟고 비애를 따라갔다. 비애는 자신이 봐두었던 공터에 착지했고 뒤를 따라온 신율도 착지했다.

"결국 내 함정에 걸려들었구나. 내가 너를 기다리느라 내내 환상 산에 있었다. 내가 준 낭아구슬을 통해 네가 파멸하는 게 보고 싶어서!"

비애가 외쳤다. 신율이 고개를 저었다. 낭아구슬을 통해 가능성 없는 희망을 좇게 만드는 게 그녀의 목적이었다면 실패한 쪽은 비애였다.

"나는 낭아구슬을 복원하고 여미 님과 함께할 수 있는 방법을 찾았다."

"함께할 수 있는 방법?"

이번만큼은 비애도 놀랐다.

"승천제가 아닌 재림제를 지낼 것이다."

"하!"

비애가 웃음을 터뜨렸다.

"재림제가 구슬을 복원하는 일인 건 맞다. 하얀 도깨비에게 이로운 일도 맞지. 그러나 재림제를 지낸다고 네 슬픔이 사라질 것 같으냐? 내가 그렇게 좋은 걸 너에게 주었을 것 같으냐?"

"잡소리 마라. 서씨 가문의 핏줄을 멸하고 싶은 게 아니었나, 비애?"

신율이 물었다. 쓸데없는 소리 하지 말고 검을 받으라는 뜻이었다. 비애의 입술이 일그러졌다. 한 치의 오차도 없이 자신의 의도 대로 굴러가는 서신율을 보니 웃음이 터져 나오려고 했다. 얼굴 근육이 풀리고 배 속에 바람이 차올랐다. 서씨 가문의 삼남이라 는 서신율도 하얀 도깨비와 마찬가지로 허황된 꿈을 꾸고 있었구나.

새삼 비애는, 서씨 가문 가주의 악독함에 혀를 찼다. 가주라면 분명 재림제와 승천제의 차이와, 재림제를 지내는 올바른 방법, 그리고 결말을 알고 있을 터였다. 두 제사는 비슷하지만 몇 가지 결정적인 차이점이 있다.

하얀 도깨비의 목숨을 바쳐야 하는 승천제보다 구슬을 재림시키는 재림제가 훨씬 좋아 보이지만, 보이는 것만이 전부가 아니었다. 친자식에게도 완전한 결말을 알려주지 않다니 소름끼치도록 치밀한 늙은이였다. 죄를 씻고 싶어 하는 서씨 가문 가주의 이기심과 비열함에 비애는 치가 떨렸다.

"방해한다면 베겠다."

신율이 말했다. 비애는 자신의 오랜 삶이 드디어 막바지에 이르렀음을 알았다. 이대로 서씨 형제가 낭아산에 가 재림제와 승천제의 진정한 의미를 깨닫고, 완벽한 행복은 없다는 걸 깨달은 이후 죽게 된다면 비애의 오랜 염원은 이루어진다. 비애가 땅을 박찼다. 삶의 막바지에 왔다는 건 알았지만 기왕이면 끝을 보고 죽고 싶었다.

"신율!"

공터 저편에서 헐떡이는 외침이 들려왔다. 하얀 도깨비다. 비애는 짜증이 솟구쳐 올라 눈살을 찌푸렸다. 그녀는 신율의 검을 피하며 바닥을 굴렀다. 여미의 목소리가 들린 순간부터 신율의 검에 실린 예리함과 무게가 배는 늘어났다. 땅에 엎어진 비애가 재빨리 손톱을 세워 신율의 뺨을 긁었다.

"슬픔을……."

비애는 자신의 특기인 슬픔을 주입하려 손가락을 물어 피를 냈다. 신율의 상처에 다가가는 비애의 동작은 빨랐지만 피하는 신율이 더 빨랐다. 신율은 비애의 손을 쳐 내고 그녀의 목에 검을 겨눴다. 비애는 땅바닥에 누운 채로 목 앞에 신율의 검을 두게 되었다. 나뭇가지 사이로 보이는 하늘과 내려다보는 신율의 얼굴이 보였다.

"인간의 공력으론 날 죽일 수 없어."

여태까지 서씨 가문에서 비애를 끝장내지 못한 이유는 비애의 실력이 서씨 가문 형제들과 비등했기 때문이다.

"지금은 달라 보이는데."

그런데 지금은 신율이 비애를 쉽게 제압했다. 아까도 그랬다. 이곳은 분명 도깨비의 산인데 신율의 공격이 너무도 깊이, 그리고 잘 먹혀들어 갔다.

'이건 낭아의 짓이로군!'

새파랗게 달아오른 비애의 눈이 신율을 향해 달려오고 있는 여미에게 향했다. 인간들의 눈엔 보이지 않지만 도깨비인 비애는 환상산의 힘이 여미 주위로 몰려와 날카롭게 다듬어지는 걸 볼 수 있었다. 비수처럼 벼려진 힘은 여미를 통해 신율에게 전달되었다.

신율은 손바닥에 착 달라붙는 검병(劍柄)에서 낯선 감각을 경험했다. 그간 힘들게 상대했던 비애를 제압하는 게 쉬워졌다. 신율은 인간의 몸으로 도깨비의 힘을 쓰는 기이한 경험을 하는 중이었다.

"멍청한 도깨비가 끝까지 인간 편을 드는구나."

비애가 이를 악물며 말했다. 신율은 눈살을 찌푸렸다. 비애의 말은 여미를 향한 것이었다. 그녀는 자신이 우위를 차지하고 있는 게 제 힘이 아니라 여미와 관련된 모종의 요소가 개입했기 때문이라는 듯 말했다. 그게 무엇인지 신경 쓰였지만 신율은 일단 눈앞의 적을 말살하는 데 집중하기로 했다.

신율이 검을 들어 올렸다. 너무 높지도 않고 낮지도 않은, 비애의 심장을 찌를 만한 힘을 줄 수 있는 적당한 위치였다. 비애는 저도 모르게 웃음을 흘렸다. 가문의 오랜 숙적을 죽이는 순간이라 흥분할 법도 한데 이 남자는 끝까지 침착하게 거리를 유지한다.

"마지막으로 할 말이 있다."

"들어줄 의무는 없는 것 같은데."

"모르겠느냐, 어린 서씨야. 나는 비애. 슬픔에서 태어난 존재다. 나는 슬픔밖에 가진 게 없어. 설령 낭아가 너희를 용서하게 된다 해도 슬퍼하는 나와는 관계없는 일이다."

비애가 낭아의 슬픔에서 태어난 도깨비라는 이야기는 가주에게 들었다. 비애가 서씨 가문을 노리는 것도 낭아를 죽인 포희의 핏줄에 대한 원통함 때문이다.

"설마 낭아도깨비를 만난 서씨의 핏줄이 네가 처음이라고 생각하는 거냐?"

비애의 입에서 의외의 말이 나왔다. 신율은 비애의 가슴에 내리꽂던 검의 속도를 조금 늦추었다. 멈추지는 않았다. 비애가 무슨 말을 하든 살려줄 생각은 없었다.

"여태까지 다섯 명의 서씨 핏줄이 낭아도깨비와 만났지만 나는 그 누구에게도 낭아구슬에 대한 단서를 주지 않았다."

신율은 동요하지 않았다.

서씨 가문의 시초는 포희라 했다. 칠백 년간 이어져 내려왔다면 그 와중에 포희의 자손들이 낭아의 분신을 한 번도 만나지 않았다는 게 도리어 이상한 일이다.

"그들 모두 도깨비풀을 그저 신기하게만 여겼기 때문이지."

신율의 검이 공력을 뿜으며 비애의 가슴팍을 파고들었다. 비애는 목구멍에서 덩어리처럼 올라오는 핏물을 뱉어냈다. 신율의 검이 천천히, 일정한 속도로 그녀의 심장을 파고든다. 죽기 직전이 되었지만 그녀는 다급해하지 않았다. 음미하듯 천천히 한 글자씩 내뱉었다.

"연정을 보인 건 네가 처음이란다."

비애가 고혹적인 미소를 흘렸다.

"슬픔으로 악에 받친 내가 탈출구를 알려줬을 성싶으냐. 재림제를 지내도, 승천제를 지내도 슬픔을 떨칠 수 없다는 사실에 절망해라. 그래도 재림제를 지내면 무언가 달라지지 않을까 하는 헛된 희망에 매달려 세상이 끝나는 순간까지 절망하려무나."

"거짓말하지 마라. 사방 신수의 숨결에서 태어난 은하수도깨비가 재림제를 추천했다. 은하수도깨비는 진정으로 낭아의 재림을 원했다. 재림제의 결과가 절망일 리 없어."

신율은 비애가 수작을 부리는 거라 생각했다. 비애가 재림제를 부추기며 재림제를 지내면 커다란 슬픔이 닥쳐올 거라 협박하는 건, 행복한 결말로 통하는 재림제를 의심하게 만들기 위한 수작이라고.

"물론 재림제는 좋은 거지!"

비애는 더없이 즐거워하며 키득키득 웃었다.

"재림제를 지내면 낭아구슬이 돌아온다. 도깨비와 인간이 상생할 수 있는 길이 열린다. 마음껏 정을 통할 수도 있지. 인간과 도깨비는 땅을 공유하며 살아갈 수 있다! 이제까지와 달리 털끝 하나 다치지 않고!"

신율은 미간을 찌푸렸다. 비애는 활짝 웃었다. 피가 섞인 기침을 하면서도 크게 웃음을 터뜨렸다. 끝까지 자신이 행한 복수의 의미를 알지 못하는 셋째가 너무도 불쌍하고 동시에 우스웠다.

"그러나 사랑이란 건 슬픔과 가장 가까이 있는 것이지. 왜 인간들은 그걸 모를까? 죄가 사라진다고, 구슬이 다시 나타난다고, 사랑하는 사람이 다치지 않았다고 슬픔을 이길 수 없다는 걸 왜 모를까? 누군가를 사랑하는 한 슬픔에서 벗어날 수 없어. 때로는 희망이, 혹은 최선을 다한 결과가 가장 잔혹한 절망을 가져오는 법이다."

비애가 낭아구슬 파편을 신율에게 건네 그와 여미가 접촉할 수 있게 한 것도 같은 맥락에서였다. 낭아구슬 파편을 사용하면 일시적인 접촉이 가능하지만 곧 효력이 떨어져 더 큰 갈증과 절망을 느끼게 된다. 그러면서도 한 번 맛본 달콤함에 사로잡혀 헛된 희망을 놓지 못하게 된다.

비애는 그걸 원했다. 낭아구슬 파편을 던져 주었듯이 재림제에 대한 단서를 던져 주고, 여미와 신율이 재림제에 매달리다가 점점 곪아가는 걸 보고 싶었다.

신율의 검이 땅에 닿았다. 긴 슬픔, 비애라는 이름을 가진 낭아의 통곡이 멎었다. 비애는 연기가 되어 흩어졌다.

"애초에 실체를 가진 도깨비가 아니었습니다."

여미가 황망한 표정으로 빈 공터를 바라보자 신율이 설명했다. 감정도깨비는 사망한 순간부터 사라지기 시작한다. 그래서 감정도깨비의 도깨비구슬은 만들기 까다롭다. 애초에 감정도깨비를 잡을 수 있는 사냥꾼도 별로 없지만.

"이 앞으로는 쉬울 겁니다."

신율이 공력을 펼치며 말했다. 비애와 싸움을 시작한 순간부터 신율의 몸에는 도깨비의 힘이 넘쳤다. 신율은 자신의 몸속에 흐르는 게 환상산에 있는 도깨비들의 힘이라는 것까진 알지 못했다. 그저 불가사의한 현상 정도로 인식했다. 혼란스러웠지만 기회로 삼고 놓치지 않았다.

인간이야?

인간이야!

그런데 도깨비도 섞여 있어.

신율이 펼친 공력에 막혀 감히 들어오지 못하는 작은 환상들이 저들끼리 속삭였다. 여미는 들려오는 소리에 불안한 눈으로 주위를 둘러보았다. 환상산의 모든 힘이 여미에게 집중되고 있었지만 여미도 무슨 일이 벌어지고 있는지 몰랐다.

"신율, 할 말이 있다. 여미, 너에게도."

한참 환상산을 올라가는데 신태가 말했다. 앞서가던 여미와 신율이 고개를 돌렸다.

"역시 여미 님께 해를 가하기 위해 절 떼놓은 게 사실이었군요."

"……그래."

"형님을 용서할 생각은 없습니다."

신태가 할 말을 짐작한 신율이 싸늘하게 말했다. 신태는 상상보다 훨씬 차갑고 냉혹한 막내의 기운에 당황했다. 신율은 형형한 눈으로 큰형을 봤다.

"비애가 여미 님을 습격하고 있지만 않았어도 제 검은 형님을 향했을 겁니다."

신율을 속이고 여미를 해하려 했다. 아직 신태가 어떤 식으로 여미를 해하려 했는지까지는 모르지만, 여미에게 해를 가하려 했다는 사실 자체만으로도 신율의 분노는 정점을 찍었다.

신태는 잠시 아무 말 없이 여미와 신율을 응시했다. 그리고 고개를 숙였다.

"너에게 진심으로 사과한다."

큰형의 정중한 사과에 신율은 깜짝 놀랐다. 신태는 삼형제 중 가주를 가장 많이 닮았다. 신태는 언제나 당당했으며 절대 고개를 숙이는 법 없었다. 그는 언제나 칼날처럼 정확하고 예리한 법칙 위에서 움직였고 흔들림 없이 당당했다.

"사죄의 의미로 가주의 서를 낱낱이 공개하마. 용서를 바라는 건 아니다. 다만 지금은 나에게 화내는 것보다 흰 도깨비를 구하는 게 더 급한 일이라는 걸 말하고 싶을 뿐이다."

태의 마음속에서 풍랑이 거세지고 조각배가 침몰했다. 죄책감이 쌓이고 혐오감이 휘몰아쳤다. 신율과 여미는 인간과 도깨비가 함께 살아갈 수 있는 세상을 위해 있는 힘을 다했다. 신태의 함정을 뛰어넘고 비애를 쓰러뜨렸다. 그들은 서로를 굳게 믿었다. 이제는 신태가 그들에게 솔직해져야 할 때였다. 진정으로 인간성을 믿기 위해선 인간의 가장 내밀한 악(惡)을 들여다볼 필요가 있으니.

신태가 가라앉은 목소리로 승천제 내용을 설명했다.

"내가 제물이라고?"

여미는 매우 놀랐다. 하지만 신율은 이미 예상하고 있었던 일이라 그렇게 놀라지 않았다. 신율이 뿜어내고 있는 건 무시무시한 분노였다.

"서를 보여주십시오. 제가 직접 확인해야겠습니다.

신율이 딱딱하게 굳은 목소리로 말했다.

대부분의 지령은 허공으로 흩어져 날아갔지만 제사를 지내는 구체적인 방법은 남았다. 여미를 죽이는 방법이 자세히 나와 있는 서를 본 신율의 얼굴이 하얗게 질렸다. '열두 번 자상을 내고, 피를 뺀다. 비명이 나오지 않도록 입을 막는다. 흙을 넣어 폐를 채운다……' 예상보다 훨씬 잔인한 내용이었다. 여미가 제물이라는 건 예상했지만 이토록 잔인한 방법으로 여미를 죽이는 일까지 제사의 형식에 포함되어 있으리라곤 상상도 하지 못했다. 더불어 이 모든 잔인한 과정에 대해 입을 꾹 다물고 있었던 가주에 대한 분노가 새로 솟구쳤다.

"정말 그리 쓰여 있느냐? 내가 제물이라고?"

서를 직접 보지 못한 여미는 눈만 동그랗게 떴다. 신율은 차마 서의 구체적인 내용을 전달할 수 없었다. 그저 여미가 승천제의 제물이라는 것만 확실히 했다.

"이게 무엇입니까."

곧 신율에게서 주체할 수 없는 살기가 흐르기 시작했다. 그러자 환상산 전체가 비명을 질렀다. 나뭇가지가 스스로 몸부림치다가 떨어지고 주변에서 까불던 도깨비들이 화르륵 타올랐다. 신율의 손에 힘이 들어갔다. 서가 와락 구겨졌다.

"가주는……."

대체 무슨 생각을 하는 건가. 신율이 입술을 짓씹었다. 서씨 가문의 속죄를 위해 여미를 난도질한다고? 속죄는 좋다. 하지만 서씨 가문과 아무 관련 없는 여미를 통해 그것을 이루려 하는 건 이기심이다.

"신율, 멈추어라."

단단한 막을 느낀 여미가 신율의 소매를 잡았다. 신율은 언제나처럼 자신의 소매를 끌어당기는 여미의 손길에 잠시 굳었다. 소매를 잡은 여미의 흰 손을 한참이나 내려다보던 신율이 가까스로 살기를 가라앉혔다.

"주변 풍경이 변했다."

여미가 말했다.

"여긴 환상산의 정상이 아니다만."

신태가 물었다. 그의 말대로 그들이 멈춰 선 곳은 환상산의 중턱이었다. 환상산의 중턱 역시 인간들이 밟아보지 못한 땅이긴 하다. 신율이 공력을 펼쳐 막고 있지 않았다면 인간이 상상할 수 있는 최악의 형태를 한 도깨비들이 난리를 쳤을 거다.

신태는 환상의 수장인 환상이 정상에 있을 거라 생각했다. 치우의 수장 치우도, 여와의 수장 여와도 모두 산꼭대기에 둥지를 틀고 산다. 환상산을 정복하는 걸 목표로 삼은 것도 당연히 정상에 있을 환상을 만나기 위해서였다.

난데없이 거대한 흰 털과 활짝 웃는 탈의 얼굴이 그들 앞에 나타났을 때 신태는 깜짝 놀랐다.

환상산에서 나타났으니 분명 도깨비다. 그것은 환상도깨비가 아니라면 설명할 수 없는 외형을 가졌다.

가장 먼저 꼽을 건 그 도깨비가 가지고 있는 어마어마한 덩치였다. 그들은 산 안에 있는데 환상도깨비는 산보다 더 큰 몸집을 가졌다. 그럼에도 불구하고 산 안에 속해 있다. 그 모순적인 광경을 말로 표현할 수 있는 이는 아무도 없을 거다. 환상도깨비의 몸에서 뻗어 나온 굵은 털은 구불거리며 환상산 자락을 굽이굽이 덮었다. 환상이 큰 동작으로 갈기를 흔들었다. 갈기 사이로 적갈색 탈이 나타났다 사라졌다. 입꼬리는 활짝 솟았고 눈꼬리는 아래로 축 처진 모순적인 얼굴이었다.

"환상이다."

신태가 중얼거렸다. 신태가 말한 환상은 이탈, 치우, 여와, 환상을 구분하는 종으로써의 환상이 아니라, 환상산의 수장인 진짜 '환상도깨비'를 뜻했다.

환상도깨비를 직접 본 사람은 역사 속에서 서수 한 사람밖에 없다. 귀족들의 부탁으로 환상산 근처에 사람이 살 수 있는지 알아보러 나온 서씨 가문의 가주 서수가 환상을 만났다는 기록이 있다. 서수는 사람들의 끈질긴 물음에도 환상의 외형에 대해 아무런 언급도 남기지 않았다. 서수가 입을 다물었기에 사실상 인간들이 환상도깨비에 대해 가진 정보는 전무했다. 그럼에도 불구하고 신태는 알아볼 수 있었다. 눈앞의 도깨비는 환상일 수밖에 없다는 것을.

"서수의 자손들인가?"

"그렇다."

"버릇이 없구나. 내가 한참 나이가 위인데 말이지."

신율은 긴장했다. 만일 서수가 귀족들의 의뢰를 수행하는 과정에서 환상의 심기를 건드렸다면, 그래서 환상이 서수에게 원한을 가졌다면 그들은 이제 환상과 한바탕 싸워야 한다.

"긴장하지 말거라. 어린 인간들아."

죽 찢어진 환상의 입매에서 온 산을 우렁우렁 울리는 목소리가 나왔다. 사람의 머릿속에 대고 직접 생각을 전달하는 기이한 목소리였다.

"도깨비인 나는 서씨 가문과 사이가 좋지 않다. 그러나 서수와는 사이가 좋지."

의외의 발언이었다. 서수가 환상과 만났다는 기록은 있지만, 구체적으로 어떤 식의 교류를 했는지는 알려진 바 없다. 사람들은 서수가 환상산을 돌다가 그저 스치듯 환상을 만났을 거라고 추측했다. 그런데 환상의 말을 들어 보니 환상과 서수 사이에 꽤나 깊은 교류가 있었던 듯하다.

"서수의 자손들이 예의를 지킨다면 내 해치지 않겠다."

신율과 신태는 어쩔 수 없이 검을 내렸다. 환상 앞에서 무방비로 서 있는 건 불안하지만 환상이 예의를 지켜야 해치지 않는다 했으니 검을 들 수 없다. 도깨비는 기만을 위한 거짓말을 하지 않는다. 서수와 사이가 좋다고 했으면 좋은 거고, 예의를 지키는 한 공격하지 않기로 했으면 그럴 거다.

"그는 어디 있느냐."

"오래전에 죽었습니다."

신율이 존대로 대답했다. 환상은 존대를 듣고 기분이 좋은지 죽 찢어진 입을 더 벌렸다.

"얼마나 되었느냐."

"사백 년이 넘었습니다."

환상의 입이 다시 다물어졌다. 그의 눈이 아래로 흘러내리듯 처졌다.

"안타깝구나. 조금만 더 일찍 일어났다면 서수를 볼 수 있었을 텐데."

"조금?"

"나는 칠백 년보다 훨씬 오래 살았다."

환상은 거대한 앞발에 고개를 얹으며 웃었다. 신태와 신율이 놀랐다. 그들이 알고 있던 도깨비의 역사와 전혀 다른 이야기였다.

"서수는 물론 너희들도 상상할 수 없을 만큼 아주 오래."

환상은 인간들의 혼란을 즐기며 말했다.

"낭아와 함께 살았지."

신태가 저도 모르게 품 안에 손을 넣었다. 가주가 써준 서(敍)의 내용은 이미 공중으로 날아갔다. 이제 신태의 품에 있는 건 신율에 의해 구겨진 종이다. 그나마 남아 있던 가주의 글자는 뭉그러져 이제 더 이상 읽을 수 없는 상태가 되었다 그럼에도 불구하고 마음이 덜컥 내려앉았다. 환상으로부터 낭아에 대한 이야기를 들으니 환상이 신태가 지니고 있던 서의 내용, 여미를 희생시

키라는 내용을 직접 꾸짖은 것처럼 마음이 덜컥했다.

"서씨 가문의 장남인가? 네가 무엇을 하러 온 건지 알고 있다. 저 하얀 도깨비가 환상산에 살 수 있도록 부탁하러 온 거지?"

신태의 불안함과 달리 환상은 그를 꾸짖지 않았다. 점잖게 돌려 말했을 뿐이다. 그런데도 신태는 감히 입을 열 수 없었다. 죄스러운 기분이 들었다.

"서씨 가문에 얽힌 이야기는 알고 있다. 비애도 너희를 노렸지."

환상이 앞발을 꿈틀거리며 자신의 기억을 되짚었다.

"음, 비애는 죽었지만 말이야."

낭아의 시절부터 살았다면 낭아의 슬픔에서 태어난 비애 또한 그에게 중요한 존재일 텐데 환상은 아무 감흥도 없이 말했다.

"아무리 강렬해도 감정은 세월에 풍화되어 사라지는 거지."

환상이 중얼거렸다.

"온전한 낭아구슬이 있다면 이 모든 사태를 해결할 수 있을 텐데. 혹시 인간들이 낭아구슬을 발견하지 않았나?"

"낭아구슬이라곤 비애가 준 파편밖에 본 적 없습니다."

"그런가. 하긴, 그렇겠지. 사방 신수가 구슬을 깨기로 결정했을 때 나도 옆에 있었으면서 까먹고 엉뚱한 소리를 했구나."

환상이 안타까워하며 긴 신음 소리를 냈다.

"그것만 온전했어도 이 자리에서 모든 걸 끝낼 수 있는데, 이거 참. 또 지루한 대화를 이어나가야겠군."

"저희는 낭아산에 가는 방법을 알고 싶습니다."

신태가 물었다. 승천제는 반드시 낭아산이 있던 자리에서 올려야 한다. 재림제와 비슷한 성격을 가진 승천제 역시 낭아산에서 올려야 할 것이다. 그들은 낭아산에 가는 방법을 알아야 한다.

"가주께서는 당신이 낭아산을 지키는 파수꾼이라 하셨습니다."

"반은 맞고 반은 틀리지."

환상도깨비가 느긋하게 웃었다.

"서씨 가문의 후손들이라…… 낭아산에는 승천제를 지내러 가는 건가?"

신태의 얼굴이 굳었다. 승천제는 여미의 목숨을 제물로 한다.

"승천제는 지내지 않을 겁니다."

신율이 단호하게 말했다. 신율에게서 뿜어져 나오는 살기를 느낀 환상이 유쾌하게 웃었다. 환상산을 진동시킬 만큼 살기를 뿜어내는 인간은 처음이었다.

"승천제를 지내면 서씨 가문이 속죄할 수 있겠지만 저는 그걸 바라지 않습니다."

"속죄라니?"

환상의 웃음이 뚝 멈췄다.

"가주께서……."

가주가 말해준 내용을 전해 들은 환상의 얼굴이 전부 녹아내렸다. 입과 눈이 따로 놀고 데굴데굴 구르던 눈구멍이 커져 얼굴 전체를 집어삼켰다. 환상은 무섭게 화냈다.

"가주가 그렇게 말했단 말이냐? 승천제를 지내면 서씨 가문이 속죄할 수 있다고?"

커다란 구멍에서 물이 콸콸 쏟아졌다. 여미와 신율, 신태는 본능적으로 물을 피해 움직였다. 하지만 물은 환상이었다. 거대한 물살은 그들의 발끝에 닿자마자 스러졌다.

"인간의 기만, 기만, 기만! 서수의 자손들조차 기만의 함정에서 벗어나지 못했구나."

환상의 얼굴이 원래대로 돌아왔다.

"내 너희에게 승천제의 진짜 의미를 알려주지."

승천제에 또 다른 의미가 있단 말인가. 신태는 아연해졌다. 승천제의 제물로 여미의 목숨을 올려야 하는 게 비밀의 끝이라고 생각했다.

'가주의 거짓말은 제물에 대한 내용으로 끝이 아니었던 건가.'

승천제에서 빌 수 있는 소원인 서씨 가문의 속죄만큼은 진실이길 바랐다. 신율이 승천제를 거부한 건 속죄하고 싶지 않아서가 아니라 여미의 목숨을 제물로 바치고 싶지 않아서였다. 승천제가 속죄조차 아니라면, 승천제는 도대체 무엇을 목적으로 하는, 얼마나 끔찍하고 괴상한 주술일까?

"승천제는 낭아를 완전히 죽이기 위한 주술이다. 포희가 미처 완성하지 못한 살신의 주술! 그게 바로 승천제의 진짜 의미다."

살신(殺神)!

"낭아가 승천해? 승천제의 소원은 낭아를 죽이고 낭아산을 봉인하는 거다."

신태의 마음이 크게 흔들렸다. 환상은 거대한 앞발에 고개를 걸치고 세찬 바람을 뿜으며 웃었다.

"낭아산을 봉인하는 게 서씨 가문 가주가 원하는 일이다."

"승천제의 목적은 서씨 가문이 속죄하는 거라 했습니다!"

신태가 다급히 말했다. 이미 여미를 산 제물 삼은 것도 괴로운데, 여기서 더 이상 가주의 밑바닥을 볼 순 없었다.

"속죄? 흐음, 포희가 속죄를 핑계로 전승했나. 인간들이 좋아하는 상식으로 생각해 보아라. 죽으며 남긴 분신을 또 죽이면 낭아가 과연 기뻐할 것 같으냐?"

"하지만 제사의 의미는 원시 상태로 돌아가는 것이고, 낭아의 원혼을 죽여 시체 상태로 돌아가는 게 바로 모두가 원하는 순리라고……."

"멍청한 놈!"

환상이 갈했다.

"생명은 모두 흙에서 태어난다. 그렇다고 누가 흙으로 다시 돌아가라면서 너를 죽이면 기쁘겠느냐? 아니면 기분이 나쁘겠느냐."

신태는 말문이 막혔다. 어찌 보면 당연한 말 같은데 쉽게 떠올리기 힘든 내용이었다. 인간들에게 낭아는 전설 속에 나오는 전능한 조화의 여신이기에, 그녀가 생에 집착하거나 화를 낼 거라는 생각 자체를 하기 어려웠다.

"낭아산을 봉인하면 낭아의 원혼도 완전히 산 속에 갇힌다. 완전히 봉함은 신에게 있어 완전한 살(殺)이라. 죽은 원혼에겐 복수당할 일이 없으니 죗값을 치르지 않아도 되겠지."

환상의 목소리 속에서 작은 냉소가 비어져 나왔다.

"인간들은 그걸 속죄라고 부르는 모양이구나."

포희는 낭아를 죽이는 살신을 저질렀다. 그러나 인간이었던 그는 낭아를 완전히 죽이지 못하고 원혼을 남겼다. 포희는 낭아가 복수를 위해 되돌아올 것이 무서워 그녀를 완전히 죽일 수 있는 주술을 발명해 대대손손 비사로 내렸다. 시간이 지나면 살신 주술이 배척당할까 봐 살신 주술을 속죄 주술로 둔갑시키는 치밀함도 보였다. 속죄의 가면을 쓴 살신, 그게 바로 승천제였다.

신태가 고개를 숙였다. 여미를 살리기로 결심한 순간부터 가주의 명령을 따르지 않기로 했다. 그러나 설마 승천제의 정체가 살신 의식일 줄은 몰랐다. 그가 구겨진 서를 꺼내 들었다. 가주의 글씨는 뭉개졌지만 여전히 가문의 봉인은 남아 있었다. 신태는 미련 없이 종이를 찢었다.

"아버지께 다시 물어보겠습니다. 정말로 이게 정당한 일인지."

환상이 콧김을 내뿜자 종잇조각들이 흩어졌다.

"이 하얀 도깨비에겐 이지와 감정이 있습니다. 그건 인간이라 불러도 손색없을 만큼 완전하지요. 낭아는 더욱 인간다웠을 겁니다. 나는 도깨비가 인간과 다른 짐승이라 생각해서 사냥한 거지, 인간과 동등한 생명을 해칠 마음은 없습니다."

깊이 고뇌했지만, 신태는 고뇌조차도 단단한 사람이었다. 원칙이 사실이 아니라면 당연히 사냥을 그만둔다.

"지금 사냥을 그만둔다 해도 네가 죽인 도깨비들에게 속죄할 방법은 없다."

"승천제를 지내도 낭아에게 속죄할 방법은 없는 것처럼 말이죠."

신태가 대답했다. 환상은 의외라는 표정을 지었다.

"흐음, 장남은 마음의 고민을 덜어낸 모양이구나."

환상이 신율에게로 고개를 돌렸다.

"반면 셋째는 아직도 궁금한 게 남아 있겠지. 낭아산이 어디 있는지 알고 싶은가?"

환상의 몸집이 너무나 거대했기 때문에 그가 움직일 때마다 환상산의 나무들이 요동쳤다. 신율의 얼굴은 거의 창백했다. 승천제가 낭아의 살신 의식이라는 건 신율 역시 처음 듣는 말이었다. 환상이 고개를 기울였다. 그의 고개가 거꾸로 돌아가며 기이한 광경을 만들어냈다. 거꾸로 돌아간 환상의 눈이 양초 녹듯 녹아 입 아래로 줄줄 떨어졌다.

"승천제가 아니라면 왜 낭아산을 찾는 것이냐."

"승천제 말고 다른 제사를 지낼 생각입니다."

"짐작하는 게 있는 모양이구나."

"예. 하부동이라는 마을에서 소실된 옛 시구를 보았습니다."

신율이 허공에 손을 휘저었다. 주술에 능하지 않았지만 환상산의 모든 힘이 신율에게 집중되어 있어 어렵지 않게 허공에 글자를 쓸 수 있었다. 신율의 유려하고 시원한 필체가 허공에 나타났다.

낭아필재림
이후무무주

시구를 들은 환상이 감탄했다.

"은하수가 보관하고 있던 시구인가? 그 어떤 존재가 찾아와도 내놓지 않을 거라 떵떵거리더니 결국 낭아의 바람에 따랐나 보구나."

"필재림(必再臨)은 분명 재림제의 시행을 이야기하는 것일 터. 그렇다면 재림제 이후(以後)에 이어지는 다음 구절은 재림제에서 빌 수 있는 소원을 말하는 것 아닙니까?"

무무주(無無珠)

구슬(珠)의 없음(無)은 없다(無). 즉 낭아의 죽음 이후 이어졌던 낭아구슬 부재 상태가 해결된다는 뜻이다. 재림제는 말 그대로 낭아구슬의 재림을 위해 지내는 제사다. 승천제나 낭아를 완전히 죽이는 술이라면, 재림제는 낭아의 흔적을 최대한 되살리는, 승천제에 대항할 수 있는 해결책이다. 재림제가 성공하면 낭아구슬이 복원되고 인간과 도깨비는 이전처럼 상생하며 살 수 있다.

"그렇지만 재림제의 존재를 아는 것만으론 해결책이라 할 수 없습니다."

제사는 거대한 주술이다. 지내고 싶다 해서 아무 때나 지낼 수 있는 게 아니다. 철저하게 준비된 제물과 순서, 형식을 갖춰야 한다. 하나라도 어긋나면, 그것이 설령 종이 한 장 차이더라도, 제사는 실패로 끝난다. 실패로만 끝나면 다행일까. 거대한 주술이니만큼 반작용도 커서 제사를 시도한 이가 모두 터져 죽는다.

"재림제의 형식은 승천제와 같다. 왜냐하면 둘 모두 낭아의 죽음이라는 사건과 밀접한 관련이 있으니까."

제사는 제사를 통해 이루고 싶은 소원과 밀접한 땅을 선호한다. 승천제와 재림제 모두 낭아와 밀접한 관련을 가진 제사다. 두 제사 모두 낭아가 살았던 낭아산에서 지내야 한다.

"차이점은 것은 제물과 마음가짐이지. 서씨 가문 핏줄이라면 누구나 시작할 수 있는 승천제와 달리, 재림제는 인간과 도깨비가 진심으로 조화와 상생 그리고 합일을 원할 때 시작할 수 있다."

환상이 긴 울음소리를 냈다.

"그리고 하나 더…… 조건이 있지."

울음소리는 마치 웃음소리처럼 들렸다.

"은하수 도깨비에게서 받은 파편은 다 썼다고 했나?"

여미가 고개를 끄덕였다.

"마지막 남은 고대신인 내 구슬을 너희에게 주마. 환상은 무엇이든 흉내 낼 수 있다. 낭아구슬도 한 번쯤은 흉내 낼 수 있을 거다. 한 번 통하여라."

"토, 통하라니. 그것이 무슨 뜻입니까?"

여미가 기겁해서 물었다. 환상이 고개를 갸웃했다. 산이 기울더니 비탈이 생겼다.

"말하지 않았느냐. 진심으로 조화와 상생, 그리고 합일을 원해야 한다고."

"하지만……."

"뭘 생각하는 것이냐? 낭아산에 들어가기 전에 하룻밤 날을 잡고 천천히 서로의 마음을 확인해라. 내 너희에게 밤을 지켜줄 구슬을 주마."

환상의 거대한 얼굴이 여미에게 내려왔다. 길게 찢어져 있던 입을 동그랗게 오므리더니 입안에서 빛나는 구슬 하나를 떨어뜨렸다. 여미는 익숙한 모양의 구슬에 기겁하며 말했다.

"이건 도깨비 시체로 만든다는 도깨비구슬이 아닌가요?"

"아니야."

환상이 불쾌해하며 부정했다.

"도깨비구슬이라는 건 원래 도깨비들이 자신의 기운을 형태로 만들어 교환하던 귀물이다. 인간들에게 주지 않는다고 시체에서 뽑아내기 시작한 게 화씨 가문이었지."

처음 듣는 이야기였다.

"그렇다면 이전에는 도깨비들이 자발적으로 구슬을 교환했단 말입니까? 서로?"

옆에서 신태가 물었다. 환상은 다시 헤벌쭉 미소를 지었다. 기뻐서 짓는 미소라기보다는 원래 표정이 미소로 고정되어 있다고 하는 게 맞다.

"도깨비들뿐일까? 인간들에게도 아낌없이 나누어주었다."

"그게 무슨 뜻입니까?"

"이제 그만 말하지."

정보를 더 캐내려 했으나 환상이 입을 다물었다. 환상은 고개를 돌려 갈기를 출렁이게 하며 세 사람의 앞에 얼굴을 내려놓았다.

"이거면 하룻밤 정도는 기능할 거다."

"재림제의 제물은······."

신율이 제물에 대해 물으려 입을 열었다. 환상이 귀찮다는 듯 앞발을 휘저었다.

"제사를 위해 생쌀을 올리자마자 재림제의 제물이 무엇인지 알 수 있을 거다. 설명은 이쯤이면 충분한 듯하군."

환상이 입을 다물었다. 처진 눈매 아래 소처럼 커다란 눈망울이 보였다. 신율은 쉽사리 입을 열지 못했다. 신율의 침묵을 이해한 환상이 신율 앞에 거대한 탈로 된 얼굴을 들이밀었다.

"재림제에 대한 설명을 끝냈는데도 셋째의 마음이 왜 이리 풍랑과도 같은가 하였더니 가주도 나도 아닌 다른 누군가로부터 불길한 말을 들은 모양이구나. 비애의 짓인가?"

"당신은 모든 일을 알고 계신 겁니까."

신율의 표정이 비장해졌다.

"알 만큼은 알고 있지."

"그렇다면 알려주십시오. 비애가 한 말은 사실입니까?"

여미도, 신태도 알아듣지 못했지만 환상은 알아들었다. 환상은 또다시 가면 같은 커다란 미소를 짓더니 말했다.

"낭아구슬의 존재를 묻는 거라면, 비애의 말이 사실일 거다. 나는 낭아가 죽는 장면을 직접 보지 못했으니까. 나보다 비애가 더 잘 알겠지."

"그게 아니라는 걸 알지 않습니까."

"아, 비애가 죽기 직전에 했던 말? 미안하군. 나이를 먹으니 가물가물해."

환상도깨비가 세월의 영향을 받는다니, 완전한 익살이었다.

'승천제를 지내도 재림제를 지내도 슬픔은 사라지지 않을 것이다.'

그게 비애의 마지막 말이었다.

"재림제를 지내면 여미 님은 소멸하지 않아도 되는 것이 확실한 겁니까?"

"주즉탄모. 구슬이 즉 어머니이며 세상이니 흰 도깨비는 영원히 살 것이다."

환상이 확언했다. 예상했던 대로 여미는 다치지 않는다. 비애가 왜 슬픔에서 벗어날 수 없다는 저주를 남겼는지 신율은 정말로 의문스러웠다. 여미가 다치지 않는 한 신율이 슬플 일은 없는데.

"재림제의 결과로 여미 님이 슬퍼지게 됩니까?"

여미가 슬프다면 신율도 슬프다. 비애와 환상은 여미가 다치거나 죽지 않는다고 했지 마음의 타격을 받지 않는다고는 하지 않았다. 재림제도 승천제와 같이 야만적인 과정을 포함하여 여미를 슬프게 하는 걸지도 모른다.

"흐음, 설명하기 어렵군."

환상의 입이 신율을 덮쳤다. 신율은 순식간에 깜깜한 어둠 속에 휩싸였다. 옆에서 신태가 당황하는 소리가 들렸다. 희미하게나마 소리가 통하는 걸 보니 결계가 아니었다. 신율은 조금 놀랐지만 가만히 서 있었다. 신율의 귓가로 휘파람 소리 같은 환상의 목소리가 들려왔다.

"네가 낭아의 진의를 파악하지 못한다면 슬픔을 피할 수 없다."

"대체 무엇이 숨겨져 있습니까. 제가 생각하지 못한 게 무엇입니까."

신율이 물었다. 환상은 커다랗게 잘라 매달아놓은 종이 장식이 바람에 날려 푸르르거리는 소리를 냈다.

"서씨 가문의 삼남이여, 살은 곧 생이다."

환상은 알 수 없는 말을 했다.

"흰 도깨비가 사라지는 것과, 흰 도깨비가 사는 것이 다른 일이 아님을 명심하거라."

환상이 최선을 다해 친절하게 설명해 준다는 걸 알았지만 신율은 이해하기 어려웠다. 살은 곧 생이라니. 고대 신선들이 선문답 놀음에나 나올 법한 이야기였다. 환상이 푸르르 콧김을 뿜었다.

"재림제를 그르치지 말도록."

환상의 목소리가 우렁우렁 울렸다.

"이제 내 일은 정말 끝났다! 낭아산으로 가라."

신율의 시야가 환해졌다.

"환상산 입구로 돌아가거라. 환상산은 사실 낭아산으로 가는 진짜 길을 가리기 위한 벽 같은 거다. 환상산 앞에 낭아의 무덤으로 가는 진짜 길을 지키는 파수꾼이 있다. 오로지 그를 통해서만 낭아산에 들어갈 수 있다."

"낭아산을 지키는 건 당신이 아니었습니까?"

"나는 낭아의 친구로, 낭아산을 지킬 만한 위치는 아니지."

환상은 오로지 서수와의 우정 때문에 신율과 신태를 죽이지 않았다. 그가 정말 낭아산의 수호자였다면 서수와의 정에 연연하지 않고 두 형제를 처치했을 거다. 그건 낭아산을 지키는 파수꾼의 행동이라기보단 방관자의 행동이었다.

"당신이 아니라면 낭아를 지킬 만한 존재가 있습니까?"

신태가 물었다. 환상이 크게 웃었다. 동시에 신율을 감싸고 있던 환상의 입이 거두어졌다. 신율은 세차게 불어 들어오는 시원한 바람을 느꼈다. 여미와 신태가 허겁지겁 신율의 곁에 달려와 붙었다. 환상의 입이 귀까지 올라가고 눈꼬리는 볼까지 처졌다.

"가족이 있는데 친구가 낭아산을 지키는 건 이상하지 않나."

"낭아에게 가족이라니."

신율이 중얼거렸다. 신태는 저도 모르게 여미를 곁눈질했다. 여미는 낭아의 분신이다. 낭아에게 가족이라 칭할 만한 존재가 있다면 여미뿐이다. 그러나 여미는 지금 여기, 신율과 신태와 함께 낭아산 바깥에 있다.

'낭아는 자신의 산을 지킬 도깨비를 또 하나 만든 건가.'

신율이 추측했다. 그럴싸했다. 낭아 정도의 능력이라면 죽기 직전에 도깨비 하나쯤은 더 만들어낼 수 있었을 거다. 환상은 신율이 어떤 추측을 하는지 훤히 들여다보였지만 굳이 참견하지 않았다. 환상이 참견하지 않아도 자연히 알게 될 일이다.

"어서 가보거라."

환상이 그들을 배웅했다. 환상산 그 자체이자 환상도깨비이며, 마지막 고대신인 환상의 배웅을 받는 건 특별한 경험이었다. 장난기가 동했는지 환상은 그들의 길을 이리저리 비틀고 바꾸었다. 그들은 화염을 건넜고 끝없는 강을 건넜으며 하늘을 걸었다. 여미는 발밑에 펼쳐진 삼라만상을 보았다. 바람에 두둥실 떠오른 여미는 도깨비풀 시절처럼 앞으로 날려갔다.

신율은 앞서가는 여미의 뒷모습을 바라보았다. 튀어나온 돌에 걸릴까 봐 치마를 돌돌 말아 한 손에 움켜쥐고 요리조리 뛰어다닌다. 여미의 머리카락이 흔들리려 땀으로 젖은 목덜미가 드러났다.

'여미 님의 목덜미를 쓰다듬고 싶다.'

신율은 상황에 어울리지 않는 생각을 했다.

*

환상산의 입구로 내려왔을 때는 해가 뉘엿뉘엿 저물어가는 저녁이었다.

"나는 다시 가주님께 돌아가겠다."

신태가 석양을 등지고 말했다. 여미는 신태의 뒤로 빛나는 석양이 눈부셔 신율의 소매로 눈을 가렸다.

"수면 향을 뿌린 건 미안하다. 잠시나마 승천제를 지내려 했던 것도 사과한다."

"가주의 분노를 감당할 수 있겠습니까."

신율은 자신의 소매 뒤에 숨은 여미를 물끄러미 바라보다가 큰형을 향해 말했다. 가주는 서씨 가문에서 가장 뛰어난 도깨비 사냥꾼이었다. 사냥꾼에서 은퇴한 지 오래되어 실력이 녹슬었다지만 아직 신태를 상대할 정도는 된다. 게다가 가주는 서씨 가문의 모든 권력을 등에 업고 있는 자다. 신태가 아무리 장남이라 해도 가주와 맞서긴 어렵다.

"나는 서씨 가문의 장남이고, 서씨 가문의 위선과 이기심은 내가 해결해야 할 일이다."

신태는 담담히 앞으로 닥쳐 올 고난을 받아들였다.

"본가에서 너를 기다리고 있으마."

신율은 눈썹을 치켜 올리더니 신태에게 무언가를 건넸다.

"신라 형이 만든 축지입니다. 귀환용으로 하나를 더 만들어주더군요."

"나에게 주어도 되는 건가?"

"저는 돌아갈 생각이 없습니다."

이번엔 신태도 밖으로 드러나는 놀라움을 감출 수 없었다.

"진심이냐? 정말로 흰 도깨비와 함께 인세를 버릴 생각인 거냐?"

"인세를 버리는 게 아니지요. 재림제에 성공하면 인세와 도깨비 세상의 구별이 사라질 테니까."

"그것참. 틀린 말은 아니다만."

여미는 신태가 축지를 발동하는 모습을 지켜보았다. 여태까지 겪었던 주술은 모두 여미 곁에 오면 무효화되거나 스러졌다. 여미가 제 눈으로 온전한 주술을 보는 건 처음이다.

"네 덕에 많은 일을 겪는구나."

여미가 신태를 보며 입술을 비죽이고 말했다. 신태가 뿜어내는 살기도 마주하고, 신율을 버려두고 말도 타고, 심지어는 환상산에서 꿈 도깨비들한테 공격도 받았다. 신태는 미안해하는 기색 없이 무뚝뚝하게 말했다.

"이 앞에 무엇이 있을지는 모르나, 모든 건 너희 하기 나름이겠지."

신태가 허공에 축지를 던졌다. 축지에서 신라의 글자가 흘러나오며 신태를 감쌌다. 목적지는 본가였기에 따로 매개가 필요하지 않았다. 신태 자체가 본가와 이곳을 연결하는 매개체이니까. 신라의 글자가 화려하고 밝은 빛을 뿜더니 신태를 삼켰다. 곧 신태가 여미의 시야에서 사라졌다. 신태라는 가림막이 사라지자 쨍한 노을빛이 여미의 눈동자를 파고들었다. 여미가 손을 올려 눈가에 그늘을 만들었다.

"오늘은 시간이 늦었으니 내일 출발하도록 합시다."

등 뒤에서 신율의 목소리가 들렸다. 여미는 이제 정말 신율과 단둘이 남았음을 실감했다. 주변을 맴돌며 시중을 들던 도겸이나 려류도 없고, 참견하던 신라도 없고, 위협하던 신태도 사라졌다. 환상산 근처라 그런지 사방이 적막하다. 붉은 노을만이 소음 대신 주변을 메우고 있을 뿐.

"내일?"

"주변에 인가가 있으니 하룻밤 정도는 묵어 갈 수 있을 겁니다. 재림제를 지내기 전 준비도 해야 하고."

신율은 여미에게 손을 내밀었다. 여미가 스치듯 신율의 손을 잡았다. 아릿한 통증이 두 사람의 맞닿은 손바닥을 타고 번졌다. 여미는 살짝 눈을 찌푸렸지만 신율은 눈도 깜짝 하지 않았다.

"아프십니까?"

단지 이렇게 물어보았다. 여미는 손을 잡고 신율을 올려다보았다. 서늘한 그의 기운이 붉고 따뜻한 노을과 섞이자 참으로 기묘한, 다정하다 말하기도 뭣하고 멀다 말하기도 뭣한 기분이 여미를 감쌌다. 여미는 신율의 손바닥을 꾹 쥐었다.

"아니다."

아팠지만 아니라고 했다. 서로에게 애정을 느끼면 아프다 했던가. 우애와 동기애 같은 애정이 아니라 닿고 싶고, 입 맞추고 싶고, 나아가서는 교합하고 싶은 애정이라야만 고통을 느낀다고 했다. 고통스러운 것이 자신의 감정을 증명해 주는 수단이라 생각하니 나쁘지 않았다. 신율도 똑같은 마음인지 고통을 마다하지 않았다.

8. 낭아의 파수꾼

여미와 신율은 마을에 도착했다. 서수는 물론 다른 귀족들도 많이 노력했지만 환상산 아주 가까이에 대도시를 만들 순 없었다. 공관까지 합쳐서 딱 일곱 가구가 마을을 이루는 전부였다. 물론 여관도 없었다.

"하룻밤 묵어갈 수 있습니까?"

신율이 말을 잇기도 전에 집 주인이 고개를 저었다. 그의 눈에는 경계가 가득했다. 무례하다 탓할 순 없었다. 신율이 서씨 가문임을 밝히지 않았기에 마을 사람들은 그들을 그저 수상한 이방인으로만 여겼다.

이곳은 대도시가 아니라 환상산 근처다. 아무리 안전하다 해도 이런 곳에서까지 후한 인심을 기대하긴 어렵다. 신율에게 무언가 꿍꿍이가 있을 거라 생각한 주민은 문의 잠금장치를 열지 않았다.

"머물 만한 곳이라도 알려주시오."

주민의 경계심을 이해한 신율이 말했다. 주민은 한참이나 고민하다가 입을 열었다.

"저 안쪽 숲을 지나 깊은 곳에 들어가면 집이 하나 있긴 하지. 아주 오래전에 왔던 여행자 둘이 그 집에서 묵었던 게 생각나는군."

말하는 자도 자신 없는 허무한 어조였다.

"하지만 지금은 낡아서 거기 머물 수는 없을 거요. 지금부터 걸으면 해가 질 때 즈음에 더 큰 마을에 도달할 수 있을 테니 차라리 다른 마을로 가시게."

주민은 더는 말을 섞지 않겠다는 뜻으로 문을 닫았다.

여미와 신율은 마을사람이 알려준 마지막 집으로 갔다. 묵을 수 없을 거라는 주민의 저주와도 같은 예언과 달리 집은 꽤 멀쩡했다.

"뉘시오?"

마지막 집에 사는 건 머리가 하얗게 샌 노인이었다. 농사일을 해서 체구는 건장했다. 다만 이마에 밭고랑처럼 깊이 자리 잡은 주름이 세월을 짐작케 했다.

"지나가던 나그네입니다. 내일 산을 오르려 합니다."

"어허."

노인은 혀부터 찼다. 환상산에 오른다는 말로 알아들었나 보다. 신율과 여미가 오르려는 산은 낭아산이었지만 굳이 노인의 오해를 정정하지 않았다.

"젊은이들이 목숨이 아깝지 않은가 보군. 환상산이 어떤 곳인지 알고나 있나?"

"충분히 알고 있습니다. 그것보다 하룻밤 쉬어 갈 수 있겠습니까."

신율은 이야기를 길게 끌고 싶지 않아 다시 본론으로 들어갔다. 노인은 신율 옆에 붙어 서 있는 여미를 바라보았다. 노인의 눈이 여미의 하얀 머리카락과 황금색 눈동자에 머물렀다. 노인의 눈빛이 꽤나 집요했기에 여미는 쓰개치마를 버리지 말걸, 하고 후회했다.

"들어오게."

앞선 네 집이 사정을 듣지도 않고 문을 닫았던 것에 비하면 매우 관대한 처사였다. 신율은 작게 목례하고 여미를 안으로 이끌었다. 여미는 쭈뼛거리며 집 안으로 들어섰다. 여미는 어쩐지 노인이 어려웠다. 노인은 여미가 여태껏 보아온 인간들과 무언가 달랐다.

"너는 머리가 하얗구나."

여미가 궁금증을 이기지 못하고 노인에게 말했다. 여미의 하얀 머리카락은 어디서나 눈에 띄었다. 인간들은 여미의 하얀 머리카락을 신기한 눈으로 봤다. 여미도 노인의 하얀 머리카락이 신기했다.

"오랜 세월을 살았으니까 당연하지."

"세월이 지나면 누구든 머리가 하얗게 되는 것이냐?"

"젊은 아가씨가 궁금한 것도 많군."

더 묻지 말라는 간접적인 의사표시였다. 그러나 여미가 돌려 말하는 화법을 알아들을 리 없었다. 여미가 무언가를 더 물어보려 했지만 노인이 훌쩍 다른 방으로 사라졌다.

"상관 안 할 테니 아무 데나 남는 방을 쓰게."

노인이 방 안에서 소리쳤다. 여관이 아니니 음식이나 친절한 안내 따위는 기대할 순 없었다. 신율은 일단 여미를 의자 위에 앉혀 놓고 노인의 집을 둘러보았다. 오랫동안 혼자 살았는지 집 안이 쓸쓸했다. 남자 노인 혼자 사는 집임에도 먼지 한 톨 없이 깔끔했다. 나무가 낡아 슬어 있는 걸 빼면 그럭저럭 훌륭하다고 해도 될 만한 집이었다.

"밖에 별채가 있군요."

신율이 약간 놀라며 말했다. 그의 말대로 노인의 집 옆에는 방 하나짜리 작은 별채가 있었다. 집 안 어디건 써도 좋다고 말한 건 노인이었기에 여미와 신율은 별채로 갔다.

"여긴 뭔가 이상하구나."

여미는 별채 안에 처음 들어간 순간부터 무언가 위화감을 느꼈다. 신율도 마찬가지였다. 별채는 노인의 집과 똑같은 구조였다. 들여놓은 가구도 비슷하고 먼지 한 톨 없이 깨끗한 것도 똑같았다. 이윽고 신율은 위화감의 정체를 알아차렸다.

"두 사람이 지낼 수 있도록 지어진 곳입니다."

노인은 혼자 살았다. 노인의 집에 있는 건 모조리 일인용 가구뿐이었다. 별채는 달랐다. 식탁은 넓었고 그 옆에는 두 개의 의자가 있다. 하나뿐인 방문을 여니 침대도 널찍한 이인용이었다. 침대 위에 놓인 베개가 그들의 추측에 확신을 심어주었다.

"손자와 손자며느리가 들르면 내어주는 방일까요."

신율이 가볍게 추측했다. 방 안에 있는 가구들은 비슷했지만 전체적으로 더 젊은 감이 있었다. 창문에는 앙증맞은 화분까지 놓여 있어서 노인이 쓰는 곳이라곤 생각하기 힘들었다. 젊은 아들이나 손자가 있다면 대도시로 보냈을 거다. 환국의 외딴 지방에서 노인들이 자식을 내보내고 혼자 사는 건 흔한 일이었다.

"신율, 해가 저물었다."

여미가 화분 너머로 창밖을 보며 말했다. 그녀의 말대로 땅에 어스름이 깔렸다. 신율이 여미 뒤에 서서 능선으로 사라지고 있는 해를 바라보며 눈을 반쯤 감았다. 오늘따라 유난히 노을이 붉게 보인다. 시선을 내리자 창틀에 대롱대롱 매달린 여미의 뒷모습이 보였다. 동그랗게 솟은 어깨가 노을빛의 기울어짐에 따라 같이 움직인다. 신율은 노을을 따라 창밖까지 나갈 기세인 여미의 몸을 잡아 일으켜 세워주었다.

여미는 저도 모르게 침을 삼켰다. 옷 위로 닿는 신율의 손이 믿을 수 없을 만큼 뜨겁게 느껴졌다.

"겨우 세 달이구나."

여미가 말했다. 신율이 움칠하며 손을 거뒀다.

"무엇이 말입니까."

"너와 함께한 지 겨우 세 달이구나."

여미가 침대 위로 올라와 신율 앞에 앉았다. 이불을 여며주던 신율의 손이 멈칫했다. 이불이 얇아 위로 여미 몸의 곡선이 드러났다. 오늘은 여미와 같이 자야 한다. 신율은 긴 숨을 내쉬었다. 여태까지 여미와 신율은 항상 다른 이불에서 잠을 청했다. 낭아구슬 파편을 얻었을 때도 마찬가지였다. 첫 합(合)의 주술은 침대 도깨비의 난입으로 실패했다. 다음 파편을 구했을 땐 파편의 양이 충분치 않아 서로를 어루만졌을 뿐 합(合)을 시도하지 않았다.

"신율."

여미가 그의 이름을 부르며 고개를 올렸다. 신율은 천천히 그녀에게로 몸을 숙였다. 여미는 신율의 그림자가 자신을 완전히 덮어버리는 걸 느꼈다. 신율이 부드럽게 그녀의 목덜미를 눌러 침대에 눕혔다. 두 사람은 서로의 마음을 확인하고 나서 단 한 번도 정적인 시간을 가진 적 없었다. 신율과 여미가 침대에 누웠다. 둘은 서로를 마주보았다. 손가락 하나 대지 않고 시선만 마주쳤을 뿐인데 여미는 온몸이 간지러웠다.

"뭘 그리 뚫어져라 바라보는 것이냐."

여미가 입술을 모으고 짐짓 불퉁한 체하며 말했다. 신율은 턱을 괴고 자세를 고쳤다. 옆으로 누운 자세라 여미가 한 품에 쏙 들어왔다. 신율은 남은 한 손으로 여미의 허리를 쓰다듬었다. 옷 위로 닿은 덕에 아픔이 크게 느껴지지 않았다. 그러나 살과 살로 닿지 못하는 만큼 온기도 멀어진다. 여미가 조심조심 침대 위로 손을 옮겼다. 신율은 여미가 하는 양을 가만히 바라보았다. 여미가 가까스로 용기를 쥐어짜 말했다.

"너는 아쉽지 않느냐?"

"무엇이 말입니까."

"닿지 못한다는 것이."

신율은 타는 듯이 목이 말랐다.

"아쉽습니다."

신율이 눈을 감았다. 연정을 품은 채 여미의 상처에 입을 대고 비애의 독을 빨아냈을 때 신율은 커다란 고통을 느꼈다. 침대 위를 방황하던 손이 신율의 손등 위에 내려앉았다. 스치듯 지나가는 접촉이었기에 신율은 가만히 있었다. 신율이 눈을 뜨지 않자 여미가 손을 움직였다.

"여미 님?"

신율은 급작스러운 충격처럼 짜릿하게 전해오는 고통에 눈을 떴다. 여미의 손이 신율의 소매 속을 파고들어 그의 동맥에 엄지를 올리고 나머지 손가락으로 피부를 쓰다듬었다. 여미는 손 안에 잡히는 신율의 단단한 뼈를 느꼈다. 오랜 사냥으로 거칠게 굳은 흉터와 그 위를 덮은 탄탄한 힘. 신율에게 닿음과 동시에 손바닥에 일렁이는 냇물처럼 고이는 고통을 느꼈다.

'아프다.'

입술을 깨물었다. 그러나 신율의 손을 놓지 않았다.

"나는 괜찮다. 아프더라도 괜찮다. 그래도 네가 좋아."

여미는 신율의 손을 잡아끌어 제 가슴팍에 가져다 댔다. 두근거리는 여미의 심장 소리가 신율의 손바닥에 전해졌다. 더불어 박동을 탄 고통도. 신율은 찌릿거리는 고통을 감수하며 자신의 손을 타는 여미를 가만히 바라보았다.

여미는 사실 한계였다. 신율의 손이 닿자마자 신음을 흘릴 뻔했다. 쓸데없는 소리를 내지 않으려 입술을 물고 있는데 따뜻하고 까슬한 것이 그녀의 입술을 벌리게 했다.

"아으, 아?"

졸지에 입술을 깨물 수 없게 된 여미가 눈을 떴다. 신율이 손으로 그녀의 입술을 누르고 있었다. 입술에 닿은 손가락에서 아픔이 올라왔다. 그런데 아픔이 달콤하다.

"입술 깨물지 마요. 제가 닿는 것만으로도 당신이 괴로운데 당신 스스로 상처까지 내면 저는 도저히 참을 수 없을 겁니다."

대체 무엇을 참을 수 없다는 걸까? 죄책감? 후회? 그것도 아니면……

신율이 여미의 턱을 잡고 얼굴을 가까이 했다. 여미는 입술 위로 스치는 신율의 숨결을 느낄 수 있었다. 숨결이 닿는 것은 손과 손이 닿는 것과 엄청나게 다른 기분이었다. 야릇하고, 구름 위에 떠 있는 것 같다. 신율의 입술이 안타깝게 멈추었다.

"내가 괜찮다고 하지 않았느냐."

그는 주저했다. 괜찮다는 말을 들어도 여미에게 닿기 두렵다. 여미가 말하자 그녀의 날숨이 신율의 입술에 닿았다. 여미의 작은 입술이 열리고 그녀의 보드랍고 말캉한 살이 스칠 때마다 거의 본능에 가까운 뜨거운 욕망이 일어났다. 신율은 그대로 입을 벌려 눈앞에 있는 작고 하얀 여인을 잡아먹지 않기 위해 애썼다.

여미가 먼저 신율에게 다가왔다. 닫힌 눈꺼풀 아래로 속눈썹이 바르르 떨렸다. 여미는 극도로 긴장한 채 자신의 턱을 잡은 신율의 손 위에 제 손을 올렸다. 그리고 신율의 입술에 가 닿았다. 부드럽고 축축한 혀가 여미의 입술을 벌리게 하고 파고들었다. 그곳에 있는 건 완전히 새로운 풍경, 완전히 새로운 광경이었다.

고통과 함께 달콤함이 찾아왔다. 여미는 눈을 감고 따뜻함을 느꼈다. 워낙 덩치 차이가 있다 보니 신율의 혀로 입안이 가득 차는 느낌이었다. 더 이상 삼키지 못하겠다고 생각했을 때 목구멍에서 울컥 아픔이 솟아올랐다. 여미는 재게 기침했고 신율이 황급히 떨어졌다.

순간 방 안에서 무언가가 빛났다. 동시에 여미의 입안을 가득 채웠던 통증도 사라졌다. 여미가 눈을 돌렸다. 환상에게서 받은 도깨비구슬이 환하게 빛났다.

"이게 어찌 된 일이냐?"

여미가 눈을 깜빡였다.

"여기는 어디냐, 꿈속이냐?"

신율은 갑자기 빛나는 구슬을 경계하며 일어섰다. 구슬의 발광에 따라 집 안 사물들도 흔들리고 움직였다. 창문 앞에 놓여 있던 화분이 떨어져 깨지고 바닥 갈라진 틈으로 기이한 빛이 새어 나왔다.

신율은 방 안을 떠도는 풀잎과 난데없이 비쳐드는 어지러운 빛을 바라보았다. 바닥에서 솟아나던 빛이 허공에서 알 수 없는 글자를 그리더니 여미에게 가까이 다가왔다. 신율은 무심코 여미를 끌어안았다. 그리고 깜짝 놀랐다. 여미와 살이 맞닿았는데 아무런 고통도 느껴지지 않았기 때문이다.

"이건 무어냐."

접촉에 고통을 느끼지 않기는 여미도 마찬가지였는지 눈을 동그랗게 떴다. 신율은 설마 하며 말했다.

"환상이 말한 '정을 통하라'는 게 이런 의미인 모양이군요. 그가 마지막으로 주는 선물인 것 같습니다."

그의 눈이 홀린 듯 허공에서 춤추는 글자를 바라보았다. 선녀의 실처럼 영롱하게 반짝이는 글자가 유혹하듯 하늘거리며 두 사람을 감쌌다. 몸이 노곤하게 풀어지고 마음이 흩어졌다.

'고통 없이 여미 님을 만질 수 있고, 아마 고통 없이 교합할 수

있을 거다.'

신율은 갑자기 하체에 피가 쏠리는 걸 느꼈다. 신율에겐 너무도 달콤한 유혹이었다.

"여미 님을 만질 수 있습니다."

신율이 속삭이듯 말하며 여미의 뺨을 쓸었다. 손가락 하나가 스치고 지나간 면적은 적었다. 그러나 고통 없는 접촉이 너무도 달콤해서 여미는 얼굴 전체가 홧홧해졌다.

"고통 없이 말입니다."

신율이 고개를 틀어 여미의 입술 바로 앞에 제 입술을 가져다 댔다. 여미는 입안을 가득 채우던 신율의 혀가 생각나 얼굴이 발갛게 달아올랐다.

"비록 환상 속이지만요."

신율의 혀가 다시 한 번 여미를 파고들었다. 이번에는 신율의 손도 함께 움직였다. 신율은 저고리를 젖혀 여미의 동그란 어깨를 쓰다듬고 젖무덤을 움켜쥐었다. 이토록 노골적인 접촉은 처음이었다. 여미는 고통 없이 순수하게 느껴지는 쾌감에 놀라 벌떡 허리를 곧추세웠다.

"아!"

신율은 놓치지 않고 다른 손으로 여미의 등을 쓰다듬어 내렸다. 소름이 죽 올라왔다. 뼈에 바람이 든 듯 시원하면서도 간질간질했다. 소름이 돋았다.

"신율, 간지럽다."

여미가 허리를 뒤틀었다. 신율은 놓치지 않고 그녀의 몸 아래 손을 넣었다. 신율이 여미를 바로 눕히고 그녀의 위로 올라갔다.

여미를 누르지 않도록 조심조심 손을 옮겨 침대를 짚었다. 여미는 신율의 양팔에 갇힌 꼴이 되었다.

"승천제의 제물이 여미 님 자신임을 알고서도, 저를 이전과 같은 눈으로 보실 수 있겠습니까? 저는 승천제를 계승하는 서씨 가문의 사람입니다."

신율은 여미의 목덜미에 얼굴을 묻었다. 승천제를 생각해 내고 그것을 비사로 전한 게 신율은 아니지만 여미에게 사과하고 싶었다. 신율은 달콤한 숨을 뿜었다. 여미는 신율의 축축한 숨결이 간지러워 어깨를 움직였다. 신율이 여미의 귓가에 입을 대고 속삭였다.

"여미 님을 지키지 못한 건 저입니다. 저를 탓하십시오."

신율이 다시 여미 옆으로 몸을 뉘였다.

"나는 너를 탓할 생각이 없다. 그리고 내 마음은 변하지 않았다."

여미는 저도 모르게 숨을 토해냈다. 그녀는 길게 날숨을 뿜어낸 다음에야 신율의 움직임 하나하나에 자신이 긴장하고 있었다는 걸 깨달았다.

"그렇다면, 함께 끝까지 가는 일만 남았군요."

그렇게 말하는 신율의 어조는 이상하게도 평안했다. 아직 방안은 환했다. 환상의 구슬을 그 빛을 꺼뜨리지 않고 꾸준히 두 사람을 비추었다. 여미는 신율의 품에 파고들며 눈을 감았다. 환상 속이지만 따뜻했다.

신율과 여미는 몸을 섞었다. 서로 몸을 맞닿게 한 채 잠들었다. 도깨비는 인간의 체온이 따뜻함에 놀랐고, 인간은 도깨비의 품이 보드랍고 아늑한 데 놀랐다. 두 사람은 실로 오랜만에 깊은 잠에 빠졌다. 그들이 만나고 나서 처음으로 모든 걸 내려놓은 채 서로가 서로만을 채우는 시간이었다.

멀리서 수탉 우는 소리가 들렸다.

아침이 되었다.

신율은 희미한 빛을 뿜고 있던 환상의 증표를 찾아 이리저리 두리번거렸다. 그들이 함께하는 내내 공중에서 밝은 빛을 뿜고 있던 환상의 구슬은 아침이 되자 빛을 잃고 바닥에 떨어졌다. 신율은 구슬을 주워 금낭에 넣었다. 공중에 떠 있을 때는 둥근 달처럼 컸던 구슬이 금낭 안에 들어가는 평범한 유리구슬처럼 작아졌다.

"이제 우리는 어디로 가는 것이냐?"

여미의 질문을 받고 나서 신율은 정말로 그녀와 자신 둘뿐이 남지 않았다는 걸 실감했다. 신율은 많은 짐들을 내버려 두고 환상의 구슬이 담긴 금낭만 챙겼다. 밖에 나가자 아침부터 수건을 두르고 장작을 패는 노인이 보였다. 허공에 도끼를 치켜들더니 쉭 소리가 나도록 장작 위로 내려친 노인이 후, 하고 숨을 뱉었다.

"어젯밤 꿈은 잘 꾸었나?"

노인이 여상하게 물었다. 새벽의 이른 공기 사이로 노인의 날숨이 하얗게 흩어졌다.

"산에 오르러 가는 거겠지?"

"그렇다."

여미가 대답했다. 노인이 도끼를 옆으로 던지더니 허리를 일으쳤다. 문득 신율은 노인의 몸이 매우 건장하다는 걸 깨달았다. 굳이 자식만 내보낼 것 없이 자식과 함께 도시에 가서 살아도 될 만큼 정정했다.

"내 긴 인생 동안 환상산에 오르는 이는 수도 없이 보았다. 그러나 한 명도 돌아오지 않았어. 목숨 아까운 줄 알면 돌아가거라."

노인이 충고했다. 노인은 여미와 신율을 처음 본 순간부터 탐탁지 않은 기색을 비쳤다. 노인은 그들이 아무것도 모르고 환상산에 도전하는 꿈 많은 모험가쯤 된다고 생각하고 있는 것 같았다.

"환상산에는 오르지 않는다."

여미가 말했다. 수건으로 땀을 훔치던 노인의 손이 멎었다.

"……환상산에 오르지 않을 거면 여긴 왜 왔느냐?"

노인의 목소리가 떨렸다. 여미는 환상산의 이름이 인간들에게 갖는 의미를 잘 몰랐다. 신태의 으름장을 듣고 한때 환상산이 아주 무서운 곳이구나, 하고 생각한 적이 있었다. 그러나 직접 올라 보니 환상산의 수장 환상은 여미의 생각보다 점잖은 도깨비였다. 그것이 여미가 환상산에 경계를 풀고 노인에게 환상산에 대해 털어놓는 데 망설임을 없애주었다.

"환상산은 이미 올랐다."

"이미 올라?"

"그래. 어제 올라갔다가 내려왔지."

노인이 여미와 신율 쪽으로 걸어왔다. 신율이 여미 앞을 막았다.

노인이 목에서 수건을 끌러 내리고 신율을 똑바로 마주보았다. 노인의 안광이 퍼렇게 번뜩였다. 산골에 살고 있는 노인에겐 어울리지 않는 살벌한 눈빛이었다. 노인을 경계한 신율은 천천히 칼집에 손을 얹었다. 왜 진즉에 살기를 알아채지 못했는지 의아스러울 정도였다. 노인은 무인이다. 그리고 여미와 신율에게 명백한 적의를 가졌다.

"우리는 떠날 테니 더 이상 상관하지 마시오."

신율이 말을 낮춰 딱딱하게 말했다. 노인이 웃었다. 고개를 저은 노인이 천천히 말했다.

"나와 이야기 좀 합세, 젊은 친구. 어젯밤 분명 산을 오른다 하지 않았나? 근데 환상산이 아니라고? 여기 있는 산들 중에 인간의 눈에 보이는 건 환상산뿐일세."

"인간의 눈에 보이는 산?"

"나머지 하나는 인간의 눈에 보이지 않지. 오로지 도깨비들 눈에만 보여. 자네들 혹시 도깨비인가?"

신율이 입을 다물었다. 신율은 도깨비가 아니다. 도깨비를 사냥하는 도깨비 사냥꾼이다. 그러나 여미는 도깨비다.

"난 도깨비가 아니오."

신율이 부정했다. 사실은 사실이었다. 다만 여미가 도깨비라는 말을 하지 않았을 뿐이다. 환국의 인간들 틈에서 도깨비가 어떤 취급을 받는지는 신율이 가장 잘 알았다. 비록 이곳이 아홉 가구밖에 살지 않는 작은 곳이지만 조심해서 나쁠 건 없다. 인간은 이런 식으로 거짓말을 하지 않고도 상대방을 기만하곤 한다. 노인은 신율의 기만을 다 알고 있다는 듯이 웃었다.

"그럼 어딜 오르려고 하는가."

신율이 침묵했다. 새벽빛 뿌연 안개 속으로 황금색 햇살이 비쳐 들어왔다. 해가 뜨는 걸 지켜보던 노인이 말했다.

"인간이라면 저 집이 빈 집이라는 걸 알았을 텐데."

노인이 신율과 여미가 머물렀던 집을 가리켰다.

"이 집이 머물 수 없는 집이라고 마을 사람들이 말하지 않던 가?"

신율이 눈을 크게 떴다. 노인의 손이 집을 가리키자마자 풍경이 변했다. 수백 년의 세월이 빠르게 지나가듯 석재가 썩고 돌은 풍화되었다. 낡았지만 먼지 하나 없이 깨끗하던 집은 이제 폐허 그 이상도 이하도 아니었다.

마을 사람이 '묵을 수 없다'라고 한 이유는 노인의 집이 폐허이기 때문이었다. 터가 남아 있는 게 신기할 지경일 정도로 낡았다. 그러나 어제까지만 하여도 신율과 여미에게는 멀쩡한 집으로 보였다. 신율은 물론 여미도 귀신에 홀린 기분이었다. 그들은 집을 보았을 뿐 아니라 만지고, 눕고, 잠을 청했다.

"기만은 인간의 특기가 아닌가. 자네들이 도깨비 운운하며 날 기만한 것처럼 나도 어젯밤 내내 자네들을 기만했지."

노인은 여미가 들고 있는 환상의 증표가 들어 있는 금낭을 빤히 보며 말했다.

"나를 따라오게나."

여미가 노인을 따라 쪼르르 움직이려 했지만 신율의 손에 막혔다. 신율은 여미의 어깨를 감싸고 자신의 뒤로 숨겼다. 노인이 뒤를 돌아보더니 파하하 웃었다.

"내 손자 부부는 낭아산에 휘말려 죽었다."

노인이 낭아산의 이름을 꺼냈다. 노인이 파수꾼일 확률이 높아졌다. 노인은 신율과 여미가 무엇을 찾고 있는지 알고 있었다.

"손자 부부라고."

신율이 중얼거렸다. 그들이 묵은 방이 손자 부부의 방이 아닐까 생각했다. 노인은 신율과 여미가 따라오리라 믿는지 더 이상 뒤도 돌아보지 않고 터벅터벅 걸어갔다. 여미는 무엇에 홀린 것처럼 노인을 따라갔다. 신율은 검을 쥐고 경계를 늦추지 않으며 여미의 뒤를 따랐다. 노인, 여미, 신율은 차례대로 가까운 공터에 들어갔다.

"여긴 어디요?"

신율이 물었다.

"너희들이 도달하고자 했던 곳이지."

낭아산이라는 뜻인가? 신율의 가슴이 세차게 뛰었다. 노인이 말을 이었다.

"낭아산은 아니야. 낭아산으로 이어지는 통로 중간이다. 내 손자 부부가 사라진 곳이기도 하다."

노인은 파수꾼 이야기에 대답하지 않고 손자 부부 이야기만 했다. 신율이 파수꾼에 대해 더 물어보려 했을 때 노인이 이어 말했다.

"정확히 말하면 여기서 죽었지. 시체를 회수할 수 없었어. 낭아산의 오래된 고목이 시체를 삼켰다. 제대로 완성되지 않은 승천제를 지내 낭아산이 화를 낸 게야. 쯧, 급한 마음에 독촉한 내 실수였다."

승천제!

노인의 입에서 서씨 가문의 비사가 나왔다. 서씨 가문은 혈족을 엄격히 관리한다. 사생아라 할지라도 서씨의 피를 이으면 호적에 올리고 본가로 들인다. 노인이 서씨 가문 일원이라면 신율이 모를 리 없었다. 하나 신율은 태어나서 단 한 번도 저 노인을 본 적 없었다.

"당신, 정체가 무엇이오?"

신율이 검을 꺼냈다. 스릉 소리와 함께 서늘하게 빛나는 검날이 드러났다.

"낭아의 산을 지키고, 낭아산으로 갈 입구를 열 수 있는 자격을 가진 파수꾼일세."

환상이 했던 말이 떠올랐다. 왜 환상이 직접 낭아산을 지키지 않느냐는 물음에 환상은 이미 '낭아의 가족'이 파수꾼 노릇을 하고 있다고 말했다. 그럼 눈앞의 노인은 낭아의 가족인가? 위험하고 끝을 알 수 없는 추측이 신율이 머릿속을 스쳐 지나갔다.

"아끼고 아껴 마지않던 손주를 죽이고 나서야 더 기다려야 한다는 걸 깨달았지. 마침내 자네들이 내 집 문을 두드렸을 때 얼마나 기뻤는지 모르네."

노인이 몸을 떨었다. 노인은 신율의 아버지나 신라처럼 서씨 가문의 숙원을 이루는 일에 심취한 듯했다.

"승천제의 형식을 받아왔지? 일단 그걸 나에게 주게."

"안 되오."

"나는 낭아산의 파수꾼이야. 그리고 서씨 가문의 일원이지. 승천의 서를 꼭 봐야겠네. 안 된다면 나도 낭아산을 열어줄 수 없어."

신율이 망설였다. 신율은 아직 눈앞의 노인이 어떤 힘을 가지고 있는지 알지 못했다. 노인은 낭아산의 파수꾼이고 낭아산은 제사의 배경이 되는 신령스러운 공간이다. 신령스러운 공간에서 함부로 행동하면 큰 화가 닥친다. 제사를 위해선 파수꾼의 허락을 받아야 한다는 노인의 말이 진실일지도 모른다.

"자, 어서 승천의 서를 건네게, 젊은이."

노인이 탁하게 갈라진 목소리로 말했다.

"당신은 서씨 가문의 일원이라 했소. 손자를 언급하는 걸 보니 아마 옛 어른 중 하나였겠지. 그런데 가문 비사인 승천제를 모르는가?"

신율이 물었다. 노인이 입술을 비틀었다.

"나는…… 나는 승천의 서가 완성되기 전에 서씨 가문을 떠났다네."

움푹 들어간 노인의 눈에 그늘이 졌다.

"후손들에게 그것의 완성을 맡겼지. 승천제를 완성하려면 수많은 사람의 노력이 필요해. 만일 한두 세대 안에 쉽게 지낼 수 있는 거라면 왜 진즉 지내지 않았겠나?"

신율은 그의 얼굴에 패인 주름이 얼마나 깊은지 깨달았다. 그건 주름이 아니라 지층이었다. 오랜 세월 쌓이고 풍화되고, 종국에는 굳어버린 세월의 흔적. 노인은 매우 지쳤다.

"오랜 기다림 끝에 결국 완성된 모양이군. 자네가 이곳에 온 걸 보니."

노인이 빙긋 웃었다. 살펴보니 노인의 입가에 웃음을 많이 지어 생긴 주름이 보였다. 입가의 웃음 주름만 보면 다정한 심성인가 싶지만 미간 사이를 보면 또 다르다. 미간을 한없이 찌푸린 대가로 깊은 내 천(川) 자 주름이 이마 정중앙에 박혔다.

노인의 일생을 모르는 여미와 신율은 그저 노인에겐 웃을 일도 많았고 화낼 일도 많았다고 추측밖에 할 수 없었다.

"승천제는 당신 생각같이 위대한 숙원이 아니오."

망설이던 신율이 승천제의 전말을 털어놓기로 했다. 여기까지 와서 승천제를 숨기는 건 무의미해 보였다. 게다가 노인은 낭아산의 파수꾼이고, 진실을 알기 전까지 승천제를 포기하지 않을 거다. 오랜 세월 노인을 지탱해 온 숙원을 파괴하는 게 꺼려졌지만 일을 바로잡기 위해선 어쩔 수 없었다.

"승천제는 낭아를 승천시키는 의식이 아니라 낭아를 죽이는 끔찍한 살신 주술이오. 그러니 안타깝지만 승천제는 포기하시오."

노인이 어깨를 떨었다. 슬픔인가 했으나 기쁨이었다. 그는 파안대소했다.

"파수꾼인 내가 그것도 모를까. 내 역할은 낭아의 흔적 앞에서 서씨 가문의 후손을 맞아 승천제를 지내게 하는 걸세. 나는 자그마치 칠백 년을 기다렸어."

노인은 눈앞에 있는 어린아이와 남자에게 표정을 들키지 않으려고 고개를 숙였다.

"자네들은 승천제를 지내게 될 거야."

노인의 목소리에는 미묘한 자조가 섞여 있었다. 귀 기울여 듣지 않으면 손가락 사이로 흘러내리는 모래처럼 사라지고 마는 자조였다. 신율은 노인의 자조를 알아차렸지만 여미는 알아차리지 못했다.

"다른 제를 지내는 것은 용서할 수 없네."

노인의 목소리에서 자조가 사라졌다. 호탕한 기운과 무서운 기백이 자리를 대신했다. 여미가 몸을 떨며 물러섰다. 노인은 어깨를 펴고 고개를 들었다. 웬만한 성인 남성보다 건장한 풍채였다.

"당신의 정체를 알 것 같소."

신율이 질린 목소리로 말했다. 서씨 가문의 숙원에 이토록 집착하고, 낭아의 묘소를 지키는 파수꾼인 데다가, 인간이면서 칠백 년을 넘도록 살아온 존재.

"당신은 포희로군."

낭아의 남편이자 낭아를 죽인 자.

환상은 충분한 실마리를 주었다. 단지 신율의 상상력이 환상의 실마리를 좇아가지 못했을 뿐이다.

9. 재림

그 어느 전설도 낭아의 죽음 이후 포희의 행방에 대해 언급하지 않았다. 애초에 낭아전설은 낭아의 사랑과 죽음에 대한 이야기였기 때문에 모두가 포희의 부재를 당연히 여겼다. 낭아 이후 포희는 신이 사랑한 인간이 아니라 그저 평범한 존재가 되었다. 아무도 그를 중요하게 생각하지 않았다.

"모든 학자가 날 무시했지만, 사실 내가 범인이지. 내가 바로 낭아를 죽인 살신범일세."

"낭아는 시조신이요. 그녀가 있었기에 만물은 조화롭고 분쟁 없이 살 수 있었소. 왜 낭아를 죽였소?"

왜 낭아를 죽여 인간과 도깨비의 구분을 만들고 지긋지긋한 전쟁을 시작했나. 신율은 그것을 물었다.

"어찌 서로 다른 존재가 함께 살 수 있는가?"

포희는 신율의 질문에 대답하지 않고 저도 신율에게 질문을 던졌다.

"너희가 내 고통을 아느냐? 세상보다 거대하고 수만 개의 빛을 가진 벅찬 존재를 사랑해야 하는 내 고통을 아느냔 말이다."

낭아를 사랑하는 건 흘러가는 별똥별에 억지로 매달리는 것과 같았다. 포희는 뜨겁다 못해 끌어안은 사람마저 태우고 마는 거대한 불꽃을 품어야 했다.

"여보, 낭아. 나는 늙어가는 존재요. 당신을 따라 움직이는 게 때로 벅찰 때도 있구려."

낭아가 발걸음을 내딛는 곳마다 태어나 인간의 키를 넘어 하늘까지 솟구치는 여와도깨비들이 포희를 숨 막히게 했다. 낭아 곁에선 얌전하지만 포희만 보면 맹수가 되어 달려드는 치우도깨비들을 감당할 수 없었다.

"여보, 낭아. 내 눈이 침침해졌소. 나는 더 이상 당신과 같은 걸볼 수 없소. 당신이 아름답다 말했던 저녁노을이 이제는 더 이상 보이지 않는군. 당신이 보는 세상은 여전히 아름다운데 내가 보는 세상은 희뿌연 안개뿐이오, 우리는 정말 같은 세상 안에 살고 있는 거요?"

장난기 많은 환상은 매일 밤 꿈에 나타나 포희를 괴롭혔다. 환상이 손가락 하나 까딱할 때마다 포희는 그의 거대한 엄지손가락에 눌려 개미처럼 버둥댔다. 거대한 존재들은 초라한 인간인 포희를 이해하지 못했다.

"왜 이해하지 못했겠나? 그들과 나는 다르기 때문이지. 낭아의 사랑은 나에게 지독한 고통이었어. 그녀가 나를 속속들이 들여다볼 수 있다는 게, 나보다 훨씬 위대한 존재라는 게 견딜 수 없었네."

낭아는 포희의 형편없는 부분까지 모두 사랑했다. 포희가 낭아를 보고 느끼는 두려움, 무력감, 열등감을 모두 이해했다.

"여보, 낭아, 나는 부자유하오. 땅에 메이고 세월에 메이고 인간의 한계에 메였소. 그런데 당신은 별처럼 아름답고 바람처럼 자유롭구려."

낭아가 자신을 진정으로 사랑한다는 게 가장 고통스러웠다. 거대한 존재의 사랑은 때로 폭력이었다.

"여보, 낭아, 나는 슬픔을 느끼고 있소. 당신과 나는 너무도 달라. 제발 나를 놔주오. 나는 당신이 무섭소. 당신은 괴물이야."

필멸의 길을 걸으며 늙어가던 그는 자신과 너무도 다른 낭아를 보고 두려움을 느꼈다. 포희는 늙지 않는 낭아를 견디지 못해 매몰차게 낭아를 거절했다. 그의 사랑을 잃은 후에 바로 낭아가 죽었다. 낭아가 죽고 낭아산이 사라졌다.

낭아가 죽었는데, 평범한 인간인 포희가 어떻게 칠백 년간 늙지 않고 살아온 걸까? 낭아전설 이후, 인간이 모르는 새로운 내용이 추가된다.

"아내는 죽기 직전까지 나를 놓아주지 않았던 것처럼 죽은 후에도 나를 놓아주지 않았네. 전능한 신이자 모든 도깨비의 어머니였던 낭아에게 나를 붙잡아두는 건 쉬운 일이었어."

포희는 자신의 몸에 새겨진 시간의 술을 보여주었다. 단순히 수명을 늘리는 술이 아니었다. 피시전자가 아무리 원해도 죽을 수 없는 불사의 술이었다.

"여보, 포희. 나를 떠나지 말아요. 내 곁을 지켜요. 내 무덤을."

낭아산은 그렇게 낭아의 무덤이 되었다. 주인이었던 낭아가 죽으니 시체밖에 출입할 수 없는 지옥도가 펼쳐졌다. 포희는 눈앞에 쌓여가는 시체들이 무서워 오금이 저렸다. 도망치려 해도 낭아의 원혼이 그를 얽어매 한 발짝 움직이기조차 힘들었다.

"나는 애원했다. 나를 사랑한다면 놓아주어야 하는 것 아니냐고. 얌전히 승천해야 하는 것 아니냐고. 그랬더니 아내는 이렇게 말하더군. '제발 나를 포기하지 말아요. 나는 아직 당신이 나를 사랑한다는 걸 알고 있어요'라고 말이야."

낭아는 포희의 가슴에 차가운 입김을 내뿜었다. 시간의 술이 포희의 심장을 꽁꽁 싸맸다. 끝없는 애증이었다. 포희가 도저히 견딜 수 없는 지점이 왔다. 낭아는 조화의 신이었고 포희의 모든 고통을 알았다. 낭아는 눈물을 흘리며 포희에게 기회를 주기로 했다. 낭아의 사랑에서 벗어날 수 있는 기회를.

"하지만 그냥은 안 돼요, 포희. 왜냐하면 나는 시조신임에도 불구하고 당신을 사랑하는 마음 앞에서는 어리석어지니까요. 당신이 나를 포기하고 싶다면, 나를 납득시켜 줘요."

"그래서 우리는 서로에게 벗어날 수 있는지를 걸고 내기했다."
포희의 어조가 일순 씁쓸해졌다. 그러나 잠시뿐, 그 어조는 다시 담담해졌다.

"나는 낭아의 무덤 곁에 있되 비애가 보지 못하는 곳에 숨었지. 낭아산에 있을 때 배웠던 모든 걸 동원해 살신 주술의 틀을 닦았다."
포희의 발버둥이었다. 하지만 낭아의 눈을 피해 승천제를 완성하는 건 불가능했다. 자칫 잘못하면 허공을 떠도는 비애에게 승천제를 들켜 연구를 모조리 빼앗길 수도 있었다. 포희는 또 한 번 낭아를 기만하기로 결정했다. 온 힘을 다해 비애를 혼수상태로 만든 후 마을에 내려가 하룻밤을 보냈다. 단 하룻밤이었다. 그날 밤이 지나고 죽은 듯이 지내던 포희는 칠 년이 지났을 때 다시 한 번 마을로 내려갔다.

"그렇게 낭아 몰래 만난 인간 여자와의 사이에서 본 아들에게 승천의 서를 전달했다."
그가 낭아 몰래 본 자식을 보고 기겁한 비애가 사납게 그 아이를 저주했다. 그러나 이미 도력을 키워 최고의 주술사가 된 포희의 아들을 죽일 순 없었다. 그때부터 서씨 가문과 비애의 끈질긴 원한 관계가 시작되었다.

"나는 낭아의 술에 묶여 승천제를 더 연구할 수 없으니 아들에게 대신 완성시켜 달라고 했지. 언젠가 돌아와 내 아내를 죽여달라고! 그때부터 서씨 가문의 숙원은 승천제가 된 거다."

드디어 낭아전설과 승천제에 얽힌 오랜 비밀이 드러났다. 신율은 충격을 금할 수 없었다. 낭아전설을 통해 내려오는 구슬픈 사랑이 사실 배우자를 구속하는 끔찍한 애증이었으며 서씨 가문의 존재 의의는 비겁한 외도의 결과로 태어난 최악의 살신(殺神)술을 완성하기 위함이라.

포희는 참을성이 별로 없었다. 그는 수시로 자신의 후손들을 불러 승천제를 시행하려 했다. 첫 희생자는 그의 손자였다.

"나머지 시체를 보여주마."

손자 이후 네 명의 희생자가 더 나왔다. 비애는 여미 이전에도 낭아의 도깨비풀이 다섯 번 출현했다고 말했다. 승천제 실패로 희생된 서씨의 수와 같다. 포희가 고목나무 쪽으로 뒤돌아섰다. 신율은 품 안의 여미를 내려다보았다. 신율의 무복 자락을 잡고 가쁜 숨을 내쉬고 있는 그녀는 포희가 풀어준 낭아전설의 진실에 충격을 받아 당장에라도 쓰러질 듯 가쁜 숨을 내쉬었다.

"어쩐 일인지 찾아오는 후손 놈들이 하나같이 도깨비풀을 달고 있더군."

신율이 여미의 입가를 안타깝게 쓸어내리는 걸 느끼고 포희가 실소했다.

"언제나 도깨비가 문제였지. 낭아는 죽어서도 내 계획을 알고 내가 발견한 살신의 수에 자신의 수로 맞대응한 거야. 말 그대로 우리는 내기를 벌이는 거지."

고목나무가 두 번째로 뱉어낸 시체는 어린 서씨였다. 여자의 시체는 엎어진 채였다. 도망치다 실패한 모습 그대로, 얼어붙은 사슴처럼 눈을 번쩍 뜨고 죽었다. 몸의 핏줄이 모두 터져 있었다. 신율은 여자 몸의 핏줄이 터진 게 강력한 주술 실패로 인한 부작용임을 단박에 알아보았다.

"이건……."

신율은 황급히 여미의 고개를 품에 안아 그녀의 시선을 차단했다.

"왜, 왜 그러느냐, 신율. 대체 뭐가 있기에?"

신율은 대답하지 않았다. 그저 여미의 머리 위에 얼굴을 묻었다. 시체는 끊임없이 나왔다.

"네가 지내지 않겠다면 내가 지내겠다. 어서 완성된 승천의 서를 내놔."

"제사 형식은 사라졌소. 당신 후손 중 하나가 갈기갈기 찢어버렸지."

포희의 눈이 커졌다.

"찢어버렸다고……? 칠백 년의 시간 동안 내려온 가문의 숙원을?"

서씨 가문의 후손이 가문 비사를 찢어버리리라곤 생각하지 못했는지 포희가 깜짝 놀랐다. 그가 가슴을 부풀리며 긴 숨을 들이켜더니 호통을 쳤다.

"어리석은 놈! 찢어버렸다면 여기서 복기해라."

신율이 여미를 끌어안고 훌쩍 뒤로 물러났다. 여미를 한 손으로 추어올린 그가 검을 뽑았다. 서늘한 예기가 포희의 공간 안에서 날뛰며 출구를 찾았다. 낭아산으로 들어가는 통로라더니, 과연 그래서인지 술법으로 모든 공간이 막혀 있다. 미로처럼 얽혀 있는 주술 탓에 예기가 이리저리 부딪치다 사그라졌다. 신율은 어두운 동굴 안에서 한 줄기 바람의 방향을 찾듯 온 신경을 집중했다. 신율의 의도를 알아챈 포희가 눈을 부리부리하게 떴다.

"다시 인세로 나가려고? 누가 도와줄 것 같으냐? 너희가 제를 거부하고 나가는 즉시 네 만행을 온 천지에 알리겠다! 어차피 네가 복기하지 않아도 상관없다. 승천제가 완성된 걸 알게 된 이상 현 가주에게 가면 그만인 것을!"

포희의 말을 들은 신율은 어지러웠다. 신라나 신태는 승천제를 지내지 않겠다는 신율의 뜻을 존중해 도와줄지 몰랐다. 그러나 환국의 나머지 사람들은 도와주지 않을 거다. 승천제를 지내지 않는다면 서씨 가문은 낭아의 원혼에 의해 멸문할 테고, 서씨 가문이 멸문하면 환국의 인간들은 도깨비에게 대항할 수 있는 수단을 잃게 된다. 이 세상 어느 인간이 인류의 운명을 작은 도깨비풀 하나의 목숨과 맞바꾸고 싶어 하겠는가? 환국의 모든 이를 적으로 돌린다면 서씨 삼형제라 한들 수가 없다.

"보아라."

포희가 손을 휘저었다. 허공에 복잡한 진 같은 것이 생기더니 그들이 있는 곳에서 멀리 떨어진 밖을 비추었다. 천리안이었다. 밖에는 승천제를 간절히 원하는 가주가 보였다. 신율은 입술을 짓씹었다. 가주가 승천제를 위해 직접 움직일 거라 예상하긴 했다.

큰형이 가주를 막아보겠다며 본가로 내려가긴 했지만, 신태의 영향력은 아직 가주의 권력에 미치지 못한다. 신태의 힘으로 가주를 막을 수 있을 거라곤 기대하지 않았다. 뒤에서 시작될 추적에도 불구하고 앞으로 나아간 건 가주보다 낭아산에 도달해 재림제를 먼저 지내기 위함이었다.

제사는 거대한 주술이며, 한 번 제사를 지내면 동급의 제사를 지내기 위해 수백 년을 기다려야 한다. 재림제를 지내면 승천제는 이후 수백 년간 지낼 수 없고, 승천제를 지내면 이후 수백 년간 재림제는 지낼 수 없다. 땅에 굴을 파면 그 굴을 메우기 전까지 다시 땅을 팔 수 없는 것과 같은 이치다.

그렇기에 무조건 가주보다 먼저 재림제를 올리면 이기는 승부라고 생각했다. 설마 재림제를 방해하는 이가 뒤뿐만 아니라 앞에도 있을 줄은 생각 못 했다.

포희는 신율을 잡기 위해 사냥꾼 무리를 이끌고 환상산에 다가오는 가주를 가리켰다.

"저 아이를 보아라. 너와 피가 반 이상 섞인 아이인데도 너를 미워하지. 너를 이해하지 못하고 너와 함께 지내지 못하지."

여미는 귀신같은 얼굴로 사냥꾼 무리를 이끄는 가주를 보았다. 장로 회의에서 보았던 가신들이 불편한 얼굴로 가주를 따르고 있었다.

'신태는?'

여미가 정신없이 신태를 찾았다. 눈이 빠지도록 사냥꾼 무리를 들여다보던 여미는 가신 령후가 신태의 흔적을 가진 걸 발견했다. 령후는 신태의 검을 들고 침통해하며 가주의 뒤를 따르는 중이었다. 신태의 검엔 패배와 굴복을 상징하는 누런 천이 달랑거렸다. 여미는 소름이 돋았다. 가주는 자신의 의견에 반대하고 승천제를 거부한 신태를 숙청해 버린 거다.

"호? 이게 어찌 된 일이냐. 장자를 숙청하다니."

포희도 같은 걸 발견했다. 서씨 가문의 시초인 그가 장자 숙청 흔적을 알아보지 못할 리 없었다. 누런 천의 의미를 생각하던 포희의 입가에 큰 미소가 퍼졌다.

"알겠군. 승천제를 완성한 자는 저 아이야. 이제 더 이상 서씨 가문의 천재성이 필요하지 않으니 숙원을 위해 아들을 내쳤군."

포희가 만족스러워했다.

"내 후손이지만 훌륭하게 자랐구나."

그가 손을 흔들어 천리안을 지웠다.

"네가 알려주지 않겠다면 저 아이에게 직접 물어보마. 서가 찢어지긴 했지만 승천제를 완성한 당사자라면 과정도 기억하고 있겠지!"

순식간에 포희가 공간을 찢고 날아갔다. 가주는 분명 포희에게 승천의 서를 줄 거다. 어쩌면 위대한 서씨 가문의 시조를 만났다고 기뻐할지도 몰랐다.

"신율!"

여미가 신율을 불렀다. 충격을 받아 멍하니 포희가 탈출한 흔적을 바라보고 있던 신율이 정신을 차렸다.

"뭐 하는 것이냐? 시간이 없다."

"예?"

"이제 방법은 하나뿐이다. 가주보다, 포희보다 먼저 낭아산에 가서 재림제를 지내야 해!"

포희가 빠져나간 공간 틈은 빠른 속도로 아무는 중이었다. 공간 틈으로 보이는 황량한 땅의 모습도 서서히 사라졌다.

"하지만 저는 포희가 어디로 갔는지 모릅니다."

환국엔 황량한 땅이 너무 많다. 공간 틈으로 보이는 게 땅밖에 없어 건물이나 지형으로 위치를 특정할 수조차 없다. 신율은 어디로 가야 할지 알 수 없었다.

"낭아산이 어디 있는지 알아야 제사를 지낼 텐데……."

"저 틈으로 보이는 장소는 산동이다! 낭아산은 산동에 있어. 그리고 포희는 낭아산에서 승천제를 지내기 위해 산동으로 간 거다."

"어찌 아십니까?"

신율이 놀라 물었다. 낭아산 소재지는 환국의 뛰어난 학자들이 칠백 년을 매달렸음에도 풀어내지 못한 난제다. 겨우 좁힌 후보지가 산동, 황천, 하부동이다. 암시장이 열렸던 하부동은 그렇다 쳐도 산동과 황천 중에서 여미가 낭아산 소재지를 어떻게 골라냈는지 의문이었다.

"산동을 본 적이 있다. 은하수 도깨비가 네 첫째 형에게서 벗어났을 때 나를 잠시 산동으로 데리고 갔지."

여미가 다급하게 설명했다. 은하수 도깨비는 여미와 함께 오백 년 전 산동에 갔다. 은하수 도깨비는 산동 지방을 가리키며 낭아산이 있었던 곳이라 말했다.

"산동, 산동이라."

신율이 중얼거렸다. 황천과 산동은 멀지만, 그가 무리해서 축지를 쓰면 하루 안에 도달하지 못할 거리는 아니다.

"일단 이곳을 깨야겠습니다."

"하지만 방법이 없지 않느냐."

이번에는 여미가 발을 동동 굴렀다. 아까 신율의 품에 안겨 있을 때 신율의 검에서 뻗어나간 예기가 출구를 찾다 지쳐 사그라졌기 때문이다.

"방법이라면 있습니다."

신율이 품속을 뒤져 무언가를 꺼냈다.

"비애가 이걸로 절 골탕 먹였죠. 포희는 너무도 초월적인 존재인 낭아 곁에서 일생을 보냈습니다. 그 결과로 저 자신도 인간이면서 인간을 얕보게 되었습니다. 인간의 기술이 낭아의 신묘한 조화에 미치지 않는 건 사실이지만, 칠백 년 동안 인간도 여러 가지 무기를 발전시켰습니다."

신율의 손에 들린 건 본가를 떠나기 전날, 화린이 화살깃에서 떼어준 무기였다.

"폭약이로구나!"

"주술이 얼마나 버티는지 볼까요."

신율이 폭약을 힘껏 던졌다. 그러고는 폭약이 날아간 방향을 향해 검을 내리그었다. 폭발의 충격과 신율의 검격을 한 번에 받아낸 주술진에 크게 금이 갔다. 그리고 신율은 그곳으로 달려가 팔에 힘을 주고 한 번 더 검을 비틀어 찔렀다. 쩌적거리며 금이 늘어나더니 유리 깨지듯 주술진이 깨졌다.

"산동으로 갑시다."

신율이 말했다.

그들은 최대한 빨리 산동을 향해 달렸다. 신율이 급히 제작한 축지가 전부 타들어갔을 때 산동에 도착했다. 산동은 험하고 황량한 땅이었다. 바위처럼 보일 정도로 작고 볼품없는 집에서 주민 몇이 고개를 내밀었다.

"이런 황량한 곳에 낭아산이 있었다니 믿기지 않는다."

"낭아가 죽은 후에 일어난 일을 생각하면 이상하진 않습니다."

대지의 축복이던 시조신이 구슬과 원혼을 남기고 죽었다. 원한을 품은 땅이 멀쩡할 리 없었다.

"재림제의 형식은 기억하고 있습니다."

신율이 신중하게 주변을 살폈다. 산동이 낭아산 소재지였다 해도 산동 전체가 낭아산은 아니었을 거다. 재림제를 지내려면 낭아산의 위치를 특정하고 낭아산 중에서도 상서로운 곳을 택해야 한다.

"생쌀과 피, 다듬지 않은 생고기가 필요하겠군요."

또 하나 그들이 준비해야 하는 것 중 위치만큼 중요한 게 바로 제사상에 올라갈 재료였다. 제사상을 차릴 위치, 제사상에 올릴 재료, 제사를 지내며 바칠 제물. 이 세 가지가 제사의 필수 요소다.

"환상의 말에 따르면 재림제의 제물은 제사 음식을 갖췄을 때 제사상 앞에 스스로 모습을 드러낸다 했으니, 일단 쌀부터 구합시다."

신율과 여미는 떠돌이로 가장하고 마을에 내려갔다. 마음 같아선 달음박질이라도 치고 싶었지만 수상하게 보여선 안 되니 간신히 참았다.

"당신들은 누구인가?"

"지나가던 나그네입니다. 온정을 기대하러 왔습니다."

"거짓말이로구만."

주민이 불신을 품었다. 환상산 옆에 있던 황천 삼각지 마을만큼이나 경계심 가득한 마을이었다.

"이곳은 황량하고, 쓸쓸한 땅일세. 주작이며 사방 신수가 기거한 성스러운 땅이었다 하지만 글쎄, 내가 보기엔 저주로 시든 땅이야. 그런 땅에 나그네가 온다? 그것도 이틀 연속? 난 믿지 않겠네."

'이틀 연속?'

신율은 주민이 흘리듯 말한 단서를 놓치지 않았다.

"혹시 저희 말고 생쌀과 피를 얻으려는 사람을 보았습니까?"

"어제 밤 자정 건장한 노인이 찾아왔네. 산동 깊숙한 시골인 이곳에 이방인이 찾아오는 건 놀랄 일이라 기억해 두고 있었네."

"그 노인이 어디로 갔는지 알려주십시오."

신율이 묵직한 금을 건네며 말했다. 주민은 사양 않고 금을 챙겼다. 경계심 가득하던 주민의 얼굴이 풀렸다. 여미는 너무 황량해 가게라곤 찾아볼 수 없는 땅에서도 금을 보고 좋아하는 인간이 신기했다.

"저쪽에 가면 무너져 내린 동굴이 있네. 그쪽으로 갔어."

여미는 신율이 곧장 동굴로 갈 거라 생각했다. 그러나 신율은 주민에게 고개를 까딱여 감사를 표할 뿐 동굴엔 관심이 없었다.

"포희에게 가지 않아도 괜찮으냐? 그가 먼저 승천제를 완성하지 못하도록 해야 하는 것 아니냐?"

"굳이 우리가 갈 필요 없습니다."

신율이 조금 망설이다가 덧붙였다.

"승천제의 마지막 제물은 여미 님의 목숨입니다. 그쪽에서 승천제를 완성할 준비가 되면 우릴 찾아올 테죠."

여미가 입을 꾹 다물었다. 아직도 자신이 승천제의 제물이라는 사실이 얼떨떨했다. 신율은 여미를 진정시킨 후 주민에게 무언가 부탁했다. 주민은 신율에게 받은 금 무게를 재더니 고민 없이 생쌀을 내왔다.

"짐승은 조금 기다려 주시오."

"근처에 사냥할 만한 곳은 없습니까?"

"있긴 하지만……."

주민은 미심쩍은 눈으로 더없이 고운 신율의 얼굴과 그의 죽 뻗은, 하얗고 매끄러운 손을 살폈다.

"부자 나리가 우리 도움 없이 잡기는 어려울 텐데."

"상관없습니다. 그냥 짐승이 다니는 구역만 알려주십시오. 아, 고기 손질은 이쪽 주방에서 해도 되겠습니까?"

신율은 간단한 약도를 받았다. 주민은 그가 진짜 사냥에 나서리라곤 기대하지 않았다. 무슨 사정이 있는 줄은 몰라도 저리 귀티 나는, 관옥 같은 남자가 사냥을 할 수 있을 리 없다고 생각하였다. 주민은 헛간에 가서 농기구와 녹슨 도끼를 꺼냈다. 그는 황량한 산동에서 자란 탓에 경계심이 많지만 본성이 나쁜 사람이 아니었다. 청년이 준 금의 무게만큼은 일해줄 생각이었다. 주민이 사냥 준비를 마치고 밖에 나왔을 때, 신율은 야생 삵과 고라니, 그리고 중간 크기 호랑이를 마당에 쌓는 중이었다.

"어……."

주민이 얼빠진 소리를 냈다. 신율은 턱이 빠지도록 놀라는 주민에겐 신경도 쓰지 않고 주방으로 들어갔다. 손님에게 대접할 뜨거운 차를 내오던 안주인도 보이지 않을 만큼 능숙한 손놀림으로 짐승을 해체하는 신율을 보고 얼빠진 소리를 냈다.

"정말 자고 가지 않아도 되겠소?"

"괜찮습니다."

지체할 시간이 없었다. 신율은 급한 대로 나무함을 빌려 생쌀과 고기, 그리고 생피를 갈무리했다. 피와 고기가 상하기 전에 제사 터를 잡아야 한다. 대략적으로 알아낸 낭아산의 위치를 바탕으로 상서로운 기운이 집중된 곳을 골라 제사상을 차렸다.

여미는 신율이 마련한 제사상 앞을 자꾸 기웃거렸다. 처음 보는 제사상이 신기한지 창백한 얼굴로 잘도 들여다본다.

'생쌀을 올리자마자 제물이 스스로 몸을 드러낼 거라더니, 아무것도 나오지 않는군.'

제사상 앞에는 제사를 주도하는 신율과 상 앞을 기웃거리는 여미밖에 없었다. 신율은 불안한 마음을 감추고 나머지 준비에 임했다. 그는 긴 나뭇가지를 꺾어 검으로 다듬었다. 도포를 찢어 나뭇가지마다 매달아 깃발을 만들었다. 신율은 터 주위를 돌아가며 깃발을 원형으로 꽂았다. 그 다음엔 소원을 적어 넣을 나무패를 준비했다. 이 역시 신율이 직접 깎았다. 종이가 있으면 좋았겠지만 산동이 하도 황량한 터라 종이 같은 사치품은 없었다. 신율은 급한 대로 하얀 천을 뜯어내 짐승의 피로 글을 썼다.

재림(再臨).

붉은 글자가 천 위에서 번들번들 빛났다.

"정말 이게 제사 형식이 맞느냐?"

인간의 사치에 대해 아무것도 모르는 여미가 보기에도 제사상은 지나치게 소박했다. 투박한 접시에 담긴 피가 넘쳐 상 위로 흐르고, 생고기는 흙 섞인 산동 바람에 시달려 시들시들해졌다. 그나마 볼만한 건 수북하게 쌓인 하얀 생쌀이었다.

"괜찮습니다."

신율이 대답했다. 제사의 삼 요소 중 상 위에 올라가는 재료는 상대적으로 중요도가 높지 않다. 중요한 건 위치와 제물이다.

"남은 문제는 제물의 정체를 알아내고, 포희가 잡은 제사 터를 알아내는 겁니다."

신율이 신중하게 말했다.

그는 서툴게 술진을 그렸다. 제사상에서 얼마 떨어지지 않은 바닥에 천리안이 펼쳐졌다. 낭아산으로 가는 이공간 속에서 포희가 출전하는 가주를 보여주기 위해 펼쳤던 것과 동일한 수법이었다. 포희와 같은 주술을 쓰긴 싫었지만 서씨 가문에 내려오는 주술이 대부분 포희의 것이라 어쩔 수 없었다.

천리안을 물끄러미 바라보던 여미가 슬쩍 뒤로 물러나 무릎을 모으고 바닥에 앉았다. 신율이 여미를 살폈다. 여미의 안색이 좋지 않다.

"내가 좀 긴장했나 보다."

여미가 해쓱한 얼굴로 말했다.

신율이 천리안을 회전시키며 산동 지방을 샅샅이 훑었다. 주민이 준 단서를 참고해 동굴 위주로 뒤졌다. 한참 헤매고 나서 그들은 드디어 포희를 찾았다. 그는 어두운 동굴 속에 홀로 가부좌를 틀고 앉아 있었다. 그 앞에는 돌을 쪼개 만든 제사상과 생쌀, 그리고 목을 쳐 죽인 닭의 고기와 닭의 피가 보였다.

"진척 현황은 비슷해 보이지만 사실 우리가 절대적으로 불리합니다. 우리는 재림제에 필요한 제물이 무엇인지 모르니까요."

신율이 말했다.

"승천제의 제물은 내 목숨이지."

여미가 담담하게 말했다. 말할 때마다 어색하지만 무섭진 않았다.

"승천제와 재림제가 동급의 제사라는 것도 들었다. 그럼 재림제의 제물 또한 내 목숨과 비슷한 것 아니겠느냐?"

여미의 목숨과 비슷한 것이라. 신율은 대체 그게 무엇일지 상상이 가지 않았다.

"여기서 포희를 공격할 수 있는지 알아보겠습니다."

신율이 천리안을 둘러싸고 있는 진을 조작했다. 글자를 이리저리 바꾸고 때로는 획을 더해 넣기도 했다. 주술에 익숙하지 않은 신율은 결국 천리안 속에 자신의 검기를 불어넣었다. 신율의 검기가 동굴 속 갈라진 벽 틈새를 파고들었다. 포희가 있던 동굴이 흔들렸다. 천리안 속 포희가 눈을 떴다.

"멈춰라."

화내거나 호통 칠 줄 알았는데 의외로 포희는 침착했다.

"이걸 보고도 포기하지 않을 수 있겠나?"

포희가 일어섰다. 그가 손을 모으고 허공에 글자를 띄우자 사방이 수(水)기로 가득해졌다.

"수맥인가!"

신율이 신음했다. 포희가 보이는 침착함의 정체는 그가 끌어안고 있는 수맥이었다.

낭아산의 수맥! 오래전 환상도깨비가 만들어놓은 수맥엔 이 세상 모든 정기가 흘렀다. 낭아산의 지리를 속속들이 아는 포희는 재빨리 수맥을 차지했다.

신율은 속으로 욕설을 삼켰다. 주술에 능숙하진 않았지만 오랫동안 주술을 배워왔기에 주술의 원리를 잘 알았다. 주술의 힘은 술사가 품고 있는 기운의 크기로 결정된다. 주술사인 포희에게 수맥이 더해지면 그는 무적이나 다름없다.

포희의 힘과 신율의 검기가 충돌했다. 이번엔 신율이 밀렸다. 신율은 힘줄이 터지는 고통을 느꼈다. 어깨 부근에 상처가 났는지 소매를 타고 피가 뚝뚝 떨어졌다.

"칠백 년을 내다본 내기였다."

동굴 안에서 수기를 끌어 모으던 포희가 말했다.

"기다렸다. 기다리고 기다렸다. 썩어가는 부인의 시체를 지키며 하루하루를 버텼다. 천 일, 이천 일…… 기나긴 시간이었지. 하지만 난 결국 기다렸다. 어리석은 내 후손이 승천제의 제물을 가져다줄 때까지 말이다."

승천제의 제물이라는 말이 신율의 분노와 의지를 끌어올렸다. 신율은 천리안 틈으로 검을 찔러 넣었다. 이번엔 검기가 아니었다. 신기하게도 신율의 검은 천리안을 타고 그대로 포희가 있는 공간에 넘어갔다. 신율의 검이 포희의 목을 벴다. 포희의 머리가 땅으로 뚝 떨어졌다.

"끝났나?"

여미가 얼떨떨해하며 물었다.

"끝났을 리가."

포희가 웃으며 말했다. 순간 모든 것이 뒤집혔다. 사방이 요동
쳤다. 여미는 제사상이 날아가지 않도록 상을 제 몸으로 덮었다.
상과 여미의 몸이 함께 들썩였다. 더 이상 견딜 수 없다고 생각했
을 때 신율의 손이 여미의 등에 얹혔다.

"시, 신율!"

여미가 헐떡였다. 바람이 너무 세서 숨을 쉴 수가 없다. 당장
죽을 것 같다. 신율은 칼로 바람을 가르며 가까스로 몸을 숙였
다. 그의 커다란 몸이 여미 위로 겹쳐졌다. 갑자기 여미의 온 세
상이 고요해졌다. 신율은 바람을 막고, 여미와 입을 맞춰 숨을
나누어주었다. 그는 세상의 모든 풍랑으로부터 여미를 보호했다.

두 사람의 입술이 떨어졌다. 바람이 잠잠해졌다. 천리안이 깨
지고 하늘이 제 색을 되찾았다. 그러나 안심할 수 없었다. 신율이
포희의 목을 벴지만 그건 수기로 만들어낸 환영이었다. 진짜 포
희는 동굴 안에서 승천제를 준비하는 중이다.

이런 식으로 소모전을 벌여 불리한 쪽은 그들임에 뻔했다. 신
율은 여미를 지켜야 했고, 포희처럼 무한정으로 도력을 공급받을
수도 없었다.

"제물이 무엇인지라도 알 수 있다면……."

신율이 신음했다. 그는 막다른 골목에 도달했다. 이토록 막막
한 심정을 느낀 건 태어나서 처음이었다. 승천제의 비밀을 알아내

고, 환상에게서 재림제에 대한 확답을 받고, 포희를 좇아 산동에
왔다. 짐승을 잡고 생쌀을 올려 제사상을 차렸다. 신율은 그가
할 수 있는 모든 걸 다 했다. 그런데도 아직 여미를 구하지 못했
다.

"이상하군요. 환상은 재림제를 시작하기만 하면 제물이 뭔지
금방 알 수 있을 거라 했는데."

환상이 잘못 알고 있었던 걸까? 신율의 의문을 가지는 순간 여
미가 신음을 내뱉었다.

"어지럽다."

"어디가 그리 안 좋으십니까."

신율이 걱정을 가득 담은 어조로 여미를 염려했다. 그는 재빨
리 여미에게 다가가 그녀를 부축했다. 여미는 부쩍 하얗게 질린
손으로 신율의 소매를 움켜쥐었다.

문득 불길한 예감이 들었다. 신율은 무언가 깨닫고 멍한 표정
을 지었다. 신율은 둔기에 머리를 얻어맞은 것처럼 얼떨떨했다.

"여미 님, 하부동에서 은하수 도깨비를 만나셨지요."

여미가 고개를 끄덕였다. 신율의 머릿속에 미진했던 부분이 채
워졌다.

"제, 물이 뭔지 알…… 것 같습니다."

신율은 태어나서 처음으로 말을 심하게 더듬었다.

"정말이냐?"

여미가 반색했다. 이상하게도 신율의 표정은 자꾸만 어두워졌
다. 왜지? 여미는 혼란스러웠다. 신율은 아주 천천히, 여미가 은
하수 도깨비와 나눈 대화를 복기했다. 은하수 도깨비는 신율과

여미가 난관에 봉착할 걸 미리 아는 것처럼 최선을 다해 재림제에 대해 설명했다.

제사의 제물은, 바로 사랑하는 사람의 생…….

그 이후 바로 쾅 소리가 들렸다고 했다. 신율은 은하수 도깨비의 말이 중간에서 끊긴 줄 알았다. 하지만 이상했다. 끊겼다면 신태가 은하수 도깨비를 처치하기 직전, 잠깐 틈이 생겼을 때 여미에게 정확한 제물을 알려주었을 거다.

'끊긴 게 아니었다.'

은하수 도깨비는 제대로 제물이 무엇인지 전달했다. 그건 바로 사랑하는 사람의 생(生)!

"욱."

신율의 소매를 붙들고 겨우 서 있던 여미가 제사상 옆에 주저앉았다. 다리에 힘이 들어가지 않았다. 그녀가 울컥 부족한 숨을 토했다. 여미가 후들후들 떨리는 손으로 제사상을 짚고 일어서려 했다. 헛수고였다. 여미는 순식간에 제사상 위로 고꾸라졌다.

신율이 고기를 다듬고, 생쌀을 준비하고, 깃발을 꽂고, 상을 올렸다. 제사의 주체는 신율이다. 재림제는 신율이 사랑하는 사람을 제물로 받아들일 준비를 했다. 제사를 준비할 때부터 여미의 안색이 좋지 않았던 이유는 바로, 여미가 재림제의 제물이었기 때문이었다. 신율은 믿을 수 없었다. 이게 낭아의 안배라고? 인간과 도깨비가 합일하여 하나가 되고, 서로를 용서하길 바랐던 낭아의 안배라고?

'여미 님을 제물로 바치지 않기 위해 이 먼 길을 돌아온 건데.'

허탈했다. 이게 끝인가? 답을 알았지만 막다른 골목이나 다름없었다.

"제물이 무엇이냐? 얼른 말해라."

신율은 입을 다물었다. 신율은 여미를 품에 안았다. 여미의 작은 두 발이 땅에서 떨어졌다.

"재림제는 지내지 않겠습니다."

신율이 무거운 목소리로 말했다.

"왜?"

여미 입장에선 청천벽력이었다. 신율과 함께하고 싶어서 모든 위험을 무릅쓰고 여기까지 왔는데, 성공을 목전에 두고 왜?

"재림제의 제물은 당신입니다."

한참 만에 신율이 말했다. 하지만 의외로 여미가 고민하는 시간은 짧았다.

"하지만 재림제를 지내지 않으면 나는 승천제의 제물로 죽게 된다. 승천제를 지내는 꼴을 보고만 있을 테냐? 승천제를 지내면 낭아는 완전히 죽고 이 땅의 도깨비들도 멸종할 거다."

"죽는 게 두렵지 않으십니까?"

"두렵지."

상황에 어울리지 않게도, 여미가 눈을 동그랗게 뜨고 여상한 어조로 말했다. 죽는 건 두렵다. 하지만 신율이 있지 않은가.

'당신과 함께 살기 위해 서씨 가문의 원칙을 포기하겠습니다.'

신율은 기꺼이 인간의 법도를 버렸다.

"신율, 나를 제물로 바치고 새로운 세상에 가라. 네가 살아간다면 나도 기쁘게 생을 마감할 수 있어."

"전 못 합니다."

신율의 얼굴이 하얗게 질렸다. 그가 고개를 떨궜다.

"전 못 해요."

신율이 반복했다. 여미는 마음이 아팠다. 이토록 힘없이 무너진 신율은 처음 본다.

"차라리 저를! 저를 바치고 여미 님이 사십시오. 지금이라도 제 사상을 걷고 처음부터 다시 하면 됩니다. 짐승도 다시 잡고 깃발도 다시 꽂읍시다…… 제가, 제가 제물이 되겠습니다."

여미가 고개를 저었다.

"나는 제사를 지낼 줄 모른다. 제사는 인간의 주술이 되었지. 설령 도깨비식 제사가 남아 있다 해도 요력이 없는 나에겐 무용지물이다."

여미는 자신이 이토록 침착할 수 있다는 게 놀라웠다. 그러고 보면, 여미는 자신이 승천제의 제물이라는 말을 들었을 때도 별로 놀라지 않았다.

'도깨비라서?'

그건 아닐 거다. 죽음에 대한 공포는 인간과 도깨비가 공유하는 몇 안 되는 감정 중 하나다. 갓 각성했을 때 여미가 가장 두려워하던 건 자신을 죽일 수 있는 사냥꾼이었다. 사냥당할 뻔하고, 희롱당할 뻔하며 여미는 때때로 무력감을 느꼈다. 인간들의 세상에서 여미는 너무 작고 약했다. 하부동에서 신태의 검 앞에 내던

져져 홀로 떨었을 때, 여미는 자신이 인간들이 일으키는 미풍 하나에도 미친 듯 흔들리는 나약한 존재라는 걸 확실히 알았다. 서씨 본가에서 다시 마주친 신태도 그걸 지적했다.

'생명을 포기하다니.'

일종의 포기였다. 거대한 물결에 휩쓸리는 작은 풀잎의 마음가짐이었다. 물결에 휩쓸리지 않을 수 없다면 적어도 원하는 방향으로 나아가고 싶었다.

"신율, 이건 나를 위한 일이야. 네 목숨을 바치고 나 혼자 살아남아 쓸쓸이 늙어가는 건 싫다. 도깨비는 인간보다 오래 산다. 수백 년을, 앞으로 수천의 밤을 너 없이 홀로 살아가라고?"

너 없이 내가 기쁘겠느냐? 잘못 생각했구나.

"내가 너에게 고독을 주는 거다."

"하지만……."

신율은 목구멍에서 피를 토하는 심정으로 말을 이었다.

"하지만 새로운 세상엔 당신이 없지 않습니까."

저도 당신 없이는 기쁘지 않습니다.

"네가 행복하게 살아가면 난 그걸로 됐다."

"그게 무슨 차이입니까."

신율의 목소리가 낮게 깔렸다.

"제 손으로 당신을 만질 수 없고, 더 이상 당신의 목소리를 제 귀로 들을 수 없다면 그것이 진정 생(生)입니까. 저에게는 살(殺)과 다름없습니다."

안 됩니다. 신율은 끊임없이 말했다. 내 광증이 세상을 집어삼켜도 당신을 놔줄 순 없습니다. 당신이 없으면 이 세상이 무슨 소용입니까.

"제발 곁에 있어주세요."

투둑.

낭아산에 비가 내리기 시작했다. 여미가 꾹 참고 있던 눈물도 흘러내렸다. 차라리 함께 죽을까? 한 사람을 먼저 제물로 바치고 나머지 한 사람이 따라간다면, 세상도 구하고, 헤어짐도 막을 수 있을 텐데. 그렇게 모든 걸 포기해 버릴까? 여미는 달콤한 유혹에 빠져들었다. 세상이고 뭐고, 모두 포기하고 신율을 죽음에 끌어들이고 싶었다.

여미가 신율의 목덜미에 손을 가져갔다. 그녀의 손이 신율의 옷고름을 타고 흘러내렸다. 신율이 여미의 손을 잡아챘다. 또다시 고통. 신율은 여미의 눈 속에 깃든 체념을 읽었다. 신율이 그녀의 생각을 읽고 고개를 끄덕였다. 여미 없는 세상에서 홀로 살아남거나 여미를 홀로 두고 먼저 세상을 떠나느니 그도 여미와 함께…….

"살(殺)!"

우렁우렁한 노인의 목소리가 사방을 가득 채웠다. 신라가 포박술과 함께 쓰곤 했던 가벼운 주술과는 비교도 되지 않았다. 그건 듣는 사람의 귀를 멀게 하고 읽는 사람의 눈을 파내는 진정한 죽음의 주술이었다.

갑작스러운 습격이었다. 그곳에 있던 게 신율이 아니었더라도 포희의 습격을 막아내지는 못했을 거다. 포희는 심혈을 기울여 함정을 만들었다. 함정은 그의 특기다. 낭아를 기만하는 하룻밤을 위해 비애를 속이는 함정을 짰고 자신을 찾아올 후손을 위해 쓰러져 가는 폐가로 함정을 세웠다.

포희는 산동에 들어오자마자 제사상에 올릴 재료를 구해 동굴에 틀어박혔다. 그리고 일부러 거대한 분신과 주술을 만들어내 신율과 여미의 눈을 가렸다. 동굴 안에 있는 제사상을 반드시 지키고 싶은 것처럼 연기했다. 그리고 여미와 신율이 제사상을 완성할 때까지 기다렸다. 완성된 제사상 앞에서 재림제의 제물을 깨닫고 혼란에 빠져, 경계가 흐트러지는 순간을 노렸다.

단 한 순간, 신율이 슬픔에 무너져 모든 걸 포기하는 순간을 노려 여미를 죽이고 그들이 준비한 제사상으로 승천제를 치르기 위해!

"살(殺)!"

포희가 다시 한 번 외쳤다. 허공에 무수히 떠오른 살의 주술이 여미를 향해 날아들었다. 여미는 순식간에 밧줄처럼 굵은 주술에 묶였다.

"허억, 악!"

여미가 피를 토했다. 죽음의 밧줄이 살을 파고들고 피를 마르게 했다.

"여미 님!"

신율이 황급히 검을 뽑았다. 거의 춤이라고 해도 좋을 만한 난무가 펼쳐졌다. 신율은 팔이 아플 정도로 힘을 줘 여미를 묶은 주술을 끊어냈다. 그러나 주술이 너무 많았다. 일천 개, 이천 개……주술은 포희가 지새운 나날만큼이나 끝이 없었다.

여미는 괴로웠다. 노인이 허공에서 손을 움켜쥐자 여미의 심장에 박힌 가시가 요동쳤다. 물도 없이 인절미를 한꺼번에 삼킨 것처럼 구역질이 올라오고 호흡하기 힘들었다.

"나쁘게 생각 마라. 어차피 죽을 것. 널 사랑한 유일한 인간에게 보은하고 죽는 게 좋지 않겠느냐?"

"허읍, 킥."

여미가 숨을 들이쉬지 못하고 목구멍에서 피를 한바가지 토해냈다. 입가에 대고 있던 손을 떼니 볼품없이 떨리는 손바닥 위에 물컹한 핏덩이가 만져졌다.

'죽는다.'

설마 이쪽 제사상을 노렸을 줄이야. 땅이 갈라지더니 단단한 암석 지대가 드러났다. 그 안에 이동 술법을 통해 몸을 옮긴 포희가 보였다. 신율은 도깨비보다 무시무시한 눈을 하고 포희에게 증오를 보냈다. 지금 이 순간, 신율은 검 없이 맨손으로 포희를 찢어버릴 수 있을 것 같았다. 신율의 검기가 검병을 뛰쳐나와 포희에게 향했다. 포희가 재빨리 방어의 술을 세웠다. 신율의 검기와 포희의 방어술이 부딪치며 요란한 소리를 냈다.

지극한 분노와 간절함을 가진 신율의 검기가 더 강했다. 포희의 방어술이 속수무책으로 깨졌다. 신율의 난폭한 검기가 포희를 찢어버리기 직전, 그가 외쳤다.

"급(急)!"

여미가 피를 토했다. 순식간에 상황이 바뀌었다. 신율은 황급히 검기를 거뒀고 포희는 여유로운 미소를 지었다.

"조금이라도 허튼 짓을 했다간 이 도깨비의 목을 부러뜨리겠다."

"그 무슨 말도 안 되는……!"

신율은 절망을 느꼈다. 온몸을 잡아먹는 분노도 느꼈다. 포희를 잡지 않으면 여미가 죽는다. 그런데 포희를 공격해도 여미가 죽는다. 여미의 목숨이 포로로 잡힌 이상 신율은 섣불리 움직일 수 없었다. 신율은 냉정해지려 애썼지만 될 리 없었다.

"정말로 재림제를 무사히 지낼 수 있으리라 생각한 건가? 인간과 도깨비 둘 모두가 살아남는 결말은 없어."

심지어 합일의 신 낭아조차 포희와 함께 살아가는 데 실패했다.

"낭아가 살아 있을 때도 인간과 도깨비는 함께할 수 없었네."

노인의 결론이었다. 노인, 포희는 그렇게 생각하며 칠백 년 동안 살아왔다. 그동안 그의 생각을 바꿔줄 일은 일어나지 않았다.

"자, 이제 시간이 얼마 없다."

포희가 허공으로 손을 들어 올렸다. 그 앞에 있던 제사상이 허공으로 떠올랐다. 신령스러운 오색구름이 나타나 제사상을 감쌌다. 하늘이 용틀임하더니 강렬한 서광을 비쳤다. 천지가 진동하고 땅에서 하늘로 연결되는 기둥이 솟아올랐다. 기둥을 타고 낭아의 비명이 울려 퍼졌다. 땅에 붙어 있던 낭아의 모든 흔적이 하늘로 향하기 시작했다.

승천제가 시작되었다.

10. 세상의 끝에서

여미는 간헐적으로 숨을 헐떡였다. 손과 발이 차가워지고 심장이 느려졌다. 여미의 시야 가득 하늘로 올라가는 낭아의 흔적이 들어찼다. 여미가 사랑하던 신수들, 신수의 숨결이 화해 태어난 도깨비들, 그리고 신수를 새긴 조각과 그림이 모두 하늘로 올라간다. 더불어 여미의 몸도 천천히 떠올랐다. 서광이 여미를 감쌌다.

'괴롭구나. 나는 죽는 것인가?'

여미의 눈에 눈물이 고였다. 삼 개월밖에 살지 못할 것, 그것도 물살에 휩쓸려 방향도 모른 채 대책 없이 떠내려갈 것 무엇을 그리 고민하며 몇백년을 떠돌았고 무어 할 일이 있다고 그리 필사적으로 살아왔던가. 물컹한 핏덩이를 움켜쥐며 여미는 자신의 인생에서 의미 있다고 말할 수 있는 순간을 떠올렸다. 신율, 그녀의 인생을 채워준 건 신율이었다.

"크흑."

목구멍에서 피 끓는 소리가 났다. 누군가 여미의 몸을 쥐어짜 억지로 도깨비구슬을 만들려 하면 딱 이런 느낌일 거다.

'내가 스스로 죽지 않아 이 모든 일이 일어난 건가?'

여미는 생각했다. 신율과 함께 살고 싶어 고민했다. 그래서 재림제를 잠시 망설였다. 뒤늦게 죽겠다고 결정했지만 늦어버렸다. 지체한 결과가 이거다. 고통으로 머리가 어지러웠다. 몰아치는 빗물처럼 흐릿한 시야 사이로 신율의 얼굴이 들어왔다.

"신율, 어서."

여미가 재촉했다.

"여미 님."

신율은 이제 흐느끼고 있었다. 그는 정신없이 검을 휘두르며 여미를 죽이려 하는 주술과 싸웠다. 서광이 날카롭게 빛날 때마다 신율의 몸에 상처가 늘었다.

"저는 재림제를 지내지 않을 겁니다."

신율이 여미에게 무언가를 내밀었다. 여미가 직접 고른 명주로, 손수 꿰매어 만든 주머니 모양 장식품이었다. 신율이 손을 놓자 장식품도 두둥실 떠올랐다.

"뭐 하는 것이냐, 신율!"

여미를 둘러싼 서광의 기운에 견디지 못한 장식품이 조금씩 타들어가기 시작했다.

"내 저것을 만드느라 인간의 바늘에 손을 열 한 번이나 찔리고 명주도 한 폭이나 낭비했다."

이 급박한 상황에서, 우습게도 여미는 천 장식 하나 때문에 울컥 부아가 치밀어 올랐다.

"내가 이리 노력했는데 너는 재림제를 포기할 셈이냐?"

아픈 몸에도 여미가 격렬하게 외쳤다. 신율이 크게 놀라며 부정했다.

"아닙니다, 여미 님. 그런 것이 아니라……."

치밀어 오른 무언가는 뜨거운 눈물로 변해 여미의 눈에서 나와 볼을 타고 흘러내렸다.

"어차피 죽을 거라면 네가 살아갈 세상이라도 바꾸고 싶다!"

안절부절못하던 신율의 손이 여미의 볼을 훔쳤다.

여미는 정신이 없었다. 낯선 인간의 반짇고리를 가지고 날밤을 새가며 천 노리개를 만들 만큼 너를 좋아했다. 고통 속에서도 너와 입 맞출 수 있다면 아무래도 좋다고 나를 내던졌다. 그러니 나는 너를 위해 죽을 수 있다.

"커헉."

마지막으로 토혈했다.

"여미 님!"

신율이 외쳤다. 그가 간절한 손으로 여미의 양 뺨을 쥐고 그녀와 눈을 맞췄다. 여미는 자신의 손에 매달려 달랑거리는 명주천 장식물을 보았다. 짙은 남색이 마치 신율의 기운처럼 서늘하고 정갈했다. 여미가 손가락으로 명주천을 꽉 붙들자 그녀의 손에서 흘러나온 거뭇한 피가 얼룩을 남겼다.

"저보고 재림제를 포기하지 말라 이르시면서 어찌 당신은 생을 포기하려 하십니까. 저와 함께 살아가는 것을 포기하지 말아주십시오."

신율이 숨을 짜내어 말했다.

"하지만 방법이 없잖느냐……."

여미가 힘없이 말했다. 사실은 여미도 울부짖고 싶었다. 신율과 함께 살아가기를 포기하고 싶지 않다고 떼쓰고 싶었다. 아무런 방법이 없어도, 세상이 당장 무너질 것 같아도, 반의반 시진도 남아 있지 않다 해도, 최후의 최후까지 기적을 바라고 싶었다.

'신율과 함께 살아가는 것을, 내가 어찌 포기할 수가 있겠어.'

마음속 본심이 격렬하게 외쳤다. 여미가 손을 들어 올렸다. 핏물로 지저분한 여미의 손이 볼품없이 떨렸다. 신율은 어쩔 줄 몰라 하며 여미를 보았다. 손을 뻗어야 할지 여미를 끌어안아야 할지 갈피를 못 잡는다. 여미가 신율의 손을 잡아챘다. 마지막 순간까지 칼날로 에는 듯한 고통이 피부를 관통했다.

"포기하지 않겠다고 말해라, 신율."

숨을 다할 때까지 반 식경도 채 남지 않았다. 여미는 몸 깊숙한 곳에 뭉쳐 있던 생명력이 민들레 씨앗 날아가듯 조각났다.

"그냥 죽을 순 없어. 난 도저히 너를 포기하고 그냥 죽을 수 없다."

여미는 고민했다.

죽고 싶지 않다.

신율과 함께 살아가고 싶다.

여미는 안전한 곳을 찾아 떠돌던 수없이 긴 세월을 회상했다. 이탈산에서 신율의 소맷자락에 휘감겼을 때 느꼈던 특별한 안정감을 떠올렸다. 그때처럼 작아져 신율의 곁에 영원히 머무를 수 있다면 얼마나 좋을까.

우습게도 마지막 순간 떠오른 건 개락에서 깨뜨린 사슴 도깨비 구슬이었다. 도깨비구슬이란 도깨비의 모든 생명력을 모아 만든, 도깨비 그 자체의 힘을 발휘하는 귀물이랬다.

여미가 번득 눈을 떴다.

"나를 주마."

여미는 몸속에서 빠져나가는 생명력을 억지로 끌어 모았다. 신율에게 한 번 더 자기 자신을 주어야겠다고 생각하자마자 거짓말처럼 생명력이 한 군데 모였다.

"네게 줄 것이야."

명주천에 고이 담아 다시 한 번 너에게 내 생명을 주마. 인간들은 값비싼 금낭에 도깨비구슬을 담아 건네고 받는다. 여미가 가진 건 값비싼 금낭이 아니라 바느질이 엉성해 닳아가는 명주천뿐이지만 신율은 탓하지 않을 거다.

"지금, 지금 뭐 하시는 겁니까."

시종일관 낮게 가라앉아 있던 신율의 목소리가 처음으로 크게 흔들렸다.

"나를 믿어라, 신율. 죽음밖에 없다면 이렇게나마 함께하는 수밖에 없어."

"무슨 짓입니까!"

신율이 격하게 화냈다.

"도깨비구슬이 무슨 의미인지 알고 하는 짓입니까? 도깨비구슬은 도깨비의 시체에서 나오는 겁니다."

신율의 목소리가 떨렸다.

"저를 내버려 두고 홀로 시체가 되려 하십니까. 포기하지 말라

하여 포기하지 않았더니, 당신이 시체가 되는 길을 선택하면……."

거기까지 말하던 신율이 입을 다물었다. 환상이 했던 말 중에
중요하지 않다 여겨 지나가듯 들었던 문장이 떠오른다.

**"도깨비구슬이라는 건 원래 도깨비들이 자신의 기운을 형태로
만들어 교환하던 귀물이다."**

"그렇다면 이전에는 도깨비들이 자발적으로 구슬을 교환했단
말입니까? 서로?"

"도깨비들뿐일까? 인간들에게도 아낌없이 나누어주었다."

"그게 무슨 뜻입니까?"

여미가 눈을 감았다. 신율, 네가 포기하지 않았다고 말해주면
나도 포기하지 않으마. 여미가 쥐고 있던 명주천 위로 새하얀 생
명력이 모였다. 여미의 생명력은 그녀의 머리카락을 닮은 은빛이
었다.

"도깨비들이 자발적으로 만들어 교환하던 귀물이 바로 도깨비
구슬……."

아스라한 깨달음이 신율의 머리를 스쳤다. 신율이 멍하니 여미
를 내려다보는 동안 여미는 신율의 품에서 발버둥 쳤다.

'아프다!'

산고의 고통이 이런 것일까? 죽음에 가까운 빈사 상태에서 도
깨비구슬을 만들어내는 건 무척이나 어려웠다. 여미는 역류하는
폭포를 감당하는 기분으로 자신의 몸을 벗어나려는 생명력을 한
데 모았다. 생명력은 자연히 여미의 아랫배에 모였다.

"흑, 하아."

여미가 신음을 내뱉었다. 신율이 급히 여미를 추어올렸다. 여미는 신율의 옷자락을 잡고 아드득 이를 갈았다.

"아프다. 너무 아프다."

"아프면 그만하십시오."

"그만하라니. 나더러 이대로 죽어 사라지란 말이냐?"

"죽어 사라지는 것과 무엇이 다릅니까."

"내 구슬이 남지 않느냐."

숨 막히는 고통 속에서도 여미의 마지막 말은 애달프고 느렸다. 신율은 여미를 달래던 손을 멈췄다. 여미의 황금색 눈동자에 물기가 아른거렸다.

"구슬이 남으면 금낭에 넣어다오. 시체에서 나온 거라 기분 나빠 하지 말고 곱게, 곱게 보관해 다오."

여미의 품 안에 모인 하얀 빛 덩어리가 점점 형체를 갖춰 나갔다. 신율은 잔잔한 연못 한가운데 핀 연꽃을 따듯 조심스러운 손길로 여미의 구슬을 받았다. 여미의 피로 얼룩진 엉성한 금낭 위에 구슬을 올렸다.

"이상하게도 이 구슬은 예쁘구나."

도깨비구슬이라 함은 대체로 소름끼치는 어색함을 풍긴다. 사슴 도깨비의 구슬 때는 마치 온기가 가시지 않은 사슴 시체를 만지는 것 같이 끔찍한 감각을 느꼈다. 그러나 여미에게서 태어난 구슬의 빛은 영롱하며 투명했다. 신율이 손을 가져다대자 미처 딱딱해지지 못한 구슬 일부분이 안개처럼 흩어졌다.

"신율, 나는 이제……."

여미가 눈을 감았다. 구슬이 완전한 형태를 갖추면 여미는 죽는다. 여미는 자신의 손 안에서 뜨끈한 피를 흘리던 사슴 도깨비의 구슬을 생각했다. 죽어서 천박한 인간들의 장터에 내놓아진 그 구슬에 비하면 여미는 팔자가 좋았다. 신율이 오래오래 소중히 간직해 줄 테니까.

"아닙니다."

여미가 숨을 멈출 준비를 하는데 신율이 벌컥 말했다.

"여미 님은 죽지 않습니다. 죽을 리가 없습니다."

신율이 정신없이 흐느꼈다.

"마지막으로 내 부탁을 하나만 들어주렴, 재림제를 지내라."

여미가 신율을 보았다. 신율은 괴로웠다. 이제 여미는 죽는다. 여기서 자신이 뭘 할 수 있을까? 홀로 서서 아무것도 하지 않은 채 속수무책으로 여미의 죽음을 받아들이는 것? 아니면 여미가 마지막으로 힘을 쥐어짜내 한 부탁을 들어주는 것? 재림제를 지내는 것?

신율은 도저히 움직이지 않는 고개를 억지로 움직였다. 그가 고개를 끄덕였다.

순간 여미의 구슬이 엄청난 빛을 뿜었다. 그 빛은 구슬이 완성되기 직전, 도깨비의 생명력이 다하기 직전, 꺼져가던 촛불이 마지막으로 확 타오르듯 내지르는 생명력의 단말마였다. 신율과 여미는 물론 몇 걸음 떨어져 있던 포희도 눈을 가렸다. 한참이 지나서야 아플 만큼 시각을 찌르던 빛이 사라졌다.

눈을 떴을 때 신율의 눈앞에 여미가 있었다. 신율은 숨이 막혔다. 사방은 고요했다. 방금 전 하늘에 요동치던 구름과 땅에서 솟아오르던 기둥, 귀를 찢는 낭아의 비명과 진동하던 천지 따위는 어디에도 없었다.

신율은 천천히 걸었다. 무서울 정도로 고요하고 넓은 평원 가운데 여미가 홀로 서 있었다. 여미는 신율이 아닌 다른 것을 보는 중이었다. 좀 더 가까이 다가가고 나서야 신율은 여미의 시선이 향한 쪽에 있는 동그란 구슬을 알아차렸다.

"여미 님."

"신율?"

그들은 서로 이름을 불렀다. 입에서 나오는 소리가 이토록 많은 감정을 담을 수 있는 줄 처음 알았다.

"나는 살았구나."

여미가 믿기지 않아 하며 말했다. 그녀는 자신의 몸을 쓰다듬어 보고 주먹을 쥐었다 폈다. 저승이 아니다. 모든 것이 느껴졌다. 살갗 위에 스치는 강한 생명의 기운을 느꼈다. 피부 아래 맥박이 강하게 뛰었다. 여미는 전신에 퍼지는 따뜻한 피를 느꼈다.

"결국 재림제를 지내지 않은 거냐?"

"아닙니다. 재림제를 지냈습니다."

여미의 죽음이 확실시되는 순간, 신율은 재림제를 발동했다. 여미의 부탁을 거절할 수 없어서였다. 여미의 눈이 감기고 신율이 재림제를 완성하는 순간 강력한 빛이 터져 나왔다.

"어떻게 된 것인지 도통 영문을 모르겠다."

여미는 죽음을 받아들이는 동시에 자신의 구슬을 만들어냄으로써 생을 선택했다. 여미는 스스로 생을 포기하면서 재림제의 제물로 죽었다. 그러나 죽는 동시에 새 생명을 얻어 다시 태어났다. 죽기로 결심했기에 얻을 수 있었던 생명이었다.

"생과 사는 다르지 않다."

신율은 이제야 환상의 말을 제대로 이해했다. 신율은 아무 말도 하지 않고 여미를 끌어안았다. 여미도 손을 올려 신율의 등을 토닥였다. 신율의 어깨가 작게 떨렸다. 여미는 어깨 위에 떨어지는 그의 눈물을 느꼈다.

살았어.

우리는 살았구나.

주변을 둘러보았다. 뻥 뚫린 듯 시원한 하늘이 위에 있었고 단단한 대지가 아래에 있었다. 여미가 발을 옮기자 갖가지 색상의 꽃 도깨비가 피어났다.

"도깨비!"

여미가 놀라 외쳤다. 신율이 아래를 내려다봤다. 그도 여미의 발걸음을 따라 피어나는 꽃 도깨비를 보았다.

"여와산이 아닌 곳에서 꽃 도깨비가 피어나다니……."

여미가 의문을 가득 담아 중얼거렸다. 신율은 여미를 돌려 세웠다. 여미를 뒤에서 끌어안은 채로 그가 허공을 가리켰다.

"아!"

여미가 탄성을 질렀다. 죽음에서 깨어난 순간 여미를 맞아준 동그란 구슬이 둥둥 떠 있다. 여미가 양손을 모아 내밀자 주인을 구슬이 반기는 강아지처럼 손으로 날아들었다.

구슬로부터 유래한, 일렁이는 흰색 파도 끝부분에서 포말 같은 것이 일어났다. 파도가 덮치고 지나간 곳에 이슬 머금은 꽃이 피어났다. 세상은 금방 아름다운 것들로 가득 찼다. 방금 전까지 살신의 주술이 지배하던, 절망적인 공간이라곤 생각할 수 없는 빛의 물결이었다.

"인간의 땅에서 도깨비가 태어날 수 있다는 건, 낭아구슬이 돌아왔다는 것이죠."

낭아구슬 재림이다. 재림제가 성공했다. 나무 패에 끼워둔 천이 불탔고 피로 쓰인 소원이 이루어졌다.

"이게 낭아구슬이라고? 하지만 이건…… 내 구슬인데."

"생과 사를 초월한 순간 여미 님은 낭아와 동등한 깨달음을 얻은 겁니다. 게다가 여미 님은 낭아의 기운을 이은 존재이니, 낭아구슬과 똑같은 기능을 하는 구슬을 만들어낼 수 있는 겁니다."

"생과 사를 초월해?"

"이론은 불완전한 것이니 굳이 이해하실 필요 없습니다. 여미 님이 경험하신 일로 충분합니다. 죽음을 결심하고 구슬을 만들어낼 때 무엇을 느끼셨습니까?"

"글쎄……."

드물게 여미는 신율의 질문에 대답하지 못했다. 무엇을 느꼈냐고? 그건 여미도 설명하기 힘들었다.

"언제까지고 이렇게 있고 싶지만."

신율이 한숨을 쉬었다. 그가 여미를 끌어안고 있던 손을 풀더니 앞으로 걸음을 옮겼다. 그의 시선이 향한 곳엔 포희가 있었다. 그는 신율이나 여미보다 훨씬 상태가 나빴다.

포희는 다리에 힘이 풀린 듯 바닥에 털썩 주저앉은 채였다. 수기를 무리하게 끌어 쓴 부작용으로 몸이 바짝 말랐다. 살갗은 갈라지고 혈관 속엔 화(火)기가 들끓었다. 포희가 조금이라도 움직일 때마다 화기가 그를 괴롭혔다. 포희는 등허리에서 불꽃이 터지는 고통을 느끼고 혁 소리를 내며 몸을 수그렸다.

"포희."

신율이 포희 앞에 다가가 섰다. 포희는 땅에 고개를 박은 채로 몸을 마구 떨었다.

"흐, 하하……."

허망한 웃음소리가 새어 나왔다.

"끝인가? 나는…… 내기에서 졌구나."

외도와 배신으로 얼룩진 그의 내기가 끝났다. 포희는 완전히 다른 사람이 된 것처럼 힘없이 말했다.

"그녀가 준비한 안배가 이런 것이었을 줄은 꿈에도 몰랐다."

살신 주술에 이용될 걸 알면서도 굳이 자신의 분신을 만든 낭아. 사랑하는 사람의 생(生)이라는 극단적인 제물. 낭아는 내기의 본질을 알고 있었다. 단순히 살신 주술을 막는다 해서 포희가 모든 걸 인정할 리 없다. 포희를 설득하기 위해선 도깨비와 인간이 서로 함께 살 수 있다는 걸 보여줘야 한다.

어떤 의미에서 그건 낭아 인생 최고의 난제였다. 시조신인 낭아 자신도 포희와 함께 사는 것에 실패했으니까.

포희가 내기의 결과를 자신의 핏줄에 건 반면, 낭아는 먼 미래에 소망을 걸었다. 죽기 직전 도깨비풀을 만들며 낭아는 먼 미래 태어날 용기 있는 누군가에게 모든 걸 걸었다.

"낭아가 이겼으니 내 살신 주술은 버려도 좋아."

한참을 흐느끼던 포희가 신율에게 말했다. 신율이 고개를 끄덕였다. 그렇지 않아도 가주에게 망각의 술을 걸어 승천의 서를 영원히 봉인할 생각이었다. 승천의 서를 봉인한다 함은, 포희가 영원히 낭아의 곁을 지켜야 한다는 이야기이기도 했다.

모아 쥔 양손 위에 고이 구슬을 얹은 여미가 애매한 표정을 지었다. 살신이라는 극단적 선택을 한 포희를 지지하진 않지만 그가 영원히 낭아의 곁에 매여 있어야 한다니 마음이 좋지 않았다.

"괜찮다."

여미의 생각을 읽은 듯 포희가 대답했다.

"이것을 보아라."

포희의 손이 급격하게 늙어가고 있었다. 노인치고 건장한 체격이었던 그의 등이 굽고 살이 빠지는 광경에 신율은 놀랐다. 하나, 포희는 놀라지 않았다.

"끝까지 내가 졌다. 낭아는 나를 불사체로 내버려 둘 생각이 없었어. 그녀의 곁을 떠나지 않는 대신 나는 이제 늙어갈 수 있다."

이미 아무도 포희를 기억하지 않는 세상이다. 포희의 처분을 결정할 사람은 낭아밖에 없다. 포희는 이제 낭아 곁에서 늙어갈 거다. 낭아가 말한 '나를 떠나지 말아요'란 늙어 죽을 때까지 함께 있어달란 뜻이었나.

"서로 다른 존재는 평생 함께할 수 없다고요?"

낭아가 물었다.

"나의 후손이 인간을 포기하지 않고 자기 자신도 포기하지 않을 만큼 용기가 있다면, 내가 이기는 거예요, 포희."

"누구도 그럴 용기는 없소. 누구도 필멸의 운명 앞에서 초연할 수는 없어. 내가 이길 거요, 낭아."

낭아가 죽기 전 대화를 나눴다. 포희는 자신이 이길 거라 선언
했다. 낭아는 반박하지 못하고 숨을 다했다. 포희는 낭아에게 이
기고 인간과 도깨비가 서로를 포기할 수밖에 없다는 걸 증명하기
위해 칠백 년을 보냈다.

**어때요, 포희? 칠백 년을 넘어 내가 보낸 진심이 당신에게 도착
했나요?**

포희의 귓가에 낭아의 목소리가 들렸다.
"나의 아내는 끝까지 나를 사랑했구나."
포희가 탄식했다. 노화가 빨라졌다. 포희는 더 이상 앉아 있을
힘도 없었다. 그가 땅에 고꾸라졌다. 신율은 그를 바로 눕혔다.
포희는 하늘을 바라보며 한참을 허허롭게 웃었다. 이윽고 웃는
것조차 힘에 부치게 되었을 때 포희가 말했다.
"낭아구슬을 써라."
여미의 손 위에 있던 구슬이 빙글빙글 돌더니 새로운 빛을 뿜
어냈다. 쪽빛이었다. 쪽빛이라 함은 본디 빛을 흡수하는 성질을
가진 어두운 색이다. 빛이 쪽빛이라는 건 있을 수 없는 일이었다.
그럼에도 여미의 구슬을 분명히 쪽빛으로 빛났다.
"낭아구슬은 두 가지 색을 지닌다. 흰색일 땐 정화의 힘을, 쪽
빛일 땐 개척의 힘을 가지지."
"신묘한 일투성이로구나."

여미는 자신의 쪽빛 저고리를 내려다보았다. 처음 신율을 만나고 그와 첫 나들이를 할 때부터 어쩌면 세상은 이 순간을 예고하고 있었는지도 모른다.

"너희가 해야 할 일이 있다."

여미와 신율은 순간 긴장했다. 포희는 서씨 가문의 후손들에게 살신 임무를 떠맡긴 존재다. 다 끝났다고 생각했는데 다시 포희의 흉악함이 그들을 옭아맬지도 모른다는 생각이 들었다.

"걱정 말아라."

포희가 호탕하게 웃었다.

"폐허가 된 낭아산을 재건하는 게 너희들의 일이다."

"낭아산을?"

신율이 물었다. 포희가 고개를 끄덕였다.

"하얀 도깨비는 낭아의 후손이니 낭아산에서밖에 살 수 없다. 어린 서씨 너는 하얀 도깨비가 폐허 속에서 살길 바라는 거냐?"

신율이 고개를 저었다. 여미가 폐허 속에 살게 놔둔다? 결코 있을 수 없는 일이다. 낭아산을 발견해 인세를 버리고 여미와 함께 사는 건 신율의 원래 목표이기도 했다.

"다시 조화를 펼쳐라."

포희가 말하고 여미가 경악했다. 조화는 낭아의 일이 아닌가. 여미는 낭아가 아닌데 낭아의 일을 대신할 수 있을까? 그녀의 목구멍에서 소리가 되지 못한 말이 맴돈다.

"낭아처럼은 할 수 없겠지. 나도 안다. 너는 낭아의 분신이지만 낭아 자체는 아니지. 경험도 인품도 낭아보다 아래이니."

포희가 재차 여미와 낭아는 다른 존재임을 강조했다. 여미는 안심하여 가슴을 쓸어내렸다.

"결정적으로 낭아는 신이지만 넌 그저 도깨비야."

낭아산은 신들의 숨결 속에 있던 전설적인 공간이다. 여미에게 아무리 큰 힘이 있더라도 전설의 시대를 재현하는 건 불가능하다.

"너는 낭아와 다르기 때문에 낭아의 힘을 품을 수 있는 거다. 낭아산을 지탱하는 진짜 힘은 낭아의 신력이 아니라……."

포희는 말을 마치지 못했다. 급격히 노화하는 몸에 적응하지 못한 그가 목이 나가도록 기침하며 허리를 숙였다. 쭈그러진 노인의 몸이 천천히 바닥으로 쓰러졌다. 포희는 자신을 부축하려는 신율의 손을 쳐 냈다. 그는 고목나무 틈새로 비어져 나오고 있는 거대한, 벌거벗은 낭아산을 보며 말했다.

"풍요로운 산으로 만들어라. 낭아산은 원래 다섯 산 중 가장 아름답고 휘황한 곳이었다. 신들과 소통하는 도깨비들이 노니는 지상낙원이었다. 할 수 있겠느냐?"

"응. 내가 해보겠다. 아니, 하겠다."

여미가 대답했다.

"마음 편히 늙어갈 수 있겠구나."

긴 세월 동안 죽은 아내의 시체를 지켜온 포희는 칠백 년 만에 처음으로 편한 숨을 내쉬었다.

"여보, 당신. 낭아. 조금만 기다리시오. 이제 내가 가오."

포희가 눈을 감았다. 그의 몸이 풀밭 위에 엎어졌다. 그 모습을 지켜보던 여미와 신율이 서로의 손을 맞잡았다. 포희는 곧 후손들에게 둘러싸였다. 승천제를 지내다 죽은 다섯 명의 서씨와 도깨비풀이 빛으로 화해 포희를 둘러쌌다. 반딧불과 민들레 씨앗으로 변한 후손들과 달리 포희의 시체는 보통 인간처럼 썩어갔다.

"이상하구나. 너에게 살신의 짐을 지게 한 노인이 죽으면 기뻐야 마땅한데."

여미가 씁쓸하게 중얼거렸다.

"내 마음이 슬프구나."

포희가 다시 살아났으면 좋겠다던가, 그가 내린 살신의 서를 용서하겠다던가 하는 마음이 아니다. 노인이 견뎌온 칠백 년 세월을 향한 동정이었다.

여미가 신율을 올려다봤다. 신율도 여미를 보았다. 구슬이 내뿜는 신비로운 빛에 휘감긴 그의 도깨비풀은 인간의 상상을 아득히 뛰어넘는 아름다움을 가졌다. 신율은 문득 여미를 꼭 끌어안고 싶었다. 끌어안아 그녀의 입술을 탐하고, 환상 속에서 맛보았던 그녀의 달콤한 액을 들이켜고 싶다. 신율은 참지 못하고 여미를 끌어안았다. 이제 고통 따위는 느껴지지 않았다. 대신 미친 듯이 날뛰는 심장의 두근거림이 들렸다. 여미의 심장과 신율이 심장이 같은 박자로 뛰었다.

"선조가 낭비한 칠백 년은."

신율이 말을 끊었다. 그는 여미의 목덜미에 얼굴을 파묻고 여미의 향기를 들이마셨다. 온 마음이 충만해졌다. 신율은 여미의 탄생부터 지금에 이르는 길고 긴 삼 개월을 떠올렸다. 시간이 스쳐 지나가는 바람처럼 아득하게 느껴졌다.

"선조가 낭비한 칠백 년은 제가 갚겠습니다."

신율이 여미의 얼굴을 양손으로 감싸 쥐었다. 여미의 얼굴이 하도 작아 그의 손에 파묻히다시피 했다.

"그러면 여미 님의 마음도 편해지겠지요."

신율은 눈부신 빛의 바다 속에서 여미에게 입을 맞췄다.

오로지 달콤하기만 했다.

외전. 이후무무주

"결혼 전에 같은 방을 쓰겠다고?"

경악성이 들려왔다. 여미는 저도 모르게 움츠러드는 몸을 폈다.

"약혼은 신성한 약속이자 두 가문의 명예가 달린 일이다. 약혼한 남녀가 혼인도 전에 정을 통하다니? 말도 안 되는 소리 하지 마라."

"난 가문이 없다."

여미가 항변했다.

"가문이 없어도 혼례가 신성한 약속이란 건 변하지 않는다."

신태가 딱 잘라 말했다.

포희가 죽은 칠 개월이 지났다. 여미와 신율은 잠시 서씨 가문 본가에 돌아왔다. 바로 혼례식을 올리기 위해서였다.

"가주께서 자리를 비운 현재 서씨 가문의 기강과 명예는 내 손에 달렸다.”

재림제가 완료되자마자 가주가 쓰러졌다. 재림제가 진행되던 때 하늘이 갈라지고 신령스러운 기운이 온 환국을 뒤덮었는데, 신령스러운 기운을 기꺼워하는 다른 이들과 달리 가주는 미친 듯이 화냈다. 나중에 신라가 말하길 ‘그리 이성을 잃은 가주의 모습은 처음 보았다. 분명 부친이 맞는데…… 전혀 다른 사람 같았네’이라 했다.

창고에 감금되어 있던 신태는 신령스러운 기운을 느끼자마자 창고 문을 떼고 나왔다. 창고를 지키던 가신과 장로들은 한손으로 거뜬히 창살과 부적을 박살내는 신태를 보고 기절할 뻔했다. 나중에 신태가 회상하길 ‘신령스러운 기운에 닿은 순간 상처가 낫고 금제가 사라지더군’이라 했다.

가주는 신태의 손에 거꾸러졌다. 거꾸러진 그를 햇빛이 미치지 않는 음지에 두니 곧 제정신을 차렸다. 정신을 차린 가주는 이전처럼 냉엄한 모습으로 돌아왔다. 가신들은 가주가 복귀하길 바랐으나 가주는 고개를 저었다.

“나는 비사를 완성하는 데 실패했다.”

영문 모를 말을 중얼거린 가주는 감 부인과 함께 본가를 떠났다. 그럼으로 인해 가주의 권한은 자연스레 모두 신태에게 넘어왔다. 전 가주의 은퇴가 너무 갑작스러운 일이라 아직 정식 절차를 밟지 않았을 뿐, 이제 서씨 가문의 가주는 신태인 것이다.

신율은 가주가 쓰러지고 음지에 들어가고, 은퇴 선언을 할 때까지 눈썹 하나 꿈쩍 안 하고 있다가 신태가 가주 자리에 올랐다는 말을 듣고 본가에 내려왔다.

"같이 가시겠습니까?"

신율이 여미에게 물었다.

"여미 님과 정식으로 혼례를 치르고 싶습니다."

그리하여 여미는 지금 신태 앞에 서 있게 된 것이다. 오랫동안 정자세로 있으려니 발이 저려왔다. 코에 침을 바르고 싶었지만 신태가 또 한 소리 할 게 두려워 참았다. 게다가 지금 방 안에는 신태만 있는 게 아니었다. 그에 대해 생각하자마자 익숙하고 다정한 손길이 여미의 등을 쓰다듬었다. 순식간에 온몸의 긴장이 풀렸다.

"발이 저리십니까?"

칠 개월. 짧다면 짧고 길다면 긴 시간 동안 신율은 하나도 변하지 않았다. 그는 황제 저리 가라 할 만큼 극진하게 여미를 모셨다. 그의 손이 저린 여미의 발목을 살포시 쥐더니 살살 주물렀다. 보기와 다르게 주무르는 손길이 어찌나 야무진지 여미는 탄성을 내지를 뻔했다.

"좀 살 것 같구나."

"그럼 혼례에 대해 다시 의논합시다."

신율이 회의장을 향해 말했다. 모여 있던 가신들이 큼큼 헛기침을 하며 눈을 돌렸다. 서씨 가문 셋째 도련님이 웬 하얀 여자를 데려와 혼인할 거라 할 때만 해도, 일이 이렇게까지 커질 줄은 몰랐다.

"잘 될지 모르겠습니다."

새로운 가주와 셋째 도련님 눈치를 보던 령후가 기어들어가는 목소리로 말했다.

"아무래도…… 도깨비와 인간의 혼례는 최초의 일인지라……."

도깨비라는 말이 나오자 회의장 안에 모여 있던 장로들의 어깨가 눈에 띄게 굳었다. 재림제가 성공한 이후 각자의 산에 묶여 있던 도깨비들이 자유를 얻었다. 그리하여 원래 움직임이 없는 여와산 식물도깨비를 제외하고, 다른 도깨비들이 모두 환국에 내려왔다.

*

재림제가 끝나고 처음 삼 개월 간은 대 혼란의 시기였다. 환국의 모든 도깨비 사냥꾼들은 대문을 두드려 대는 의뢰인들의 목청에 시달렸다. 환국 국민들은 문 앞까지 내려온 치우도깨비와 이탈도깨비를 보고 거품을 문 채 쓰러졌다. 멧돼지 모습을 한 치우도깨비가 쓰러진 인간의 가슴팍에 코를 박고 킁킁거렸다.

"완전 맛이 갔군."

치우도깨비와 인간이 조우한 후 나온 최초의, 역사에 기록될 첫 발화였다.

"인간들은 종이와 먹을 통해 교류하는지라 소식이 느려 아직 재림을 모른다."

멧돼지 도깨비 옆에 있던 이탈도깨비가 말했다. 멧돼지 도깨비를 말린 이탈도깨비는 푸른 기운을 두른 용이었다. 치우와 이탈은 용 도깨비의 인도에 따라 인간들이 진정할 때까지 치우산 자락에 자리를 잡았다. 여와도깨비들은 움직이지 않는 대신 쉬지 않고 꽃잎과 씨앗을 날려 보냈다.

신율은 재림제가 끝나자마자 본가에 연락을 취했다. 신율로부터 급(急)을 받은 신태는 재빨리 환국의 모든 사냥꾼들에게 도깨비 사냥을 중단하라는 명을 전달하고 도깨비와 더 이상 싸울 필요 없다는 방을 붙였다. 화씨 가문과 함께 황궁으로 찾아가 도깨비 문제로 황제를 알현하기도 했다.

그 모든 소동 끝에 도깨비와 인간의 전쟁이 드디어 끝났음을 모두가 알게 되었다. 도깨비는 사람 땅에 내려와서도 멀쩡히 이지를 유지하고 능수능란하게 소통했다. 사람도 도깨비 산을 등산하듯 오를 수 있었다.

환국 국민들은 천천히 뒷마당과 앞마당의 도깨비에 익숙해졌다.

그러나 칠백 년간 이어져 온 골이 반년 만에 해소될 리는 없다. 인간과 도깨비는 처음 합방한 신랑신부처럼 굴며 서로를 조심스럽게 대했다. 공격할 필요가 없음을 알지만 나서서 친해지려 하지도 않았다. 다른 말로 하면 평화로운 얼음판이었다. 깨지지 않으리라 믿고 한 걸음 한 걸음 내딛지만 발바닥이 미치도록 시려운 시국이었다.

그 와중에, 신율이 여미와 결혼하겠다고 선언한 것이다.

신율의 서신이 도착하자 서씨 가문 장로들은 말 그대로 뒤집어졌다. 떡을 먹다 체해 의원을 부른 이도 있었다.

"인간과 도깨비의 혼인이라니, 그것도 도깨비사냥꾼으로 이름

높은 서씨 가문의 신율 도련님이 정체 모를 흰 도깨비와 혼인이라
니, 말도 안 됩니다!"

장로와 가주들을 대표해 나온 령후가 온 집 안이 떠나가도록
쩌렁쩌렁 외쳤다. 그들은 신율을 말려달라고 신태에게 고했다. 실
질적인 가주는 신태고, 서씨 가문에서 가주의 명령은 절대적이기
에 앞뒤 생각 없이 신태에게 신율을 고자질하러 간 것이었다. 더
구나 성정이 얼음처럼 차가워 필요하다면 장로라도 쳐 내는 신율
도련님 앞에서 대놓고 혼례를 반대할 배짱이 없기도 했다.

"흥미로운 관점이군, 령후."

장지문을 연 신태가 신발을 신고 나왔다. 뒷짐 진 채 마당을
가득 채운 장로들을 보던 신태가 말했다.

"내 동생 앞에서 한번 고해보겠는가?"

신태 뒤에서 장지문이 한 번 더 열렸다. 그리고 눈부신 흰 머리
카락을 지닌 여인이 폴짝 뛰어내렸다.

"다치면 어쩌시려고요, 여미 님."

여인을 걱정하는 다정한 목소리가 들렸다.

"내 도력이니 주술이니 하는 것들은 어떤지 몰라도 몸놀림 하
나만큼은 자신 있다. 대체 너는 나를 뭐라고 생각하는 것이냐?
쥐면 깨지는 유리 거울? 불면 날아가는 깃털?"

"그런 것보다는, 입에 넣으면 녹아버릴 당과 같습니다."

목소리의 주인은 바로 신율이었다.

"으윽. 너는 어째 날이 지나면 지날수록 낯 뜨거운 소리를 아무
렇지 않게 하는구나."

여미는 신율의 다정함이 좋았지만, 한편으로는 부끄럽기도 했

다. 그러자 신율이 웃으며 단단한 팔로 여미를 휘감아 끌어안았다. 신율이 커다란 손으로 여미의 턱을 들어 입을 맞췄다.

여미가 읍읍거리며 숨 막혀 했지만 신율은 달콤한 그녀의 입술을 탐하는 걸 멈추지 않았다. 숨이 모자라게 된 여미가 신율의 가슴을 팡팡 두드릴 때가 되어서야 신율이 그녀를 놔주었다. 여미는 주변의 시선에 새빨갛게 달아올라 신율의 가슴팍에 얼굴을 파묻었다. 신율은 그런 여미의 뒤통수를 살살 쓰다듬어 달래며 신태를 찾아온 장로들을 바라보았다.

"그래, 인간과 도깨비의 혼인이 어쨌다고?"

"어, 언제 오셨습니까? 분명 서신은 어제 도착했습니다. 산동에서 여기까지 오려면 적어도 일주일은 걸릴 터인데……."

"언제 내게 거리가 문제가 되었나?"

신율은 손바닥 위에 축지를 띄워 보였다. 재림제가 끝나고 바뀐 건 인간과 도깨비의 관계뿐만이 아니었다. 어찌된 일인지 재림제에 참가했던 신율의 공력이 굉장히 높은 수준으로 발전했던 것이다.

방금 전까지 쩌렁쩌렁 소리를 지르던 장로들은 순식간에 꿀 먹은 벙어리가 되었다. 그리하여 신율의 서신이 도착하고 나서부터 사흘 후, 유례없이 빠른 속도로 장로 회의가 잡혔다.

*

"혼례는 어떻게 진행되는 것이냐?"

여미가 물었다. 모든 이들이 조용한 가운데 신태가 가장 먼저 입을 열었다.

"형식이 중요하지."

"마음만 통하면 되는 거 아닌가?"

"형식을 다함에 있어서 마음이 간절한 것이다. 너도 재림제……
제사를 지내보아 알지 않느냐? 형식을 갖추지 않으면 아무리 간
절한 바람이라도 이룰 수 없어."

"그럼 나도 인간 황제처럼 무지막지하게 화려한 혼례를 치러야
하는 건가?"

가주 회의를 위해 기다리던 중 여미는 심심함을 달래기 위해
역사 속 혼례를 기록한 인간들의 그림책을 읽었다.

천진난만한 여미의 말에 신태가 얼굴을 찌푸렸다.

"분에 맞지 않는 화려한 혼례는 형식을 중요시 하는 것과 정
반대다. 사람에겐 모름지기 정해진 분수가 있고, 그 분수에 맞춰
최대한의 성의를 표하는 걸 바로 형식이라고 하는 거다. 무리하게
사치하는 게 아니라."

길게 이어진 신태의 연설에 여미는 반쯤 넋이 나갔다. 신율이
고개를 숙여 속삭였다.

"신경 쓰지 마세요, 여미 님. 형님께서 공(孔)씨 선생(子)의 가
르침에 심취한 터라. 우리는 순(荀)씨 선생(子)의 말을 따를 테니
걱정 없습니다."

무슨 소리인지 모르겠지만 신태의 딱딱하고 엄격한 말에 따르
지 않아도 된다는 뜻인 것 같아 여미가 안도의 한숨을 내쉬었다.

"뭐, 그래도 최소한의 형식은 갖춰야겠지요. 혼례복을 입은 여
미 님이 보고 싶기도 하고요."

신율이 환하게 웃었다.

"이제는 더 이상 기다릴 필요 없습니다. 여미 님과 저는 바로 부부가 될 수 있을 겁니다."

부부! 일전 화린과 신율이 약혼 관계라는 말을 들은 여미는 크나큰 질투를 느꼈다. 그런데 이제 여미가 신율의 부인이 된다. 여미는 호기심이 솟구쳤다.

"혼례를 올리면 바로 부부가 된다고?"

"그렇다."

신태가 대답했다. 집안 회의에선 무조건 가장 높은 사람이 질문에 대답한다. 게다가 여미는 아직 외부인이니, 신태는 예를 갖춰 여미의 질문에 모조리 대답했다.

"그럼 혼례를 올리면 바로 정을 통하는 것이냐?"

예상치 못한 질문에 신태는 살짝 당황했다. 그러나 손님이 조금 상식을 모른다고 해서 예의를 포기할 수 없었음으로, 얼굴을 살짝 붉힌 채 대답했다.

"혼례를 올리고 나면 정을, 큼, 정을 통하는 거다."

"올리는 즉시? 바로 그 자리에서?"

무슨 생각을 했는지 신태의 얼굴이 새빨갛게 변했다.

"아니! 무슨 망측한 소리를. 일단 약혼이 정해지면 납채, 문명, 납길, 납징, 청기를 진행해야 하며 위의 다섯 가지 예를 완벽히 수행하고 나서야 친영, 즉 본격적인 혼례를 과정을 거칠 수 있는 거다. 원래대로라면 공씨 선생이 복원한 육례를 정확히 따라야 하지만 현재 양측 모두 부모가 없는 상황이니 불가피하게 폐백을 생략한다. 현구고례도 생략해야겠지. 그러나 등롱과 기러기는 꼭 준비할 것이다. 이후 대례를 치르고 상호례까지 마치면 그때서야 동방화촉(洞房華燭)이다.”

어마어마하게 복잡한 설명에 압도된 여미가 멍한 표정으로 먹고 있던 약과를 떨어뜨렸다. 신태가 큼, 하고 커다랗게 헛기침했다.

“동방화촉, 신랑과 신부의 방에 화촉을 밝히는 것이 즉 정을 통하는 일이다.”

신태가 최대한 돌려 말했다. 불행하게도, 여미는 인간들의 비유에 익숙하지 않았다.

“화촉은 뭐 하러 밝히는 것이냐? 정을 통하는 데 불꽃이 필요하다니, 너희들은 혹시 불 도깨비와 관련이 있느냐?”

여미는 ‘동방에 들어가 화촉을 밝힌다’는 비유를 알아듣지 못했다.

“화촉은 밝혀도 되고 안 밝혀도 된다. 비유를 쓰지 않고 말하자면 화촉을 밝히지 않고 끄는 게 순서겠군.”

“불을 끄면?”

여미가 몸을 앞으로 기울이며 물었다. 신태는 땀을 뻘뻘 흘리면서도 열심히 대답했다.

“신랑과 신부는 서로 예를 표하기 위해 맞절을 한다.”

“맞절하고? 그리고 정을 통하나?”

“아니! 일단 옷고름을 풀어야지. 옷을 입고 할 생각이냐?”

“푸르면?”

“서로 입을 맞추겠지. 그리고…….”

인간의 일에 도무지 무지한 여미가 답답해 하나하나 가르치려던 신태는 문득 주변이 이상할 정도로 적막함을 느꼈다. 고개를 돌리니 령후를 비롯한 모든 가신이 입을 떡 벌린 채 장로회의 한 복판에서 혼인한 남녀의 첫날밤을 자세히 묘사하고 있는 둘을 바라보고 있었다.

"그리고 그다음은? 그다음은 어찌 되느냐."

"이제 그만하거라!"

여미의 질문에 넘어가 남녀 간의 통정을 상세히 설명할 뻔했던 신태가 버럭 화를 냈다. 신태는 위엄을 되찾으려 애쓰며 신율과 여미의 혼례에 대한 사항을 정리했다.

"혼례는 육례혼례제를 따른다. 신부는 도깨비이니 태어난 일시를 통해 기일을 잡지 않고 신부가 던진 생쌀의 모양을 보고 날을 잡겠다."

"들었습니다. 장로 회의에서 아주 큰 망신을 당하셨다죠."

회의가 끝나고 세 형제가 모였다. 신라가 키득거리는 웃음을 멈추지 못하자 신태가 엄하게 그를 노려봤다. 신라는 웃는 모습이라도 감추기 위해 부채를 펼쳐 입을 가렸다.

신라가 큼큼 헛기침을 하며 주제를 바꿨다.

"드디어 신율에게도 짝이 생겼군요."

이번엔 신율이 주먹을 말아 쥐고 입을 가렸다. 엄격한 큰형 앞에서 웃음을 가리기 위해서였다. 여미 생각만 하면 웃음이 나왔다.

신태가 딱히 아무 말도 하지 않았기에 잠시 침묵이 흘렀다. 신라는 창문 밖 하늘하늘 날개를 펼치며 날아다니는 나비를 구경하며 부채를 살랑살랑 부쳤다. 그새 지루해졌는지 그가 또 장난 거리를 생각해 냈다.

"형님만 색시 못 들여 어떡합니까?"

신라가 신태를 골리듯 말했다.

"입만 살았구나, 서신라."

"저는 짝이 있습니다만?"

요사스럽고 얄미운 목소리였다. 보통 사람이라면 모두 홀릴 만한 요사스러움이었지만 신태에겐 아무 소용없었다.

"사야요가 네 색시더냐? 혼례는 올렸고? 아니, 사야요가 혼례만은 허락하지 않았겠지."

신라의 부채가 뚝 멈췄다. 이번에는 신라가 한 방 먹었다. 한쪽이 혼례를 올릴 의사가 충분함에도 다른 한쪽이 거부하는 이유는 단 한 가지밖에 없다. 못 미더워서.

"그렇지 않아도 백날 천날 거절당하고 있습니다. 형님까지 나서서 제 상처를 들쑤실 건 뭐랍니까?"

신라가 불퉁거렸다.

"너의 그 경박스러움 때문에 안 되는 거다."

신태의 고지식한 기준에 신라는 한참 미달이었다. 신라가 눈을 샐쭉하게 뜨고 부채로 입을 가린 채 골이 났다.

"신율의 혼례 이야기로 돌아가지."

신율이 입을 가리고 있던 손을 떼고 바른 자세를 취했다.

"그에 대해서 드릴 말이 있습니다."

"무엇이냐?"

"교배례와 합근례가 끝나고 나서 보내는 첫날밤 말입니다만.

여미 님의 본거지인 낭아산에서 첫날밤을 보내고 싶습니다."

환국 수도와 낭아산이 있는 산동은 말을 달려 일주일도 넘게 걸릴 만큼 멀다. 평범한 혼례라면 교배례, 합근례 이후 바로 산동에서 첫날밤을 보내는 게 불가능하다. 하나 이건 평범한 혼례가 아니었다.

"축지를 쓰면 못 할 것도 없지."

부루퉁해 있던 신라가 툭 던지듯 말했다.

"황하에서 산동까진 네가 쓴 축지로도 그럭저럭 갈 수 있었던 데 비해, 수도에서 산동까지 가려면 꼭 내 도움이 필요하겠지만 말이다."

더불어 끝에 이죽거리는 것도 잊지 않았다.

"예. 그래서 둘째 형님께도 부탁드리는 바입니다."

신율은 신라의 이죽거림에 동요하지 않고 진지하게 부탁했다. 신라가 의외라는 표정을 지으며 부채를 탁 접었다. 신태도 마찬가지였다. 두 형 모두 막냇동생이 이리 고분고분하게 구는 걸 평생 본 적 없었다.

"네가 웬일이냐?"

신라가 물었다. 신율이 잔잔하게 웃었다.

"그만큼 중요한 일이니까요. 여러 가지 불가피한 이유로 식은 수도에서 올린다 해도, 첫날밤만큼은 꼭 여미 님이 편안함을 느끼는 곳, 여미 님의 고향에서 치르고 싶습니다."

"허어."

신라는 매우 감탄하여 탄성을 내뱉었다. 신태도 신율의 정성을 예사롭지 않게 여겼다.

"그거라면 무조건 도와주지."

"나도 허락한다. 형식은 결국 마음 속 정성을 표현하는 일. 첫날밤을 산동에서 보내는 것보다 그 하얀 도깨비를 더 위할 수 있는 일이 떠오르지 않는구나."

*

가주 회의와 삼형제간의 회의가 끝난 이후 서씨 가문 본가와 수도는 유례없는 혼례 준비로 눈 코 뜰 새 없이 바빠졌다.

려류를 비롯한 여종들은 여미의 혼례복을 준비했다. 여미는 세상에서 가장 아름다운 비단을 보았다. 려류를 비롯한 여종들이 일렬로 늘어서 비단을 펼쳤다. 따끈한 가을 햇살 아래 펼쳐진 비단을 본 여미가 놀라움을 감추기 위해 입가에 손을 가져갔다.

반짝이는 햇살이 붉은 비단 위를 질주했다. 바람이 불면 비단은 물결처럼 출렁였고 해수면처럼 반짝였다. 붉은 비단 위에는 별들이 점점이 자리했다. 하늘의 위치가 바뀔 때마다 비단 위 별들의 위치도 바뀌었다.

"여미 님의 혼례복을 지을 비단이어요. 상서롭다는 붉은색으로 준비했습니다."

려류가 고했다. 어느새 마당 안은 비단을 구경하러 나온 서씨 가문 사람들로 북적북적했다. 결혼식을 두고 왈가왈부하던 장로들도 비단만큼은 경이로운지 눈만 크게 뜨고 감탄했다.

"이런 비단은 나도 처음 보는구나."

신라가 부채를 부치는 것도 잊어버리고 멍하니 비단을 들여다보았다.

"주술로 키운 것이긴 하지만 낭아산에서 자란 누에로 만든 비단이니, 여미 님이 입기 편하고 또 여미 님께 어울리지요."

신율이 말했다.

"낭아산에서 온 비단이란 말이냐?"

신라가 물었다. 신율이 흐뭇하게 고개를 끄덕였다. 개락에 있는 모든 상인들의 꿈이 여기 있었다. 환국 인간들 사이에서 흐릿한 향수로 전해지던 전설이 더없이 또렷한 형태로 강림했다. 낭아산에서 온 비단! 이걸 손에 넣을 수 있다면 험한 일도 마다하지 않겠다는 사람이 널렸을 거다.

"허, 이것 참. 대단한 혼례식이 되겠군."

옆을 지나가던 신태도 한 마디 보탰다.

비단 검수가 끝나자 여종들이 조심스럽게 비단을 말았다. 이제 재단과 바느질, 매듭짓기 등 수많은 과정을 거칠 차례다. 모든 과정이 끝나면 여미는 세상에서 단 하나뿐인, 그리고 가장 아름다운 혼례복을 가지게 될 터였다. 려류를 비롯한 몸종들은 한시도 지체하지 않고 여미를 끌어 혼례복 준비를 위해 특별히 비운 별채에 들어갔다.

여미의 혼례복이 완성되는 동안 신율은 여러 가지 다른 일을 처리했다. 혼례식에 올 사람을 골라내고, 혼례상에 올릴 음식을 준비하고 기러기를 깎았다.

"저어, 도련님. 문제가 있습니다."

한창 기러기를 깎는 도중 도겸이 조심스럽게 신율에게 말을 걸었다.

"무슨 일인가?"

신율이 물었다. 도겸은 어려운 말을 숙고하는지 한참이나 우물쭈물했다.

"양쪽 모두 부모가 없어 폐백과 현구고례는 생략한다 하여도, 주혼자는 있어야 할 것이 아닙니까? 도련님의 주혼자는 신태 도련님이 하시겠지만, 여미 님은……."

"아하, 그 일 말이로군."

도겸은 세상 진지한 표정이었는데 신율은 허허 웃었다.

"그것만큼은 걱정 마라. 자격도 품위도 모두 갖춘 지원자가 두 명이나 있어 고르는 데 애먹었을 정도니까."

다음 날, 수도 사람들은 아직 환국 그 어떤 마을도 경험하지 못한 특별한 광경을 보게 되었다.

치우나 이탈도깨비가 산을 내려왔다 해도 진짜 거물들은 아직 산 속에 있었다. 인간과 도깨비가 사는 땅의 구분이 사라졌다 해서 인간의 황제가 당장 도깨비산으로 이사 가지 않는 것처럼, 도깨비산의 수장이나 수장에 버금가는 왕과 같은 도깨비들은 산 아래로 내려오지 않았다. 하지만 이례적으로 내려오는 일이 생겼으니, 그건 바로 여미의 혼례였던 것이다.

여미의 주혼자가 될 이가, 수장급 도깨비로서는 처음으로 산 아래에 발걸음했다. 그가 천이백 리 밖에 모습을 드러냈을 때부터 수도의 모든 인간들은 일손을 멈추고 그를 구경했다. 그럴 수밖에 없었다. 그 선비가 다가오는 모습은 실로 기이하고 환상적이며 보는 사람의 시선을 붙들고 놓아주지 않았다.

선비는 축지라도 쓰는 듯 걸음마다 십 리를 건너뛰었고 발은 허공에서 한 뼘쯤 뜬 채였다. 선비는 곰방대를 물고 있었는데 천이백 리를 걸어올 동안 곰방대는 전혀 닳지 않고 항상 새로운 담배를 채운 듯 뭉게뭉게 구름을 피워 올렸다. 선비가 한 걸음 내디딜 때마다 바닥에는 오랑캐꽃이 피고, 여덟 갈래 무지개가 생겨났다.

가장 놀라운 건 선비의 용모였다. 선비가 백 리 밖까지 도달해 수도 사람들이 그의 얼굴을 볼 수 있게 되자마자 여기저기서 탄성이 터져 나왔다.

"세상에 저리도 아름다운 사내가 있나."

"내 눈이 잘못된 거 아니지? 저 사내가 허리 아래까지 머리카락을 길러 곱게 땋고 있는 건가? 재주도 좋군."

"서씨 가문의 신라 도련님 말고도 사람을 홀릴 수 있는 사내가 있는 줄은 몰랐네."

여미의 주혼자를 맞이하기 위해 나와 있던 신라가 픽 웃었다.

"홀리는 게 당연하지. 저자는 도깨비이니까."

"도, 도깨비란 말입니까?"

신라 옆에 있던 나무꾼이 놀라서 펄쩍 뛰어올랐다. 그가 지고 있던 지게에서 나무가 우수수 떨어졌다.

"하지만 완전히 인간 모습인뎁쇼!"

"둔갑술이지. 아주 고위 도깨비는 인간과 같은 모습으로 둔갑할 수 있다."

선비가 마구잡이로 뿜어내는 무지개와 오랑캐꽃을 피하기 위해, 신라가 부채로 입을 가렸다. 그의 고운 눈썹이 찌푸려졌다.

"요란하게도 등장하는군."

신라의 불평을 끝으로 수도 사람들 모두가 입을 다물었다. 드디어 선비가 십 리 밖까지 도달했기 때문이었다.

"안녕하신가."

선비가 여유로운 미소를 지으며 저에게 홀린 인간들에게 인사했다. 선 곱고 아름다운 얼굴에 비해 목소리는 깜짝 놀랄 만큼 중후했다. 눈을 감고 있었더라면 마치 거대한 들짐승의 그르렁거림으로 들릴 정도였다.

"목소리는 바꿀 수 없는 건가? 혼례 때 사람들이 기겁하겠군."

신라가 말했다. 흰 선비가 살짝 웃었다.

"인간의 모습을 하고 여행한 것도 내 선에서 최선의 배려를 한 것이다. 목소리까지 바꾸라 말한다면, 글쎄. 치우산으로 돌아갈 생각이나 해야겠군."

여미 쪽 주혼자는 흰 호랑이 도깨비였다. 환상도 여미의 주혼자가 되길 자청했지만 신라가 거절했다. 환국 수도 사람들을 모두 놀라게 해 기절시킬 일 있느냐며 타박을 주기도 했다.

흰 호랑이 도깨비는 하얀 갓에 하얀 도포에 하얀 신발이라는, 상당히 특이한 복장이긴 했지만 분명한 인간 모습으로 환국 수도에 도착했다. 흰 호랑이 도깨비는 물고 있던 곰방대를 빼고 구름을 닮은 하얀 연기를 후욱 뿜어냈다. 그리고 의아한 표정으로 삐딱한 신라를 살폈다.

"자네가 도깨비풀의 신랑인가? 신랑은 저번에 날 찾아온 청년이라 생각했는데, 아니었던 모양이군."

"무슨 소리! 신랑이 이런저런 일로 바빠 신랑의 형인 내가 대신 나온 것뿐이다."

흰 호랑이 도깨비의 착각에 신라가 질색했다.

"일단 본가로 가지. 혼례가 시작될 때까지 서씨 가문에서 머물게 될 거다."

"내 평생 도깨비 사냥꾼의 집에서 머물 날이 올 줄이야."

본가에서 흰 호랑이 도깨비를 본 여미는 방방 뛰며 기뻐했다.

"흰 호랑이님! 정말 제 주혼자가 되어주시는 건가요?"

"그렇단다, 작고 어여쁜 도깨비야. 너를 몰랐으면 모르되, 너를 알게 된 이상 최선을 다해야지."

흰 호랑이 도깨비의 수수께끼와도 같은 말에 여미가 고개를 갸웃했다.

"두 분이 똑같이 하야시네요. 가족인가 보죠?"

옆에서 지켜보고 있던 려류가 물었다. 곰방대를 뻐끔거리던 흰 호랑이 도깨비가 미소를 지었다.

"가족은 가족이지. 저쪽이 나보다 까마득히 높은 항렬이긴 하지만."

재림제는 환국에 있는 모든 도깨비들에게 영향을 미쳤다. 이제 도깨비 모두가 자신들의 내면속 깊숙한 곳에 잠들어 있던 낭아전설을 깨웠고 낭아의 숨결을 느꼈으며 낭아가 남긴 유산인 여미를 감지했다.

도깨비들은 이제 모두 여미를 어머니의 증표로 여겼다. 하지만 도깨비들은 인간들의 위계질서와 전혀 다른 체계를 가지고 있는지라 서씨 가문 일원들이 가주 모시듯 여미를 모시진 않았다. 하나 인간들의 위계를 따르지 않았다 뿐이지, 도깨비들은 저마다의 방식으로 여미를 존중했다. 흰 호랑이 도깨비가 인간 모습으로 환국을 가로지르는 수치를 감내하고, 인간들 혼례에 주혼자로 서는 것도 낭아가 남긴 도깨비풀인 여미를 위해서였다.

"혼례가 언제라고?"

"바로 내일모레입니다."

혼례 이야기가 나오자 여미가 얼굴을 붉혔다. 흰 호랑이 도깨비가 곰방대를 물었다.

"내 듣기로 인간의 혼례는 준비할 게 많다 했는데, 다 잘 마쳤느냐?"

"그럼요. 신율이 전부 도와줬습니다."

"흐음, 그렇구나. 그럼 도깨비식의 혼례는?"

이어진 흰 호랑이 도깨비의 질문에 여미가 두 눈을 동그랗게 떴다.

"……도깨비식 ……혼례요?"

"몰랐느냐? 낭아구슬 재림 이후 당연히 도깨비식 관혼상제도 복구된 줄 알았는데."

여미는 머리카락이 허공에 휘날릴 정도로 격렬하게 머리를 흔들었다. 없다, 모른다. 아니 애초에, 도깨비에게도 관혼상제가 있었나?

"당연히 있지. 낭아랑 포희가 어떻게 부부의 연을 맺었다고 생각하는 것이냐."

흰 호랑이 도깨비가 웃었다.

"모르는 것 같으니 알려주마. 다행히 도깨비 혼례는 너 혼자 힘으로도 간단히 치를 수 있다."

여미의 눈이 반짝였다. 흰 호랑이 도깨비는 새로운 곰방대를 꺼내 담뱃잎을 꾹꾹 눌러 담았다. 불까지 지피고 나서 느긋하게 벽에 몸을 기댔다.

"이야기하다 다소 감상적이 되어도 날 이해해 주려무나. 도깨비 혼례식이 거행되지 않은지 칠백 년이나 지났다. 내 생애 도깨비 혼례식을 치르는 이를 만날 줄은 꿈에도 생각 못 했구나."

그는 먼 곳을 바라보며 이야기를 시작했다.

"일단 보름달이……."

그녀는 밤새 흰 호랑이 도깨비의 가르침을 받았다.

혼례 바로 전날은 숨 막히는 긴장과 고조된 기쁨 속에서 지나갔다. 서씨 가문 식솔들은 하나라도 부족한 게 없는지 확인하러 뛰어다니느라 모두 숨을 헉헉거렸다.

여미는 수도에 집이 없었으므로 임시 거처로 감 부인의 안채를 받았다. 감 부인의 안채는 신율의 별채와 정반대 방향, 서씨 가문 부지의 끝과 끝에 있었음으로 그럭저럭 혼례 그림이 나왔다. 여미는 마지막으로 혼례복을 확인하고 신율을 맞이하는 데 쓸 등롱을 받았다.

여미는 등롱을 놓고 잠시 고민했다. 푸르고 붉은 빛이 감 부인의 안채를 채웠다.

"아직 등롱의 쓰임새를 모르는 거니, 아가야?"

옆에 있던 감 부인이 다정하게 물었다. 가주는 회복하지 못할 상처를 입고 시골에 칩거하기로 결정했지만, 감 부인은 도저히 아들의 혼례를 모른 척할 수 없어 수도로 올라왔다.

여미는 고개를 저었다.

"설명은 질리도록 들었다. 신율이 마중 나올 때 나도 누군가에게 이 등롱을 들려 마주 나가야 한다는 거지?"

"잘 알고 있구나."

가을인지라, 저녁이 지난 후 빠르게 어둠이 찾아왔다. 감 부인은 조심스레 등롱 안에 초를 밝혔다. 여미는 신기해하며 네모난 달처럼 빛나는 등롱을 감상했다. 등롱까지 받았지만 잘 실감이 나지 않았다. 이제 내일이면 신율과 혼례를 올릴 텐데, 아직도 이렇게 꿈속에 있는 듯한 기분이어서야 제대로 절차를 마칠 수 있을지 고민이다.

"누구에게 등롱을 들릴 거니?"

"이미 정했다."

신부 쪽 등롱은 려류가 맡았다. 여미에게 등롱을 맡아달라는 부탁을 받은 그녀는 평생의 영광이라며 눈물을 훔쳤다.

"이 려류, 이리 귀한 분의 혼례식에 참여할 수 있을 줄은 몰랐습니다."

"너는 신율을 제외하고 나와 가장 가까운 인간이 아니냐."

여미가 여상하게 말했다. 려류는 크게 감읍하여 밤새 여미 곁을 지켰다.

*

혼례날 아침.

온 환국 사람들이, 온 환국 도깨비들이, 그리고 온 세상이 이

날만을 기다려 왔다는 듯 사방이 화창하고 북적북적했다. 수도의 모든 이들은 도깨비와 인간의 혼례, 낭아전설의 재림을 구경하기 위해 거리로 몰려들었다.

신율은 백마를 탔다. 깃이 둥글고 화려한 문양이 수놓인 단령을 입었으며, 금줄을 두른 검은 신발을 신었다. 이날을 위해 특별히 촘촘히 짠 단모를 머리에 올린 신율은 그야말로, 눈부시도록 늠름했다.

맨 앞에선 등롱을 든 두 하인이 길을 텄다. 도겸이 기러기를 받쳐 들고 등롱 바로 뒤에서 걸어갔다. 신율이 천천히 말을 몰았다. 신율이 움직일 때마다 화려한 금 장신구가 짤랑이는 소리를 냈다. 사방은 음악과 소음으로 가득했다. 그의 마음이 주체할 수 없는 기쁨과 희망으로 차올랐다.

여미는 감 부인의 안채 안에서 신율을 기다렸다. 려류가 등롱을 들고 나가 신율과 도겸, 그리고 나머지 하인들을 맞이하면 여미가 나갈 수 있다. 이윽고 밖에서 환호성 소리가 들렸다. 신율의 등롱과 여미의 등롱이 만난 것이다.

"이제 나가도 되는 것이냐?"

여미가 고개를 반짝 들었다. 늙은 여종이 세 겹의 천을 덧대어 만든, 아름답게 하늘거리는 남색 일산(日傘)을 가져왔다. 여미는 일산이 만든 동그란 그림자 속에 들어갔다. 햇살 속에서 자그마하게 만들어진 음지 속에 있으니 따뜻함과 서늘함이 뒤섞여 감각이 혼란스러웠다. 저 멀리서 여러 개의 등롱을 거느리고 오는, 백마 탄 인영이 보였다.

신율은 손에 힘을 주어 말을 몰았다. 태어나서 이토록 긴장해 본 적 있었던가? 아까는 무작정 기쁘기만 했다면, 붉은 혼례복을 입은 여미의 모습이 서서히 보이기 시작한 지금은 견딜 수 없이 긴장됐다. 여종이 치켜든 일산의 그림자 안에 숨은 여미는 치렁치렁한 소매를 모아 얼굴을 가리고 있었다.

신율은 말에서 내렸다.

"여미 님, 얼굴을 보여주십시오."

그가 조심스럽게 청했다. 여미가 이마까지 가리고 있던 소매를 천천히 내렸다. 그녀가 입만 가리는 위치에서 소매를 멈췄다. 황금색 눈동자가 음지 속에서 반짝였다.

신율은 숨을 멈췄다.

정확히 말하면 숨을 쉴 수 없었다. 여미가 너무나 아름다웠기 때문이었다. 아래로 갈수록 넓게 퍼지는 붉은 치마에, 신율의 색인 남색을 띠로 만들어 둘렀다. 은빛 머리는 여러 갈래로 땋아 반은 머리 위로 올려 비녀를 꽂았고 나머지 반은 자연스럽게 흐트러뜨려 어깨 아래에서 넘실거리게 했다. 하얗고 고운 얼굴엔 오늘 유독 생기가 돌았다. 발갛게 물든 볼이 사랑스러워 당장 달려가서 안아주고 싶었다. 여미가 곱게 모은 소매로 입가를 가리며 신율을 향해 활짝 눈웃음을 지어 보였다.

"행(行), 전안······."

혼주를 맡고 있던 신태가 소리 높여 다름 차례를 외치려다가 멈칫했다. 기러기를 받아야 할 신랑의 상태가 말이 아니었기 때문이다. 신태가 재빨리 신라에게 눈빛을 보냈다. 신라는 오늘 경사스러운 혼인날을 맞이한 아우 옆에 가서 물었다.

"왜 움직이질 못하느냐, 아우야?"

"······여미 님이 너무 아름답습니다."

신라는 황당함에 말문이 막혔다. 그러나 이날만큼은 신라도 동생의 팔불출을 말리지 않았다. 저도 혼례복을 입은 사야요를 본다면 정신 못 차리고 그 자리에서 굳을 테니까. 정신을 차린 신율이 심호흡하며 긴장을 털어내고 여미와 적절한 거리를 두고 멈춰섰다.

"행(行), 전안례!"

신태가 느리고 크게 외쳤다. 이제 기러기를 전할 차례였다.

여미의 주혼자 역할로 대기하고 있었던 흰 호랑이 도깨비가 양손으로 기러기를 감싸 쥐고 신율 오른쪽으로 다가섰다.

"살아 있는 기러기가 아니라서 다행이구나. 사백 년 전만 해도 인간들이 살아 있는 기러기를 혼례에 썼는데 아무리 천으로 동여매도 기러기가 가만히 있질 않아서 고생이었지."

흰 호랑이 도깨비가 농담을 했다. 신율이 흰 호랑이 도깨비로부터 기러기를 받아 병풍 앞에 준비되어 있던 전안상에 놓았다. 기러기의 머리를 좌편에 가도록 한 후 신율이 자세를 바로 했다.

"왜 하필 기러기냐?"

여미가 물었다.

"기러기는 한 번 짝을 찾으면 영원히 한 짝만을 사랑한다 합니다."

신율이 설명했다.

"이제 제 절을 받으시지요."

"절?"

여미가 놀랐다.

신율이 제게 절을 한다고?

"당신을 존중하고, 당신이 내 아내이며, 이 기러기처럼 평생 당신만을 사랑하겠다는 뜻입니다."

"행(行), 교배례!"

신태가 때맞춰 외쳤다. 신율은 양손을 모으고 여미를 마주보았다. 여미의 눈동자가 놀라움으로 살짝 흔들렸다. 그녀는 혼례를 준비하며 여러 가지 인간들의 풍습을 배웠다. '절'이라는 것이, 지극한 공경을 나타내는 행위라는 걸 이제 안다. 인간 세상에서 높은 지위를 차지한 자일수록 절을 하지 않는다고 했다.

분명 환국 최고의 사냥꾼일 서신율은, 망설임 없이 여미에게 허리를 숙였다. 여미도 얼떨결에 신율과 맞춰 몸을 숙였다. 신태의 외침 소리가 들렸다. 둘은 다시 고개를 들었다. 여미는 깜짝 놀랐다. 신율이 꿀처럼 달콤한 눈빛으로 그녀를 바라보고 있었기 때문이다.

"행(行), 합근례!"

서 씨 가문의 가신인 령후가 술잔 두 개와 동그란 술병이 담긴 고운 쟁반을 들고 나타났다.

"……술?"

여미가 두 눈을 동그랗게 떴다.

"걱정 마십시오. 독한 술이 아니고, 한 잔만 마시면 되며, 마시기 싫으시다면 그냥 저에게 주시면 됩니다."

"그렇게 하면 안 됩니다. 본디 합근례란 신랑과 신부가 주와 퇴주를 거치는 것인데……."

령후가 신율의 말에 반박하며 무어라 투덜거렸지만 신율은 싹

무시했다. 이번 혼례의 혼주는 신태고 신부측 주혼자는 흰 호랑이 도깨비였지만, 크고 작은 것들을 준비한 사람은 서씨 가문 대소사를 담당하는 가신 령후였다.

"여미 님이 못 마시겠다 하면 합근례는 생략하는 거다, 령후."

령후는 셋째 도련님의 팔불출에 고개를 절레절레 저으며 동그랗고 납작한 잔에 맑은 술을 따랐다. 먼저 여미의 잔을 채웠다. 여미는 동그래진 눈으로 맑은 술이 콸콸 쏟아지는 장면을 관찰했다.

그녀가 잔을 들었다. 원래 잔을 기울인 다음 마셔야 하지만 여미는 홀랑 한 잔을 다 마셔 버렸다. 령후는 입을 떡 벌렸지만 신율은 쿡쿡 웃을 뿐 별다른 저지를 하지 않았다. 신율의 잔에도 술이 찼다. 신율은 양손으로 잔을 들고 공손하게 이마에 잔을 가져다 댄 후 허리를 숙여 여미에게 인사했다. 몇 초 후 그가 허리를 세우고 술잔을 비웠다.

"이번 잔이 마지막입니다."

령후가 그리 말하며 두 사람의 잔을 한꺼번에 채웠다. 여미가 머뭇거리며 잔을 들었다. 마지막 잔은 먹지 말고 다시 상 위에 올려놓는 것이라고 감 부인에게 들었다. 상 위에 잔을 올려놓는 순간, 부부의 연이 완성되는 거라고.

첫 번째 잔을 홀랑 들이켤 때만 해도 멀쩡하던 여미의 손이 긴장으로 떨렸다. 맑은 술이 흘러 넘쳐 손가락을 적시자 여미는 멍하니 신율을 바라보았다. 그는 여미가 잔을 놓길 기다리며 단정한 모양새로 흔들림 없이 그녀를 지켜보고 있었다. 신율의 잔에 담긴 술 표면은 거울처럼 매끄러웠다.

'정말로 부부가 되는구나.'

화창한 가을 햇살이 내리쬐고, 선선한 바람이 불고, 이 세상 모든 인간과 도깨비가 그들을 주목했다.

여미는 상 위에 술잔을 올렸다. 신율도 거의 동시에 술잔을 놓았다.

신율이 화촉을 밝혔다.

술잔을 내려놓자마자 여미와 신율은 신라가 주술을 걸어준 축지를 찢어 단숨에 낭아산으로 돌아왔다. 둘 모두 여전히 혼례복을 입은 채였다. 신율이 주술을 써서 구름으로 길을 깔았다. 여미는 새하얗고 폭신폭신한 구름 위를 걸어 그들의 거처에 도착했다.

그들은 낭아산 중심부에 세운 아담한 집에서 살고 있었다. 낭아산을 복원하는 임무를 받자마자 신율이 서씨 가문에 연락해서 집을 올리게 했다. 신율과 함께 아늑하게 지내고 싶었던 여미도 반대하지 않았다.

아담하다 해도 어디까지나 서씨 가문 기준에서 아담했던지라, 새로 올린 집엔 방이 열두 개나 되었다. 여미는 내킬 때 일어나 낭아산을 가꾸고 내킬 때 돌아와 신율과 함께 등잔 아래서 고롱거렸다.

이제 여미는 어디건 그녀가 가고 싶은 곳이라면 막힘없이 갈 수 있었다. 그러나 단 한 곳, 새로 올린 집의 가장 안쪽 방만은 예외였다. 신율은 여미에게 가장 안쪽 방에 들어가지 말라 당부했다. 혼례를 위해 서씨 가문 본가로 돌아가기 며칠 전부터 신율이 안쪽 방에 들락거리며 무언가를 꾸몄다.

여미는 오늘에서야 가장 안쪽 방의 정체를 알게 되었다.

"오늘은 가장 안쪽 방에 갑시다."

방문을 열자 불투명한 천으로 만든 장막이 나타났다. 여미는 장막 안쪽에서 별빛처럼 새어 나오는 자잘한 빛들이 눈부셔 눈을 깜빡였다. 장막을 걷자 흐르듯 나열된 초가 보였다. 울렁이는 시야 너머로 손톱만한 촛불들이 아지랑이처럼 타오른다.

"첫날밤입니다."

"화촉을 밝혔구나."

여미는 신율에게 다가가 그를 껴안았다. 아름답지만 크고 거추장스러운 혼례복이 바닥에 동그랗게 퍼졌다. 신율은 조심조심 여미를 방 가운에 앉혔다. 그가 혼례복을 벗기려 하는 순간 여미가 말했다.

"맞절은? 네 형이 그랬다. 신랑과 신부는 서로 예를 표하기 위해 맞절을 한다고."

"그건 교배례 때 하지 않았습니까."

신율이 구슬리는 어조로 말했다. 교배례 이야기를 하고 나서야 여미는 그가 자신의 옷고름에 손대는 걸 허락했다. 신율의 손가락이 여미의 옷고름에 얽히더니 조심스레 매듭을 풀어내려 갔다. 여미도 손을 올려 신율의 옷을 젖혔다. 매끄럽고 단단한 신율의 어깨가 드러났다.

"이제 입맞춤이지? 신태가 그랬다. 옷고름을 풀고 입을······."

"형님 이야기를 많이 하시는군요."

신율이 여미의 귓불을 깨물었다. 여미가 작게 비명을 질렀다.

"이건 저와의 첫날밤에서 다른 남자 이야기를 한 벌입니다."

그가 심술궂게 말했다. 그답지 않게 심통이 단단히 난 어조였다.

"네 녀석은 네 형제에게까지 질투를 하는 것이냐?"

"그럼요."

여미는 순간 몸을 떨었다. 신율의 눈동자가 서늘한 푸른빛으로 번득인 탓이었다.

"오늘은 저희의 첫날밤입니다. 제 이야기만 하고, 제 생각만 하고, 제 이름만 불러주십시오."

여미의 목에서 꿀꺽 침 삼키는 소리가 났다. 신율과의 교합이 처음은 아니다. 비애로부터 낭아구슬 파편을 얻었을 때, 하부동에서 낭아구슬 파편을 얻었을 때, 그리고 환상이 환상구슬을 주었을 때 신율과 접했다. 비록 끝까지 간 건 마지막 한 번뿐이었지만 이제 신율과의 접촉은 익숙하다…… 라고 생각했는데 전혀 아니었다.

여미는 무릎으로 살금살금 뒷걸음질을 쳤다. 오늘 밤의 신율은 여태까지와 너무 달랐다. 너무나…… 강렬하게 여미를 원하고 있었다. 여태까지와는 차원이 달랐다. 같은 사람인지 의심될 정도였다.

신율이 도망가는 여미를 잡아챘다. 그가 여미의 목덜미를 물었다. 여미가 꺅 하고 비명을 질렀다. 신율은 깨문 일을 사과하듯 부드럽게 여미의 목덜미를 애무했다. 그것만으로도 온몸에 소름이 돋아 여미가 몸을 바르르 떨었다. 그녀가 정신을 못 차리는 틈을 타 신율이 여미의 혼례복을 벗겨 바닥에 떨어뜨렸다. 여미는 하얀 속곳 차림이 되었다.

"이전에는 여미 님이 느낄 고통을 생각하여 멈췄지만…… 오늘은 저도 저 자신을 자제할 자신이 없습니다."

신율이 여미의 납작한 배를 손가락으로 간질이다가 속곳의 앞끈을 잡았다. 여미가 어찌할 새도 없이 끈이 풀렸다. 신율의 길고 차가운 손가락의 여미의 허벅지 사이를 파고들었다.

"흣."

여미가 짧은 신음을 내쉬며 허벅지를 조였다. 여미는 신율의 어깨에 매달려 손톱을 세웠다.

"긴장을 푸십시오."

신율의 여미의 귓가에 은밀하게 속삭이듯 말하자. 여미는 바르르 떨며 밭은 숨을 내뱉었다. 신율의 손가락이 움직일 때마다 찌르르한 쾌감이 온몸에 울렸다.

"하아."

끝내 여미의 다리에 힘이 풀렸다. 여미가 신율의 어깨에 이마를 묻었다. 신율은 발갛고 뜨겁게 달아오른 그녀의 뺨과 축축한 이마를 느끼며 그녀를 금침 위에 눕혔다. 편하게 눕자 여미의 탐스럽고 하얀 가슴이 드러났다. 신율은 온 정성을 다해 여미를 애무했다.

"바로, 바로 하지 않는 것이냐?"

여미가 신율의 애무에 온몸을 비틀며 괴롭게 말했다. 몸이 너무 쾌감에 절여져 오히려 괴롭다. 어서 빨리 신율이 들어왔으면 했다. 여미가 할딱이며 양팔을 들어 신율을 저에게로 끌어왔다. 언제나 단정하고 서늘한 기운이 흐르던 신율의 눈이 흐릿해졌다.

"어서 오지 않구……."

여미가 애원했다. 신율이 오금 아래 손을 넣어 여미의 한쪽 다리를 들어 올렸다. 여미는 신율의 목에 두르고 있던 손을 내려 그의 등을 잡으려 했지만 자꾸 미끄러졌다. 결국 여미가 손톱을 세웠다.

"웃, 여미 님……."

신율이 신음하며 몸을 겹쳤다. 천천히 밀려들어 오는 파도에 여미가 몸을 파르르 떨었다.

"하웅, 아, 신율, 너, 너무 벅차다."

신율이 여미의 다른 한쪽 허벅지도 손으로 밀어 올렸다. 여미는 온몸을 신율에게 드러낸 채로 활짝 열었다. 여미는 어쩔 줄 모르고 허리를 들썩였다.

"윽."

여미의 움직임이 자극이 되었는지 신율이 거친 숨소리를 내뱉었다. 그가 참지 못하고 여미의 허리를 꽉 쥐었다.

"아아!"

눈앞이 새하얘졌다. 벅차기만 했던 지금까지와 달리 어느 한 지점으로부터 시작된 쾌감이 온몸을 뒤덮었다. 신율은 더 이상 자제하지 않고 움직였다. 여미는 신율이 흔드는 대로 흔들렸다.

여미는 신율의 허리에 다리를 둘렀다. 그녀는 완전히 신율에게 밀착해, 신율이 구명줄이라도 되는 듯이 매달렸다. 신율도 마다하지 않고 그녀를 안아들었다. 그들은 정신없이 입 맞췄다. 한시라도 입술이 떨어지면 죽는 것처럼 숨을 쉬려 잠시 틈을 줄 때도 계속해서 서로를 쓰다듬었다.

"너무 생생하다……."

여미가 말했다. 이미 한 번 환상의 힘으로 교접한 적 있지만 그건 어디까지나 '환상' 속에서였다. 지금 그들을 가로막는 건 아무것도 없었다. 피부가 맞닿아 느끼는 고통은 더 이상 없고, 환상구슬이 만들어 낸 꿈결의 경계도 없다.

너무 생생하니 오히려 꿈만 같았다. 꽉 쥐면 사라질 신기루 같았다. 신율은 현실을 확인하기 위해 자꾸만 여미를 움켜쥐고, 그녀의 안을 탐했다. 마치 신율 자신이 오로지 여미만을 통해 살아가는 무력한 짐승이 된 것 같았다.

여미는 벅차 하면서도 손을 뻗어 신율의 머리를 쓰다듬었다. 그리고 이마에 입을 맞췄다.

"꿈이 아니니 천천히 해도 된다. 내가 옆에 이렇게 있지 않느냐."

말로 한 것도 아닌데 여미는 신율의 마음을 알아챘다. 그녀가 신율의 허리에 두르고 있던 다리를 푸르고 스스로 일어서 앉았다. 방금 전의 교합으로 몸에 무리가 생겼는지 몇 번 휘청휘청했지만 간신히 자리를 잡았다.

"여미 님."

신율이 그녀의 이름을 불렀다. 여미가 황금색 눈동자를 빛내며 웃었다.

"이리로 와라, 신율."

그녀가 말했다. 신율은 그녀의 말을 따랐다.

*

다음 날, 여미는 죽을 것 같았다. 이미 한 번 생과 사를 오간 적 있지만 이건 그때와는 비교도 안 되는 감각이었다.

"신율……."

여미가 애처롭게 그녀의 새신랑을 불렀다. 축 늘어진 여미와 달리 언제나 반듯하고 정갈한 신율이 방문을 열고 들어왔다. 그의 손에는 맑은 물에 적셔 차게 식힌 천이 들려 있었다.

"신율, 온몸이, 몸의 감각이 이상하다."

"많이 불편하십니까?"

신율은 여미가 끙끙 앓아누울 걸 예상이라도 했다는 듯 그녀의 이마에 찬 물수건을 올렸다.

"원래 다 이런 것이냐? 인간들은 원래 이렇게 무식하게 교합하느냐? 허리께가 아프고, 허벅지 안쪽이 살살 간지럽다."

신율은 크흠, 헛기침을 했다.

"몸을 닦고 근육을 풀어주면 좀 나을 겁니다. 제가 해드릴까요, 아니면 여종을 부를까요?"

여미가 힘겹게 고개를 들었다. 신율이 올려놓은 물수건이 옆으로 툭 떨어졌다.

"왜 굳이 여종을 부르려고?"

"인간들은 보통 그렇게 합니다. 종을 부릴 여유가 없는 평민들은 여인 혼자서 몸을 추스르고, 종을 부리는 집은 여종을 불러 안주인의 몸을 풀게 합니다."

여미는 의아해하며 고개를 갸웃했다.

"어젯밤 내내 네가 실컷 만졌는데, 오늘 근육 좀 풀어준다 해서 큰일이 나진 않을 거다."

"그렇지요."

신율이 미소를 지었다.

"제가 너무 인간들 풍습에 익숙해져 있었나 봅니다."

여미가 멀쩡히 걸을 수 있을 때까지 꼬박 이틀이 걸렸다. 신율
은 정성스레 여미를 간호했다. 마침내 밖으로 나온 여미는 낭아
산의 공기를 마음껏 들이마시며 이리저리 날다람쥐처럼 뛰어다녔
다. 그로부터 매일매일 그들은 한 방에서 잠들었다. 가장 안쪽,
마음껏 화촉에 불을 밝힐 수 있는 방에서.

한 달 후, 여미와 신율은 흐드러지게 쌓인 낙엽 도깨비를 정리
하러 마당에 나왔다. 낙엽 도깨비를 바람의 술로 저 멀리 날려 보
내는 신율을 빤히 바라보고 있던 여미가 조심스레, 흰 호랑이 도
깨비로부터 들은 이야기를 꺼냈다.

"도깨비 혼례? 그런 게 있었습니까?"

신율은 매우 놀랐다.

"먼저 말씀해 주셨다면 인간식 혼례를 치르기 전에 도깨비 혼
례부터 치렀을 텐데."

"아니다. 이건 모든 일이 끝나고 난 후에 어울리는 거야."

여미가 생각하기엔 그랬다. 흰 호랑이도 여미의 생각에 동의했
다. 그래서 여미는 인간의 모든 혼례 절차가 끝날 때까지 기다렸
다. 마지막 '초야'와 '신혼 기간'이라는 것이 이렇게 힘들 줄은 몰랐
지만 말이다. 그간 힘들었다고 이야기하자 신율이 묘한 표정을 지
었다.

"……앞으로 저와의 결혼 생활을 어떻게 버티시려고요?"

"버티다니? 내가 뭘 버텨야 하는데?"

"아무것도 아닙니다."

굳이 비유하자면 입맛을 다시는 맹수 같은 표정이었다.

"도깨비 혼례식은 언제 치르면 됩니까?"

신율이 화제를 돌렸다.

"보름달이 일년 중 가장 커질 때까지 기다려야 한다."

여미는 흰 호랑이 도깨비에게서 받은 서를 꺼냈다. 도깨비와 인간이 공용어로 사용했던 고대 골문으로 쓰인 기나긴 글이었다. 신율이 한참이나 글을 들여다보다가 말했다.

"제사 형식이로군요."

그의 목소리가 약간 떨떠름했다. 여미가 냉큼 신율의 얼굴 앞에 제 얼굴을 들이밀고 진지하게 말했다.

"제사 형식이지만 소원을 이루는 주술인 제사와는 전혀 다른 일이다."

여미가 설명했다.

"그저 모든 이에게 감사를 드리는 거다."

그녀의 말대로였다. 흰 호랑이가 남긴 서를 자세히 들여다본 신율은 도깨비 혼례가 어떤 식으로 이루어지는지 알아냈다.

도깨비 혼례의 형식은 다음과 같다. 첫째, 보름달이 가장 커지는 가을, 가을에 맺힌 열매와 결실을 모을 수 있을 만큼 모은다.

신율과 여미는 낭아산을 돌아다니며 여러 가지 열매를 모았다. 과연 낭아산에는 그들이 생전 본 적 없는 신비한 과일과 풀, 열매, 그리고 진귀한 약초가 가득했다.

"여미 님은 쉬십시오. 제가 준비하겠습니다."

"아니다. 각자 할 수 있는 만큼 협동해야 의미가 있는 것이다. 너 혼자 혼례를 올릴 셈이냐?"

신율은 가파른 절벽에 핀 꽃의 꿀을 덜어내며 여미를 걱정했지만 그녀는 더없이 씩씩했다.

"그럼 가벼운 것만 드십시오. 무거운 건 제가 들고 갈 테니."

그들은 혼례상을 펼치고 그 위에 그들이 모은 가을의 결실을 쏟아냈다. 사흘에 걸쳐 결실을 모은지라 양이 상당했다. 신율은 꽃과 과일, 그리고 열매를 색색깔로 정리했다. 다행히 도깨비 혼례상에는 인간의 제사상처럼 복잡하고 머리 아픈 규칙은 없었다. 여미가 말한 대로 '할 수 있는 만큼' 하면 그뿐이었다.

도깨비 혼례를 치르기 위해 해야 하는 일의 두 번째는, 종이 위에 끝없이 이름을 적어 내려가는 것이다.

이 혼례의 혼주는 여미였음으로 신율은 그녀에게 종이를 가져다주었다. 여미는 몸과 마음을 정갈히 하고 먹을 갈았다. 까만 먹에 붓을 담근 그녀는 종이 위에 그녀가 만났던 모든 이들의 이름을 써내려 갔다.

신태, 신라, 서씨 가문의 가주, 가주의 아내 감 부인, 장로 령후, 여미의 시중을 들어주었던 여종 려류, 신율의 하인이었던 도겸, 화씨 가문 가주 화린, 개락에서 마주친 상인, 사야요, 청청약, 기루에서 일하던 쌍둥이 자매 홍월, 적월, 하부동 암시장에서 만난 흑건을 두른 사내들, 흰 호랑이 도깨비, 은하수 도깨비, 환상, 비애, 포희, 그리고 낭아.

여미의 평생이 타인의 이름이라는 형태로 종이 위에 나타났다. 수많은 이름들 중 포희의 이름을 발견한 신율이 물었다.

"포희를 용서하시는 겁니까?"

"용서하면 뭐 어떠냐. 이미 죽은 사람인데."

멀쩡히 살아 있었다면 용서하지 않을 것이다. 여미는 거짓말을 하지 않고 기만을 싫어하는 도깨비이지만 모든 걸 품을 수 있는 낭아가 아니었다. 여미의 마음엔 한계가 있었다. 자신을 죽일 뻔한 포희가 행복하게 살아가는 걸 보면 괴로웠을 거다. 그러나 포희는 죽었다. 낭아와 함께 영원히 사라졌다. 여미는 포희의 최후를 보았다. 그건 여미가 태어나서 처음으로 본 인간의 죽음이었다.

시간을 빠르게 감아 산과 들이 풍화되는 과정을 보여주듯, 빠른 속도로 늙어가던 포희의 모습이 떠올랐다. 그는 삽시간에 죽음에 가까워졌고, 마침내 산개해 사라졌다. 은하수 도깨비의 죽음이 비극적이었다면, 포희의 죽음은 비참했다. 칠백 년의 기다림과 집착, 그리고 기만의 끝에서 낭아에게 굴복하고 사라지는 그는 부정할 수 없는 패배자였다.

하지만 어째서일까.

마지막에 포희는 그 모든 비참함에도 불구하고 행복해 보였다.

사랑을 되찾았기 때문에? 죽음이라는 거대한 손길은 시조신 낭아도, 평범한 인간 포희도 똑같이 다룬다. 포희는 죽음 덕에 행복했을까? 도저히 이해할 수 없고 같아질 수 없었던 아내와 마침내 같은 자리에 서게 되어서?

어느 쪽이건 여미는 알 수 없었다.

도깨비 혼례를 치르기 위해 해야 하는 일의 세 번째는, 바로 이름을 적은 종이를 나무 패에 넣어 세우고 향을 피우는 것이었다.

신율이 나무패에 종이를 끼웠다. 상 맨 끝에 패를 두고 주술로 향을 만들어냈다. 여미는 생각보다 독한 향에 콜록거리며 뒤로 물러났다. 뒤로 물러나서 보니 제사상이 제법 그럴싸했다.

"지금 생각난 건데, 떡도 놓을까?"

여미가 물었다.

"좋지요."

신율이 다정하게 웃으며 대답했다.

"이제 끝입니까?"

"아니, 마지막 순서가 남아 있다."

여미가 몸을 일으켜 커다랗고 움푹 파인 잔 두 개를 내왔다. 그리고 제사상에서 단지 하나를 꺼냈다. 단지 안엔 여미가 만든 복숭아주가 있었다.

"언제 준비하신 겁니까?"

"인간식 혼례를 올리자마자 바로 준비했다."

여미가 두 개의 잔에 복숭아주를 채우니 향긋한 복숭아 향기가 허공을 가득 채웠다.

"재미있지 않느냐? 인간의 혼례와 도깨비 혼례의 마지막 순서가 똑같다는 것이."

복숭아는 예로부터 도깨비가 가장 좋아하는 열매고, 복숭아주는 도깨비가 가장 귀히 여기는 음료였다. 도깨비 구전 설화에서 전하길, 시조신 낭아의 절친한 친구 왕모낭랑(王母娘娘)이 낭아의 혼례식에 복숭아주를 가져왔다고 한다. 하여 그 후로부터 복숭아주는 영원을 약속하는 술이며 마신 이에게 지극한 행복을 주는 술이 되었다.

도깨비 혼례의 마지막 순서가 찾아왔다. 부부는 오밤중 함께 제사상 앞에 앉았다. 바야흐로 그들의 시간이었다. 하늘에는 일 년 중 가장 큰 보름달이 휘영청 떴고 맑은 밤공기가 여미와 신율의 마음을 맑게 씻어주었다.

술을 모두 마신 신율과 여미는 동시에 상 위에 잔을 내려놓았다.

"이 모든 풍요가, 우리가 살아 있는 내내 계속되기를."

그녀는 깊은 충족감을 느꼈다. 칠백 년 동안 고민하며 세상을 떠돌아 다행이다. 떠돌고 떠돌아 신율에게 도달해 다행이다. 생의 마지막 순간에 생을 포기하지 않아서 다행이다. 살아남아서 다행이다.

"그리고 이 인간을 향한 나의 사랑이 낭아산과 함께하기를."

여미가 진심을 다해 빌었다. 여미가 비는 모습을 말끄러미 지켜보던 신율도 눈을 감고 무언가를 중얼거렸다. 여미는 신율의 기원이 궁금했지만 묻지 않았다. 묻지 않아도 알 수 있을 것 같았기 때문이었다.

농익은 열매 떨어지는 소리가 산을 울렸다. 조심조심 걷는 짐승도깨비 발자국 소리도, 사박사박 걷는 인간 발자국 소리도 들렸다. 여미는 풍요를 들이마셨다. 그녀와 신율이 가꾸고 꾸민 새로운 세계가 여기 있었다.

그리고 앞으로도 영원히.

작가 후기

'여미의 구슬'을 쓸 수 있어 기뻤습니다. 언제나 최선을 다해 글을 쓰고 있습니다. 독자님들께 조금이라도 즐거움을 드리고 싶었는데, 잘 되었는지 모르겠네요. 이 책이 나오기까지 도와주신 모든 분들—최초의 플랫폼에서부터 청어람까지 정말 많은 분들—께 감사드립니다.

여기서부터는 스포일러가 다량 포함되어 있으니, 본편을 읽지 않으신 분들은 본편을 먼저 읽어주세요.

'여미의 구슬'에 나오는 모든 고유 명사는 포희(包犧)와 왕모낭랑(王母娘娘)을 제외하고 모두 음차입니다.

'여미의 구슬'을 읽으시다 보면 곳곳에서 튀어나오는 익숙한 지명과 고유명사를 보실 수 있으실 겁니다. 대부분의 고유명사가 중국에서 유래했는데, 정작 '여미의 구슬'의 배경은 중국이 아닙니다. 환국이라는 환상의 나라이죠. 동아시아 분위기의 환상소설을 쓰고 싶어서 일부러 여러 가지 신화와 원형을 뒤섞었습니다. 익숙한 중국 지명과 고유명사를 끌어와 음차 한 것도 익숙하면서 어쩐지 낯선 느낌을 드리고 싶어서였어요.

여미의 구슬에 나오는 아이템들은 중국 신화와 연관성을 가집니다. 그대로 가져오진 않았지만 원형을 빌리고 모티프를 따왔기 때문이죠. 제가 고증보다는 환상적인 분위기를 내는 데 집중했기 때문에 중국 신화를 비틀고 창작 설정을 더해 유사한 듯 다른 의미로 사용했습니다. 원래 후기를 쓰지 않으나, 원래 신화와 소설 속 내용의 차이에 대해서는 확실히 하고 가야겠다 싶어 후기를 쓰기로 했습니다.

우선 네 도깨비 산인 이탈산, 환상산, 치우산, 여와산에 대해 설명해야겠네요.

이탈산과 환상산은 한국에서 쓰이는 '이탈'과 '환상'의 의미를 그대로 끌어다 썼습니다. 무리에서 이탈하는 존재처럼 특이한 도깨비가 많다 하여 이탈산이라 지었고, 환상은 말 그대로 환상적인 도깨비가 산다 하여 환상산이라 지었죠.

나머지 두 개, '치우'와 '여와'가 중국 신화에서 음차 한 단어입니다.

치우(蚩尤)는 사람과 소, 구리와 쇠가 섞인 기이한 형상을 한 신입니다.(정확히 말하면 중국 신화의 제왕인 염제 신농씨의 후손이었다가 이후 신격화가 진행된 케이스지만, 후기에 넣기엔 신화 내용이 너무 길어서 그냥 간단히 신이라고 소개하겠습니다) 치우는 짐승의 모습을 하고 있지요. 치우는 특히 전쟁에 능한 신이었습니다. 매우 호전적이라 자신의 사촌 뻘 되는 염제의 후손을 죽이기도 했습니다.

짐승의 모습을 하고 있는 호전적인 신이라는 데서 힌트를 얻어 네 종류의 도깨비 중 가장 공격적인 도깨비가 살고 있는 산을 치우산으로 결정했습니다. 마침 치우산에 동물 모양을 한 도깨비들이 살고 있기도 했고요. 치우라는 단어를 쓰긴 했지만 치우산에 사는 도깨비들이 정확히 중국 신화의 치우를 가리키는 건 아닌지라 그저 음차 했습니다.

여와(女媧)는 중국 신화에서 가장 높은 신격을 차지하고 있는 창조신입니다. 현재 한국에 있는 대부분의 자료는 여와가 포희의 아내로, 부부신이며 포희와 함께 인류의 시조가 되었다고 말하고 있습니다.(그렇습니다. 작중에 나온 바로 그 포희입니다! 여와와 포희, 낭아에 대해선 이후 설명하겠습니다.)

하나 실제로 여와 신화를 파헤쳐 보면 상당히 흥미롭고 색다른 내용을 발견할 수 있습니다. 기록에 따르면 여와는 원래 짝 없이 홀로 존재하던 여신이었습니다. 즉, 남편과 결혼하여 인류의 시조가 된 게 아니라 홀로 흙을 재료 삼아 인간을 만든 독립된 신이었죠. 여와의 신격이 상당히 높다는 것을 증명하는 신화가 많은데(여와보천, 생황 등) 이는 '여미의 구슬'과 동떨어진 내용이니 생략합니다.

이처럼 홀로 위대하던 여와는, 세월이 지나 한나라 때 '음양론'이 유행하며 가장 높은 창세신 자리를 위협받게 됩니다. 음양론의 내용에 따르면 음에 해당하는 여신 여와 혼자서 있는 건 균형을 깨는 일이었습니다. 당시 학자들은 이를 어떻게 보수할까 고민하다가 신화 속에서 포희(복희, 包犧)라는 고대 황제를 발견했죠.

당시 포희는 여와만큼 대단한 존재가 아니었습니다. 팔괘를 만들고 불의 사용법을 발견하는 등 인간에게 지대한 공헌을 했지만 그뿐, 인간의 영웅으로 머물고 신으로 올라가진 못했습니다. 그러나 한나라 시대 때 학자들이 포희가 여와의 짝으로 적합하다 판단하고, 그를 여와의 남편으로 짝지어주기로 결심하면서 포희의 신격이 올라갑니다. 여와와 같은 인류의 시조로요.

중국에 가면 상체는 인간, 하체는 뱀인 두 신이 꼬리를 감고 있는 교미도를 자주 볼 수 있는데, 이게 바로 한나라 때부터 유행하기 시작한 여와와 포희의 모습입니다. 여와는 창세신이 아니라 인류의 시조로 격하되었고, 포희는 문명 영웅에서 인류의 시조로 격상되었죠.

처음 여미의 구슬을 구상할 때, 낭아의 자리에 여와를 앉힐 생각이었습니다. 여와가 바로 시조신이고, 태초에 신들과 함께 살았던 걸로 하려고 했죠. 하지만 초고를 반쯤 쓰고 나서 이건 아니라는 생각이 들었습니다. 여와는 이미 너무 유명했고, 여와를 시조신으로 삼으면 너무 뻔한 트릭이라는 생각이 들었습니다. 그래서 여와는 발음만 빌려 와 만물의 근원이 되는 식물 도깨비의 수장으로 남겨두고 새로운 이름을 찾기 시작했습니다.

이렇게 해서 네 개의 도깨비산이 탄생했습니다. 이제는 낭아에 대해 이야기할 차례로군요.

여와를 식물도깨비 수장으로 삼고, 새로운 이름이 없을까 옛날 노트를 뒤적이던 도중 '낭아'라는 이름을 발견했습니다. 한자로 따지면 다 다르지만 '낭아'라는 발음은 상당히 여러 곳에서 쓰이고 있었습니다. 약초 이름 중에서도 낭아가 있고, 중국에도 낭아라는 지명이 꽤 있고, 심지어 낭아봉(狼牙棒)이라는 무기도 있더군요.

제가 발견한 낭아는 어떤 왕의 후궁이었습니다. 그녀에 대한 기록은 딱 한 줄밖에 없었죠. 너무 사소한 여인이라 삼국사기와 사마천의 사기 중 어디서 나왔는지조차 기억이 가물가물해요. 여와를 대신할 임팩트 있는 이름을 찾던 도중 불현듯 낭아라는 후궁이 떠올랐습니다. 딱 한 줄로 사라진 여인. 갑자기 이 여인을 제 소설에서 가장 중요한 인물로 만들고 싶은 욕망이 솟구쳤습니다. 게다가 낭아라는 발음도 예쁘고요. 그래서 '여미의 구슬'의 시조신은 여와 대신 낭아가 되었습니다.

낭아까지 설명했으니 이제 드디어 낭아와 포희에 대해, 왜 다른 모든 주요 명사는 음차인데 포희만 음차가 아닌지 설명할 때가 되었군요.

'여미의 구슬'은 인간과 도깨비가 서로를 사랑하게 되는 이야기입니다. 주인공들이 현재를 살아간다면 그들을 과거에서 비춰줄 거울 같은 존재가 필요하겠다 싶어 시조신 낭아전설을 만들었어요. 이때까지만 해도 포희 또한 발음만 빌려올 생각이었습니다. 실제로 작중에 묘사된 포희는 중국 신화에 나오는 포희라고 볼 수 없을 만큼 다른 존재였고요.

하나 다 써놓고 보니, 제가 쓴 내용과 중국 신화의 흥미로운 공통점이 눈에 보였습니다. 신화 속 포희는 원래 인간의 영웅이자 신에 가까운 존재였지 신이 아니었습니다. 인류의 시조신은 더욱더 아니었고요. 그런데 세월이 지나 후대 인간들에 의해 신화가 바뀌며 포희는 자신보다 아득히 높은 신인 여와와 동등한 급이 되었습니다.

저는 그 내용을 읽으며 생각했습니다. 내가 포희였다면, 거 참 답답하고 아득한 일이겠다고. 포희 입장에선 하루아침에 감당 못할 존재와 부부가 된 것이니까요. 게다가 후손들은 포희의 원래 활약에 더 많은 것을 덧붙였죠. 이제 포희는 인류의 시조신과 함께 모든 성씨의 기원이라는 역할도 함께 맡고 있습니다.

중국 신화는 엄청난 역사와 깊이를 가지고 있고 제가 쓴 글은 부끄럽게도 매우 부족하지만, 저는 중국 신화의 포희와 제가 쓴 포희 사이에 공통점이 있다고 느꼈습니다. '여미의 구슬' 안의 포희도 자신보다 거대하고 신성한 존재와 부부의 연을 맺은 후에는 고통을 호소하죠.

저는 상상의 나래를 펼쳤고 결국엔 제가 쓴 포희와 신화 속 포희에게 동시에 감정이입을 하고 말았습니다. 신화 속 포희가 신부를 감당 못해 쩔쩔맸다는 건 순전히 제 엉뚱한 상상이지만, 신화 속에서 엉뚱한 상상을 하는 것이야말로 이야기를 만드는 근원적인 힘 아니겠어요. 그래서 포희만큼은 음차가 아니라 한자까지 그대로 빌려오기로 했습니다.

주요 인물들에 대한 설명은 여기까지입니다. 여기서부터는 제가 음차 한 다른 고유 명사들에 대한 이야기예요.

일단 낭아산의 후보지였던 하부동, 황천(황하) 그리고 산동.

하부동은 제가 창작한 지명이고, 황천 또한 그렇습니다. 중간에 장난기가 발동해서 황천의 다른 이름을 황하라 지었어요. 명색이 중국 신화로부터 모티프를 따왔는데 황하가 없으면 너무 섭섭하니까요.

이 세 곳 중 산동의 유래가 참 재미있습니다. 시조신의 이름을 낭아로 정하고 나서 혹 검색에 걸리는 다른 뜻은 없나 서치하고 있었는데, 세상에, 중국의 산동성(山東省) 남단 청도(青島)에 낭아산(琅峨山)이 있더군요! 그걸 보고 냐자 도저히 산동이라는 발음을 그냥 지나칠 수 없었습니다.

산동(山東)이라는 이름을 그대로 따오면 소설의 전체적인 밸런스가 무너지기 때문에 일부러 '여미의 구슬' 속 산동은 황량하고 광활한 지역으로 설정해 '산동'의 발음만 빌려왔습니다. 실제 중국의 산동은 과거 중원이라 불리던 지역으로 매우 풍요롭고 넉넉하다고 해요.

이쯤 하면 음차 해온 단어들은 대충 다 같은 것 같으니, 마지막으로 왕모낭랑(王母娘娘)에 대한 이야기를 할게요.

왕모낭랑은 포희와 함께 제가 한자까지 그대로 가져다 쓴 단 두 개의 고유명사 중 하나입니다. '여미의 구슬'에서 왕모낭랑은 낭아의 혼례에 와 축복이 담긴 복숭아주를 주고 가는 엑스트라로 나와요. 엑스트라 중에서도 비중 없는 엑스트라로, 딱 한 줄 나오죠. 그런데도 저는 발음만 빌려 올 수 없었습니다. 꼭 한자까지 같이 써야 했어요. 왜냐하면 왕모낭랑 또한 여와(女媧)와 같은 일을 겪었거든요.

왕모낭랑의 원형은 그 유명한 서왕모(西王母)입니다. 서왕모는 여와와 함께 가장 유명한 고대신들 중 하나죠. 우리나라 고시조나 고소설에서도 서왕모가 심심치 않게 등장하곤 합니다. 그런데 서왕모도 아주 오랜 시간 동안 신격이 서서히 격하되었어요.

맨 처음 서왕모에 대한 기록이 나온 것은 중국에서 가장 오래된 지도 산해경(山海經)입니다. 아름다운 여인의 모습으로 알려져 있는 지금과 달리, 산해경 속 서왕모는 성별조차 알 수 없는 무시무시한 괴물 모습으로 묘사됩니다. 모(母)자를 쓰고 있고 머리에 비녀를 꽂긴 했지만 산해경 그 어디에도 서왕모가 여자라는 말은 나오지 않습니다.

무시무시한 외형과 달리, 산해경에 나온 서왕모는 가히 최고의 신이라 해도 부족하지 않을 만큼 대단한 신격을 자랑했어요. 산해경의 서왕모는 당시 사람들이 가장 두려워하던 재앙과 자연재해를 관리했고, 최고로 신령스러운 존재로 꼽히는 구미호, 두꺼비, 삼족오를 거느렸습니다. 게다가 모든 사람의 영원한 염원인 불로초도 가지고 있었지요.

이토록 대단하던 신격인 서왕모는 음양론이 유행하는 한나라 시대에 와서 학자들의 도마 위에 오르게 됩니다. 음양이론에 따르면 남자와 여자가 조화를 이루어야 되는데, 남자인지 여자인이 확실치 않은 서왕모는 섬기기 적절하지 않다는 것이었습니다. 결국 서왕모는 여신으로 규정되고 남편을 맞아들이게 됩니다. 이때 서왕모의 짝으로 생겨난 신이 바로 동왕부(東王父, 혹은 동왕공)입니다. 여와의 남편이 되어 인류 시조신으로 벼락출세한 포희와 같이 동왕부도 점점 신격이 올라가 옥황상제로 벼락출세하게 됩니다.

그러나 동왕부가 격상될 동안 서왕모는 더욱 격하됩니다. 남편이 옥황상제로 승격되고 나서 서왕모는 그냥 왕모(王母)가 되죠. 인류의 시조라는 흔적이라도 남아 있었던 여와와 달리 서왕모는 상당히 거친 격하를 겪게 됩니다.

왕모는 서왕모와 비슷한 존재가 아니에요. 전혀 다른 신격이죠. 왕모는 서왕모에게서 떨어져 나온 신인 동왕부, 즉 옥황상제 하위 신격입니다. 신하 같은 거죠. 왕모는 옥황상제의 명령에 따라 불로장생의 열매인 복숭아밭을 지키는 일을 하게 됩니다. 서유기에 나오는 왕모가 바로 이 왕모입니다. 서유기 내용을 훑어보면 왕모가 손오공의 횡포에 크게 상심하고 옥황상제의 명령을 착실히 따르는 등 산해경에 나왔던 무시무시한 괴물 서왕모와는 상당히 다른 모습을 볼 수 있습니다. 이후 왕모 뒤에 여신을 뜻하는 낭랑(娘娘)이 붙어 왕모낭랑이라 불리게 됩니다.

놀랍도록 여와와 비슷한 일을 겪은 서왕모를 보고 또 제 안의 엉뚱한 상상이 나래를 펴기 시작했습니다. 여와와 서왕모는 문자 시대 이전부터 존재하던 거대한 신격이니 서로 알고 지내지 않았을까? 게다가 격하된 것도 똑같이 한나라 때이니 서로 동질감을 느끼며 친하게 지내지 않았을까……하는 정말 말도 안 되는 생각이 떠오르더군요.

너무 엉뚱한 생각이라 그냥 넘기려 했지만 또 제 안의 이야기가 저를 흔들기 시작했습니다. 서로 친구였다면? 당연히 결혼식에도 왔겠지. 게다가 과거 한 끗발 날리는 이들이었으니 불로장생의 묘약이라 불리는 복숭아 정도는 선물로 주지 않았을까? 라는

과정을 거쳐 여미의 구슬 에필로그가 완성되었습니다. 더불어 왕
모낭랑의 신격 하락을 생략하고 싶지 않아 발음뿐 아니라 한자까
지 가져왔고요.

왕모낭랑을 끝으로, 제가 '여미의 구슬' 안에서 임의로 비틀고
상상력으로 주무른 고유명사에 대한 첨언은 끝났습니다.

단어와 신화를 이리저리 비틀며 엉뚱한 상상을 너무 많이 해
댄 터라 이렇게 털어놓으니 상당히 부끄럽네요.

'여미의 구슬'을 쓰며 많은 일이 있었습니다. 무엇보다 이미 연
재된 글을 완전개정판으로 뜯어고치는 일이 처음이라 어렵고 힘
들기도 했고요. 하지만 글을 쓰는 내내 즐거웠습니다. 제 손을 떠
난 이 책을 읽으시며 독자님들이 조금이라도, 아주 조금이라도
재미를 느끼셨다면 저는 그걸로 몇 달간 이 책에 매달린 보람을
느낄 겁니다.

감사합니다.
앞으로도 최선을 다해 글을 쓰겠습니다.

정오찬 드림